FOLIO POLICIER

Graham Hurley

La nuit du naufrage

Une enquête de l'inspecteur Faraday

Traduit de l'anglais
par Philippe Rouard

Gallimard

Titre original :
DEADLIGHT

Né à Portsmouth, Graham Hurley a produit et réalisé de nombreux films documentaires et écrit plusieurs thrillers avant de commencer la série de l'inspecteur Faraday, typique des romans dits « de procédure » tels que les écrivent Rankin, Mankell ou Connelly.

À Jean et Charles Wylie, affectueusement.

Prologue

Les eaux de San Carlos, le 21 mai 1982

Tous ces exercices, cette longue attente, ces spéculations non formulées : que ressent-on, comment faire face ? Et voilà que soudain c'était là.

La première bombe frappa la poupe. Adossé à la cloison du carré, il sentit le navire se soulever en tremblant puis se rasseoir. Le pont des hélicos, pensa-t-il. Il avait été de quart quelques heures plus tôt, sous un froid et brillant soleil d'hiver. Dans l'éclat brutal du néon qui éclairait le mess Delta Deux, il redressa la tête et ajusta ses lunettes antiflash en essayant de se figurer ce qui se passait là-haut.

« *Second appareil. Rouge deux zéro* », crépita la voix de l'officier de pont dans les haut-parleurs.

Les Skyhawks argentins allaient le plus souvent par paires. Il valait mieux se concentrer sur un seul bateau si l'on voulait augmenter ses chances de le couler. Le premier avait joliment frappé.

« *À gauche toute ! À gauche toute !* »

Le bâtiment gîtait furieusement, tandis que le commandant tentait de tromper la visée de l'Argentin. Puis éclatèrent la pétarade de champ de foire d'une mitrailleuse Oerliken et le soudain sifflement d'un départ de Seacat. L'incapacité des Seacat, même sur une cible fixe à trois milles nautiques, n'était plus à démontrer. Vous en lâchiez un à six cents mètres, et sa petite cervelle électronique vous faisait une embolie. Même le commandement le reconnaissait.

Le soudain rugissement du Skyhawk là-haut lui fit rentrer la tête dans les épaules. Il ferma les yeux et commença à compter, mais il n'était pas arrivé à deux que le carré explosait. Projeté en avant par le souffle, il eut un instant de lucidité totale avant que le monde ne se referme autour de lui. Il pensa à de petites choses. La longue lettre depuis longtemps promise, commencée le matin même et à laquelle il ne manquait que quelques lignes. Le pari pris avec un enseigne sur la date de leur retour au pays. Puis le corps de Warren à la dérive dans l'Atlantique Sud, quelle tristesse.

Partout de la fumée, et le bruit de l'eau fusant d'une conduite arrachée. Des cris et le fracas du métal contre le métal, tandis que les hommes forçaient à la barre à mine les gonds faussés des issues. Et aussi ces flammes léchant les bords déchiquetés d'un trou béant dans le plancher.

Sans y penser, il se palpa brièvement. Il était encore assourdi par la déflagration et, quand il retira sa main de son visage, elle était poisseuse de sang, mais il fut capable de se relever sans difficulté, et il avait la tête assez claire pour se rappeler les procédures d'urgence.

D'après le règlement, il devait retourner au poste de pilotage pour évaluer la situation. Mais il avait l'intime conviction que le bâtiment était fichu. Déjà, celui-ci accusait une forte bande. Bâbord ? Tribord ? Il ne pouvait le déterminer précisément, mais la fumée s'épaississait un peu plus chaque seconde et, à en juger par le grondement qui montait des cales, le feu se propageait vers l'armurerie des Seacat. Dans une telle situation, tout marin à moitié sensé oublierait l'évaluation de la situation pour se consacrer à une évacuation en bon ordre.

Il se mit à avancer sur les mains et les genoux, traquant l'air frais. Déjà la tôle chauffait et l'haleine brûlante que vomissait le trou dans le plancher le chassa vers ce qui restait du mess Delta Deux. Il avait le vague souvenir de trois autres hommes avec lui dans cet étroit espace. Où étaient-ils ?

Il en trouva un étendu près d'une armoire ouverte. Gisant parmi des sachets de chips, des effets civils et des exemplaires de *Mayfair*, tétanisé par le choc mais toujours en vie. Il le gifla durement, parvint à le relever en position accroupie et le poussa vers le trou déchiqueté de la porte.

« Sors ! lui hurla-t-il. Sors ! »

Une dernière poussée amena l'homme dehors.

De retour dans le carré, il sentit la fumée envahir ses poumons. Elle avait une saveur atroce, grasse et chimique. La gorge lui brûlait et il avait de plus en plus de mal à respirer. Voilà comment on meurt, pensa-t-il. C'est ce que les instructeurs de Mapatan Road entendaient par suffocation. Il découvrit le deuxième corps à côté du réfrigérateur. Jones. Oui, c'était bien lui. Il chercha en vain le pouls, sacrifia un peu de son air – deux ou trois respirations, il ne pouvait pas plus — pour un bouche-à-bouche, puis abandonna. Jones Taff était mort.

Deux. Plus qu'un seul.

« Il y a quelqu'un ? » cria-t-il.

Il perçut un mouvement dans la pénombre. Quelqu'un titubait, sous le choc mais en état de bouger. Il se portait vers l'homme dans l'intention de l'aider quand, à sa gauche, au-delà d'une déchirure dans la cloison, il distingua la forme d'un corps.

Il avança penché de nouveau, aspirant les dernières bouffées d'air sans fumée, se frayant un chemin parmi les débris. Le blessé était sur le dos. Ses gants antiflash étaient noircis par le feu, et l'une de ses jambes formait un angle anormal, mais il avait les yeux ouverts et il cligna des paupières en réponse au pouce levé qui lui était adressé. Oui, je suis encore en vie. Et putain de Dieu, tire-moi de là.

Le corps pesait une tonne. Chaque fois qu'il essayait de tirer ce poids mort vers la coursive et l'échelle au-delà, l'homme hurlait de douleur. Jamais il ne pourrait le sortir de là sans aide.

Le type qu'il avait aperçu un instant auparavant était encore dans le carré. Silhouette massive, il progressait, les mains tendues devant lui, suivant désespérément la fumée qui montait vers l'air froid du dehors.

« Hé, toi ! Viens me filer un coup de main ! »

L'homme se tourna et le regarda. Au même instant, les haut-parleurs crachaient deux fois l'ordre du commandant d'évacuer le navire.

La silhouette se remit en marche, se hâtant maintenant vers la coursive. Sentant une main sur son épaule, l'homme pivota sur lui-même. Il avait les yeux exorbités derrière les verres carrés de ses lunettes antiflash.

« Il y a un blessé là, derrière. Aide-moi. » Ce n'était pas une demande polie mais un ordre.

L'homme le considéra un bref instant puis ramena son bras en arrière et serra le poing.

« Putain, tu rigoles, grogna-t-il. Dégage, tu veux ? »

1

Mardi 4 juin 2002, 7 heures

Il fallut un moment à Faraday pour découvrir un sens à la forme qui nageait vers lui dans le bain de fixage. Une construction de quelle sorte ? Grande ? Petite ? Il ne savait pas.

J-J se tenait à son côté, haute et étroite silhouette dans la minuscule chambre noire. En dépit des contraintes de ces trois derniers jours, il avait été debout avant l'aube avec son appareil, arpentant la croûte de bois flotté et de débris à marée basse, et la douce-amère odeur de sel du port collait encore à lui.

« Tu la reconnais, maintenant ? » demanda un doigt osseux traçant un cercle dans la pénombre.

Faraday se frotta les yeux et scruta les gris qui lentement s'épaississaient, tandis que le voile qui enveloppait le rivage commençait de se lever. La grande baie vitrée du rez-de-chaussée qu'incendiaient les premiers rais de soleil ; le bureau de Faraday audessus, avec les rideaux encore tirés, et un désordre de nuages derrière, encadrant la robuste maison de marinier. J-J avait sûrement pris la photo depuis la chaussée à moitié submergée, qui se découvrait à marée basse, supposition que confirmait la boue maculant ses baskets. Faraday pensait que cela ne valait tout de même pas qu'on le réveille à 7 heures mais, sur le moment, il ne se sentait pas l'énergie de protester.

J-J tendit la main vers la pince en plastique, agita un peu le bain et désigna une autre fenêtre que révélait la photo.

« Toi. » Il inclina la tête sur ses deux mains jointes, un geste un rien réprobateur. « Tu dormais. »

Il sortit l'épreuve ruisselante du bac et la souleva un instant tel le trophée de sa sortie matinale. Puis, se tournant vers l'une des cordes tendues en travers de la chambre noire, il accrocha la maison du marinier parmi les douzaines d'épreuves suspendues là : antiques visages burinés par la mer, sourires timides, mains noueuses serrant la barre, et la préférée de Faraday : une armada de petites embarcations remontant la marée en passant devant la Tour Ronde sous un contre-jour printanier.

Faraday contempla la photo pendant un instant encore, conscient du regard de son fils. Puis il leva le pouce en signe d'approbation. « Beau », dit-il doucement.

De retour dans son lit, savourant la grasse matinée qu'il s'était promise depuis des semaines, Faraday se laissa emporter par le sommeil. La décision de donner à J-J l'appareil photo de sa mère n'avait pas été facile, mais les images que son fils avait réussi à tirer du vieil Olympus qu'ils partageaient tous deux depuis des années s'étaient révélées assez impressionnantes pour qu'à la fin la décision se fît d'elle-même. Depuis lors — et cela remontait à quelques mois — les photos n'avaient cessé d'embellir. Son fils sourd et muet avait découvert un nouveau langage à travers le viseur du précieux Nikon de Janna, et l'installation de la chambre noire avait permis aux clichés en noir et blanc de J-J d'acquérir une netteté des contours qui frappait Faraday par sa force et son étrangeté. C'étaient là des images qui reliaient les ans entre eux, des échos d'une autre vie. Rien qu'à les regarder, il revivait ses dix-neuf ans.

Il était 11 heures passées quand son portable sonna. Il reconnut aussitôt la voix.

« Dave », marmonna-t-il d'une voix lasse.

Dave Michaels était l'un des inspecteurs de l'équipe de la section Crimes Graves. La veille, en quittant son bureau, Faraday s'était fait un devoir de mentionner sur le tableau de service cette journée de repos impatiemment attendue depuis des semaines. Manifestement, il n'aurait pas dû se donner cette peine.

« On a un cadavre sur les bras à Southsea, disait Michaels. Un agent en tenue nous a appelés il y a une demi-heure.

— Et en quoi ça me regarde ?

— Le patron veut que vous y alliez, et le plus tôt possible.

— Pourquoi n'y a-t-il personne d'autre pour s'en charger ? »

Faraday attendit que Michaels eût fini de glousser. Cela faisait environ un mois que Portsmouth était devenu la Cité du Crime, une série de meurtres venant troubler la paix en ce début d'été. Sordides pour la plupart, des querelles familiales que l'alcool ou la rage muaient en tueries, mais chaque cadavre enfourné dans les frigos de la morgue déclenchait une avalanche de paperasses que Faraday ne connaissait que trop bien. Il y avait sans aucun doute des bénéfices pour un inspecteur de brigade tel que lui à s'être fait une place à la section des Crimes Graves, mais la présente conversation n'en était certes pas un. Un instant, il joua avec l'envie de regimber, rien que pour compenser sa déception, mais ce serait en vain. Les meurtres et les questions qu'ils soulevaient — qui, où, quand, pourquoi — n'avaient que faire du tableau de service.

Michaels lui communiquait ce qu'il avait glané de l'inspecteur en tenue qui leur avait passé le constat établi par les agents dépêchés sur place. La victime, d'une cinquantaine d'années, avait été découverte morte dans son logement à Southsea par un collègue de travail. Le type gisait par terre, nu et raide comme une planche, et quelqu'un avait manifestement fouillé l'appartement.

« Situé où ?

— 7a, Niton Road.

— Des témoins ? Des voisins ? Quelqu'un habite au-dessus ?

— Trop tôt pour le dire. La Scène de crime est déjà sur place, et ils ont bouclé les lieux. Mais pas de réponse chez les locataires du dessus. »

Faraday jeta un coup d'œil au réveil sur la table de nuit : 11 h 36. Compte tenu de l'heure de la découverte du crime, les choses étaient allées drôlement vite. Comment se faisait-il que la section fût déjà chargée de l'enquête ?

« Décision de Willard, répondit Michaels en riant de nouveau. Il n'en peut plus d'attendre d'être sur ce coup. Il parle d'une équipe de vingt inspecteurs. La grande offensive.

— Pourquoi ?

— Le type était gardien de prison. »

Faraday trouva J-J penché au-dessus du grille-pain dans la cuisine. Son fils était encore imprégné de la forte odeur chimique du bac de révélateur. Dans une mêlée de signes, Faraday lui expliqua qu'il était demandé à la section et que leur virée prévue à Londres devrait attendre un autre jour.

J-J n'était pas joyeux.

« Quand ? » voulut-il savoir.

Faraday écarta les bras. Il était tenté de mentir, de répondre que ce dernier sursaut de violence serait réglé en quelques jours, que ce n'était qu'un drame familial de plus, mais sa conversation avec Dave Michaels lui soufflait de s'attendre à une affaire plus complexe. Les superintendants de l'expérience de Willard n'appelaient pas la cavalerie en si grand nombre sans bonne raison.

« Je peux pas te répondre, fit signe Faraday. Ça pourrait être la semaine prochaine comme dans un mois.

— Et cette femme qu'on devait rencontrer ? » Les mains de J-J formèrent la question, la laissant comme suspendue entre eux. Il était très contrarié, et Faraday en était conscient.

« Je lui téléphonerai. On trouvera bien un moyen.

— Mais elle repart la semaine prochaine. C'est toi qui me l'as dit.

— Je sais. Peut-être qu'elle pourrait venir ici.

— Tu crois ? » Un sourire soudain éclaira le visage de J-J. À vingt-trois ans, ses brusques changements d'humeur avaient quelque chose d'infantile. Le tonnerre un moment, le soleil l'instant d'après.

Faraday désigna d'un signe de tête le grille-pain dans lequel fumait l'épaisse tranche de pain complet que J-J y avait enfoncée. J-J n'y prêta pas attention.

« Quand ? Quand peut-elle venir ? »

Faraday lui répondit qu'il l'ignorait. Il avait organisé cette rencontre des mois plus tôt, après que les parents de Janna, à Seattle, lui avaient appris la nouvelle au téléphone. La galerie Hayward à Londres préparait une grande exposition des plus belles pièces du photographe américain Ansel Adams, et l'une des anciennes camarades de fac de Janna avait été désignée pour assurer la liaison entre la galerie et les héritiers Adams. J-J tenait de sa mère une passion pour les paysages d'Adams, et la perspective de pouvoir découvrir en avant-première le meilleur de l'œuvre du grand photographe était une aubaine rêvée pour un jeune amateur aussi impatient et ambitieux que J-J.

Faraday repêcha les restes du toast et gratta le brûlé au-dessus de la poubelle. J-J avait l'air pensif.

« Je peux y aller seul, finit-il par dire. Je vais à Londres et je la rencontre.

— Oui ? » Faraday jeta un coup d'œil à sa montre. « Bien sûr. Tu me dis où et à quelle heure. Puis tu l'appelles et tu lui expliques que tu ne pourras pas venir.

— Et si elle ne connaît pas le langage des signes ?

— Ça fait rien. On va là-bas pour regarder des photos, non ? On n'a pas besoin de parler. »

Bien que préoccupé par ce qui l'attendait au 7a, Niton Road, Faraday ne put s'empêcher de contempler son sourd-muet de fils. Il y avait des moments, tel celui-ci, où J-J l'étonnait. Le garçon avait raison. Les images d'Ansel Adams, dramatiques et artistiques comme elles l'étaient, avaient justement pour effet de transcender le langage. Qui avait besoin de lui comme traducteur quand une photo disait tout ?

Faraday tendit la main vers le beurrier.

« Je l'appelle dans un moment. » Il tapota le cadran de sa montre. « Puis je file. »

Niton Road était l'une de ces innombrables rues qui tissaient les limites de Southsea à l'est : des maisons mitoyennes mais avec de larges bow-windows leur conférant un air bourgeois, et la douzaine d'arbres récemment plantés avaient jusqu'ici échappé aux vandales du samedi soir.

Faraday gara sa Mondeo à proximité et montra sa plaque au jeune agent en faction devant le ruban bleu qui barrait l'entrée du numéro 7. Parmi les véhicules rangés devant, il y avait la BMW toute neuve de Willard. Quelques secondes plus tard, le superintendant sortait en compagnie du responsable de la Scène de crime, un tout jeune inspecteur du nom de Jimmy qui, après son expertise des deux derniers assassinats, avait gagné le respect de Faraday.

Ils se rencontrèrent sur le trottoir. L'officier du

SOC[1] suait sous sa combinaison. Ils avaient bien des difficultés à joindre le médecin légiste du ministère de l'Intérieur, et Willard voulait savoir pourquoi. Jimmy retourna sur ses pas pour emprunter son portable à l'agent en tenue qui gardait la porte et, ôtant un de ses gants, composa un numéro. Le médecin habitait dans le Dorset.

Willard se tourna vers Faraday. « Vous avez pris votre temps, Joe. Une demi-journée, quasiment. »

Faraday ignora la pique. Willard, qui dirigeait la section Crimes Graves, était le plus souvent confiné dans son bureau derrière une montagne de papiers, à jongler avec les budgets et une noria de rendez-vous. Un seul coup d'œil à l'emploi du temps de son patron ramenait Faraday au temps où il dirigeait lui-même une section à la police judiciaire, et il était rare qu'un responsable du grade de Willard se déplaçât sur le terrain. Une preuve de plus que les surveillants de la Pénitentiaire faisaient l'objet d'un service cinq étoiles.

« Le nom de la victime, monsieur ?

— Sean Coughlin. Il travaillait à la prison de Gosport. Il ne s'est pas présenté à son service ce matin. Pas de coup de fil, pas d'e-mail, rien. Son chef a envoyé quelqu'un, et voilà.

— Le collègue avait une clé ?

— Il n'en a pas eu besoin. Il a d'abord frappé à la porte, puis il a trouvé une fenêtre ouverte sur le devant. »

Faraday suivit le doigt tendu de Willard. L'un des vantaux d'aération avait été ouvert durant la nuit. Le collègue de Coughlin avait pu passer son bras

1. Scène de crime. *(N.d.T.)*

pour ouvrir la grande fenêtre située en dessous. Les rideaux étaient tirés mais l'odeur l'avait poussé à en savoir plus.

Faraday fronça les sourcils. Même avec le chauffage central allumé, il fallait une douzaine d'heures pour que la décomposition commence.

« Il était mort depuis si longtemps ? »

Willard secoua la tête.

« Il a quitté son travail à 5 heures hier soir. L'odeur était du vomi. Coughlin avait dégueulé partout. Son collègue a pensé qu'il était malade. »

L'officier du SOC referma le clapet de son portable. Le médecin légiste avait enfin répondu à son message et appellerait la morgue pour convenir d'une autopsie. Depuis le mois précédent, en dépit de l'épidémie locale de meurtres, toutes les autopsies avaient été transférées à l'hôpital de Southampton, à trente kilomètres de là, où les conditions matérielles étaient jugées meilleures. Que ce transfert fît gagner au médecin légiste un temps appréciable sur le trajet n'était pas non plus, aux yeux de Faraday, une coïncidence.

« Aujourd'hui, ce serait parfait, grogna Willard. Où en est-on avec le corps ? »

L'homme du SOC lui rendit compte des actions menées. Le médecin de la police avait certifié la mort et était reparti, appelé ailleurs. Le photographe en poste à Netley avait grillé cinq pellicules de 35 mm et prenait maintenant la scène en vidéo. On avait drapé un sac plastique autour des mains, des pieds et de la tête de Coughlin, et le cadavre était prêt pour la morgue. Les types des pompes funèbres attendaient avec leur cercueil dans un fourgon Transit au coin de la rue, et l'officier du SOC avait prévu de leur remettre le corps à l'intérieur du hall d'entrée, pour épargner aux voisins la vue du cadavre.

Willard acquiesça d'un signe de tête en suivant des yeux une jeune policière en tenue qui remontait la rue, et Faraday prit la mesure du changement intervenu depuis ces deux années que Willard dirigeait Kingston Crescent. Avec sa carrure de lutteur et son refus obstiné d'accepter des excuses de quiconque, le patron avait imposé de nouvelles normes à la douzaine d'hommes et de femmes de la section des Crimes Graves. Son exigence à l'égard de chacun et l'augmentation croissante des affaires criminelles avaient éliminé les âmes les moins trempées mais, depuis ces dix-huit derniers mois, ils avaient remporté quelques belles victoires.

Willard n'était pas homme à prendre le succès à la légère. Son goût pour les costumes bien coupés l'avait naturellement conduit chez un onéreux tailleur sur mesure de Winchester et, depuis qu'il fréquentait le salon de coiffure de Roz à Southsea, il était d'une élégance absolue. À en croire la rumeur circulant à Kingston Crescent, il y avait plus entre Roz et lui qu'un généreux pourboire mais, pour Faraday, cela restait à prouver.

Willard le prit par le bras et, après quelques pas sur le trottoir, s'arrêta à côté de sa BMW pour un résumé de la situation. Le temps passait. Il voulait que Faraday retourne à Kingston, histoire de maintenir le calme, le temps pour l'équipe de se rassembler. Il avait demandé à la direction un soutien opérationnel d'une douzaine d'inspecteurs pour lancer l'enquête. Avec un peu de chance, il y en aurait vingt. Il y avait en priorité le porte-à-porte, avec témoignages par écrit pour chaque adresse, et c'était à Faraday d'en fixer les paramètres. Il avait informé l'officier de liaison avec la Pénitentiaire qu'il désirait interroger l'équipe dont faisait partie Coughlin, et il venait tout juste d'appeler le directeur de la prison pour préparer la voie. Un homme sérieux, de la vieille école ; il avait promis de mettre à leur disposition un bureau où ils seraient tranquilles, et il devait leur dresser la liste des collègues de Coughlin. À Kingston Crescent, ils avaient déjà lancé HOLMES mais il y avait un problème de personnel. L'un des informaticiens était en congé, et l'autre au lit avec la migraine. Willard voulait qu'on règle ça au plus vite.

« D'accord ? »

Faraday ne se donna pas la peine de dissimuler un sourire. HOLMES était leur principal outil de référence, un puissant logiciel avec une formidable fringale de données. Il avalait le moindre indice et le classait en attendant qu'un dessin commence de se former. Il était manœuvré par des opérateurs civils enchaînés à leurs claviers, et la migraine était devenue un risque du métier. Les questionnaires accompagnant les enquêtes de porte-à-porte comptaient cinq pages de questions, et les réponses étaient évidemment manuscrites. Il ne fallait donc pas s'étonner que les opérateurs de HOLMES soient tentés de rester au lit le matin.

« Vous voulez que je passe les voir avec de l'aspirine ? »

Willard, reniflant une blague, changea de sujet. Dénicher du personnel ne serait pas une mince affaire. Les forces de police comptaient deux autres équipes relevant des Crimes Graves, et elles étaient déjà débordées. Le récepteur, le lecteur de témoignages et le répartiteur — les trois acteurs-clés de HOLMES — dépendaient de décisions internes. Idem pour les officiers qui s'occuperaient des pièces à conviction. Mais Willard se faisait un devoir de toujours recruter les meilleurs hommes, ne tenant pas à ce que l'un d'eux joue les OLF. L'Officier de Liaison Familiale asséchait les mares de chagrin que tout crime laissait dans son sillage. Cependant, un bon OLF, capable de gagner la confiance de la famille et des amis, pouvait être une précieuse source de renseignements.

Willard mentionna un nom ou deux. Ceux-là, il n'en voulait pour rien au monde. Il désirait aussi une réunion de la section à 18 heures.

« D'accord ? »

Faraday hocha la tête. Les conversations avec Willard laissaient rarement place au bavardage mais le présent échange était particulièrement brutal. Songeant à la liste de ses tâches — les miracles à accomplir durant les prochaines heures — Faraday se demandait ce que cachait ce tir de barrage.

« Vous dirigez les opérations ?

— Bien sûr.

— Et moi ?

— Vous êtes mon second. » Willard avait sorti ses clés de voiture. « Je pars en stage, demain. Lac Wyboston. Kidnapping et demande de rançon. » Se penchant vers la portière, il jeta un regard à Faraday. « Vous vous en tirerez bien tout seul, n'est-ce pas ? »

La question était une plaisanterie, et Faraday ne l'ignorait pas. Le lac Wyboston, dans le Bedfordshire, abritait le Centrex, un site de formation pour les officiers supérieurs, mais jamais Willard ne laisserait cent cinquante kilomètres l'isoler d'une enquête aussi importante que celle de Coughlin. Les officiers chapeautaient toute investigation, veillant à la maintenir sur les rails, et avoir Willard dans son bureau de l'autre côté du couloir à Kingston Crescent était déjà une contrainte. Lui faire son rapport au téléphone dix fois par jour allait tenir du cauchemar.

« Combien de temps serez-vous absent, monsieur ?

— Cinq jours. » Pour la première fois, l'ombre d'un sourire. « À moins que vous ne merdiez complètement. »

Willard parti, Faraday demeura sur le trottoir un moment, savourant la chaleur du soleil sur son visage. Cela faisait quatre petits mois qu'il était aux Crimes Graves, mais il avait déjà mesuré combien chaque travail successif vous enfermait dans une bulle.

Il y avait nécessité absolue de se concentrer. Des équipes dévouées et un budget à plusieurs zéros étaient un luxe inaccessible à un inspecteur de la police judiciaire, mais le poids des responsabilités, ici, aux Crimes Graves, était immense. La vie réelle — faire des courses, cuisiner, même une demi-journée volée à parcourir la grève en quête de ses précieux oiseaux — devenait un souvenir. On pouvait toujours vous demander quel jour on était, vous n'en aviez pas la moindre idée. Mais qu'on sollicitât de vous les paramètres des alibis, les rapports scientifiques, les stratégies d'arrestation et même l'état du budget des heures supplémentaires, alors vous vous révéliez prolixe et parfait, le roi incontesté du monde virtuel de la genèse du crime.

Avec un peu de chance et une attention incessante aux détails, vous pouviez obtenir un résultat. Et même si vous n'y parveniez pas, vous en conceviez tout de même une crainte mêlée de respect envers la portée et la puissance du système. Les bons jours, cela vous suffisait. Les mauvais, ça pouvait vous crucifier.

« Monsieur ? »

C'était le photographe de Netley. Il venait de sortir de la maison avec son sac de matériel.

« Vous avez fini ?

— Ouais. » Il ôta sa capuche de protection et s'essuya le front du dos de la main. « Dieu seul sait ce que le bonhomme a mangé la nuit dernière, mais ça pue là-dedans. »

Faraday porta son regard sur le sac. Suppléant de Willard en l'absence de ce dernier, il avait le droit d'inspecter la pièce où se trouvait le corps, mais aucun flic en possession de toutes ses facultés ne prendrait le risque d'altérer de précieux indices tant que l'officier de la Scène de crime n'avait pas bouclé son travail. De plus en plus souvent, les verdicts reposaient sur la découverte d'une minuscule particule d'ADN relevée sur le lieu du crime.

« Dans quel état est le corps ?

— J'ai vu pire. Il s'est fait tabasser, c'est sûr. Là et là, surtout, précisa le photographe en désignant son torse et son aine. Mais il n'y a pas beaucoup de sang.

— Le visage ?

— Enflé. Quelques contusions mais sans plus.

— Arme ?

— Rien qui en indique une. Seule l'autopsie nous en dira plus. Peut-être que le type s'est étouffé dans son propre vomi. Il y en a partout sur la moquette.

— Il a tout de même pris des coups.

— C'est sûr, et la pièce est toute chamboulée. Tenez. » Le photographe se pencha pour sortir la caméra vidéo de son sac. Rembobinant la bande, il protégea de sa main le minuscule écran jusqu'à ce qu'il trouve la séquence qu'il cherchait. Il tendit l'appareil à Faraday.

« Appuyez sur Marche. »

Faraday s'efforça de tirer un sens de l'image, mais le généreux soleil noyait les détails. Accroupi à l'arrière du break Fiesta du photographe, il essaya de nouveau.

« Ça commence avec le corps. Vous le voyez, le corps ? Un grand type.

— Je l'ai. »

Coughlin gisait sur le côté, les genoux ramenés contre sa poitrine, les mains serrées en bouclier sur son entrejambe. C'était un homme grand et flasque, trop gras, et des boucles de poils noirs constellaient son ventre épais. La rougeur des ecchymoses sur la cage thoracique contrastait avec la pâleur de la peau, et il y avait d'autres marques de coups aux cuisses et aux fesses. Une barbe de deux jours noircissait le bas de son visage, et une mince coulée de vomi avait séché sur son menton enflé. Les yeux ouverts fixaient sans la voir la moquette souillée. Même vivant, il n'avait sûrement pas été bel homme.

La caméra offrait d'autres angles, révélant le tatouage d'un serpent sur le bras gauche. Suivait un lent panoramique du living. Faraday se pencha un peu plus dans l'ombre du siège. Le photographe avait raison. La pièce avait été vandalisée : sièges renversés, meuble de bibliothèque vidé, débris de bibelots jonchant l'âtre de la petite cheminée. Finalement l'objectif s'arrêtait sur une demi-douzaine de magazines éparpillés autour des pieds de Coughlin. Les couvertures étaient éloquentes ; ce n'était pas le genre de lecture qu'on empruntait à la bibliothèque municipale.

Le photographe s'était glissé sur la banquette à côté de Faraday.

« Porno, dit-il. Il y en a partout dans l'appart. Et son ordinateur était encore branché sur un de ces sites payants. Branlette à volonté.

— L'appareil est toujours allumé ? »

Le photographe acquiesça, et Faraday se promit d'en parler au responsable de la Scène de crime. Il appartenait aux informaticiens de Netley de venir déconnecter l'ordinateur. Il n'était pas question que le SOC touche à ça.

« Vous parliez de revues porno ? »

Faraday avait arrêté l'image sur les magazines.

« Oui, il y en a toute une pile sur le bureau, à côté de l'ordinateur. Ce type devait se masturber pour la patrie.

— Et, à votre avis, cet étalage autour de ses pieds a été voulu ?

— Sûrement. »

Faraday s'efforçait d'imaginer la suite d'événements qui avaient abouti à cette petite mise en scène finale.

« L'appartement est indépendant ?

— Oui. Deux chambres, une cuisine, une salle de bains.

— Des dégâts ?

— On n'en a pas relevé.

— Et au-dessus, il y a un locataire ?

— Je ne sais pas.

— La porte de la maison est commune ?

— Apparemment.

— Et pas de traces d'effraction sur la porte d'entrée de Coughlin ?

— Je n'ai rien entendu à ce sujet, mais je l'ai quand même prise en photo. »

Faraday acquiesça et, relâchant le bouton de pause, observa encore le petit écran. L'objectif cadrait la couverture d'une des revues, deux femmes léchant un énorme pénis en érection. Tandis que le corps se dessinait en contrechamp, la prise de vue s'immobilisait sur cet amas de chair blême et, pour la deuxième fois de la matinée, Faraday mesurait la puissance d'une seule image, un instant figée dans le temps, le dernier halètement d'un homme exhalé dans ce sordide tableau.

Dans l'habitat confiné du break, le photographe se mit à glousser.

« Ces sites porno coûtent une livre cinquante la minute. » Il pointa son index vers l'écran. « Ce type a bien fait de mourir. Ça lui aurait coûté une fortune, sinon. »

Une heure plus tard, au poste de police de Kingston Crescent, Faraday monta au bureau de Hartigan, deuxième étage. Récemment promu superintendant en chef, Hartigan avait désormais la direction des

UCB de Portsmouth. Ces unités de commandement de base présentaient diverses formes et tailles, mais celle de Pompey représentait le plus gros morceau. Diriger les forces de l'ordre était, comme le rappelait souvent Hartigan à ses visiteurs, une tâche rêvée. Pas seulement le fait d'être le plus haut gradé dans la ville la plus difficile du comté, mais une véritable opportunité de changer les choses.

« Joe... »

Sans se lever, Hartigan invita Faraday à prendre un siège. Hartigan était de petite taille, d'une propreté maniaque et aussi pointilleux en matière d'habillement qu'il l'était dans le travail. Une fois, dans un moment d'inattention, son assistante avait confié que Mme Hartigan allait jusqu'à repasser les chaussettes du grand homme.

« Un surveillant de prison, n'est-ce pas ?

— Oui, monsieur. Un certain Coughlin.

— Niton Road ?

— Oui.

— Numéro 7a ?

— Absolument.

— De la famille ?

— Nous sommes en train de vérifier. »

Faraday faisait de son mieux pour dissimuler son irritation croissante. Il avait vu Hartigan jouer à ce petit jeu depuis trop longtemps à son goût. Un jeu basé sur le savoir et le pouvoir, et dont le superintendant en chef était parfaitement conscient.

« Alors... cette Évaluation des Incidences... » Hartigan fronça les sourcils. « L'îlotier déclare que c'est d'ordinaire plutôt calme dans ce quartier. Dans ce cas, l'affaire est d'autant plus gênante, n'est-ce pas ? »

Faraday rapporta ce qu'il savait : les premiers inspecteurs détachés, soit une demi-douzaine d'hommes venus de la Criminelle, étaient déjà au travail, et quatre d'entre eux avaient entrepris le porte-à-porte dans Niton Road. Mais jusqu'ici, d'après l'inspecteur dirigeant les Enquêtes Externes, ils n'avaient rien rapporté, ce qui n'était pas surprenant à cette heure de la journée.

« La plupart des gens sont au travail, fit observer Faraday. Et ils ne reviendront que dans la soirée.

— Les femmes aussi ? Les mères ?

— Oui, pour la plupart.

— C'est bien ça. Il fut un temps où les mères restaient au foyer pour veiller sur leur progéniture.

— Mais les enfants sont à l'école.

— Pas les tout-petits, Joe. Et c'est à cet âge que ça compte le plus. »

Faraday s'adossa à sa chaise. Ils arriveraient bientôt au cœur de l'Évaluation des Incidences — la prudente exploration des moyens susceptibles de garder l'enquête aussi discrète que possible. Les riverains n'appréciaient guère d'habiter dans une rue assombrie par un assassinat. Et ils verraient d'un plus mauvais œil encore l'invasion de leur territoire par une meute d'inspecteurs de police. Hartigan devait sûrement avoir une opinion à ce sujet, sans parler d'une liste d'actions prioritaires notées au crayon d'une écriture appliquée, mais, pour l'instant, il préférait virer de bord.

« Le volume des crimes peut être un défi, dit-il, songeur. Je ne veux pas suggérer que vous n'en avez pas conscience, surtout avec votre nouvelle affectation, mais c'est vrai, vous savez.

— Qu'est-ce qui est vrai, monsieur ?

— La note en mineur, ce qui est écrit en petits caractères. C'est là que nous perdons ou gagnons la bataille dans cette ville. Meurtre ? Viol ? » Il balaya l'air de sa main. « C'est cela qui mobilise nos hommes, et peut-être n'y a-t-il rien à y redire. Mais que pensez-vous de ça ? Il y a une bande de mômes dans Somerstown qui razzient tous les magasins à la ronde. Ils opèrent en force. Sans se cacher. Ils foncent dans une surface commerciale telle une nuée de sauterelles et raflent tout ce qui leur tombe sous la main : argent, articles, alcool, même du mobilier. Ils sont au-dessus de la loi, aux marges de la société, et ils se foutent de tout. Terrifiant, n'est-ce pas, Joe ? Alors, qu'est-ce que propose la Criminelle contre ça ?

— Rien. À moins qu'ils ne tuent quelqu'un.

— Mais cela arrive de temps à autre, Joe, vous le savez mieux qu'un autre. »

Faraday détourna la tête, se demandant si c'était bien un compliment qu'il venait d'entendre. Un an plus tôt, alors qu'il était encore inspecteur judiciaire à Highland Road, Faraday avait résolu une affaire qui avait fait les gros titres dans la presse nationale. Une gamine de quatorze ans était tombée du haut d'une tour d'habitation à Somerstown. Et un gosse plus jeune encore — dix ans, pour l'amour du Ciel — avait joyeusement brûlé une maison et tué un homme pour venger une autre mort. Le lendemain de l'inculpation du gamin, le *Guardian* avait fort justement titré son long article « Les Anges Déchus ».

« À propos de Niton Road… » commença Faraday.

Hartigan l'ignora. « Les enfants devraient être à l'école, Joe, reprit-il. Ils devraient être motivés, enthousiastes, attentifs. Et voilà qu'on est là à leur donner la chasse à travers tout Somerstown, et seul Dieu sait ce que ça nous coûte. Entendez-moi bien, je ne déplore pas cette mobilisation, nous sommes là pour ça. Mais où cela nous mène-t-il du point de vue de la société ? Vous avez une idée, Joe ? »

Un instant, Faraday fut tenté de croire que cela était le prologue à une véritable discussion, et que Hartigan désirait vivement se pencher sur les événements de l'année précédente, mais la petite silhouette derrière la grande table de travail se trahit elle-même en mentionnant une intervention qui l'attendait au ministère de l'Intérieur à Guilford, et Faraday put en déduire que cette bouffée de conscience citoyenne n'était qu'une répétition, avant la représentation. Le spectacle continue, disait en vérité Hartigan.

Dix minutes plus tard, après avoir recommandé à la section des Crimes Graves la plus grande discrétion dans Niton Road, Hartigan mit fin à l'entretien. Ce ne fut qu'arrivé à la porte que Faraday formula ses doutes.

« Pour l'Évaluation des Incidences, demanda-t-il, vous êtes sûr que cela suffira ? »

Hartigan leva la tête de ses papiers. « Tout découle des mères absentes, Joe. » Il secoua la tête. « Les enfants pètent les plombs. Je m'étonne que ça puisse vous échapper. »

2

Mardi 4 juin 2002, 17 h 30

Quand la silhouette voûtée dans sa robe en polyester maculée de taches revint avec de nouveaux rafraîchissements, même l'inspecteur Paul Winter n'en pouvait plus. Il planquait depuis midi en compagnie de sa collègue Dawn Ellis devant le minuscule bow-window de Doris Ackerman. Une quatrième théière de Lipton en sachet, et ses reins rendraient l'âme.

« Non merci, ma belle. » Winter la repoussa gentiment vers la porte ouverte. « Mais c'était gentil de votre part. »

Ellis parcourut le petit salon encombré. Le mobilier était fatigué et l'atmosphère était chargée d'une forte odeur de chat. Un numéro du *News* du mois précédent gisait plié sur la commode et, sur la tablette de la cheminée, une plante verte pâlichonne avait bien besoin d'eau. La photo en noir et blanc à côté montrait une Doris beaucoup plus jeune, bras dessus bras dessous avec un marin.

Après s'être fait refuser une planque par le craintif commerçant bengali, Winter avait aussitôt téléphoné à Mme Ackerman depuis les bureaux du CID[1] dans Highland Road à Southsea. Mme Ackerman ne se souvenait pas d'avoir déjà rencontré l'inspecteur Winter, mais elle était heureuse de lui confirmer que sa maison donnait juste en face de l'épicerie de M. Patel. Elle y allait souvent pour y acheter des biscuits et des boîtes pour les chats. Ça lui épargnait la fatigue de descendre à Elm Grove jusqu'au supermarché.

Ellis, plus que jamais impressionnée par l'épaisseur du carnet d'adresses de Winter, s'était demandé pourquoi cette femme avait si obligeamment accepté de transformer son salon en poste d'observation pour la police. Dans une zone aussi dure et impitoyable que l'était la cité de Somerstown, toute complicité avec les flics vous valait un pavé dans la fenêtre. Alors, comment avait-elle pu dire oui ?

Bien sûr, Winter s'était contenté de répondre d'un haussement d'épaules, et ce fut seulement quand on leur ouvrit la porte qu'Ellis comprit que la vieille dame les prenait pour des agents de la compagnie du gaz. Il y avait de quoi s'interroger sur les motifs que pouvait avoir une compagnie aussi puissante de mettre sous surveillance l'épicerie de M. Patel, mais Doris Ackerman était sous le charme du sourire de Winter et ce fut avec joie qu'elle les laissa s'installer.

Bien entendu, des règles strictes encadraient l'usage d'une habitation comme couverture dans une opération de police. Outre consulter l'occupant, il y avait des formulaires à remplir, des signatures à apposer, mais Winter avait rarement permis à la paperasse de

1. Criminal Investigation Department, équivalent de la Criminelle. *(N.d.T.)*

s'interposer entre lui-même et la perspective d'un modeste résultat. Hartigan voulait la peau d'une bande de sales gamins ? Cathy Lamb pensait qu'une planque ferait l'affaire ? Eh bien, voilà, c'était fait. Au fil du temps, les terrains vagues de Somerstown devenaient zone interdite, et l'heure était venue pour un peu de créativité policière.

Personnellement, Ellis jugeait assez merdique l'idée d'utiliser la croix de saint Georges pour camoufler la caméra. Winter avait repéré le drapeau mité chez un brocanteur de Fawcett Road, marchandant le prix à cinquante pence et, quand il était revenu avec dans la voiture, Dawn n'avait pu croire qu'il avait réellement l'intention de l'utiliser, mais à peine étaient-ils entrés dans Somerstown qu'elle avait dû lui accorder le bénéfice du doute. Le drapeau national était partout, drapé par-dessus les balcons, flottant aux fenêtres, accroché aux camionnettes rouillées des artisans, expression de la ferveur de toute la ville qui devait mener l'équipe de Sven à la finale de la Coupe du Monde.

Dans trois jours, l'Angleterre rencontrait l'Argentine. Le pays entier se préparait à un match épique mais ici, à Pompey — la ville d'où avait appareillé pour les Malouines la flotte de Sa Majesté —, l'événement sentait la dynamite et le combat à mains nues. Quelques litres de bière et un but ou deux mettraient le feu, une perspective qui n'était pas pour déplaire aux jeunes agents en tenue qui ne crachaient jamais sur une goutte de maintien de l'ordre musclé.

Winter était morose. L'après-midi était passé, et le spectacle prévu n'avait pas eu lieu. Lors du briefing de la matinée, Cathy Lamb, sachant que les petits voleurs se tenaient prêts à fourguer leur camelote aux portes des écoles, avait accepté le grand jeu. En conséquence, l'épicerie du sieur Patel avait été discrètement équipée de caméras vidéo, et la caisse remplie de billets marqués. Seule une soudaine épidémie de respect envers la loi pouvait empêcher Winter, Ellis et les agents en tenue sur leur VTT de décrocher des médailles.

Pour la énième fois, Winter appela sur son portable l'un des inspecteurs en faction dans une Fiesta banalisée. Il avait depuis longtemps abandonné le réseau téléphonique de la police, parce que les gamins avaient une fichue avance dans ce domaine et utilisaient couramment des scanners. Il le savait parce que lesdits scanners apparaissaient de plus en plus sur les déclarations de vol.

La conversation fut brève. Winter rempocha son appareil.

« Alors ? » Ellis lui jeta un regard.

« Ils crèvent d'ennui et, en plus, ils ont encore été repérés.

— Dis-leur de bouger.

— C'est ce qu'ils vont faire. » Winter la regarda. « Ça te dirait d'entendre quelques méchantes nouvelles ?

— À quel sujet ?

— Ce maton qui est mort, celui de Niton Road. »

Ellis se borna à hocher la tête. Le meurtre de Niton Road était connu de tous depuis ce matin, et il n'y avait pas un seul inspecteur dans Pompey qui ne priât pour un détachement aux Crimes Graves. Le fait qu'aucun d'entre eux — ni Winter, ni Ellis, ni aucun des gars de la Fiesta – n'ait été appelé en renfort avait de quoi vous agacer, pour user d'un euphémisme. Rien qu'en heures sup, un bon assassinat vous payait deux semaines dans les Caraïbes.

« Eh bien ? demanda enfin Ellis.

– Bev Yates, pour commencer. »

Dawn digéra la nouvelle. À quarante-cinq ans, Bev Yates était un inspecteur chevronné. Ses jours de gloire comme avant-centre dans l'équipe du CID étaient depuis longtemps derrière lui, et deux bonnes décennies de service avaient prélevé leur dû. Toutefois, avec ses yeux rêveurs et son lent sourire, il était encore beau mec, ainsi que le prouvait son récent mariage avec une jeunesse.

« Ils viennent d'avoir un autre bébé, murmura Winter. Tu le savais ?

– Tout le monde le sait. » Dawn examinait ses ongles. « Quel gâchis.

– L'enfant ?

– Non, Bev. L'autre jour, il parlait du prix des couches. Tu imagines ? Bev Yates ? Sex-symbol ? Dans les couches ? »

Winter gloussa doucement. Il avait monté le Minolta des services techniques sur un trépied à un mètre environ de la fenêtre. L'objectif offrait un gros plan de l'entrée de l'épicerie Patel à travers une adroite déchirure du drapeau, et il se pencha de nouveau pour vérifier le viseur. Deux femmes bengalies se tenaient au soleil en jacassant de Dieu sait quoi. Il n'y avait pas en vue l'ombre d'une menace.

« À mon avis, le choix des détachés n'est pas innocent, dit Ellis en étouffant un bâillement. Ils savent très bien que Bev ne pense qu'à la Coupe du Monde.

— De toute façon, il sera au boulot à l'heure où ils diffusent les matches.

— Non, à 7 heures du matin, il y sera pas. Et il se débrouillera pour voir les suivants. Tu sais comment il est quand il désire vraiment quelque chose. »

Winter émit un grognement pour toute réponse. Plus âgé que Yates, il manifestait une légendaire méfiance envers l'esprit d'équipe, et principalement parce qu'il n'en avait jamais vu l'utilité. Winter était un détective bon à mettre au musée. Corpulent, chauve, futé, il affectionnait les trois-quarts en daim et laissait dans son sillage un parfum d'after-shave. Il avait toujours chassé seul, et qu'il fût toujours en scène rendait hommage à ses talents de prédateur. Selon les Hartigan et consorts, un travail d'enquête dépendait, pour être réussi, d'un bon renseignement, d'une équipe disciplinée et d'une scrupuleuse recherche des preuves. Winter, fort de ses multiples indics, était d'accord pour le renseignement, mais tenait le reste pour de la pure foutaise.

Dawn Ellis, qui avait beaucoup appris de Winter, aimait bien le bonhomme. Elle savait que son physique de vamp pouvait être un handicap dans une culture aussi machiste que celle du CID, et le fait d'être une végétarienne convaincue ne l'aidait pas. Comment une brillante et séduisante jeune femme de vingt-huit ans pouvait-elle habiter une sinistre maison mitoyenne à Portchester était une constante source de mystère pour ses collègues, mais seul Winter, pensait-elle, connaissait la vérité. À savoir qu'elle était seule, et de plus en plus nerveuse.

Un peu plus tôt dans l'après-midi, elle avait parlé des appels téléphoniques qu'elle recevait en pleine nuit, le genre de coup de fil tordu où l'on n'entend qu'un souffle à l'autre bout de la ligne. Ils s'étaient multipliés dernièrement, deux ou trois fois par semaine, et ils commençaient à l'inquiéter sérieusement. Winter n'avait guère commenté, lui demandant simplement qui cela pouvait être, mais elle avait secoué la tête et répondu qu'elle n'en savait rien, et pour plaisanter il avait évoqué la longueur de la liste, et la conversation s'était arrêtée là.

À présent, toutefois, il voulait en savoir plus.

« Mais il n'y a rien d'autre.

— Il ne dit jamais rien ?

— Je ne sais même pas si c'est un homme.

— Me cacherais-tu quelque chose ?

— Pas du tout. Je n'ai pas dit que c'était une femme, mais seulement que je ne savais pas. Et c'est ça, le problème. À 2 heures du matin, ce genre de truc finit par te prendre la tête. »

L'œil de nouveau collé au viseur, Winter changea de sujet.

« Parle-moi d'Andy Corbett.

— Qu'est-ce qui te donne à croire que je sais quoi que ce soit d'Andy Corbett ?

— Parce que tu es supposée coucher avec.

— Qui raconte ça ?

— Tu couches pas avec lui ?

— On est sortis boire un verre une ou deux fois. C'est un mec sympa, une vraie bouffée d'air frais. Et c'est pas de la baise, ça, Paul. C'est de la conversation. »

Winter s'écarta du trépied en se frottant la nuque. « Il était à Londres, pas vrai ?

– Oui.

– Et il a une grosse moto ? Et se pavane en froc et blouson de cuir noir ?

– C'est quoi, ces questions ?

– Rien que de la curiosité. Tiens, lui aussi il a été détaché pour l'affaire Coughlin. » Il lui sourit. « Je m'étonne que tu ne l'aies pas déjà appris. »

La réunion de la section Crimes Graves au poste de Kingston Crescent, prévue à 18 heures, avait été retardée d'une demi-heure. La salle des enquêteurs était située tout au bout d'une suite de bureaux au premier étage. La pièce était assez spacieuse pour accueillir la douzaine de consoles servant les appétits d'ogre du système HOLMES, sans compter la place pour les autres spécialistes amenés à participer. D'autres bureaux dans le couloir abritaient les cellules du renseignement et l'équipe scientifique. L'affaire Coughlin avait désormais un nom de code : Opération *Merriott*.

Tout à sa conversation avec Dave Michaels, Faraday ne remarqua pas l'arrivée de Willard dans la salle. Michaels était l'inspecteur tenant le rôle de récepteur, la toute-puissante paire d'yeux prenant connaissance des rapports de tous les hommes travaillant sur le terrain. C'était Michaels qui ferait fonction de radar au cours de l'enquête, mettant en relief les premiers éléments de construction d'une théorie.

Sur un signe de Willard, Faraday demanda le silence. L'équipe était presque complète, et les inspecteurs détachés des autres services de police étaient curieux de savoir où cette enquête pourrait les mener. Seuls deux indexeurs travaillant sur HOLMES que Faraday avait réussi à détacher de Basingstoke n'étaient pas encore arrivés.

Willard perdit peu de temps. La victime était un homme blanc, âgé de cinquante-trois ans, célibataire, répondant au nom de Sean Arthur Coughlin. Il travaillait comme surveillant au centre de détention de Gosport et vivait seul dans un appartement en rez-de-chaussée au 7a, Niton Road. Le logement au-dessus était inoccupé, et les voisins, de gauche comme de droite, n'avaient rien remarqué ni entendu le soir du crime. L'un, âgé de quatre-vingt-sept ans, était sourd. Les autres, un jeune couple de travailleurs, s'étaient couchés tôt. Rien de ce côté-là, donc.

Une onde d'assentiment anticipée parcourut la salle. Déjà, ces hommes et ces femmes ressentaient l'enquête dans leur corps.

Willard calma le murmure d'un regard. Vraisemblablement, la victime était morte de coups et blessures, avec ou sans arme, mais l'autopsie avait à peine commencé et il fallait attendre les premiers résultats. L'équipe de la Scène de crime débrayerait vers les 8 heures du soir, et les lieux seraient sécurisés pour la nuit. Le fait que la maison fût inoccupée à l'étage permettait aux gars de la scientifique de prendre tout leur temps dans leur recherche d'indices. Jerry Proctor, coordinateur de la Scène de crime, comptait un minimum de trois jours pour clore le boulot.

Proctor lui-même était présent, un grand barbu auquel Faraday avait commencé de trouver un air de fermier afrikaner. Passionné de voile, il avait un large visage buriné par le vent et les embruns, et ses yeux enfoncés avaient ce regard perçant fait pour les chaudes et poussiéreuses journées dans le veld. La mention par Willard d'une longue recherche d'indices provoqua chez lui une sèche approbation de la tête. Et comme le patron lui demandait s'il avait quelque chose à ajouter, Proctor haussa les épaules.

« On tient une empreinte de chaussure, dit-il. Et le porno. »

Encouragé par Willard, Proctor s'expliqua. Tôt dans l'après-midi, alors qu'ils terminaient leur recherche visuelle à l'arrière et devant la maison, l'un de ses gars avait découvert une parfaite empreinte dans le parterre de fleurs que la pluie avait ameubli. L'empreinte, située juste en dessous de la fenêtre de la chambre de Coughlin, avait été photographiée, et un moule en plâtre pris. Les premières observations indiquaient une pointure de 44, semelle moulée, probablement une chaussure de jogging.

« Pourrait-elle appartenir à Coughlin ? demanda Willard, éveillé.

— Non, monsieur. Il ne chausse pas du 44. »

Proctor jeta un coup d'œil à ses notes et ajouta deux ou trois mots concernant les magazines et les goûts de Coughlin pour les sites hard. Dans l'après-midi, un inspecteur de l'Unité Criminelle Informatique était arrivé de Netley pour emporter le Hewlett Packard de Coughlin afin d'en analyser le contenu. Une vérification au téléphone avec la société Eastleigh qui gérait le site porno leur avait permis d'établir que Coughlin — ou quelqu'un utilisant son ordinateur — s'était branché à minuit dix-sept minutes la nuit précédente. Compte tenu du fait que le site était resté ouvert pendant seize heures, la facture s'élevait à près de quinze cents livres.

Les rires, cette fois, furent plus forts. Pour ce prix-là, un site porno vous devait quelque chose de vraiment spécial.

Willard ramena le briefing à Coughlin. Il avait envoyé deux hommes au centre de détention de Gosport. Ils avaient passé l'après-midi à parler avec les collègues de Coughlin, et un portrait intéressant commençait d'apparaître. Willard jeta un regard en direction de Dave Michaels.

« Ouais, dit Michaels, prenant son temps. Il semblerait que le type était un salopard. Bev ? »

Bev Yates était l'un des deux qui étaient allés à la prison, et il rendit compte brièvement de la demi-douzaine d'interviews. Les surveillants travaillant dans la même aile que Coughlin étaient naturellement réticents à parler d'un collègue décédé mais il s'en détachait néanmoins un portrait peu flatteur. Le type était un solitaire, pas d'amis, pas de copains avec qui boire un coup, et pas bavard non plus. Au travail, il gardait ses distances, jamais ouvertement agressif, non, mais le genre de mec avec qui on n'a pas envie de traîner. Rien ne semblait l'intéresser. Ni le foot, ni les femmes, le bricolage non plus, pas même les brocantes. Vous lui demandiez l'heure, à Coughlin, et vous aviez de la chance si vous obteniez une réponse. Vous lui demandiez de vous prêter son *Sun*, et il vous répondait d'aller vous en acheter un.

« Mais qu'est-ce qui en fait un... salopard ? »

Yates leva les yeux de ses notes. Willard venait de poser une bonne question.

« Rien, monsieur, mais l'un des gars avec qui j'ai parlé a poussé un peu plus loin les confidences. Le type en question part la semaine prochaine dans un autre centre, et peut-être que ça le gênait moins de vider son sac.

— Qu'est-ce qu'il a dit ?

— Que Coughlin avait une très mauvaise réputation parmi les détenus.

— Pourquoi ?

— Brutalité.

— Et rien n'aurait transpiré ? Pas de plainte ?

— Non, apparemment. Il semblerait qu'il choisissait ses cibles. Il savait que les plus faibles la boucleraient, alors il leur tombait dessus. Mais il essayait aussi avec les autres, rien de physique, mais des petits jeux, des blagues, vous savez comment c'est à l'intérieur.

— Vous avez vérifié ces dires auprès du directeur.

— Il s'était absenté pour l'après-midi. »

Willard hocha la tête, et il prenait quelques notes quand il perçut un mouvement devant l'entrée donnant sur le couloir. Puis, comme les hommes massés là s'écartaient, une haute silhouette prise dans un costume impeccable se détacha. Il était jeune, moins de trente ans, les cheveux coupés ras, de l'assurance dans le regard et une démarche athlétique qui trahissait un entraînement soutenu. En photo dans un magazine, il pouvait passer pour un footballeur ou un jeune loup de la nouvelle économie. En tout cas, faire la cible de tous les regards ne semblait pas lui déplaire.

Il salua Willard d'un signe de tête et s'excusa pour son retard. Il avait l'accent plat londonien, et une voix un rien plus haut perchée qu'on ne s'y attendait. Willard, ne sachant manifestement pas à qui il avait affaire, lui demanda son nom.

« Inspecteur Corbett, monsieur. Je fais équipe avec l'inspecteur Yates.

— Ça fait vingt minutes que cette réunion est commencée, Corbett. Où donc étiez-vous ?

— Au téléphone, monsieur. Avec la prison.

— Ça n'est pas une réponse, ça. C'est une excuse. Ici, dans cette section, une réunion signifie qu'on abandonne ce qu'on est en train de faire et qu'on se pointe ici dare-dare. Point final. Vous comprenez ça ?

— Oui, monsieur. Veuillez m'excuser. »

Faraday observait Bev Yates. C'était lui qui avait décidé de les associer pour les envoyer à Gosport ; or, Bev lui semblait maintenant aussi curieux que les autres de découvrir la teneur de cette conversation téléphonique qui valait à Corbett d'être à la bourre.

« Eh bien ? » demanda Willard, tout ouïe.

Corbett s'était taillé une place près de la fenêtre. Découpé à contre-jour, il était difficile de lire son expression. Et, comme il sortait de sa poche un calepin et commençait de le feuilleter, Faraday eut l'impression d'assister à une espèce de représentation. L'assurance affichée, l'aisance, tout cela semblait trop mesuré pour être spontané.

« Il s'appelle Ainsley Davidson, monsieur, dit-il enfin. J'ai consulté la liste des prisonniers libérés récemment, et il a tout à fait le profil.

— Le profil de quoi ?

— Du meurtrier de Coughlin, monsieur... »

Pour la première fois, une ombre d'incertitude se glissait dans la voix de Corbett. Il venait de sortir un lapin de son chapeau, et où étaient les applaudissements ?

« Expliquez-vous.

— Davidson était l'un de ceux à qui Coughlin en faisait baver. Il y a beaucoup à dire sur sa condamnation. Il n'a jamais voulu reconnaître sa culpabilité, et Coughlin l'asticotait à ce sujet. C'est une longue histoire. Je ne suis pas sûr que le moment se prête à… » Il n'acheva pas sa phrase et, refermant son calepin, il le remit dans sa poche.

Ce fut Dave Michaels qui le premier rompit le silence. En qualité de récepteur, c'était à lui qu'on adressait toute nouvelle information.

« Vous me communiquerez vos notes ?

— Certainement, chef.

— On se voit tout à l'heure, d'accord ? »

La réunion se termina quelques minutes plus tard sur la bande d'arrêt d'urgence, avec un pneu à plat. Le show de Corbett lui vaudrait en privé un savon de la part de Willard comme de Michaels, mais il n'en restait pas moins vrai que la prison était le lieu le plus susceptible de fournir un suspect. Que chacun se demandât si le dénommé Ainsley Davidson serait leur cible ou pas importait peu à Willard. Le superintendant tenait avant toute chose à établir l'emploi du temps de Coughlin durant les heures précédant sa mort. Il voulait savoir où le type s'était rendu, qui il avait rencontré. Le reçu d'un retrait de cinquante livres à un distributeur était daté du lundi à 18 h 46, et Coughlin semblait avoir presque tout dépensé avant d'être assassiné. On pouvait commencer les recherches par les pubs, sans parler des bandes vidéo des caméras de surveillance. Willard énuméra les recommandations rituelles : explorez toutes les alternatives, gardez l'esprit ouvert, travaillez comme des mules, et pensez toujours — toujours — tribunal. Il laissait à Faraday le soin de gérer les effectifs.

Ce ne fut qu'à la fin, dans le froissement des papiers qu'on rangeait, que Willard ajouta une touche finale à la réunion. Il partait le lendemain pour cinq jours de formation à Centrex. Ce stage était prévu depuis bientôt un an, et il n'avait pas l'intention de le rater. Bien entendu, on pouvait le joindre sur son portable, mais il confiait le cahier des charges à Faraday, et il faisait confiance à son second pour mener à bien l'enquête. Avec un peu de chance, l'opération *Merriott* serait terminée à son retour. Sinon, ils apprendraient sans doute à mieux se connaître les uns les autres. Il jeta un regard à Faraday.

« D'accord, Joe ? »

À trois kilomètres de là, au poste de police de Highland Road, Cathy Lamb peinait avec la répartition des heures sup, quand Winter apparut sur le seuil.

Sa promotion d'inspecteur principal avait valu à Lamb un bureau bien à elle qui ne déparait point avec le reste de la bâtisse. Avant la guerre se dressait là le quartier général d'une compagnie d'autobus, soucieuse de donner à ses locaux un cachet architectural, et les lambris de chêne comme le vitrail à plombures au-dessus de la grande table de travail de Cathy avaient survécu au rachat des lieux par la police du Hampshire. En vérité, avec son grand escalier en chêne et son imposante salle de conférence, Highland Road était devenu un joyau de poste de police qui prouvait que le maintien de l'ordre pouvait aller main dans la main avec une délicate et coûteuse conservation du patrimoine.

Winter voulait parler des gosses de Somerstown.

« On mettra jamais la main dessus, pas de cette façon. » Il se laissa choir dans le fauteuil que Cathy réservait à ses visiteurs importants. « On perd notre temps. »

Cathy partageait son sentiment mais, avec Winter, la dernière chose à faire, c'était de se montrer d'accord avec lui.

« Alors, vous avez trouvé un poste d'observation ?

– Ouais, et on ne peut mieux placé, mais ils se sont pas montrés, pas vrai ? »

Lamb, agacée par la facilité avec laquelle Winter venait de l'acculer dans les cordes, refusa de mordre à l'appât. L'un des inspecteurs du CID avait relevé des caractéristiques dans ces razzias : elles avaient lieu le plus souvent le mardi et le jeudi après-midi. Le mois dernier, on aurait pu régler sa montre dessus, et c'était une des raisons pour lesquelles les commerçants asiatiques menaçaient de prendre eux-mêmes les choses en main. Leur dernier avertissement, on ne peut plus sérieux, avait fait courir Hartigan aux abris. Les incidents raciaux tenaient une place importante dans les statistiques du ministère de l'Intérieur, et des gros bras asiatiques lâchés contre des gamins du pays pouvaient mettre le feu aux poudres. Et s'il y avait une chose que le superintendant nouvellement promu redoutait de voir dans son précieux CV, c'était bien une émeute raciale.

« C'est pas tous les jours qu'on gagne, dit Lamb. Vous le savez bien, Paul.

— Alors, on continue ? On se planque, et on attend ? On parle de quel budget, là ? » Winter eut un geste méprisant vers le tableau affiché sur l'écran de l'ordinateur de Cathy. « Quoi, on aurait soudain un tas de fric à flamber ? »

Lamb réprima l'envie d'éteindre l'appareil. Elle avait remarqué depuis peu un changement chez Winter. Pendant quelque temps, après la mort de sa femme, il avait battu en retraite, se donnant bien trop de peine pour maintenir en vie le précieux jardin de Joannie, mais l'affaire Bradley Finch avait rameuté les vieux démons, relancé les méthodes déviantes, et ces derniers temps il jouait au vétéran. Avec cinq années encore à servir, la garantie d'une retraite confortable et pas le moindre espoir d'une promotion, il pouvait se permettre d'offrir quelques suggestions. Comme à présent.

« Supposons que vous me laissiez dire un mot à deux ou trois types… » commença-t-il.

Cathy secoua la tête.

« Supposons plutôt qu'on parle de cet après-midi. À qui appartient le logement ?

— Le poste d'observation ? Une dame. Doris Ackerman. Elle était mariée à un cheminot, mort écrasé par un bus. Une gentille vieille comme vous les aimez.

— Et vous lui avez fait signer le formulaire ?

— Naturellement.

— Alors, elle connaissait le but de votre installation ?

— Elle savait qu'on avait installé une caméra devant sa fenêtre.

— Une caméra braquée sur le magasin Patel ?

— Bien sûr.
— Alors, qui a-t-elle appelé ?
— Personne.
— Comment le savez-vous ?
— Je le sais parce que le téléphone est dans le couloir et que je l'ai débranché.
— Un portable ?
— Elle ne sait même pas ce que c'est. Elle a quatre-vingt-huit ans. »

Cathy le regarda longuement. Ça n'avait pas réellement d'importance qu'il dît la vérité au sujet du téléphone. Et si elle poursuivait cette discussion, c'était uniquement dans le but de tester l'habileté de Winter. Pouvait-il encore contrer vos mouvements un par un ? Anticiper les pièges ? Vous acculer dans les cordes, fort de son expérience du terrain et de son joyeux mépris des procédures ? La réponse était oui, elle le savait. Se bagarrer au sujet de Doris Ackerman ne les mènerait nulle part.

« Alors, c'est quoi, la grande idée ? »

Elle s'attendait à voir Winter esquisser un sourire, mais il n'en fut rien. Peut-être, pensa-t-elle, commençait-il à prendre au sérieux la femelle qui était désormais sa supérieure hiérarchique.

« Il y a ce type que je connais, il vend de la coke et de l'héro pour Bazza Mackenzie. Il n'est pas tout près du sommet de la chaîne alimentaire, il en est même pas à la moitié. Mais il fourgue pas mal de came, et il a vraiment les boules. »

Lamb tendit la main vers son bloc-notes. Bazza Mackenzie tenait par la gorge le marché local des drogues dures. Si on cherchait de la dope, coke ou smack, on avait quatre-vingt-dix chances sur cent de la lui acheter. Oh, pas en personne. Pas de bêtise de ce genre. Mais le cash que vous filiez pour vous offrir une petite planète allait d'une façon ou d'une autre sur l'un des multiples comptes en banque de Bazza.

« Je vous écoute.

— Je dois rencontrer ce mec. Il a parlé de la semaine prochaine, mais il sait être souple quand il veut.

— Vous pensez le voir plus tôt, alors ?

— Oui, je pense à ce soir même.

— Et ?

— Ben, nous bavarderons.

— Mais dans quel but ? Qu'a-t-il à voir avec les gosses qui pillent les boutiques ?

— J'en sais trop rien mais il y a un nom qui revient sans cesse dans sa bouche. Un môme de quinze ans, Cath. Et un, je parie, qui va pas à l'école le mardi après-midi. »

Bev Yates et Andy Corbett se tenaient dans le bureau de Faraday. Après le quart d'heure de savon que Willard, furieux d'avoir vu sa réunion prise en otage par un blanc-bec d'inspecteur, avait passé au coupable, Faraday n'avait pas envie de prendre le relais. Ce qu'il désirait savoir, c'était si les soupçons visant Ainsley étaient solides. Pas des rumeurs, pas des spéculations. Seulement des faits.

« Bien sûr, monsieur. »

Corbett fit son exposé, avec temps et heure, s'arrêtant à chaque tournant de la route pour voir si Faraday suivait. Bev Yates, réduit au rôle de spectateur, n'en croyait ni ses yeux ni ses oreilles. Peut-être que c'était ça, ce qu'on vous apprenait dans la police londonienne. Peut-être que cette arrogante assurance seyait à la capitale.

Corbett venait de passer quinze autres minutes au téléphone.

« Un, Davidson est un délinquant connu à South London. Gamin, il a séjourné deux fois pour vol à l'arraché en centre de détention pour mineurs. Plus tard, il s'est mis au vol de voitures. D'après le maton auquel j'ai parlé, Davidson le reconnaissait volontiers. Il adorait les bagnoles, aimait tout ce qu'elles représentaient, il était prêt à tout pour avoir un volant dans les mains. Il les piquait uniquement pour le pied de rouler avec. C'est un peu après qu'il s'est mis dans la merde.

— En faisant quoi ?

— Coups et blessures. À ce moment-là, il a vingt et un ans. Son fief est Balham. Il fricote avec quelques solides voyous. Et il fait une connerie. Il fauche une Astra sur un parking de Wandsworth — ça, il l'a reconnu devant le juge —, une caisse de couleur blanche, immatriculée à Londres. Deux jours plus tard, dans Balham High Street, la même Astra fauche une femme traversant la chaussée avec une poussette. La voiture ne s'arrête pas. La femme meurt peu après à l'hôpital.

— Et on a imputé ça à Davidson ?

— Parfaitement. La voiture a été retrouvée une semaine plus tard, avec ses empreintes partout. Il avait contre lui un alibi faiblard plus un témoin qui l'a reconnu lors d'une présentation de suspects au poste de police.

— Alors, il a avoué ?

— Non. Ni à ce moment-là, ni au tribunal, et pas davantage par la suite. Cent pour cent non coupable, monsieur le juge.

— Les empreintes ?

— Les siennes. Il avoue avoir volé l'Astra mais jure qu'il n'a pas touché à la voiture ce jour-là. Qu'il n'a jamais écrasé personne. N'a jamais tué cette femme. Non seulement il est innocent, mais amer et très aigri.

— Il a quand même été condamné ?

— Oui, le procès n'a pas duré plus de quinze jours. » Corbett marqua une pause, jeta un coup d'œil à Yates. « Il a fait sept ans, dont six à Gosport. La plupart du temps dans l'aile de Coughlin.

— Et ?

— D'après le maton, Coughlin s'en est donné à cœur joie. Il lui en faisait voir. Rien de physique. Davidson est balèze, un vrai dur. Mais il y avait toutes les autres vacheries, le parloir avec son avocat, l'accès aux ordinateurs, les timbres pour son courrier, parler de nourriture devant la cellule quand Davidson commença une grève de la faim, tout ce qu'il pouvait imaginer pour lui rendre la vie misérable. Davidson n'a jamais cessé d'essayer de prouver son innocence, et Coughlin a fait de son mieux pour l'en empêcher.

— Comment se fait-il que votre source vous ait confié tout ça ?

— Parce qu'il haïssait Coughlin. Comme tout le reste du personnel.

— Haïr est un grand mot, dit Faraday en tendant la main vers un stylo. Bev ? »

Yates s'étira. Il avait les traits creusés par la fatigue.

« Ce n'était pas la coqueluche de la taule, reconnut Yates. Mais de là à susciter la haine… »

Faraday acquiesça d'un signe de tête puis, repoussant sa chaise, regarda par la fenêtre. Derrière un millier de toits, la colline de Portsdown obstruait l'horizon.

« Alors, que suggérez-vous ? » demanda-t-il enfin.

Il se fit un long silence, puis Corbett s'éclaircit la gorge. Il avait l'air content de lui-même, la voix d'un homme conscient qu'il venait d'épargner à toute l'équipe bien du travail.

« Davidson a été libéré il y a deux semaines. » Il eut un haussement d'épaules. « Peut-être bien qu'il avait un compte à régler. »

Deux heures plus tard, à la nuit tombante, Faraday était encore à son bureau. Il travaillait depuis assez longtemps aux Crimes Graves pour savoir que les deux premiers jours étaient les plus importants, pas seulement parce que la majorité des enquêtes étaient bouclées en moins de quarante-huit heures, mais aussi en raison de l'ampleur du travail qu'exigeait le démarrage de la machine investigatrice. Il avait pris l'habitude depuis peu de garder dans son portefeuille une liste de tout ce qui était à faire — stratégies d'élimination, protocoles des expertises scientifiques, diffusion des portraits-robots, indicatifs de financement, … — parce que la règle numéro un dans les enquêtes criminelles était d'une évidence brutale : un seul détail manqué, une seule glissade sur la paroi rocheuse, et c'était la catastrophe.

Faraday connaissait des superintendants des opérations et leurs assistants qui, ayant fauté par inattention lors des premiers pas d'une enquête, avaient compris des mois plus tard au tribunal qu'ils avaient placé le verdict dans les mains de la défense, alors que le cadavre de la victime était encore chaud. Une telle pression, supposait Faraday, faisait le charme de la tâche. Les grandes enquêtes vous contraignaient à disséquer tous les indices, à noircir des milliers de formulaires, vous défiant de progresser, d'éliminer une ligne de recherche qui, contre toute attente, pourrait se révéler productive.

Que faire de la petite piste de Corbett ? En vérité, Faraday n'en savait rien. L'inspecteur était nouveau à Portsmouth. Deux mois au CID de Kingston Crescent n'en faisaient pas un bon connaisseur du milieu local, mais là n'était pas vraiment la question. Ce qu'ils avaient devant eux dans cette affaire-ci n'était rien d'autre que les insondables mystères des interactions humaines. Qu'est-ce qui poussait un homme à en tuer un autre ? Qu'est-ce qui muait l'impatience, l'agacement ou la colère en haine ? Et quels démons pouvaient bien posséder un homme pour qu'il en batte à mort un autre ?

À première vue, Ainsley Davidson était une piste crédible, et Faraday savait qu'il serait absurde de ne pas l'explorer. La prison était une cocotte-minute et, si Davidson était sincère en clamant son innocence, il ne pouvait être qu'un souffre-douleur dans les mains d'un Coughlin. Il y avait des gens sur cette terre — surtout des hommes — qui puisaient un plaisir pervers dans les situations de pouvoir. La prison n'offrait que cela. Le mariage aussi, bizarrement. Frappez une personne, rendez-la malheureuse, et vous n'avez plus qu'à prendre votre pied.

Mais était-ce une raison suffisante pour aller jusqu'au meurtre ? Quoi, passer sept années de misère derrière les barreaux, puis risquer de replonger dans le même cauchemar ? Faraday en doutait, tout en sachant qu'il ne devait pas se fier à son intuition. Il avait rencontré des hommes qui avaient tué pour bien moins que ça. En vérité, plus il avançait dans la carrière, plus il lui semblait que le meurtre se banalisait. Dans la littérature et au cinéma, l'homicide se parait d'une aura, d'une séduction trouble, d'une singularité exemplaire. Dans le monde réel, il n'en était rien. On voyait rouge. On pressait la détente, on levait le poing ou on s'emparait d'un couteau dans la cuisine. Et c'était tout.

Le livre de bord était ouvert sur sa table. Il contenait toutes les décisions que prendrait le directeur d'enquête, à mesure que celle-ci avancerait. Dans quelques jours, peut-être dans quelques mois, il deviendrait une précieuse source rétrospective, indiquant et justifiant la moindre investigation, et les patrons comme Willard en comprenaient la valeur. Dans les affaires complexes, il était impossible de ne pas commettre d'erreur, mais ce laborieux procédé consistant à rationaliser chaque décision assurait un certain degré de protection. Le livre de bord était une cuirasse entre le corps enquêteur et la petite armée d'assassins qui vous attendaient sur la route de l'investigation. Vous preniez soin du livre de bord, et celui-ci prenait soin de vous.

Faraday décapuchonna son stylo et commença d'écrire. Il avait autorisé Corbett et Yates à se rendre à Londres pour y interroger Davidson. Corbett, ayant consulté le registre de la prison, avait l'adresse de la mère, et savait par l'un des surveillants que Davidson devait sûrement s'y trouver. L'adresse était dans Balham, un quartier bien connu de Corbett quand il était à Londres. Trois ans au CID de Streatham, s'était-il vanté à Faraday, lui avaient appris tout ce qu'il avait besoin de savoir sur les voyous de Londres Sud.

Il y avait dans les manières de Corbett quelque chose qui laissait Faraday songeur. Ce n'était pas seulement l'arrogance du bonhomme ni son impatience grossière à décrocher un résultat. L'assurance et l'appétit de travail étaient des qualités appréciées chez les jeunes détectives. Non, il s'agissait d'autre chose, et Faraday savait que Bev Yates aussi l'avait senti. Yates était bien trop prudent et averti pour livrer ses pensées à Faraday mais, dans le bureau, juste après le départ de Corbett, rencontrant le regard de Faraday, il avait haussé un sourcil.

« Il parle beaucoup et bien, non ? » avait-il murmuré en tendant la main vers son veston.

3

Mardi 4 juin, 2002, 22 h 15

Le Pembroke se trouvait dans le vieux Portsmouth, juste au coin de la cathédrale anglicane. Il était devenu depuis quelque temps le pub préféré de Winter. La clientèle lui plaisait bien — un mélange inhabituel de commerçants, d'avocats, d'ecclésiastiques et de marins à la retraite — et il appréciait la bonne humeur sans faux col qui l'accompagnait. C'était un pub pour buveurs sérieux, sans musique de merde et petites garces pétées à la vodka-orange. Vous pouviez la plupart du temps vous isoler dans un coin tranquille sans jamais vous attirer un deuxième regard.

Rooke l'attendait, assis bien raide sur une banquette capitonnée en dessous d'un aquarium de poissons tropicaux. Ce gars avait une gueule que Winter ne risquait pas d'oublier — osseux, la peau jaunasse, les yeux fous, une coupe de cheveux à vous donner la chair de poule —, le genre de physique issu d'une overdose de coïts consanguins. Rooke était un véritable épouvantail pour quiconque s'attardait dans

Pompey. Vous restiez une génération de trop, et voilà comment vous finissiez.

Winter commanda deux Stella au bar. Le verre de Rooke était déjà vide.

« Ça boume, Rookie ? » Winter se glissa sur la banquette et lui donna un coup de coude. Les verres crachotèrent un peu de mousse sur la table.

« Écoute, dit Rooke en faisant signe à Winter de se rapprocher. Tu veux en savoir plus sur ce p'tit Geech, et putain faut que j'sois prudent. »

Winter lui fit un grand sourire. La plupart de ses indics appréciaient les prémices des rencontres, le bavardage préalable sur les connaissances communes, les chances de l'équipe de foot locale, mais pas Rooke. Rookie réservait le papotage au strict minimum, d'abord parce qu'il n'avait pas de conversation, ensuite parce que Winter lui foutait la trouille, vraiment. Et il était là pour bien souligner un ou deux points. Après quoi, il mettrait les bouts.

« Tu sais à quoi il ressemble, ce Darren ? »

Winter acquiesça. Il avait vu Darren Geech en maintes occasions, surtout dans le coin de Somerstown. Ce gosse avait toujours causé des problèmes — un teigneux efflanqué au visage terreux — et l'observation de ce genre de sujet en pleine croissance offrait de nouvelles perspectives à la statistique criminelle.

« Alors, à quoi s'intéresse Darren en ce moment ?

— À tout, putain. Tu veux mon avis, tout ça c'est la faute au frangin, Billy. Billy a deux ans de plus que Darren et il a toujours été là-dedans. Son dernier truc, c'est les jeux électroniques. Billy a mis la main sur un graveur, il copie les CD par milliers et les vend dans toutes les cités moitié moins cher qu'au magasin. Le seul problème, c'est qu'il a pas les emballages. Mais c'est pas ça qui l'arrête. Il fait une descente avec ses potes dans cette boutique de jeux dans Commercial Road et ils fauchent tous les boîtiers vides exposés dans les rayons. Ils sont en bande, personne va les arrêter. D'ailleurs, pourquoi prendre ce risque ? »

Rooke avait raison. Même les caméras de surveillance n'effrayaient pas les Billy Geech. En l'occurrence, vue de derrière le comptoir, la perte d'une trentaine d'emballages était un petit prix à payer pour qu'il n'y ait pas de casse.

« Tu es en train de me raconter que Darren a appris le métier de son frère ?

— Quoi, razzier les boutiques ? Un peu, oui. Tu fais ça une fois, après ça roule tout seul. Tu serais étonné de savoir combien ils sont à s'en tirer peinards.

— Des gosses de quinze ans ?

— Ceux-là, c'est les pires. Ils se foutent de tout. Ils le font pour le pied plus que pour autre chose. C'est pathétique, vraiment. Un foutoir total. »

Winter sourit puis tendit la main vers son verre. Rookie parlait comme s'il s'agissait de maths ou de français. En tout cas, le manque de concentration du jeune Darren lui foutait les boules.

« Il flambe tout ?

— Exactement. » Rooke fronça les sourcils. « À quoi ça sert de voler des chips et des biscuits, à part prendre de la graisse ?

— Et l'alcool ?

— Descend en direct du goulot dans leur gueule. Ils sont presque tout le temps pétés.

— Bon, dit Winter en se penchant en avant. Qu'est-ce que tout ça peut bien m'apprendre sur Darren Geech ? »

Pour la première fois, Rooke observa une pause. Il avait des yeux très étranges, d'un noir d'encre, et Winter, sentant sa réticence à poursuivre, se résolut à l'aiguillonner un peu. Dans ce genre de situation, ça payait d'y aller au culot pour décrocher la vérité.

« Dis-moi, il est en train de prendre du muscle, le minot, c'est ça ? Il aimerait bien une part de ton beau gâteau.

— Qu'est-ce qui te fait croire ça ?

— Parce que sinon tu serais pas ici. Geech connaît bien tes affaires. Ça fait des mois, des années qu'il t'observe. Il sait à qui tu fourgues, combien ça vaut, et il a trouvé un moyen de te couper l'herbe sous le pied. Peut-être qu'il pratique de jolis petits rabais. Et aussi qu'il connaît plus de gens que toi.

— Ça risque pas.

— Des gens plus jeunes ? Des gosses de son âge ? Des quatorze ans ? Des mômes encore à l'école primaire ? T'aurais un problème avec eux, Rookie. Le prends pas mal, mais le fichier pédophile a été fait pour des gens comme toi. Réfléchis. Pense à ce que ça serait si leurs mamans comprenaient que leurs petites têtes brûlées louaient aussi leur cul ? Et peu importe que ça soit vrai ou pas, hein ? Le monde est cruel, camarade. Rien que de l'imaginer... sans compter un ou deux porte-voix comme Darren. »

Winter fit un sourire à la fille derrière le comptoir. Une deuxième pinte serait la bienvenue. Le temps qu'il revienne du bar, Rooke était plus énervé que jamais.

« C'est des conneries tout ça, dit-il. J'ai jamais mis le pied à la pédale.

— J'ai jamais prétendu le contraire. Je me demandais seulement ce que les autres pourraient se raconter.

— Allez, tu dis des conneries. D'où ça vient, d'abord, cette histoire de pédo ?

— Ç'a pas d'importance, mon ami. Mais permets que je te dise une chose à propos de Bazza. »

Le nom seul suffit. Rooke tenta de se lever de la banquette. Riant, Winter le fit se rasseoir.

« Écoute, dit-il. Bazza est un homme d'affaires, pas vrai ? Et les hommes d'affaires cherchent à élargir leur clientèle et, en ce moment, tu tiens plus la cadence. Surtout avec le jeune Darren qui lui susurre à l'oreille.

— Darren est un môme. Bazza fait pas de business avec les gosses.

— Qu'est-ce qui te fait croire ça ? Bazza dealerait avec des bébés s'il y avait du blé à se faire.

— Ça aussi, c'est des conneries. On voit que tu connais pas le type.

— Non ? » Winter tendit sa main droite. « Vingt livres que Darren Geech est en train de faire la cour à Bazza. Et vingt autres que ça intéresse Bazza. Plus dix que tu vas pas te laisser faire. Tu paries ? »

Rooke ignora la main tendue. Il était venu pour tuyauter Winter sur Darren Geech. C'est ce qui avait été convenu et, pour lui, la soirée s'arrêtait là. « Temps que je les mette, camarade. Pari ou pas pari.

— Mais tu m'as rien dit, protesta Winter.

— Je t'ai appris qu'il se tapait les magasins et que c'était lui le petit con qui organisait tout.

— Je le savais déjà. Je connais même son adresse. Tout comme toi.

— Ça signifie quoi ?

— Rien, mon pote. Sauf que sa mère t'a arrondi les fins de mois avec son cul pendant des années. Du cash ou bien autre chose ? Je sais bien qu'elle est nulle, Shelley Geech, mais ça vaut toujours mieux que rien, non ? »

Cette fois, Rooke avait réellement envie de partir. Seule la poigne de fer de Winter l'empêchait de se lever.

« Je vais faire une descente chez le jeune Darren, demain, dit Winter en se penchant vers l'oreille de Rooke, tels deux vieux amis échangeant des confidences. Et j'ai besoin de savoir où chercher. De la coke, ce serait pas mal. Ou de l'héro. »

Il y eut un long silence. Lentement, Winter relâcha sa prise. Au bar, une plaisanterie déclencha une salve de rires. Rooke jeta un bref regard à Winter.

« Il y a une armoire dans sa chambre, murmura-t-il, tendu. Je peux pas t'en dire plus. »

Faraday rentra chez lui épuisé. Sa précieuse journée de congé avait disparu derrière une montagne de paperasses et même maintenant, tout près de minuit, il n'était pas sûr d'avoir coché toutes les cases. Ralentissant au bout du cul-de-sac qui menait à la maison du marinier, les phares de la Mondeo éclairèrent un 4 x 4 garé là. Faraday plissa le front. Connaissait-il quelqu'un qui conduisait un Suzuki Vitara déglingué ?

Les lumières étaient allumées au rez-de-chaussée et, comme il poussait la porte, Faraday entendit un éclat de rire dans le salon. Il referma derrière lui. Il y avait un sac à main sur la tablette dans le vestibule et des clés de voiture. Une femme apparut dans l'entrée du living. Grande, le visage tacheté de rousseurs, et une crinière de boucles blondes. Elle portait un T-shirt imprimé d'une carte d'Antigua et un blue-jean délavé par le sel. Elle s'avança pieds nus sur la moquette, le visage éclairé d'un grand sourire.

« Salut, dit-elle, vous êtes le père de Joe, n'est-ce pas ? »

Faraday fut un bref instant déconcerté par le prénom. Joe ? Joe junior ! Mon fils.

« Oui, répondit-il, serrant la main qu'elle lui tendait. Et vous êtes… ?

— Eadie. Eadie Sykes. »

L'accent, pur australien, était reconnaissable entre mille, et Faraday fit enfin le rapport. Eadie Sykes était la productrice vidéo qui avait passé commande à J-J pendant le week-end. Elle tournait un documentaire sur les Petits Navires, l'armada d'embarcations de toutes sortes qui s'était rassemblée pour célébrer le soixante-deuxième anniversaire de l'évacuation de Dunkerque, et les photos que J-J lui avait montrées le matin étaient destinées à accompagner la publicité dont l'événement faisait l'objet.

Faraday trouva J-J dans le salon. Les clichés en noir et blanc étaient étalés en demi-cercle sur le tapis devant le canapé et, pendant une brève seconde, il revit le corps de Coughlin, entouré d'images d'une autre sorte.

J-J prenait ses aises sur le canapé. Il y avait trois bouteilles de Kronenbourg vides sur la table à côté de lui. Faraday voulait lui demander au sujet de

Londres, de son rendez-vous avec l'amie de Janna, mais J-J avait maintenant autre chose en tête.

« Elles lui plaisent bien », dit-il par signes à Faraday en désignant les photos par terre.

Eadie avait compris le sens du pouce levé. « Elles sont magnifiques, dit-elle. Votre garçon a joliment travaillé. C'est exactement ce que je cherchais.

— Pour l'amour du Ciel, ne lui en dites rien.

— Comment le pourrais-je ?

— Très juste. »

Faraday passa à côté. J-J avait fait un peu de cuisine, à en juger par la forte odeur de bacon et de toast brûlé. Il y avait deux assiettes dans l'évier, toutes deux rougies de ketchup. Faraday se versa un copieux whisky et revint dans le salon.

« J-J vous a préparé quelque chose ?

— Ouais.

— Vous êtes assurée ?

— Tous risques. Pour deux millions de dollars. » Le rire toujours. « Votre fils m'a dit que vous étiez flic.

— C'est la vérité.

— Quel genre de flic ?

— Un flic vanné. » Faraday jeta un coup d'œil à sa montre. « Douze heures non-stop. Pas mal pour un jour de repos, hein ?

— Essayez le show-biz. » Eadie se baissa avec une grande vivacité et retira une photo. « Regardez celle-ci. Super, non ? »

Faraday contempla la photo. J-J avait rejoint la flottille au large de l'île de Wight, la première fois qu'il montait sur un hors-bord, et il était certainement passé à bord d'un de ces « petits navires », parce que la photo, prise depuis le milieu de l'embarcation, montrait le skipper à sa barre, ses yeux humides plissés par l'éclat du soleil levant. Faraday se demanda ce que ces mêmes yeux auraient vu, soixante ans plus tôt. Personnellement, il n'avait jamais beaucoup apprécié cette passion nationale pour la célébration des défaites.

Eadie désignait les détails qu'elle aimait le plus dans cette photo. Elle avait d'épaisses phalanges, des mains d'homme presque, et comme elle levait le visage vers lui Faraday y vit les dégâts produits par le soleil. Elle semblait avoir la trentaine, peut-être plus, songea-t-il.

« Vous faites beaucoup de films de ce genre ?

– Pas vraiment. Ce travail-ci, c'est pour la télé. Le plus souvent, je fais de l'industriel. Pour des sociétés. Des films de formation, des produits de lancement, ce genre de machin. La télé, c'est plus jouissif, mais ils n'ont jamais d'argent. Le commercial est chiant mais on est toujours payé à l'heure. Alors, il y a un moment où il faut choisir. La bouffe ou la gloire. » Elle mit de côté la photo. « Ce film-là a été chouette.

– Il est terminé ?

– Il est au montage mais, si vous voulez le voir, pas de problème. »

Un instant, Faraday pensa qu'elle allait sortir une cassette vidéo et la glisser dans le magnétoscope, et il se sentit vaciller à la perspective d'une heure de plus à essayer de rester éveillé, mais elle mentionna un petit deux-pièces dans Hampshire Terrace, qui lui servait de bureau. Il pouvait venir quand ça lui chantait.

« Merci.

– Je suis sérieuse. »

J-J s'arracha péniblement du canapé pour se diriger vers l'escalier. D'ordinaire, il lui fallait plus de trois canettes pour le mettre dans cet état.

Faraday se tourna de nouveau vers Eadie Sykes.

« Vous êtes ici depuis longtemps ? Rassurez-vous, ce n'est pas un interrogatoire.

– Oh, quelques heures. Votre fils m'a traitée comme une reine.

– Et il ne s'est pas oublié, dit Faraday en jetant un regard à son propre verre. Mais, simple curiosité, ajouta-t-il, comment vous débrouillez-vous pour communiquer, tous les deux ?

– Je parle avec des gestes, mais c'est ce que je fais tout le temps. Un metteur en scène doit être expressif, s'il veut se faire comprendre. » Elle souriait de nouveau. « Et séduire surtout. Mais, dans votre métier de flic aussi, il faut l'être.

– Séduisant ?

– Bien sûr. Il n'y a qu'à regarder… »

Faraday se demanda un instant s'il ne s'était pas mépris, mais l'expression amusée de la jeune femme le convainquit du contraire.

« Vous devriez apprendre à accepter un compliment, dit-elle. C'est vraiment facile une fois qu'on a attrapé le coup. »

J-J revint un moment plus tard. Faraday déduisit des taches d'eau sur son T-shirt que le gamin s'était passé la tête sous le robinet. S'agenouillant sur le tapis, il entreprit de rassembler les photos et de les glisser dans une grande enveloppe. Eadie lui toucha le bras du bout de son pied, un geste étrangement intime, et, comme il relevait la tête, elle tapota de l'index sur sa montre et inclina la tête sur ses mains jointes. Temps de se coucher.

Faraday, qui observait la scène, s'offrit comme traducteur.

« Inutile, dit-elle, prenant l'enveloppe que lui tendait J-J. Je vous l'ai dit, on se comprend parfaitement. »

J-J était de nouveau debout. Moins gauchement que Faraday s'y attendait, il donna un petit baiser à la jeune femme et l'escorta vers le couloir. Au moment de sortir du salon, elle jeta un regard à Faraday. « Pour visionner les rushes, c'est quand vous voulez. » Elle lui fit un grand sourire. « Et c'est moi qui offrirai à boire, cette fois. »

Faraday était dans la cuisine quand J-J revint. Faraday désigna la vaisselle dans l'évier et se proposa pour essuyer. Il voulait que J-J lui raconte Londres et la collection Ansel, et surtout cette Américaine qui faisait le pont avec toutes ces années jusqu'à Janna et la naissance de J-J.

J-J s'arma d'une éponge et de Mir. C'était le pire plongeur qui fût au monde, et essayer de s'exprimer par signes en même temps ne l'aidait pas. L'expo Ansel était fantastique. D'immenses paysages sans une âme qui vive. Des montagnes à mourir. Et une incroyable prise de vue d'un lever de lune au-dessus d'une petite ville quelque part dans le Sud. Le cadrage des photos paraissait tellement, tellement simple, mais cette femme, Patti, avait parlé du poids de l'équipement que se trimbalait Ansel, et J-J avait eu presque honte du petit appareil qu'il utilisait aujourd'hui.

« Tu as pu lui parler sans problème ?

— Il y avait un type qui connaissait le langage des signes. Elle avait tout préparé. Non, y'a pas eu de problème.

— Comment est-elle, cette dame ?

— Jolie. Et gentille, aussi.

— Elle a parlé de maman ?

— Elle avait quelques photos.

— Quoi, des photos ? » Faraday le regardait avec des yeux ronds. « Tu les as rapportées ?

— Ouais, j'vais te montrer. »

Faraday réprima un soudain enthousiasme, teinté d'un sentiment plus sombre. Il avait sa propre collection d'images, un paquet soigneusement emballé qu'il n'avait pas ouvert depuis des années. Tout y était, jusqu'au dernier lambeau de témoignage photographique. Il avait passé dix-sept mois avec Janna, et nombre de leurs meilleurs moments avaient été couchés sur pellicule. Faraday luttant sur un dériveur dans les eaux du Puget. Janna prenant le soleil en bikini sur la pelouse d'une maison d'été qu'on leur avait prêtée. Tous les deux, captés par un ami au réveillon de Noël, corps enlacés, glorieusement ivres. Ces photos étaient comme les arches d'un pont couvrant la période la plus importante de sa vie, une route qu'il pouvait prendre en toute confiance. Et maintenant se présentait un autre angle de vue.

J-J se sécha les mains et disparut en direction du salon. Il revint avec une enveloppe matelassée dont il vida le contenu sur la table de la cuisine. Et Faraday revit la femme qu'il n'avait jamais cessé d'aimer.

Jeune. Elle paraissait si jeune.

Il prit la plus proche des photos. Les couleurs avaient un peu passé avec les années, mais il reconnaissait bien le dessin ferme des joues, l'espièglerie dans les yeux, et la façon qu'avaient ses lèvres de s'ouvrir quand elle souriait.

Il l'avait rencontrée dans une librairie de Seattle, dans le coin à l'étage qui abritait les biographies. Elle cherchait quelque chose sur Tennyson. Il lui avait bafouillé qu'il connaissait bien l'île de Wight, que ses parents avaient habité à moins de deux kilomètres de la demeure des Tennyson, et qu'il marchait le week-end entre les Needles et la maison du poète. Le nom de Tennyson avait marqué son adolescence, et il était là, des années plus tard, cherchant désespérément à se souvenir de leurs paroles.

« Vous lisez de la poésie ? »

Il avait avoué que non. La poésie avait toujours été pour lui une chose difficile, obscure. Il avait pourtant essayé au lycée, mais il n'avait pas accroché.

« Pas besoin de s'excuser. » Elle lui avait souri. « Vraiment pas. »

Ils étaient allés boire un café en face. Deux semaines plus tard, ils vivaient ensemble, chez elle. Elle lui avait lu *Maud* dans les pâles et grises lueurs de l'aube. Et c'était sa voix plus que le poème qu'il avait écoutée.

Toute menaçante qu'elle apparaisse,
La Mort peut donner plus de Vie à l'Amour
Qu'il n'y en a ou qu'il n'y en eut jamais
Dans notre monde d'ici-bas, où il est encore doux de vivre.
Ne laissez personne me demander comment cela se fait,
Il semble que je suis heureux…

Il cueillit une autre photo de Janna prise un jour de randonnée, et le visage de la prénommée Patti lui revint soudain. C'était une camarade de collège. Elle habitait dans l'Oregon, et elle était venue en bus un week-end, campant sur le plancher dans le minuscule appartement de Janna, Janna qui était alors enceinte de J-J. Les deux jeunes femmes avaient passé la plus grande partie du samedi à faire les soldes, à la recherche de vêtements pas chers pour bébé. Elles avaient rapporté des trophées par brassées, qu'elles avaient empilés sur la petite table où ils prenaient leurs repas, et Faraday se souvenait qu'il avait acheté ce soir-là un gallon de vin rouge californien. C'était la première fois qu'il prenait réellement conscience de la naissance prochaine d'un enfant, et ils avaient fêté ça pendant une bonne partie de la nuit.

J-J poussa une autre photo vers son père. Janna encore, assise devant une fenêtre. Faraday l'avait prise lui-même, sous la supervision de Janna – lumière, vitesse, cadrage –, et il se rappelait qu'elle avait été ravie du résultat. Il avait utilisé toute une pellicule, et l'une des photos avait dû échouer chez Patti. Il regarda le visage de Janna. Un mois plus tard, ils embarquaient pour l'Angleterre. Là, sur l'île de Wight, ils avaient trouvé une place pour eux trois. J-J devait naître en juillet. Quatre mois plus tard, elle était morte.

Faraday releva la tête et déglutit avec peine. Il vit à travers un brouillard de larmes J-J qui lui tendait une feuille d'essuie-tout. Il secoua la tête et se détourna, désespéré.

Il fallut quelque temps à Dawn Ellis pour arriver à la porte. Winter l'entendit descendre l'escalier et s'arrêter pour se demander qui cela pouvait bien être. Dans l'état actuel des choses, elle n'avait sûrement pas besoin qu'on vienne frapper chez elle à minuit.

« C'est moi, Paul. »

Il y eut un bruit de chaîne, et la porte s'ouvrit sur Dawn vêtue d'un pyjama deux fois trop grand pour elle. La fraîcheur de la nuit lui arracha un frisson. Elle ne l'invita pas à entrer.

« Il s'est passé un truc ? Quelque chose de grave ? »

Winter secoua la tête. Ces deux dernières pintes, c'était une erreur, mais du diable s'il était venu pour rien.

« Il s'est rien passé, ma belle, et je suis désolé de t'avoir tirée du lit. »

Elle le regarda, interloquée.

« C'est quoi, alors ? »

Elle marmonna une excuse avant de disparaître un moment. Winter observa un chat qui rôdait dans l'ombre. Belle nuit, pensa-t-il. Belle fille. Dawn réapparut vêtue d'une robe de chambre. Elle fit signe à Winter d'entrer, mais il secoua la tête.

« Alors, que se passe-t-il ? »

Elle voyait bien maintenant qu'il avait bu. Et lui le savait à l'expression de son visage. Il lui fit signe de se rapprocher. Elle ne bougea pas.

« Je voulais seulement te dire que tu as un ami, dit-il d'une voix lente. C'est important, voilà tout.

– Quel ami ? »

Winter recula d'un pas et leva la tête vers la lune.

« Moi », dit-il.

4

Mercredi 5 juin 2002, 8 heures

Bev Yates remontait en direction du nord la longue coulée verte de Meon Valley. La seconde mi-temps venait tout juste de commencer à Kobe, et la Russie menait par un but à zéro. Le commentateur de Five Live doutait des chances de la Tunisie de survivre aux attaques des Igor Titov et autres Dimitri Sychev, mais Yates, lui, savait que les Tunisiens étaient toujours dans le coup. C'était ça, le football. Les experts pouvaient bien vous donner perdant contre des joueurs encaissant leur poids en or dans les grands clubs, il y avait toujours au jour J de la place pour le facteur chance. Comme si, pour finir, tout cela dépendait de la volonté de vaincre.

Il ralentit derrière un camion de lait qui peinait dans la montée de West Meon. Corbett l'avait appelé la veille au soir. Un coup de fil bref. Il était dans la capitale et projetait d'y passer la nuit. Il donnait rendez-vous à Yates à 9 heures et demie devant la maison de la mère d'Ainsley Davidson, dans Balham. D'accord ? À l'idée de ne pas être obligé de faire la route ensemble jusqu'à Londres, Yates s'était offert un scotch. La petite Freya dormait comme un ange, et il était allé se coucher. Melanie, endormie, avait à peine bougé. Ce serait bien qu'un de ces jours on ait une petite conversation, elle et moi, se dit-il.

Jutland Road, Balham, alignait deux rangées de maisons mitoyennes aux briques tristes donnant sur une chaussée piquetée de nids-de-poule. Un bon coup de peinture jaune égayait cependant le numéro 12, et il y avait un bouquet de roses rouges derrière la fenêtre au rez-de-chaussée.

La Nissan noire 300 ZX de Corbett était garée au bout de la rue. Yates laissa sa voiture au coin et s'approcha à pied. Corbett, plongé dans son journal, n'accorda qu'un vague coup d'œil à Yates quand celui-ci s'arrêta devant la portière. Yates attendit, s'étonnant du choix du canard. Il n'y avait que les femmes pour lire le *Daily Mail*.

« Deux-zéro, grommela Yates, quand Corbett sortit enfin. Karpin a sorti le grand jeu.

— Ah oui ? »

Ils remontèrent la rue, évitant les merdes de chiens. Le blouson de cuir de Corbett sentait le neuf. De l'agneau de cette qualité, pensa Yates, devait coûter bonbon.

Ils firent une brève halte devant le numéro 12. Une Clio à l'air neuf était garée avec une roue sur le trottoir. Quelqu'un avait passé une clé tout le long de la carrosserie, et l'un des rétroviseurs s'était pris un shoot. Yates examinait la maison. Les rideaux étaient tirés à l'étage, et personne n'avait encore ramassé le quotidien gratuit devant la porte.

Corbett dut frapper à trois reprises avant qu'il y ait une réaction. Il y eut un bruit de chasse d'eau à l'intérieur, quelqu'un toussa. Quelques secondes plus tard, la porte s'ouvrit.

« Ainsley Davidson ? »

Yates présenta sa plaque.

Davidson avait l'air plus jeune et plus petit qu'il ne l'avait imaginé. Il ne portait rien d'autre qu'un short, et était pieds nus. La blancheur du short contrastait avec le brun foncé de la peau, et on voyait qu'il faisait de la muscu.

Il n'était pas heureux de les voir et il refusa de s'écarter quand Corbett tenta d'entrer.

« Les mecs, ça vous écorcherait la gueule de demander poliment ? »

Corbett lui jeta un regard et recula d'un pas. Puis, comme Davidson parlait de mandat de perquisition, Corbett lui garantit qu'ils allaient entrer. Gentiment ou en force, ça ne faisait pas de différence.

Davidson haussa les épaules et se pencha pour ramasser le journal. Il n'allait pas se fatiguer à discuter avec des cognes. Yates le suivit dans le couloir étroit. La cuisine, à l'arrière, était plus grande qu'il ne s'y attendait, avec une extension vitrée abritant un jardin d'hiver. Apparemment, Mme Davidson savait tenir sa maison.

Davidson mit une bouilloire électrique à chauffer. Corbett examinait déjà le contenu d'un tableau de liège accroché au mur.

« Quelqu'un d'autre dans les lieux ?

– Ouais.

– Qui ?

– Une amie.

— Qui s'appelle ? »

Davidson tourna le dos à Corbett et regarda Yates. « C'est quoi, cette histoire ? Vous débarquez ici sans mandat ni rien, pas même une explication. Vous croyez que j'ai pas des droits, moi ? Vous me prenez pour un con ou quoi ? »

Yates lui sourit et ouvrit la porte du frigo. Des yaourts aux fruits, un paquet de bacon entamé. Il se pencha pour prendre la bouteille de lait sur l'étagère du bas.

« Un nuage dans mon thé, s'il vous plaît. »

Faraday reçut le premier appel de Willard à 10 heures moins le quart. Le superintendant était arrivé au lac Wyboston et allait assister à la conférence d'ouverture sur le kidnapping mais il voulait d'abord savoir où en était l'opération *Merriott*. Qu'avait donné le porte-à-porte ? Qui avait commencé à visionner les vidéos surveillance ? Comment les gars du SOC s'en sortaient-ils ? Quel soutien recevaient-ils des médias ?

Faraday alla fermer la porte de son bureau et revint s'asseoir pour répondre à la fusillade de questions. Bonne nouvelle, HOLMES tournait à fond. Les indexeurs avaient décortiqué la première pile des dépositions provenant du porte-à-porte de la veille, et ils attendaient le reste. L'inspecteur chargé des Enquêtes Externes avait mis la main sur une photo de Coughlin et une équipe de six hommes entreprendrait la tournée des pubs que la victime était susceptible de fréquenter. Le distributeur que Coughlin avait utilisé pour tirer des espèces était situé dans Southsea, et les vérifications étaient en cours.

« Et l'ordinateur ?

— Il est à Netley. Ils ont commencé dès hier soir à travailler dessus. Ils… » Faraday s'interrompit pour écouter Willard spéculer sur l'importance de ce qu'on pourrait dénicher là. Les types devaient d'abord copier le disque dur, une opération qui pouvait prendre une huitaine d'heures.

« Je parie sur les forums de discussion, conclut Willard. Ce type est un pervers. Ma main à couper qu'il parlait de cul au monde entier. À propos, où en est l'autopsie ?

— J'attends Jerry Proctor d'un moment à l'autre. On a rendez-vous à 10 heures.

— La Scène de crime ?

— C'est Jerry qui a tous les détails.

— Bon. Vous me tenez informé, hein ? » Il y eut une interruption à l'autre bout de la ligne et un bruit de voix. Puis Willard revint avec une dernière question. « Davidson ? »

Yates proposa qu'ils s'entretiennent dans le jardin d'hiver. Davidson avait revêtu un pantalon de survêtement et un sweat-shirt d'un club de gym de Brixton. Perché sur une chaise en osier, il revint une fois de plus sur son emploi du temps.

« Vous me demandez si j'étais à Pompey dans la nuit de lundi, hein ? Pas de problème. Vous me demandez avec qui j'étais ? Je vous l'ai dit. Vous voulez savoir ce que nous faisions. Ça aussi, j'en ai parlé. Et maintenant, vous racontez que j'suis allé chez cet enculé et que je lui ai fait sa fête.

— Il est mort, fit observer Corbett, et ça n'a pas l'air de vous déranger.

— Me déranger, vous dites ? Mais putain, je plane. J'suis tellement content d'apprendre ça que j'irai peut-être à son enterrement, rien que pour m'assurer qu'il est bien cané. » Il regarda Corbett. « Vous avez des photos ? Une vidéo ? Toutes ces jolies images que vous adorez tirer ? Mais je veux le jeu complet. Je me le garderai pour Noël. Mon plus beau cadeau. » Il secoua la tête, le regard ailleurs, puis reprit la parole. « Beaucoup de sang, hein ? Des morceaux de barbaque collés aux murs ? Les mecs, je vous le dis, ce Coughlin était une ordure. Je sais pas ce qui lui est arrivé mais, pour sûr, il le méritait cent fois. J'espère qu'il a été conscient de ce qu'il lui arrivait jusqu'à la dernière seconde. Et qu'il est en train de brûler en enfer. Putain, bon débarras. »

Yates s'efforçait de dissimuler son sourire. Un déballage pareil de colère et de joie était éloquent.

« Vous l'aimiez pas, hein ? dit-il doucement.

— Et comment j'aurais pu ? Vous écoutez donc pas, les gars ? Vous vous rendez vraiment pas compte de ce que c'est ? Tomber pour quelque chose dont vous êtes pas coupable ? Et avec une bête pareille pour vous aggraver les choses ? »

Il se tut, baissant les yeux sur son café, l'air dégoûté. Il avait déjà décrit comment Coughlin lui avait rendu la vie intenable. Les lettres que le salaud interceptait. Les rumeurs qu'il répandait. Ses sarcasmes, chaque fois que Davidson protestait de son innocence. Son talent pour lui rendre l'accès à son avocat, voire à une carte de téléphone, tellement difficile qu'on était tenté d'abandonner. Même le fait que Davidson soit végétarien devenait une arme dans cette sale petite guerre. Les jours où Coughlin était de service, Davidson trouvait des bouts de viande à moitié mâchés dans les spaghetti.

Maintenant, sous le regard attentif de Corbett, il étendait l'acte d'accusation.

« Y'avait un jeune type, pas très futé, le pauvre. Coughlin lui foutait une trouille de tous les diables. Il s'acharnait à lui jouer sans arrêt de sales petits tours. Le mec avait une copine qui venait des fois lui rendre visite au parloir. Elle avait rien de spécial mais, pour Gary, elle comptait plus que tout au monde. Et Coughlin a commencé à parler de la voiture dans laquelle elle venait et du type qui la conduisait. Un Black. Un grand balèze. Vachement bien sapé. Sûr qu'elle devait s'éclater avec un mec pareil, lui disait Coughlin, et ça le rendait dingue, Gary. Je l'entendais chialer la nuit dans sa cellule, et Coughlin était là dans le couloir à se fendre la gueule, ce bâtard. »

Yates s'étira. Davidson savait capter votre attention.

« Et ce Black, c'était qui ?

— Mais il existait pas. J'ai demandé à ma mère de vérifier à l'occasion d'une de ses visites. La copine de Gary arrivait en bus. » Il hocha la tête. « C'est pas crapuleux, de jouer des tours pareils ? »

Corbett, impassible, voulait en savoir plus sur l'emploi du temps de Davidson.

« J'ai déjà parlé de ça.

— Je veux dire, ici. Ça fait trois semaines que vous êtes sorti, non ?

— Et alors ?

— Alors, vous avez fait quelque chose, non ?

— En quoi ça vous regarde ?

— J'ai mes raisons.

— Ah ouais ?

— Ouais, j'entends des choses, Ainsley. Des choses qui me disent que vous vous remettez à fréquenter.

— Je me remets à fréquenter ?

— Ouais, comme la dernière fois. »

Yates jeta un regard à son collègue. La question de Corbett lui était aussi incompréhensible qu'à Davidson. Où voulait-il en venir ?

Davidson secouait maintenant la tête avec plus de pitié que de colère, cette fois. Il n'aimait pas Corbett, et il ne le cachait pas.

« Si vous avez quelque chose à dire, crachez-le. Sinon, barrez-vous et foutez-moi la paix.

— Parlons encore de Portsmouth. Lundi soir. Vous prétendez que vous étiez avec Marie.

— Non, m'sieur, je prétends pas. J'étais avec elle, point. C'est même pour être avec elle que je suis allé à Portsmouth.

— Pourquoi n'est-elle pas venue ici ?

— Parce qu'elle travaille.

— Que fait-elle ici, alors ?

— Elle a deux jours de congé.

— Pourquoi ne pas avoir attendu son congé ? »

Même Yates devait admettre que c'était une bonne question. Davidson ne voyait pas les choses de la même façon.

« Vous avez jamais été amoureux, m'sieur ? Amoureux dingue, à en perdre la tête, hein ? Jamais ressenti ça, je parie, hein ? »

Les yeux de Corbett étaient de pierre. Il posa de nouveau la question, mais Davidson la balaya d'un revers de main. Il avait fait la connaissance de Marie à la prison de Gosport. Elle y donnait des cours de rattrapage scolaire. Il s'était inscrit et, en quelques semaines, elle avait tiré de lui des choses que personne, et surtout pas ses profs, n'aurait seulement soupçonnées. Il s'était mis à écrire des histoires, des poèmes. Il avait découvert des auteurs étrangers, des Français principalement. Il s'était même demandé s'il n'allait pas se farcir André Gide dans la version originale. Est-ce que Corbett pouvait s'imaginer où une aventure pareille pouvait vous conduire ?

Corbett ne paraissait nullement impressionné.

« Elle vous a plu, quoi.

— Non, je suis tombé amoureux. »

Corbett le regardait d'un air amusé.

« Trophée de baise ?

— Faites gaffe à ce que vous dites.

— Mais je parlais de vous. » Le sourire s'accentua. « C'est vous, le trophée. »

Un instant, Yates pensa que Davidson allait déjanter. Les petits muscles des mâchoires saillaient et sa bouche n'était plus qu'un trait mince sur son visage. Petit ou pas, vous n'aviez pas envie d'être à la réception au cas où les coups partiraient.

Corbett n'avait pas bougé. Il revenait à la nuit de lundi. Davidson était allé chez Marie vers 8, 9 heures du soir. Que s'était-il passé ensuite ?

« On a bu. Deux bouteilles de vin. » Davidson était encore furieux.

« Et ensuite ?

— On a baisé. Sur le canapé.

— Longtemps ?

— Des heures, mec. Plus longtemps que ça t'arrivera jamais.

— Et quand êtes-vous partis ?

— Le lendemain. C'est-à-dire, hier.

— Vous êtes venus en voiture ici ?

— Ouais… en prenant notre temps. Vous connaissez un peu cette route, l'A3 ? Tous ces bois autour de Hindhead ? On en a remis une louche. Un pied pas possible. Rien que nous et les merles. »

Yates se détourna. Davidson se foutait de leur gueule, maintenant. Encore quelques questions du même type de la part de Corbett, et ça tournait à la farce. Il y eut soudain un mouvement dans le couloir. Davidson tourna instantanément la tête. Une femme se tenait dans l'entrée de la cuisine. Grande, le visage pâle, de longs cheveux de jais, elle les regardait. La robe de chambre devait appartenir à Davidson, parce qu'elle lui arrivait tout juste aux genoux.

Elle entra dans la serre en regardant Davidson. « J'ai entendu des voix. Que se passe-t-il ?

— Les flics. Ils savent jamais quand s'arrêter. »

Corbett, qui avait sorti sa plaque, ne prit pas la peine de se lever. « Marie ?

— C'est bien ça.

— Quel est votre nom de famille, ma belle ? »

Yates grimaça. Le ton et ce « ma belle » indignaient de toute évidence cette femme. Elle était enseignante et habituée à faire ses cours à des classes composées de criminels endurcis. Elle ne répondait vraiment pas au qualificatif de « ma belle ».

« Je m'appelle Elliott, dit-elle enfin. Marie Elliott.

— Et vous êtes avec... ? » Corbett eut un mouvement du menton vers Davidson.

« Il se prénomme Ainsley.

— Où étiez-vous lundi soir... si cette question ne vous dérange pas ?

— Elle ne me dérange pas.

— Dans ce cas, j'attends votre réponse. »

Elle haussa les épaules. « J'étais chez moi, à Portsmouth. Eastney, plus exactement. 101, Adaire Road.

— Seule ?

— Seule avec Ainsley, répondit-elle sans quitter Corbett des yeux.

— Entre quelle heure et quelle heure ?

— J'en sais trop rien. » Elle chercha dans sa mémoire, le sourcil froncé. « Dans la soirée ? 8 heures peut-être. Et jusqu'au matin.

— Quelqu'un d'autre dans la maison ?

— Je vis seule.

— Personne à qui je pourrais m'adresser, donc ?

— Non, à part moi. Que se passe-t-il ? »

Corbett ne répondit pas. Il ne manquait pas de talent pour cacher ses sentiments, mais sa déception n'échappa point à Yates. Il s'attendait à quelque signe d'incertitude, mais avec cette femme il avait devant lui un modèle de sang-froid.

« Nous enquêtons sur une mort suspecte, dit-il lentement. Quelqu'un que vous devez connaître.

— Vraiment ? Et qui cela pourrait être ?

— Sean Coughlin.

— Coughlin ? Le surveillant de prison ?

— Oui.

— Et vous me dites qu'il est mort ? » Elle regarda Davidson.

Qui lui fit un grand sourire, le pouce levé.

« Ouais, dit-il, et tu sais quoi ? Ces types me soupçonnent de l'avoir savaté à mort. Tu t'imagines ? Courir le risque de retomber dans toute cette merde ? » Il secoua la tête. « Pourquoi j'aurais fait une chose pareille ? »

La première réunion des responsables de l'opération *Merriott* dura près d'une heure. Faraday la dirigea dans le bureau de Willard, installant son équipe autour de la longue table de conférence.

Après une brève introduction de Faraday, Jerry Proctor apporta des nouvelles de l'autopsie. Coughlin présentait de sévères contusions au visage, au cou, au torse et dans la région de l'aine. Il n'y avait pas de blessures par pénétration, et les meurtrissures pouvaient être dues à des coups de pied, de poing ou d'une arme contondante. L'examen avait révélé trois côtes enfoncées et un éclatement de la rate mais la cause de la mort, selon le médecin légiste, avait été l'inhalation de vomi. À un certain moment, il avait commencé de vomir et un hoquet avait dû provoquer l'aspiration des matières dans les poumons, entraînant la suffocation.

« Et c'était après le tabassage ? » Faraday voulait connaître la chronologie exacte.

« Très certainement.

— Il était donc peut-être seul à ce moment-là ? Cela poserait un problème légal.

— Un homicide involontaire ? » Proctor secoua la tête. « On parle d'intention, n'est-ce pas ? Quiconque l'a mis dans cet état l'a fait volontairement. Et les coups portés ont entraîné la mort. Pour moi, c'est un meurtre.

– Mais vous ne disiez pas qu'il a vomi parce qu'il a été battu ?

– Impossible de le savoir avec certitude. L'anapath parle d'une grande quantité d'alcool. L'examen toxicologique ne sera pas terminé avant après-demain, mais par terre il y avait une bouteille de Johnnie Walker vide et le corps puait encore l'alcool.

– Conclusion ? Il est bourré comme un coing, se fait cogner très sévèrement, vomit, avale son vomi, et meurt étouffé ?

– C'est à peu près ça. Mais encore une fois, il y a là intention. Sans les coups… qui sait ? dit Proctor avec un haussement d'épaules.

– D'accord. » Faraday griffonna une note et s'arrêta, frappé par une autre pensée.

« Il avait donc mangé avant ?

– Kebab. Il y avait des bouts de viande et de laitue dans ce qu'il a vomi.

– Récent ?

– Deux, trois heures.

– Le kebab, il l'a consommé chez lui ?

– Je ne pense pas. On a fouillé la poubelle dans sa cuisine et aussi celle de dehors sans relever la moindre trace qui l'indiquerait.

– Reste à faire les gargotes à kebab, alors ? » La question s'adressait à une robuste silhouette au bout de la table. Paul Ingham était l'inspecteur chargé des Enquêtes Externes, un solide natif du Yorkshire, que Willard appréciait particulièrement. C'était à Ingham qu'il appartenait de répondre à de pareilles questions en envoyant sur le terrain ses équipes de deux hommes.

« Cet après-midi, patron. Mes gars ont tous une photocopie de la photo d'identité de Coughlin, mais la plupart de ces fast-foods n'ouvrent pas avant 2 heures. »

Faraday revint à Proctor. « Restons avec Coughlin. Des traces de résistance ? Est-ce qu'il s'est battu ?

— Il semble que non. Rien sous les ongles, en tout cas rien dont on puisse tirer une expertise ADN, et très peu de sang. Bourré comme il l'était, il ne risquait pas de faire grand mal. On estime qu'il est mort autour de 1 heure du matin, peut-être un petit peu plus tard. Et il est possible que l'agonie n'ait pas duré deux minutes, mais on n'en sait trop rien.

— Bon. » Faraday regarda Dave Michaels. « Où en est-on de la chronologie des événements ? »

Michaels consulta son bloc-notes ouvert devant lui. Coughlin avait retiré des espèces plus tôt dans la soirée. Le reçu délivré par la machine et découvert dans la poche de son pantalon le situait dans Osborne Road à 18 h 46.

« On a une vidéo de son passage au distributeur ?

— Oui, monsieur. Pas de doute, c'est bien Coughlin et Osborne Road à 18 h 46.

— Où s'est-il rendu ensuite ?

— Chez Tresher. C'est un peu plus loin dans la rue. Même caméra. On est en train de vérifier avec la caisse du magasin mais il est sorti de là avec un sac.

— La bouteille de whisky ?

— Tresher dit que oui.

— Un reçu ? »

Ce fut Proctor qui répondit en secouant la tête. Ses hommes avaient fouillé les vêtements de la victime et n'avaient rien trouvé.

« Il a dû le jeter en route », grommela Michaels.

Faraday ferma les yeux un bref instant, s'efforçant d'assembler la séquence d'événements. « Disons que le scotch venait de chez Tresher. Il aurait bu seul la bouteille ? »

Il rouvrit les yeux pour voir Michaels secouer la tête. « À mon avis, il attendait de la visite. Il n'y a pas eu effraction, on le sait.

– En sommes-nous certains ? Jerry ? »

Proctor hocha la tête. Ses hommes avaient examiné la porte d'entrée, celle du couloir, toutes les fenêtres et les revêtements de sol, sans relever un seul signe indiquant qu'on ait forcé une quelconque ouverture.

« Et l'empreinte de chaussure dans le parterre de fleurs ?

– Certainement fraîche et certainement intéressante à suivre, répondit Proctor. Mais on n'a rien trouvé sur la fenêtre de la chambre et rien sur la moquette. Quiconque a marché dans les fleurs n'est jamais entré par là.

– Et vous me confirmez que l'empreinte ne correspond pas à la pointure de Coughlin ?

– Oui, monsieur. Trop grande.

– Dommage. » Faraday pinça les lèvres. « Alors Coughlin aurait ouvert la porte à ses visiteurs ? » L'acquiescement fut général autour de la table. « Un ami, donc. C'est cela que vous suggérez ? »

Une main se leva. Celle du sergent Brian Imber. Un quinquagénaire vigoureux et combatif, qui venait de la brigade criminelle basée à Havant pour diriger la cellule du renseignement pour l'opération *Merriott*.

« Nous devons nous poser quelques questions, ici, dit-il d'une voix posée. L'homme n'avait pas d'amis. Un ours mal léché. C'est du moins l'avis de tous ses collègues, à la prison. »

Dave Michaels posa son crayon. « Peut-être bien, Brian, mais il devait forcément connaître quelqu'un, non ? Quelqu'un avec qui parler de temps à autre.

— Admettons, dit Faraday. Alors, qui ?

— J'en ai pas la moindre idée, patron. Pour le moment. »

Faraday revint à Imber. La cellule du renseignement avait à charge d'analyser les appels téléphoniques que Coughlin avait pu passer.

« Et son téléphone ? On en est où ?

— Les demandes d'accès au relevé de ses communications sont prêtes et n'attendent que votre signature.

— Et le 1471 ? Un résultat ?

— Il a reçu un appel, qu'il n'a pas pris.

— Quelle heure ?

— Minuit et deux minutes. »

Faraday nota, l'air songeur. Coughlin s'était branché sur le site porno à 0 h 17, soit un quart d'heure plus tard. Cela signifiait-il qu'il venait juste d'arriver chez lui ou bien qu'il était tellement soûl ou préoccupé qu'il n'avait pas pris la peine de répondre ? Ou alors qu'il était sorti plus tôt, avait acheté le whisky, s'était arrêté pour manger un kebab, puis avait regagné ses pénates pour une nuit sur le net ? Ou bien avait-il passé toute la soirée dehors et ramené quelqu'un avec lui ? Disons, un inconnu ? Une rencontre de hasard ? Faraday vit Michaels faire la grimace. Les meurtres perpétrés par des inconnus étaient les plus difficiles à résoudre. « Alors ?

— C'est possible, patron. Ça pourrait être effectivement un inconnu. Coughlin l'amène chez lui, le fait boire un coup. Puis il a un geste qui plaît pas au type et...

— Et l'homme le tue ?

— Il le tabasse, saccage le salon et dispose les magazines porno, histoire de laisser un message. Demandez-moi si c'est crédible, et je vous répondrai oui. Maintenant, je ne pourrais pas vous dire que ça s'est passé de cette façon. En tout cas, pas pour le moment. »

Faraday partageait évidemment l'avis de Michaels. Plus ils lanceraient loin le filet de l'enquête, plus ils auraient une chance que quelque chose — quelque suite logique d'événements — se dessine. En attendant, ils ne pouvaient avancer que pas à pas, tout en s'assurant qu'ils ne négligeaient rien.

Jerry Proctor parcourut la liste de ses premières démarches scientifiques : la bouteille de scotch ainsi qu'un verre étaient prêts à partir au laboratoire de la police scientifique de Lambeth. Ses hommes avaient relevé de bonnes empreintes un peu partout dans le salon de Coughlin. Elles avaient déjà été transmises au labo de Netley pour confrontation avec le fichier du NAFIS. Si elles correspondaient à un casier judiciaire, le système d'identification des empreintes digitales livrerait aussitôt un nom.

Faraday savait que l'équipe de Proctor passerait les deux jours prochains à ratisser le reste de l'appartement de Coughlin : poignées de portes, interrupteurs, recherche de traces de protéines dans les revêtements de sol et de mur pouvant indiquer la présence de sang. Alors seulement, une fois ces dernières recherches accomplies, les lieux seraient ouverts à l'équipe d'Imber, qui se plongerait dans les relevés bancaires — retraits et achats — susceptibles d'ouvrir de nouvelles pistes dans ce type d'enquête.

« Et son ordinateur ? » La voix de Paul Ingham s'éleva. « Quelque chose à en tirer ? »

Faraday lui fit part de ce qu'il savait. L'informaticien de Netley avait déjà copié et analysé une partie du disque dur. L'appareil était d'un modèle ancien et ne posait guère de problèmes de décodage. Ils avaient examiné les e-mails sans rien trouver de significatif, mais un bon nombre de ses conversations extraites de forums de discussion semblaient plus prometteuses. Apparemment, Coughlin avait pris Rouquin pour pseudo. On attendait la suite des analyses.

Ce fut Brian Imber qui posa la question. « Quel genre de conversations ? »

Faraday consulta ses notes. « Plutôt désagréables, dit-il enfin. Il y a des règles régissant ces groupes de *chat*, mais Coughlin semblait les ignorer.

— Désagréables de quelle façon ?

— Obscènes. Le type ne pensait qu'au sexe.

— Vous avez des détails ? Des amis particuliers qu'il aurait pu se faire sur la toile ?

— Pas encore.

— Mais on peut espérer, alors ? »

Des regards s'éclairaient autour de la table. Ces hommes n'avaient guère le temps d'explorer les délices de ces forums mais ils avaient tous conscience qu'Internet ouvrait de nouvelles perspectives à quiconque était décidé à foutre la pagaille. D'où la création de l'unité spécialisée basée à Netley.

Imber se pencha en avant. Il avait une autre question. Ils étaient tous là au briefing de la veille, et ils avaient tous entendu ce que le nouveau, Corbett, avait rapporté. Il désirait savoir où donc on en était au sujet de ce Davidson.

Faraday n'avait pas de réponse à cette question. Corbett et Yates n'étaient pas encore rentrés de Londres. Il jeta un coup d'œil à sa montre, se demandant pourquoi ils ne l'avaient pas encore appelé.

« C'est une de nos pistes, dit-il, impassible. Je vous tiendrai informé. »

Corbett appela Dave Michaels depuis sa voiture. Sur le trottoir, Yates l'observait par la vitre baissée. Ils avaient quitté Davidson et Marie Elliott à midi. Les deux heures d'interrogatoire n'avaient en rien modifié la première déclaration qu'avait faite Davidson de son emploi du temps dans la nuit de lundi. Marie et lui s'étaient envoyés en l'air pendant une bonne partie de la soirée et s'étaient endormis du sommeil des amants. Le lendemain matin, ils avaient pris la route de Londres. Leurs déclarations, en bref, ne leur donnaient pas la moindre chance d'avoir rendu visite à Coughlin à Niton Road.

Corbett réussit enfin à avoir Michaels en ligne. Il lui décrivit brièvement leur matinée chez Davidson. Et, comme Michaels lui demandait son sentiment personnel, Corbett se mit à rire.

« Davidson raconte des conneries, et s'il espère que je vais croire un seul mot de tout ça, alors il est encore plus bête que je le pensais.

— Et son amie ?

— Dans le coup jusqu'au trognon.

— Et on a quoi comme preuves ?

— Laissez-moi me charger de ça, patron. Je vous rappellerai plus tard. » Corbett souriait tout seul en reposant son portable sur le tableau de bord. Yates, qui ne le quittait pas des yeux, se demanda si son collègue avait réellement passé deux heures en sa compagnie chez Davidson. Il n'avait saisi que la fin de la conversation téléphonique mais ça lui suffisait amplement.

« Et comment tu vas t'y prendre pour trouver des preuves ? » demanda-t-il.

Corbett lui jeta un regard où l'impatience le disputait à quelque chose s'apparentant au mépris.

« Quoi, tu crois tout ce que nous a raconté ce petit con ? » Il regarda Yates en grimaçant un sourire et tendit la main vers la clé de contact. « J'ai deux ou trois coups de fil à passer. Je te verrai au bureau. »

Winter reçut le feu vert de Cathy à midi. Coincée par Hartigan pendant la plus grande partie de la matinée, elle revint à Highland Road pour découvrir une note de Winter lui demandant un mandat pour perquisitionner au domicile de Shelley Geech. Celle-ci habitait dans l'une des tours de Somers Road, et il avait une raison de penser qu'une petite visite s'imposait. Face à face, invité à fournir des explications, il parla vaguement d'une conversation avec l'une de ses sources. Un gars qui ne l'avait jamais laissé tomber. Vu qu'il aurait beaucoup à perdre s'il s'y amusait.

« Et que dit cet informateur ?

— Que le gamin livre pour Bazza Mackenzie.

— Vous le croyez ?

— Je le crois, patron. Et quelques sachets d'héro nous placeraient en position de force. On a le choix, pas vrai ? Entre trois millions d'heures sup de plus ou une descente chez Geech. On met le jeune Darren hors circuit, et M. Patel sera de nouveau un épicier heureux. »

Cathy Lamb, à qui les quatre-vingt-dix minutes de sermon de Hartigan avaient collé la migraine, s'efforçait de jauger les risques.

« Il vous faut du soutien ?

— Non, juste Dawn.

— Vous êtes sûr ?

— Affirmatif. Maintenant, si on touche le gros lot, alors oui, faudra appeler un officier spécialisé en renfort. Dans ce cas, je bouclerai l'appart et vous passerai un coup de fil.

— D'accord, on fait ça, mais, dit-elle en lui jetant son regard le plus sévère, faites gaffe où vous mettez les pieds. »

Winter et Dawn Ellis partagèrent un pâté en croûte réchauffé au micro-ondes à la petite cantine située au rez-de-chaussée du poste de Highland Road. Ellis avait l'air épuisée. Elle avait reçu un nouvel appel dans la nuit, une heure après l'apparition de Winter sur le pas de sa porte. Elle avait appelé le 1471, comme les autres fois, mais l'appel provenait d'un numéro masqué, et après ça elle avait été incapable de se rendormir, s'attendant malgré elle à ce que ça sonne encore. Mais, comme Winter lui proposait d'entreprendre quelque chose – contacter British Telecom ou même en parler à Cathy –, elle secoua la tête. Elle s'en chargerait elle-même. Elle n'était pas faible à ce point.

Après le déjeuner, ils prirent la voiture d'Ellis, se firent délivrer auprès d'un magistrat le mandat de perquisition, et se rendirent à Somerstown. En ce début d'après-midi, le quartier était tranquille. Laissant la petite Peugeot rouge sur une aire de stationnement jonchée de bris de verre, ils prirent l'escalier jusqu'au troisième étage. L'appartement de Shelley Geech était situé au bout du couloir. Winter frappa deux fois à la porte qui s'ouvrit sur une frêle et pâlichonne femme à l'air exténué, qui refusa de répondre au sourire de Winter. En sweat-shirt orné d'un Pompey 1999 et jean noir, elle jeta à peine un coup d'œil à la plaque que lui présentait Winter.

« Ça doit être pour Darren », dit-elle.

La chambre du garçon donnait dans le couloir. Il régnait une odeur de friture épouvantable, et Winter se tourna vers Ellis pour l'avertir d'une flaque suspecte devant la porte du garçon. Shelley avait disparu dans la cuisine pour en ressortir avec une cigarette allumée.

« Il est ici ? demanda Winter en désignant le battant.

– Il dort encore. Il a besoin de sommeil.

– Il ne va jamais à l'école ?

– Non. »

Winter poussa la porte. Les rideaux étaient tirés mais, sous le poster Pompey au mur, il distingua la forme d'un corps dans le lit étroit. Un petit chien était couché dans un creux de la couette, un terrier. À part une armoire dont la porte bâillait, la pièce n'était pas meublée.

Winter avança dans la pénombre et secoua le dormeur, tandis qu'Ellis ouvrait les rideaux dans un crissement d'anneaux et qu'entrait soudain un flot de soleil. Le chien aboya et sauta du lit.

« Geech ? »

Un visage gonflé de sommeil émergea de sous le duvet. Il fallut une ou deux secondes à Geech pour comprendre la situation et se lever. En caleçon blanc sale sur des jambes allumettes.

« Où est mon chien ?

— Assieds-toi », lui dit Winter.

Le chien aboyait de nouveau, dans le couloir cette fois, et Geech s'élança vers la porte, mais Winter le bloqua et le repoussa sur le lit. La tête du gamin cogna sèchement contre le mur, lui arrachant un cri de douleur. Et, comme il tentait, furieux, de se relever, Winter l'immobilisa en s'asseyant dessus.

« L'armoire, dit Winter à Ellis, mais fais attention. »

Ellis traversa la chambre en enfilant une paire de gants épais et entreprit d'examiner ladite armoire. Elle était pratiquement vide, à l'exception d'une paire de jeans usés à côté de deux blousons en cuir neufs, qui avaient vraisemblablement été fauchés. Elle en fouilla les poches puis, prenant une chaise, grimpa dessus pour regarder le haut de la porte. Les gosses savaient comment y pratiquer une cachette en évidant le bois, mais elle ne releva pas la moindre trace d'éraflure. Finalement, elle se mit à quatre pattes pour tâter l'espace entre le fond et le sol. Il ne lui fallut pas plus d'une minute pour confirmer qu'il n'y avait rien.

« Tu en es sûre ? demanda Winter, perplexe.

— Certaine, confirma-t-elle.

— Essaie encore à l'intérieur. »

Ce qu'elle fit, sortant les vêtements cette fois, tâtant les coutures et les poches. Geech l'observait en résistant en vain au poids de Winter. Sa mère était repartie à la cuisine.

Ellis finit par abandonner et remit tout en place. Elle n'avait rien trouvé.

« Alors ? gueula Geech. Vous êtes contents, maintenant ? »

Winter se releva, l'air contrarié. Le mandat lui donnait le droit de fouiller tout l'appartement, mais il savait que ce serait peine perdue. Il ignorait pourquoi, mais Rookie s'était trompé.

Furieux et toujours en caleçon, Geech les suivit jusqu'à la porte d'entrée en beuglant à l'abus de pouvoir. Ce déluge passa au-dessus de la tête de Winter, mais le mot « connard » l'arrêta net. Il se tourna vers Geech et lui recommanda de surveiller son langage. Encore un mot de ce genre, et il allait foutre la baraque sens dessus dessous. Puis il se pencha vivement et se saisit du chien. Il avait un collier et une petite plaque d'identité en argent. Ellis avait de meilleurs yeux que Winter. Le chien la regardait à travers un toupet de poils.

« Il s'appelle Charlie, dit-elle. Il y a un numéro de téléphone, le 92851933. »

Winter appela Shelley Geech. Elle sortit de sa cuisine.

« À qui c'est, le chien ? »

Elle considéra le terrier comme si elle ne l'avait jamais vu de sa vie.

« À Darren, dit-elle enfin. Il est tout le temps avec lui.

– Il l'a eu d'une portée, hein ? Quand c'était un chiot ?

– J'en sais foutre rien. » Elle haussa les épaules. « Mais sûrement, ouais.

– Où est le téléphone ?

– La ligne est coupée.

– C'est quoi, votre numéro ?

– 92874… je m'en souviens plus, merde.

– Mais ça me suffit. » Il regarda Geech d'un air réjoui. « C'est une bête volée. Je la confisque. »

Geech essaya d'attraper le chien. Winter recula en direction du palier, laissant Ellis s'interposer entre lui et le jeune Darren. Alors qu'il descendait l'escalier à ciel ouvert, le visage étroit de Geech apparut à la fenêtre de l'appartement. Le môme était cramoisi de rage. Il les regarda traverser le bout de pelouse jaunie en direction de la voiture d'Ellis.

« Dites à ce bâtard que j'l'aurai, hurla-t-il. Dites-lui que c'est un homme mort. »

5

Mercredi 5 juin 2002, 14 heures

Bev Yates était de retour en début d'après-midi à Kingston Crescent. Le parking était encombré de véhicules qu'il ne reconnaissait pas, assurément le signe d'une grosse opération aux Crimes Graves. Il trouva cependant une place où garer sa Golf et s'accorda un moment pour consulter ses messages sur son portable.

Il y en avait une demi-douzaine, dont un de Melanie. Sa Citroën était de nouveau en panne. Apprenant ça, Freya, qu'elle devait accompagner chez sa copine Kate, avait piqué une crise. Il n'y avait plus rien dans le frigo pour dîner. Bev pouvait-il prendre sur sa route en rentrant quelques plats cuisinés ? Et aussi un pack de lait maternisé. Si elle devait encore nourrir la petite, ses seins allaient fondre, à la fin.

Elle achevait son message sur un rire forcé qui ne risquait pas de tromper Yates. Leur vie de couple avec deux jeunes enfants ne les satisfaisait plus autant qu'ils l'avaient espéré. Habiter la campagne était une vraie chierie : pas de commerces, un seul et unique pub, et bien peu de voisins en dessous de soixante-dix balais. Sans parler de l'emploi du temps de Bev qui se rallongeait de jour en jour. La semaine dernière, il était rentré deux fois à minuit passé et, pour la première fois, Melanie ne l'avait pas attendu pour se coucher.

Bev contempla un instant son portable et haussa les épaules. Vérifiant l'heure, il se demanda s'il pouvait rester encore sur Five Live qui diffusait la rencontre Irlande-Allemagne. D'après le commentateur, il ne restait que quelques minutes de jeu, les Allemands menant un à zéro, les Irlandais luttant toujours pour une qualification. Il s'installa confortablement derrière le volant, le soleil baignant son visage par la vitre baissée. Quelques secondes plus tard, il dormait.

Il se réveilla à 2 heures et demie, tiré des limbes par une main sur son épaule. À demi aveuglé par le soleil, il éteignit la radio et regarda qui se penchait à la fenêtre de la voiture.

« T'as de la chance que c'était moi.

— Dawn ? Qu'est-ce que tu fous ici ?

— Je suis venue voir un type de la circulation. Il a chopé un môme au volant d'une voiture volée. » Elle se tut un bref instant. « Alors, cette grande aventure ? Merriott, c'est ça ?

— Un cauchemar. Je fais équipe avec un tordu de première.

— Qui ça ?

— Un certain Corbett. Andy Corbett. J'ai essayé de comprendre s'il se payait notre gueule ou s'il avait vu trop de films policiers. Mais je te jure, ce mec est pas vrai. Jamais vu un branque pareil.

— Tu crois vraiment ? »

Le ton n'échappa point à Bev, ce léger haussement de la voix en fin de question. Il se redressa sur son siège pour mieux la voir.

« Non, tu plaisantes ? » Il secoua la tête. « Tu n'es pas sérieuse, c'est pas possible.

— Et pourquoi pas ? » Elle mouilla d'un baiser le bout de son index, pour le poser sur le bout du nez de Yates. « Une fille ne peut pas éternellement attendre. »

Bev voulait qu'elle reste mais elle était déjà en retard. Peut-être un verre, un soir ? S'il en trouvait le temps ? Elle lui sourit de nouveau, pas de bisou cette fois, et se redressa. Quelques secondes plus tard, elle disparaissait dans le bâtiment.

Corbett ? Bev secoua de nouveau la tête tout en tendant la main vers le rétroviseur, un geste devenu machinal et qui commençait à lui taper sur les nerfs. Le visage qu'il découvrit disait les trop longues journées de travail, les trop nombreuses conversations devant des pintes. À quarante-cinq ans — la deuxième mi-temps — le moment était venu d'apprendre à tirer le meilleur parti de ce qu'il possédait.

Ça n'était pas vraiment un malheur que de se retrouver père de deux jeunes enfants. Il lui suffisait de montrer des photos de Freya et Nathan pour passer pour le plus chanceux des hommes. Quant aux photos de Melanie les seins nus sur une plage de Marbella, elles lui valaient des regards de respect, même de la part des collègues les plus jeunes. Comment une beauté pareille a-t-elle pu épouser un mec comme toi, se disait-il. Il ne s'était jamais caché la vérité, mais il savait que la vie ne pouvait s'arrêter à douze heures de travail par jour et une vie de famille qui semblait se borner à une suite ininterrompue de corvées domestiques. Du lait maternisé ? De méchants surgelés pour le micro-ondes ? Il jeta un dernier regard dans le rétroviseur et tendit la main vers la poignée de la portière.

Corbett ? Dawn devait avoir perdu la tête.

Quelques minutes plus tard, Michaels, voyant passer Yates dans le couloir, l'appela dans son bureau et l'invita à s'asseoir. Il voulait en savoir plus sur Davidson et sa compagne.

Yates s'installa sur la chaise près de la porte. Assis là, tout visiteur ne pouvait s'empêcher de voir la photo du fils de Michaels qui, âgé de treize ans, était la vedette de l'équipe cadette d'un club de foot de la ville. La photo était punaisée sur un tableau à côté d'un article du *News*. « Héros de quatre buts », disait la légende.

Yates s'enquit du résultat du match des Irlandais mais, Michaels n'ayant pu suivre la rencontre, Yates changea de sujet.

« Corbett est de retour ?

— Il a éclaté un pneu sur l'autoroute. Il vient juste d'appeler.

— Pas blessé, j'espère ?

— J'en sais rien, camarade. Écoutez, Bev, Corbett n'est peut-être pas votre tasse de thé, et il se pourrait qu'il ne soit pas la mienne, mais on a une longue enquête devant nous, alors ne le débinez pas.

— J'ai dit quelque chose que je devais pas ?

— Non, mais je ne suis pas sourd. D'accord ? » Michaels avait l'air sincèrement agacé, un fait rarissime.

« Ça va bien, patron ?

– Jamais été mieux, fiston. Maintenant, si vous répondiez à ma question ? »

Yates s'attendait à cette conversation. Il y avait longuement pensé sur la route, en revenant de Londres. Il savait que tôt ou tard on lui demanderait son opinion. C'est ainsi que le système fonctionnait. Jamais une seule paire d'yeux, mais deux.

« Il n'y a aucune chance, dit-il d'une voix lente. Pas l'ombre d'une.

– Une chance de quoi ?

– Une chance qu'il se soit fait Coughlin. Un, il a un solide alibi. Son amie est une enseignante, pas une garce ramassée dans Fratton. Deux, personne ne pourrait jouer aussi bien la comédie. On sent très bien quand un type s'accroche à un mensonge. Et je peux vous dire, patron, que c'est pas son cas.

– Corbett dit qu'il n'a manifesté aucun regret.

– Qui n'a aucun regret ?

– Davidson.

– Il a dit ça, Corbett ? Que Davidson n'avait pas de regrets ?

– Il y a pas une minute. » Il jeta un regard au téléphone. « Quand il a appelé.

– Alors, ce mec est une vraie tête de nœud. Et le mot regret est loin du compte. Dès qu'il a appris la mort de Coughlin, Davidson était aux anges. Rien ne pouvait lui faire autant plaisir que de savoir Coughlin canné. Le mot regret signifierait que c'est lui, le coupable. Ce qu'il n'est pas.

– Corbett pense le contraire.

– Ah ouais ? Alors pourquoi on l'a pas arrêté ?

– C'est la question que je lui ai posée moi-même.

— Bien sûr, et je vais vous donner la réponse. Parce qu'on n'a pas le début d'une preuve contre le type. Si Corbett avait la certitude absolue de la culpabilité de Davidson, le SOC serait en ce moment même en train d'arracher les planches de sa piaule, d'embarquer ses vêtements, de démonter la voiture de son amie. Pourquoi se passer d'une recherche d'ADN si le mec était un coupable aussi flagrant ? »

Michaels s'abstint de commentaire mais il voulait en savoir plus sur la femme, Marie Elliott.

« Croyez-moi, patron, elle a de la classe et, si vous voulez tout savoir, on s'est sentis tout minables en face d'elle. Corbett a bien essayé son grand numéro de flic à qui on ne la fait pas, et elle l'a envoyé dans les cordes rien qu'en lui soufflant dessus. Facile, d'ailleurs, quand on sait qu'on est innocent.

— Vous êtes certain ?

— Oui. »

Michaels se pencha en avant, les coudes en appui sur ses genoux. Quinze ans dans le métier, à suivre enquête après enquête, et on apprenait à savoir à qui accorder sa confiance.

« Hors micro, d'accord ?

— Bien sûr.

— Pourquoi fonce-t-il de cette manière ?

— Corbett ? Parce que c'est facile. Parce que ça lui donne belle allure. Il est jeune. Il arrive de Londres. Il est pressé. Il a une réputation à se faire. On est tous passés par là, patron. Vous savez bien qu'on a plus ou moins été comme ça.

— Ouais, et voyez où ça nous a menés. » Michaels éclata de rire et tapa sur le genou de Yates, redevenant soudain le Dave Michaels de jadis. Une enfance passée à East End et trois difficiles années à se tailler un chemin dans la police londonienne, avant de venir à Portsmouth, en avaient fait un homme perspicace. Il savait qu'il y avait des choses qu'on ne couchait jamais par écrit, qu'on ne donnait jamais à HOLMES et, en bon flic qui avait connu le terrain, il appréciait aussi la valeur de conversations semblables.

Il jeta un coup d'œil à la serviette de Yates.

« Vous avez leurs déclarations ?

— Ouais. »

Michaels désigna sa table de travail.

« Posez-les sur la pile. » Il se leva et s'étira, pendant que Yates ouvrait sa serviette. « Et autre chose aussi.

— Quoi ? demanda Bev.

— Les Irlandais jouent mieux sans Keane. »

Cathy Lamb exigeait des explications.

« J'en ai pas une seule, patron.

— Vous me disiez que votre type était sûr.

— Il l'est. Enfin, il l'était.

— Vous l'avez vu ? Vous lui avez parlé ? Pour lui réclamer notre argent ?

— C'était gratuit. Il me le devait.

— Formidable. Nous avons fait des économies, pour arriver à rien. »

Winter avait l'air penaud. Les excuses ne regardaient que les perdants mais il était à deux doigts de confesser sa désolation. Il était rare de tomber sur un inspecteur principal doté d'un cerveau en activité — de l'opinion de Winter, Faraday avait fréquemment déjanté — et il ne comptait plus les fois où

Cathy, quand elle n'était que simple inspecteur, avait couvert ses arrières. Ces coups de main ne pouvaient être gratuits. Quand elle vous passait un savon, Cathy Lamb pouvait vous faire très mal. Mais il était certain que les aventures les plus colorées de Winter parvenaient rarement aux oreilles de la direction, épargnant à l'intéressé bien des vicissitudes. Or, la direction, Cathy l'incarnait depuis qu'elle avait été promue inspecteur principal du CID. Et cela plaçait leur relation sous une lumière bien différente.

Ils se tenaient dans une Skoda banalisée en bordure de Somerstown. Cathy avait demandé qu'on lui montre les commerces visés, et Winter s'était fait un devoir de lui indiquer les trois magasins tenus par des Asiatiques. Que le chien de Geech soit couché sur un vieux plaid à l'arrière ne semblait pas l'avoir surprise. En vérité, Winter commençait à se demander si elle avait seulement remarqué la présence du petit terrier.

« Il faut que les choses soient claires, Winter, dit-elle. Quoi que vous pensiez du PIMS, il existe pour servir un dessein. Alors, servez-vous-en. »

Le système PIMS était le filtre officiel par lequel devait passer tout informateur travaillant pour la police. Les papiers à remplir pour un seul indic pouvaient vous prendre toute une matinée. Winter, qui n'aimait pas avoir les mains liées quand il combattait les voyous, ignorait superbement le PIMS.

« Je fais rien d'autre que bavarder un peu avec ces types, protesta-t-il. On s'entend bien. C'est comme une histoire d'amour, pourquoi la gâcher en proposant le mariage ?

— Parce que c'est conforme à la loi.

— Vous avez pas eu à vous plaindre jusqu'ici.

— Parce que vous aviez toujours des résultats.

— Mais ça ne peut pas marcher à tous les coups, Cathy. Avec ou sans le PIMS. » Il s'accorda un sourire. Il aimait bien sa comparaison avec le mariage. Il n'y avait jamais pensé avant, du moins dans ces termes. Il coula un regard vers Cathy. « Comment va Pete ?

— Bien, mais ne changez pas de sujet.

— C'est pas mon intention. Je suis sincère. J'ai appris l'autre jour qu'il se débrouillait très bien. Il est monté en grade, pas vrai ? »

Cathy hocha la tête sans enthousiasme. Pete Lamb, son mari, avait jadis été sergent en tenue à Fareham. Sa carrière de policier et son mariage avaient brusquement capoté après qu'il eut blessé grièvement par balle un gros dealer et que l'alcootest auquel on l'avait soumis ensuite se fut révélé positif. Trois années plus tard, revenu au bercail, il dirigeait le département d'enquêtes d'une grosse compagnie d'assurances dont le siège était à Portsmouth.

« On a un nouveau voilier, dit Cathy. Un neuf-mètres. Pete est fou de joie. Si vous le voyiez…

— Ah, fit Winter, qui commençait à comprendre, un bon travail, trente-cinq mille livres par an, un bateau qui va avec. Ça m'étonne pas que vous soyez sur les nerfs.

— Pete ne gagne pas autant.

— Non, mais vous, oui. » Winter lui toucha le bras. « Vous avez toutes mes excuses, patron, au sujet de Geech. Ça se renouvellera pas, promis. »

Mais Cathy ne paraissait pas l'avoir écouté. Les narines froncées, elle huma l'air un instant, puis se retourna vers la banquette arrière.

« Bon Dieu ! s'écria-t-elle d'un air à la fois incrédule et résigné. Mais qu'est-ce que ce chien fait ici ? »

Corbett monta directement au bureau de Faraday. La porte était ouverte et il s'épargna la précaution de frapper.

« Oui ? » Faraday était plongé dans la lecture d'un document que venait de lui faire parvenir la cellule du renseignement de Brian Imber. La première des factures du téléphone était arrivée, confirmant les occupations de Coughlin. Près de quatre-vingts pour cent de ses appels avaient pour destinataire un site porno.

Corbett ferma la porte derrière lui. Il venait de voir Dave Michaels au sujet de Davidson et de sa copine, et il n'était pas content de ce qu'il avait entendu.

« Quel est le problème ?

— Une différence d'opinion, monsieur. J'étais là-bas, à Balham, et je crois que la piste Davidson mérite d'être poursuivie.

— L'inspecteur Michaels m'en a parlé, et je partage votre avis. Il n'est pas question d'abandonner la piste Davidson.

— Dans ce cas, pourquoi m'avoir assigné au porte-à-porte ?

— Parce que c'est ainsi que les cartes tombent. Paul Ingham a une flopée d'actions à mener. Il en a compté une soixantaine. Vous faites partie d'une équipe, et certaines de ces actions vous reviennent. Ça n'est pas tellement sorcier, Corbett. Et c'est de cette façon que le système fonctionne.

— Mais j'ai parlé à Davidson. Et c'est moi qui l'ai signalé le premier. Pourquoi lui assigner quelqu'un d'autre, alors que je suis le mieux placé ?

— Qui a dit que nous parlions de cet après-midi ?

— Parce que c'est pas le cas ? Désolé, patron, je croyais qu'on menait une enquête criminelle. »

Faraday le regarda dans les yeux, laissant le silence s'étirer.

« Vous voulez bien vous excuser de ce que vous venez de dire ? demanda-t-il enfin.

— Je suis désolé, monsieur, je suis seulement préoccupé par…

— Vous ne m'avez pas entendu ?

— Oui, monsieur. » Son visage était un masque. « Et je vous présente mes excuses.

— Bien. Maintenant, foutez-moi le camp. Ingham travaille dans la salle de permanence. Un grand type. Avec un accent du Yorkshire. Vous ne pouvez pas le manquer. »

Corbett soutenait le regard de Faraday. C'était une déclaration de guerre, et les deux hommes le savaient. De l'autre côté du parking, un vol de pigeons passa au-dessus des toits de Stamshaw. Finalement, Corbett se leva.

« On m'avait dit que ce serait différent, ici, siffla-t-il d'une voix basse. Mais vous savez quoi ? J'ai pas voulu les croire. »

Faraday le regarda sortir, laissant sa colère retomber lentement. Il décrocha le téléphone et composa un numéro interne. Dave Michaels répondit à la deuxième sonnerie.

« Je pars à la prison, dit Faraday tout en enfilant sa veste. Je serai de retour dans une heure environ. »

On accédait par le bac à la prison de Gosport, située de l'autre côté d'une zone très fréquentée du port de Portsmouth. Imposante bâtisse victorienne en brique, aussi sinistre que les nombreux autres bâtiments publics constellant la zone, elle dominait un damier de maisons mitoyennes. D'après le dernier recensement, elle abritait à ce jour près de six cents détenus.

Faraday, qui s'y était déjà rendu à maintes reprises, détestait l'endroit. C'était dans de semblables institutions que les gens qu'il poursuivait finissaient le plus souvent mais, étrangement, Faraday n'avait que des regrets de les y avoir envoyés. La plupart des voyous qu'il faisait condamner étaient jeunes, de sexe masculin, célibataires, ignorants, sans travail et souffrant à des degrés divers de problèmes mentaux. Vous les enfermiez dans une cellule vingt heures par jour, les habituiez à l'odeur et au spectacle de l'échec, et ils perdaient rapidement le peu d'intérêt qu'ils auraient pu nourrir pour une vie honnête. La prison, selon lui, était le meilleur moyen de transformer un inadapté en délinquant à vie. Il descendit du taxi et montra sa plaque au poste d'entrée. Un coup de fil confirma son rendez-vous, et il suivit un solide surveillant à travers le labyrinthe de couloirs menant aux bureaux de l'administration. Voilà le monde de Sean Coughlin, ne cessait-il de se dire. Un tintement de clés continu accompagnant les rondes du personnel. Le fracas métallique des grilles, chaque fois qu'un prisonnier était conduit d'un bloc à l'autre. C'était ici que certains pouvaient prendre de sérieuses libertés envers des gens trop effrayés ou perdus pour protester. C'était un lieu proche du paradis pour le prédateur que semblait avoir été Coughlin.

Le directeur ne partageait pas l'opinion de Faraday. Court bonhomme trapu au visage carré et rougeaud, il portait une petite moustache « brosse à dents » et avait mauvaise haleine. Il était vêtu d'une veste de tweed marron aux coudes protégés de cuir. Dans une autre vie, Faraday le voyait bien en directeur d'école privée.

« Coughlin ? Jamais eu un problème avec lui. Exemplaire serait exagéré mais efficace, certainement. Il nous manquera, je vous le dis. Davantage de Coughlin, et la vie serait plus tranquille, croyez-moi. »

Faraday ne savait que penser. Il était venu ici sans a priori. Les renseignements recueillis sur Coughlin n'en faisaient pas le plus populaire des surveillants. Vrai ?

« Il était certainement peu communicatif, mais je ne pense pas que le règlement oblige quiconque à l'être. Si un homme peut se passer de compagnie, grand bien lui fasse. » Il tapota un dossier sur son bureau. Le cahier de permanence de Coughlin était exemplaire, et l'homme n'avait jamais pris que trois jours de congé maladie en deux ans. Il n'avait aucun espoir de s'élever en grade mais cela n'avait pas l'air de le contrarier. On pouvait compter sur lui, il était consciencieux et efficace, des qualités qu'on ne rencontrait pas chez tout le monde, comme Faraday devait le savoir.

Faraday hocha la tête. C'était la deuxième fois que le directeur utilisait le mot « efficace ».

« Efficace comment, au juste ?

— Efficace avec les détenus. En particulier, les plus turbulents de nos… pensionnaires. »

Il se tut, attendant un sourire, mais Faraday se garda de l'obliger.

« Vous parlez de contraintes physiques ?

— Bon Dieu, non. En arriver là signifierait qu'on a échoué. Les surveillants comme Coughlin ont un talent pour bien délimiter les frontières. Que ça plaise ou non, les prisons sont noires et blanches. Il le faut. C'est dans la nature de l'animal. Et Coughlin le comprend très bien. Ça peut même résumer ses états de service. »

Faraday haussa un sourcil. Cet usage du présent par le directeur commençait à l'agacer.

« Coughlin est mort, monsieur, fit-il observer, et c'est la raison pour laquelle je suis là.

— Bien entendu, et c'est une chose qui m'attriste énormément. Savez-vous quel est mon problème numéro un, ici ? Ce ne sont pas les détenus. Pas la surpopulation. Non, c'est le moral du personnel. Les politiques pensent que nous pouvons accomplir des miracles, eh bien ce n'est pas le cas. Pas avec le budget qu'ils nous allouent. J'ai de bons gars sous mes ordres, les meilleurs, mais il ne leur en faut pas beaucoup pour les ébranler. Ce qui est arrivé à Coughlin a été un sale coup. Ce genre de chose envoie un message à tout le reste du personnel. On a besoin que l'affaire soit élucidée, et vite. » Pendant un instant, il regarda Faraday, puis tapota de nouveau la chemise. « Je suppose que vous voulez consulter le dossier.

— J'ai l'intention de l'emporter.

— Impossible, mais je vais vous faire photocopier tout ça, et je vous demanderai une petite signature. »

Il se leva et, s'approchant de la porte, cria un nom. Un surveillant apparut aussitôt et prit le dossier. L'homme avait certainement écouté leur conversation, pensa Faraday. Et sa visite serait connue de toute la prison en quelques minutes. Ce n'est pas à moi que s'adressait cet homme, mais à tout son foutu personnel.

« Parlez-moi de Davidson.

— Quoi, vous êtes au courant ?

— Je sais qu'il a été libéré il y a peu, et je sais qu'il a toujours protesté de son innocence.

— Alors, vous savez tout, monsieur Faraday. Davidson, excusez mon franc-parler, était une petite merde. Je ne m'attends pas à ce que les détenus se plaisent ici. Loin de là. À quoi servirait une prison si on s'y trouvait bien ? Mais je m'attends à ce qu'ils la ferment. Un mec se fait choper, la justice le condamne, et le moins qu'il puisse faire, c'est de baisser la tête et de prendre son mal en patience. Voire, de s'amender. »

Vœu pieux, songea Faraday.

« Mais s'il était innocent ?

— Il ne l'était pas. On ne fait pas dans l'innocent, ici.

— D'accord, concéda Faraday, essayant de dissimuler son sourire. Alors, dites-moi quel genre d'homme il était. »

Le directeur s'adossa à son fauteuil et se lissa la moustache. La question semblait le surprendre.

« Intelligent, dit-il enfin. Sans aucun doute.

— Assez intelligent pour faire une bêtise ?

— Quel genre de bêtise, inspecteur ?

— Rendre visite à Sean Coughlin, en souvenir de… disons, l'efficacité de ce dernier.

— Vous parlez de ce qui s'est passé dans la nuit de lundi ?

— Oui.

— Du meurtre de Coughlin ?

— Oui.

— Oh, bon Dieu, non.

— Pas même lui faire un petit coucou ? Pour parler du bon vieux temps ?

— Non. » Quand il secouait la tête, tout son visage tremblotait. « J'ai souvent vu Davidson. C'est l'un des avantages de ma position. Chaque fois qu'il avait une embrouille dans ses demandes d'appel ou qu'il s'était chamaillé avec son avocat, il me demandait audience. Je le connaissais bien. Et jamais il n'aurait fait une bêtise pareille. Davidson veut réussir, et ce n'est pas en butant des surveillants de la Pénitentiaire qu'on y parvient.

— Vous disiez tout à l'heure que c'était une petite merde.

— Il l'était, il l'était. Un emmerdeur de première classe. Qui voulait pas accepter sa punition. Que se passerait-il si toute la prison faisait ça ? Qu'est-ce qu'on pourrait contre ça ? Tout va bien pour vous, monsieur Faraday. Les coincer et nous les remettre, c'est la partie la plus facile. Nous les ramassons, là où vous les laissez. Mais permettez-moi de vous dire une chose : le boulot qu'on fait, nous, c'est une autre paire de manches. »

Le surveillant était de retour avec la photocopie. Le directeur la vérifia page par page avant de glisser le tout dans une grande enveloppe. Faraday signa le formulaire que le surveillant lui présentait, et leva la tête.

« Alors, je peux rayer Davidson de ma liste ?

– Quelle liste ?

– Ma liste de suspects. » Il tapota sur l'enveloppe. « Je parle de ceux qui ont peut-être assassiné Coughlin.

– Bon Dieu, vous le pouvez, oui. » Le directeur se leva. « Si vous voulez mon avis, Davidson n'a pas vraiment l'étoffe d'un voyou. »

Avant que le soir tombe, Winter et Charlie étaient tombés amoureux. Le petit terrier qu'il avait saisi chez Darren Geech l'avait accompagné au CID, à Highland Road, et il avait maintenant un toit sous le bureau de Winter, dans la salle des inspecteurs. Le chien avait faim ; il avait certainement été nourri au lance-pierres depuis des semaines. L'épicier d'en face n'avait rien pour les animaux, et Winter revint avec une tourte au bœuf et aux rognons et regarda le chien s'en régaler.

Après quoi, Charlie entreprit un petit tour de l'étage, au grand écœurement de l'inspecteur de service, un Écossais d'Aberdeen dénué de tout sens de l'humour, qui demanda à Winter de trouver une autre place pour son étron sur pattes, dans le placard à balais au fond du couloir, par exemple. Winter l'ignora et, coupant une longueur de ruban de Scène de crime, il entreprit d'en faire une laisse. Attaché à un pied de table, Charlie s'installa pour une petite sieste.

Le numéro de téléphone sur la plaque d'identité que l'animal avait autour du cou était un numéro local mais Winter avait jusqu'ici appelé en vain, ça ne répondait pas. Il finit par demander au centre de Netley de lui communiquer le nom de l'abonné. Charlie provenait évidemment d'une maison dans Old Portsmouth mais, quand Winter répéta au chien le nom de Czinski, il n'obtint pas le moindre battement de cils d'intérêt. Il songeait vaguement à emmener l'animal chez lui pour la nuit, quand l'un des agents en tenue apparut à la porte de la salle.

« Un type s'est fait salement agresser à Somerstown, annonça-t-il. Ça intéresse quelqu'un ? »

Le temps que Winter arrive à Fraser Road, l'ambulance était partie. Une petite foule s'était massée dans la rue, des gens âgés surtout, et quelques mômes. Une collègue en tenue aborda Winter qui sortait de sa voiture.

« Le type gisait sur le trottoir, là. C'est un chauffeur de taxi qui l'a vu et nous a appelés. »

Winter regarda dans la direction qu'elle lui indiquait. Il y avait une mare de sang encore frais.

« Quelqu'un a vu ce qui s'est passé ?

– Pour l'instant, personne. » Elle désigna les maisons de l'autre côté de la rue. « On a commencé à sonner aux portes mais sans résultat.

– Et ceux-là ? demanda Winter, avec un geste en direction des badauds.

– La moitié d'entre eux ne parlent pas anglais, et les gosses trouvent ça marrant.

– Personne n'a rien vu, donc ?

– À votre avis ? »

Winter hocha la tête. S'il y avait une chose dont on s'abstenait à Somerstown, c'était bien de se porter témoin. Ça pouvait vous valoir de comparaître au tribunal, et qui avait envie de ça ?

« On a un nom ? demanda Winter, qui continuait de regarder la flaque vermillon.

— Oui. » L'agent lui tendit une enveloppe froissée. « On a trouvé ça dans une de ses poches. »

Winter prit l'enveloppe. Il y avait, à l'intérieur, une sommation de paiement pour une note d'électricité se montant à 57,16 livres. Winter plissa les yeux en lisant le nom. David John Rooke.

« Merde, dit-il tout bas. Il est gravement amoché ?

— Oui, je le crains. Les types de l'ambulance ont parlé de traumatisme crânien. Il était sans connaissance quand je suis arrivée, et il l'était toujours quand ils l'ont emporté.

— Le visage ?

— Une bouillie. Il s'est fait sérieusement tabasser. »

Winter hocha la tête. Il ne savait pas si Rooke avait été chopé dans la rue ou si on l'avait sorti d'une maison voisine mais, quoi qu'il en fût, l'agression avait eu lieu en plein jour. En début d'après-midi, au cœur d'une grande cité, il devait nécessairement y avoir des témoins, mais personne, non personne, n'aurait jamais le cran de s'avancer. Il allait appeler Cathy Lamb pour lui demander d'envoyer le SOC et quelques bras pour un sérieux porte-à-porte, mais il doutait fortement qu'il se trouvât un seul téméraire pour dire ce qu'il avait vu. Coincer les coupables ne serait pas une entreprise facile, mais il savait déjà exactement par où commencer.

La réaction de Winter en découvrant le nom sur la facture d'électricité intriguait la jeune femme.

« Vous connaissiez cette personne ?

– Oui.

– Un ami à vous ?

– Non, ma belle. » Il empocha l'enveloppe. « Un client. »

6

Mercredi 5 juin 2002, 16 h 30

Faraday retrouva Nick Hayder au foyer du poste de Kingston Crescent. Situé au dernier étage, le foyer comportait un bar mais, en cette fin d'après-midi, Hayder était assis à une table près de la fenêtre, sirotant un café, tandis qu'il feuilletait un agenda.

Il releva la tête à l'approche de Faraday.

« Comment ça se passe ?

— Lentement.

— Tout de même pas à court de personnel, non ? »

Hayder était l'un des deux inspecteurs principaux de la section Crimes Graves. De dix ans plus jeune que Faraday, il avait déjà sorti une ou deux fois le nouvel arrivant d'un mauvais pas, et Faraday avait appris à compter sur son soutien. Pas épais, le cheveu grisonnant déjà, l'homme avait du bon sens et la réputation de jouer ses cartes sans jamais rien dévoiler à son adversaire. La première fois qu'ils avaient eu une conversation sérieuse, il avait grommelé une phrase que Faraday avait précieusement retenue.

Où que tu sois, avait-il dit, avec qui que tu sois, pense toujours ennemi.

Sur le moment, Faraday avait beaucoup aimé. Cela décrivait parfaitement une paranoïa positive, saine. Si on voyait le monde avec le regard vif et un peu fou de Hayder, on ne pouvait aller bien loin dans l'erreur.

À présent, Faraday voulait un conseil. Il avait pris quelques minutes sur le parking de la prison pour consulter le dossier d'état de service de Coughlin. Tout dans cette affaire le convainquait que la clé de l'énigme était à rechercher chez le mort lui-même. Qu'avait fait ce type de sa vie ? Où avait-il été ? Qui avait-il gravement offensé ? Le directeur avait parlé d'une carrière militaire. À présent, grâce au dossier, Faraday en savait plus.

« Coughlin était dans la Marine, dit-il brièvement. Il y a passé dix-sept années. À qui dois-je m'adresser ? »

Hayder écarta son agenda. Récemment, comme Faraday le savait, il avait mené une longue enquête sur une série de viols dans les environs de Southsea. La chronologie et un ou deux autres indicateurs établissaient un lien possible avec un matelot en exercice. De ce fait, Hayder avait été amené à en apprendre beaucoup sur « les coulisses du ministère de la Défense », selon la formule de Willard.

« Il te faudra être drôlement prudent, dit-il aussitôt. Si tu passes par le canal officiel, tu as des chances de tomber sur un vrai con. Une enquête réglementaire peut prendre une éternité, Dieu seul sait pourquoi.

— Alors, que dois-je faire ?

— Ça dépend de ce que tu cherches.

— Ses états de service, pour commencer.

— C'est pas un problème. » Il prit son stylo. « Donne-moi les nom et prénom du mec. »

Redescendu à son bureau, Faraday trouva une note manuscrite de Dave Michaels. L'équipe d'enquête de voisinage savait où Coughlin avait acheté son kebab. Faraday, impatient d'en apprendre plus, décrocha le téléphone.

« Au troisième resto, le type derrière le comptoir a reconnu Coughlin sur la photo. » Michaels paraissait content de lui. « Il semblerait que Coughlin était un client régulier. Il y allait deux, trois fois par semaine. Peut-être parce qu'ils lui offraient un supplément de cornichons.

— Elle est où, cette gargote ?

— Sur le Strand, en face du marchand de journaux. Ils disent que lundi soir Coughlin était en avance, 7 heures, 7 heures et demie, environ. »

Faraday hocha la tête. Le Strand était au plus à dix minutes à pied de Tresher. La chronologie commençait à prendre tournure. Après le retrait d'espèces, une bouteille de scotch et un kebab. Et ensuite ? « Il était seul ?

— Je crains que oui.

— Personne qui l'attende dehors ?

— Ça, mystère. Les types du resto s'activent beaucoup, mais Coughlin n'a acheté qu'un seul sandwich. Celui qui l'a servi en est certain.

— D'accord. Quoi d'autre ?

— Son passage chez Tresher est confirmé par le reçu de la caisse et l'heure affichée par la caméra de surveillance. Une bouteille de Johnnie Walker et des chips. La Scène de crime a embarqué un paquet vide, parfum chili.

– Chez Tresher, ils ont aussi reconnu la photo ?

– Non, c'était pas la même fille à la caisse, aujourd'hui. Mais l'heure correspond. »

Faraday se souvenait des images du corps de Coughlin sur la vidéo qu'il avait visionnée dans la Fiesta à Niton Road : la flaque de vomi sur la moquette autour de la bouche ouverte du mort. Les chips n'auraient plus jamais la même saveur pour lui.

Michaels avait d'autres nouvelles.

« Willard a appelé deux fois, annonça-t-il joyeusement. À votre place, je lui passerais un coup de fil. »

Le superintendant consultait ses notes prises pendant la conférence quand Faraday appela. Un après-midi à explorer les défis qu'une demande de rançon lançait à toute enquête policière ne risquait pas d'avoir adouci son humeur.

« Putain, que se passe-t-il ? » s'écria-t-il d'emblée.

Faraday regarda le combiné devant lui en écoutant Willard lui détailler un appel téléphonique qu'il avait reçu plus tôt. Apparemment, la piste Davidson était vraiment sérieuse. Aussi pourquoi Faraday ne mettait-il pas la pression ?

« Parce que Davidson n'est pas le seul détenu à avoir été libéré récemment. Nous les prenons tous en compte. » Faraday observa une pause. « Qui vous a appelé ? »

Willard refusa de répondre. Il voulait des faits. Était-il vrai que Davidson avait été interrogé au domicile de sa mère ?

« Oui.

– Et la fille était là aussi ?

– Oui.

– C'est le même alibi pour la nuit de lundi ? Pas d'autre confirmation d'un tiers ? Moi, je trouve ça bancal, Joe. »

Faraday entreprit de lui expliquer que, d'après Bev Yates, il n'y avait aucune chance que Davidson ait fait son affaire à Coughlin. Jamais il n'aurait réagi comme il l'a fait en apprenant la nouvelle. De l'avis de Faraday, on pouvait faire confiance à une opinion émise par un homme aussi expérimenté que Bev Yates.

« Mais qui dit qu'il l'aurait fait lui-même ? »

Faraday cligna les yeux. Davidson ferait partie d'une conspiration ? C'était là un aspect nouveau, et des plus bizarres.

« Je ne vous suis pas, monsieur.

– Non, vous ne suivez pas, c'est sûr. » Willard soupira avec emphase, et Faraday se demanda s'il n'y avait pas quelqu'un d'autre avec lui. Willard était un bon patron, un homme juste, mais qui de temps à autre aimait montrer autour de lui qu'il tenait les rênes d'une enquête. Pas facile dans le cas présent, quand vous étiez à deux cents kilomètres de là.

« Il s'agit là d'un renseignement, poursuivait Willard. Vous ne l'avez pas reçu vous-même ?

– Non, j'ai rien reçu.

– Il vient de Londres. Du poste de Streatham. Le nom de Davidson est apparu à l'occasion d'une opération qu'ils sont en train de monter. Une bande de types soupçonnés de taper des convois de fonds.

D'après ce que je sais, Davidson les connaissait avant. Et maintenant, il est de retour dans l'équipe.

— Avant quoi ?

— Avant qu'il plonge. C'est un chauffeur, Joe. Et bien considéré. Capable de voler une caisse et de la maquiller dans la journée. » Il marqua une nouvelle pause. « Pourquoi est-ce à moi de vous apprendre tout ça, Joe ? »

Faraday ne répondit pas. Streatham était bien connu de Corbett, qui avait passé trois ans comme simple inspecteur avant de demander son transfert dans le Hampshire. Dave Michaels le lui avait appris il y a quelques heures seulement. C'était son tour de poser les questions.

« C'est Corbett qui vous a appelé ?

— Oui. Devait-il le faire ? Non. Mais où étiez-vous ?

— À la prison de Gosport. Avec le directeur.

— Pourquoi ?

— Parce que c'est toujours mieux de prendre un deuxième avis. Et un troisième. Et un quatrième. Ça s'appelle garder ouvertes toutes les options.

— Vous n'avez pas une équipe pour ça ? Vingt hommes ne vous suffisent pas ? »

Willard était réellement en colère, notamment parce que l'insouciance de Corbett avait bousculé la hiérarchie. Il y avait des règles à respecter, des actions qu'on ne pouvait mener impunément, et Corbett avait transgressé tout cela.

« Corbett devait s'adresser à moi, insistait maintenant Faraday. Ou bien à Dave Michaels. Il n'avait absolument pas le droit de vous appeler de la sorte.

— Bien sûr qu'il ne devait pas le faire, mais la question n'est pas là.

— Non ?

— Non, en tout cas pas ici et maintenant. Je m'occuperai plus tard de Corbett. Ce qui m'inquiète pour le moment, c'est le renseignement venu de Londres. Si cela se vérifie, alors nous sommes devant une association de malfaiteurs.

— C'est l'avis de Corbett ?

— Il dit que l'un de ces hommes est un tueur professionnel.

— Comme c'est commode.

— Écoutez-moi, Joe. Davidson a passé sept ans derrière les barreaux pour un crime qu'il prétend ne pas avoir commis. Et Coughlin lui en a fait salement baver pendant tout ce temps. Jamais il ne se serait chargé lui-même de tuer Coughlin, mais les potes veulent le voir de nouveau derrière le volant. Il y a des chances qu'il ait dit non. Mais on peut parier qu'ils aient trouvé d'autres moyens de le persuader. L'argent en est un. Rendre quelques services en est un autre. »

Faraday pouvait entendre la voix de Corbett derrière la version de Willard. Quel long coup de fil ç'avait dû être.

« Vous êtes en train de me dire que Davidson s'est vu offrir un contrat sur Coughlin ? Vous pensez vraiment qu'il est assez bête pour penser qu'il pourrait se tirer d'un coup pareil ?

— Je vous dis seulement que c'est une possibilité. Sept ans à l'ombre, ça vous met de drôles d'idées dans la tête. Et je vous dis aussi qu'on devrait mettre le paquet sur ce renseignement.

— Avec plaisir, monsieur. Je vais en parler à Brian Imber et mettre le BR sur l'affaire. »

Le Bureau du renseignement était situé au quartier général de la police à Winchester. Il leur appartiendrait de prendre contact avec le Renseignement de Londres et faire courir la balle.

« Autre chose, monsieur ? »

Il se fit un long silence. Peut-être Willard regrettait-il d'avoir bousculé de la sorte son second, pensa Faraday. Peut-être était-il capable de supposer que ledit second savait lui aussi ce qu'il faisait.

« Non, grogna enfin Willard. Mais tenez-moi au courant. Au point où nous en sommes, le congé de Perry sera plus court que prévu. »

Faraday reposa le combiné. Pour la seconde fois de la journée, il s'efforça de contenir les vagues de colère déferlant dans sa tête. Perry Madison était l'inspecteur en chef de la section Crimes Graves. Normalement, il aurait dû endosser le rôle d'assistant de Willard dans l'opération *Merriott*, mais une quinzaine de jours de congé prévue depuis longtemps dans les montagnes du Lake District avait mis Faraday sur la sellette. Que Willard fût sérieux ou pas, la menace était claire. Encore un raté, et l'enquête serait retirée à Faraday.

Paul Ingham, en charge des Enquêtes Externes, devait connaître l'emploi du temps de Corbett. Il répondit à la deuxième sonnerie. Corbett, dit-il, faisait du porte-à-porte.

« Vous avez son numéro de portable ?

– Oui, monsieur. Mais ça fait deux fois que j'essaie de le joindre, et ça ne répond pas. »

Winter avait tenu à ce qu'Ellis revienne avec lui chez Shelley Geech. Cette fois ils fouilleraient tout l'appartement. Ellis avait encore le mandat de perquisition, et Winter savait que ça leur suffirait. Shelley Geech mit bien du temps pour ouvrir la porte. Elle avait l'air défaite.

« Où est Darren ? demanda Winter en entrant.

— Sais pas. Vous pouvez pas débarquer ici comme ça.

— Oui, je peux. Où est-il ?

— J'en sais foutre rien. Écoutez… »

Winter la contourna. Instinctivement, elle recula d'un pas et heurta le mur. Elle avait autant de mal à fixer son regard qu'à garder son équilibre.

« Quand l'avez-vous vu pour la dernière fois ?

— Ça fait longtemps.

— Non, on était ici quelques heures plus tôt, et il était là.

— Il est sorti.

— Et ?

— C'est tout ce que je sais. Pourquoi vous voulez pas nous laisser tranquilles ?

— Nous ? »

Ellis, qui était partie à la cuisine, en ressortit pour faire un signe à Winter. « Viens voir, Paul. »

Winter entra dans la minuscule cuisine. La poubelle à couvercle, sous la fenêtre, débordait, des restes de toast traînaient sur la table. À côté de la gazinière, bien rangées dans une assiette ébréchée, une cuiller au dos noirci tenait compagnie à une seringue. Le torchon qui lui avait servi de garrot gisait par terre. Winter toucha la cuiller. Le métal était encore chaud.

« Va la chercher », dit Winter en enfilant des gants.

Ellis quitta la cuisine, et Winter entendit Shelley Geech protester confusément, avant qu'elle apparaisse à la porte.

« C'est à vous ? »

Shelley Geech fixa un instant l'assiette d'un regard vitreux, avant de chercher le mur pour se soutenir.

« Et après, qu'est-ce ça peut vous foutre ? »

Winter lui prit la main et remonta la manche du sweat-shirt. Elle ne fit pas un geste pour l'en empêcher. Elle avait salopé son injection, et un hématome se formait autour de la pointe de sang séché dans le creux de son coude.

« Parlez-nous de Darren, dit-il d'une voix douce. Mais c'est votre dernière chance de me donner une réponse. Où est-il ? »

Ellis avait de nouveau disparu et, cette fois, elle appela Winter. Prenant Shelley Geech par le bras, Winter ressortit avec elle de la cuisine. La porte de la petite salle de bains dans le couloir était ouverte. Ellis était penchée au-dessus de la baignoire sabot. Un jean et une paire de tennis noires y trempaient dans une eau rosie de sang. Même Winter, fort d'une longue expérience du crime dans Pompey, n'en revenait pas de cette découverte. Ça manquait pour le moins de subtilité.

« Votre garçon est sérieusement dans la merde, Shelley. Ils viennent juste de transporter le type qu'il a tabassé en neurochirurgie, à Southampton. Si vous avez de la chance, il se pourrait qu'il survive. »

Shelley Geech avait l'air sonnée. « Mais ça appartient à un copain à lui, il a eu un accident. Il est tombé.

— Faudra trouver mieux que ça, ma belle. Complicité de meurtre, ça vous mettra à l'ombre pour un sacré bail. Dernière chance : où est Darren ?

— Je sais pas, vraiment, dit-elle. J'en ai pas la moindre idée. »

Winter était enclin à penser qu'elle disait la vérité. Comme tant de mères dans cette cité, elle avait baissé les bras. Les pères étaient partis depuis longtemps. Les gosses échappaient à tout contrôle. Et seul un peu de poudre dans les veines vous garantissait quelques heures de paix et d'oubli.

Ils sortirent de la salle de bains. Le salon était nu, à l'exception d'un canapé défoncé, d'un pouf informe et d'un cageot en plastique vert supportant le téléviseur.

Winter désigna le canapé. Shelley Geech s'y laissa choir sans un mot. Malgré toute l'héro qu'elle avait dans les veines, elle savait bien qu'elle était dans le pétrin.

« Parlez-moi de Rookie, dit Winter. Il vient souvent ici ? »

Le nom ranima le regard de Shelley. « Il vient aussi souvent que j'ai besoin de lui. Je l'appelle sur son portable depuis la cabine en bas. Il est bon comme du pain blanc, Rookie.

— Il vous fait raquer, au fait ?

— Du fric, vous voulez dire ? » Elle avait de nouveau du mal à fixer son regard. « Ouais, des fois.

— Les autres fois, c'est gratuit ? »

Elle le regarda un instant, avant de secouer la tête avec une infinie précaution, comme si elle avait peur qu'elle tombe.

« Il pourrait tout aussi bien prendre un abonnement, ici, Rookie. Y'a pas assez de smack dans le monde pour que j'aie ma dose en ce moment.

— Mais Darren aimerait pas ça, hein ?

— Darren peut aller se faire foutre. J'en ai assez de Darren. D'abord, c'est de sa faute si j'ai plongé dans la came.

— Et Rookie ?

— Rookie m'aide. Il m'a toujours aidée. Drôle de gueule, hein ? Mais c'est pas le physique qui compte. Il a bon cœur, cet homme. Ouais… » Elle soupira.

Winter crut un instant qu'elle allait s'endormir. Ellis venait d'apparaître à la porte du living. Elle dessinait un objet avec ses mains, quelque chose de long, mais Winter lui fit signe d'attendre. Ils approchaient du but, et ce qu'il espérait apprendre dans les minutes suivantes leur épargnerait bien du temps en salle d'interrogatoire.

« Il y a quelque chose que vous devez savoir, ma belle. »

Shelley Geech esquissa un sourire qui ne fit qu'accentuer son air épuisé. « Ouais ? dit-elle, la voix brouillée. C'est quoi ?

— Le type que s'est payé Darren, c'était Rookie.

— Darren s'est payé personne, je vous l'ai dit.

— Il l'a fait. Et on peut le prouver.

— Vous pouvez rien du tout. »

Winter attendit qu'elle mesure pleinement ce qu'il venait de lui dire. Quand elle fit enfin le rapport entre son fils et Rookie, sentant le piège qui la guettait, elle ferma les yeux et soupira. Puis vinrent les larmes, gonflant sous les paupières et ruisselant sur les joues.

« Ce p'tit salaud. » Elle renifla. « Qu'a pu faire Rookie pour mériter ça ?

— À vous de me le dire.

— J'en sais foutre rien. » Elle secoua de nouveau la tête et s'essuya le nez du revers de la main. Son élocution se brouillait. « Un type sur qui on peut compter, Rookie. Et du bon matos. » Elle hocha la tête, comme s'il lui revenait quelque lointain souvenir. Puis, fermant les yeux de nouveau, elle se renversa en arrière contre un coussin. Winter craignait qu'elle ne sombre dans les vapes. Se penchant en avant, il lui secoua le bras. Elle sursauta.

« Quand Darren est revenu tout à l'heure, il était seul ?

— Ouais. Non. J'm'en souviens pas.

— Essayez.

— Mais c'est ce que je fais. » Elle souffla entre ses dents. « J'crois bien qu'il était avec un pote, mais j'en sais rien.

— Et c'est pas le jean de Darren dans la baignoire ?

— Ouais... j'en sais rien. » Sa voix se brouillait de nouveau, et elle referma les yeux.

Winter s'efforça de la ramener sur terre. On pouvait toujours s'arranger, lui dit-il. Toute collaboration méritait salaire. On pourrait même lui accorder quelques doses.

« J'ai besoin de tuyaux, Shelley. Le nom de ce copain de Darren. De ses autres potes aussi. Avec les adresses. » Il attendit en vain une réponse. Il se pencha en avant, lui murmura à l'oreille : « Pensez à ce qu'ils lui ont fait. Hé ! vous vous souvenez de Rookie ? »

Peine perdue. La tête ballottant mollement, le visage luisant de larmes, elle n'était plus là. Encore deux mois de ce traitement, et elle aurait l'air d'une vieille femme.

Winter se leva et alla à la fenêtre. Dans la rue, une bande de mômes maraudait autour de la Peugeot de Dawn, les yeux collés aux vitres pour voir ce qu'il y avait à l'intérieur. Il ouvrit la persienne et leur gueula d'aller jouer plus loin, mais ils se contentèrent de lui rire au nez. Pas un seul de ces gosses n'avait plus de dix ans, pensa-t-il, mais ils avaient déjà pigé la marche à suivre. Personne ne pouvait les toucher. Ni leurs parents ni même la police. Et pas leurs profs non plus. Vous touchiez à un de leurs cheveux, et ils couraient se plaindre à la petite armée de travailleurs sociaux d'avoir été victime d'un pédophile.

Il se détourna, pensant à Rookie. Il ne pouvait pas dire qu'il ait jamais eu de la sympathie pour ce type. En vérité, il ne se souvenait pas d'avoir une seule fois pensé à cet aspect de leur relation. Mais il y avait des règles à respecter, et surtout des choses qu'on ne pouvait pas faire, notamment agresser un homme trois fois plus âgé que vous et le transformer en légume. Winter ne nourrissait guère d'intérêt pour les cahiers des charges chers à Hartigan et compagnie, mais il reconnaissait que le bonhomme avait raison. Si on laissait les Darren de ce monde s'en tirer sans dommage, alors on courait à l'anarchie.

Ellis voulait lui montrer quelque chose. Cette fois, ils allèrent dans la chambre de Darren. Elle avait de nouveau fouillé l'armoire. Posée dans le fond, derrière les vêtements suspendus, il y avait une batte de base-ball. Winter cligna les yeux dans la pénombre. Même une heure plus tard, le sang paraissait frais.

« J'y ai pas touché », dit Ellis.

Winter hocha la tête. Ça regardait la Scène de crime. Il se releva. Puis, frappé par une pensée soudaine, il demanda à Ellis s'il y avait dans sa nouvelle Peugeot une trousse de première urgence.

« Oui, répondit Dawn.

— Et est-ce qu'il y a aussi des sels à respirer ?

— Je ne sais pas. Je vais voir. »

De retour trois minutes plus tard, elle tendit à Winter un petit tube blanc.

« J'ai fait un petit essai, dit-elle. Ça pique les yeux. »

Winter prit le tube et regagna le living. Shelley Geech n'avait pas bougé. Il lui releva la tête et, ouvrant le tube, le lui mit sous le nez. Il ne se produisit rien pendant quelques secondes, puis elle rouvrit les yeux et agrippa le bras de Winter.

« Qu'est-ce qui se passe… ?

— Ce chien, celui que j'ai trouvé sur le lit de Darren. Vous vous rappelez ? »

Elle mit quelque temps à donner un sens à la question. « Charlie ? murmura-t-elle enfin.

— Ouais, Charlie. Il est attaché à ce clébard, Darren ? Il l'aime bien ? »

Pendant une seconde ou deux, Winter crut qu'elle lui échappait de nouveau. Puis elle eut un frisson et serra de nouveau le bras de Winter.

« Il l'adore, dit-elle. Il en est dingue. »

Faraday leva les yeux vers la silhouette qui se tenait sur le seuil de son bureau. Pantalon noir et chemise blanche immaculée. La main levée, prête à cogner sur le battant, et un visage rond que Faraday était certain d'avoir déjà vu.

« Mark Scott. Nick Hayder m'a dit que vous aviez besoin d'aide. » Il observa un court silence. « Scottie. Vous vous souvenez de moi ? »

Oui, Faraday se souvenait de lui, maintenant. Scottie était le contact de Nick Hayder dans la Marine, le passe qui lui avait donné accès à divers compartiments de la Royale. Nick lui en avait parlé lors de leur entrevue au foyer. Scottie s'était pointé ici pendant des mois, se glissant dans le bureau de Hayder et refermant la porte derrière lui. Si Faraday désirait prendre connaissance des états de service de Coughlin, alors il fallait s'adresser à Scottie.

Faraday se leva. Scottie avait une solide poignée de main. Il s'installa dans le fauteuil des visiteurs et regarda le tableau de liège au mur. Voisinant avec le calendrier de la RSPB[1], il y avait deux photos. L'une, prise depuis le trottoir, représentait une haute tour d'habitation, vingt-trois étages s'élevant vers le plus bleu des ciels. À côté, la préférée de Faraday, un agrandissement en couleurs d'un oiseau plongeant dans une mer en furie.

Scottie était curieux au sujet de la tour.

« C'est pas Chuzzlewit, par hasard ? La grande tour pas loin de la gare ?

– Exact.

1. Société britannique de protection des oiseaux. *(N.d.T.)*

— Mais pourquoi ? » Scottie désigna d'un signe de tête la photo.

Pris de court, Faraday hésita un instant. Une telle franchise dans la curiosité devait être propre aux marins. D'après Hayder, Scottie travaillait dans les services disciplinaires de la Marine. À ce titre, il mesurait les exigences d'une enquête criminelle et s'était investi dans l'enquête sur la série de viols qu'avait menée Nick. Surtout, à moins d'une année de sa mise en retraite, il envisageait une seconde carrière dans la police civile.

« Une affaire que j'ai suivie l'an passé. » Faraday regardait la photo. « À la fin, je me suis retrouvé tout en haut en compagnie d'un gosse de dix ans. Un parapet court autour du toit. Vous voulez vraiment savoir la suite ?

— Ce gosse, c'était pas celui qui a mis le feu à cette maison, dans Stamshaw ?

— Oui, je le crains. Il y a des gens qui ne connaissent pas la peur, et il était de ceux-là. Le truc devant un vide pareil, c'est de ne pas regarder en bas.

— Et vous…

— J'ai regardé. » Faraday secoua la tête. Même encore maintenant, plus d'un an après, il pouvait ressentir les sautes et la poussée du vent, alors qu'il luttait pour garder l'équilibre sur le parapet. J-J aussi était là-haut, à la merci du môme, et Faraday s'était retrouvé seul à s'interposer entre son fils et le gamin. Cette nuit-là, il avait mesuré à quel point la peur était une sensation physique.

Scottie, impressionné, voulait davantage de détails, mais Faraday résuma le reste de l'affaire. L'autre photo était bien plus intéressante selon lui. Scottie se leva pour examiner l'oiseau de près.

« Fou de Bassan, hein ?

— Oui. » Les ailes repliées, l'oiseau plongeait pratiquement à la verticale. J-J l'avait prise des années plus tôt au cours d'une promenade dans les falaises de Bempton, dans le Yorkshire, et il avait eu de la chance avec un zoom 80-200. Peut-être cette photo présageait-elle toutes celles qui allaient suivre. Une raison de plus pour l'afficher dans son bureau.

« Nick m'a dit que vous étiez un passionné d'oiseaux. » Scottie avait repris sa place. « Moi aussi, j'ai fait un peu d'ornitho quand j'étais à Plymouth. Mais rien de sérieux, vraiment.

— Et vous alliez où ?

— En amont de Tamar Valley, un coin appelé Bere Ferrers. Quand les eaux sont basses et que c'est la bonne époque, on peut voir toutes sortes d'espèces. »

Faraday, qui n'avait jamais visité l'endroit, supposait qu'il devait y avoir des courlis, des malards, des sarcelles et, en hiver, peut-être même des avocettes. Scottie fronça les sourcils à ce dernier nom. « Un manteau noir ? De longues pattes, et un bec recourbé vers le haut ? Ouais, j'en ai vu pas mal. Dites, ce type, Coughlin, c'est ses états de service que vous voulez, oui ? »

Nick avait eu raison. Passer par la filière réglementaire lui aurait coûté une bien longue attente, mais Scottie en avait parlé avec un copain du HMS *Centurion*, stationné à Gosport, et avec un peu de chance il aurait une photocopie demain matin. C'était justement à bord du *Centurion* qu'étaient archivés les relevés de carrières. Celui de Coughlin devait nécessairement s'y trouver.

« Je n'ai besoin de voir personne d'autre ?

— Non, inutile. Si jamais vous tombez sur un problème, je vous donnerai le téléphone de mon chef. Avec un peu de chance, il me détachera pour vous aider. » Il se leva soudain et serra énergiquement la main de Faraday. Puis son regard revint à la tour Chuzzlewit. « Nick m'a dit que vous aviez été formidable sur ce coup. Mais ça a dû être terrifiant, hein ? »

Scottie parti, Faraday retourna à la paperasse assiégeant son bureau. Parmi les douzaines de messages manuscrits, il y en avait un du secrétariat : une certaine Eadie Sykes avait appelé et laissé un numéro, elle désirait que M. Faraday la rappelle. Le nom ne lui avait rien évoqué la première fois qu'il avait parcouru ses messages mais, maintenant, il se souvenait. Pourquoi la nouvelle employeuse de J-J prenait-elle la peine de traquer le père jusque dans son antre ? Il décrocha le combiné, heureux d'oublier un instant les patrons colériques et ces tordus d'inspecteurs.

Elle décrocha à la première sonnerie.

« Sykes. »

Faraday sourit. Il connaissait peu de femmes qui s'introduisent aussi sèchement. Ça lui rappela Willard.

« Joe Faraday. Le père de J-J. Vous m'avez appelé.

— Oui. Vous êtes un homme difficile à joindre. Je voulais seulement vous dire que vous aviez un garçon remarquable. Et que ça méritait bien un verre.

— Je suis sûr que ça l'enchantera.

— Je parlais de vous, Joe.

— Moi ? s'étonna Faraday en riant. Et pourquoi moi ?

— Parce qu'il y a des choses dont on pourrait parler utilement.

— Au sujet de J-J ?

— Peut-être. Écoutez, ce soir serait le mieux. Dites-moi un endroit. C'est moi qui régale. »

Faraday réfléchit, s'efforçant de ne pas penser au million de cases qu'il devait encore cocher.

« Je ne suis pas sûr de…

— Un problème d'emploi du temps ? Ne m'en parlez pas. Passez quand vous le pourrez. Vous connaissez ces maisons qui ont été restaurées sur le front de mer, près du quai de South Parade ? Je suis au numéro 33, dernier étage. Sonnez au bouton marqué Sykes, et on commencera par là. Nous parlerons, hein ? » Elle raccrocha sur un rire, laissant Faraday contempler le combiné d'un air rêveur.

Puis, comme il se tournait de nouveau vers sa table, il aperçut Brian Imber sur le seuil.

« Je viens juste d'avoir au téléphone quelqu'un de l'Unité Criminelle Informatique de Netley, dit-il. Ils ont quelque chose qui pourrait nous intéresser. »

Winter était encore à l'hôtel de police en compagnie de Dawn Ellis quand Cathy parvint à les joindre. Winter et Ellis avaient arrêté Mme Geech et l'avaient emmenée au Central. Le sergent d'écrou l'avait conduite en cellule puis avait téléphoné au médecin de la police pour qu'il examine la détenue.

Tout interrogatoire était hors de question, tant que l'effet de l'héroïne se ferait ressentir. Mme Geech sous les verrous, et le médecin convoqué, Winter et Ellis s'apprêtaient à retourner à Highland Road.

« Je vous y attends », dit Cathy.

Elle avait déjà mis sur pied une équipe, et la réunion avait commencé quand Winter et Ellis firent leur apparition. Winter compta neuf personnes juchées sur les tables et les chaises, un mélange de tenues et d'inspecteurs du CID. C'était là un beau contingent, et la preuve patente que les patrons avaient décidé de mettre les points sur les i.

Ce que Cathy Lamb confirma.

« Hartigan en a marre. Et, franchement, je peux le comprendre. J'ai déjà parlé deux fois avec le *News*. Les projos sont braqués sur un homme d'une quarantaine d'années, battu presque à mort dans la rue en plein jour. Au journal, ils ont recueilli l'opinion de quelques habitants de la Cité. L'article va donner l'impression qu'on est à Beyrouth.

– Mais c'est Beyrouth ! » s'écria Rick Stapleton, rappelé en pleine journée de congé. À en juger par l'état de ses mains, il avait encore bricolé sa Kawasaki.

« Merci de me le rappeler. » Lamb avait l'air épuisée. « La difficulté sera de trouver des témoins. Il va falloir qu'on s'y mette sérieux, mais au moins avons-nous déjà un nom. Paul ? »

Winter était accoudé à une table sur laquelle il y avait la bouilloire électrique. Dawn et lui s'étaient rendus deux fois dans un appartement à Somerstown. Le garçon s'appelait Geech. Il tapait les boutiques, ça, on le savait, et il avait aussi les doigts dans le gâteau de Bazza Mackenzie, et ce au grand dam d'un des dealers plus âgés.

« Qui est maintenant en neuro ? » De nouveau Stapleton. « Comme c'est bizarre. »

Il y eut des rires, que Cathy s'empressa d'arrêter. Elle voulait que Winter leur explique la première fouille et le fait qu'ils n'avaient pas trouvé une seule trace d'héro dans l'armoire du garçon.

« Alors, tu savais où chercher ? demanda Stapleton.

– Ouais.

– Parce que Rooke te l'avait dit ?

– Exact.

– Et le môme, il vous a vus, Ellis et toi, fouiller dans ses affaires ?

– J'ai bien peur que oui.

– Quoi, tu ne l'aimais pas, ce Rooke ? T'aurais voulu envoyer un message, t'aurais pas mieux fait. »

Winter avait l'air peiné. Il avait fait confiance à Rooke. Il s'était attendu à une quantité de poudre suffisante pour écarter le garçon de la rue pendant un bout de temps. Sans Geech, le reste des gosses qui se faisaient les magasins aurait laissé tomber. N'était-ce pas là le but de l'opération ?

« Bien sûr, opina Stapleton. Mais tu connais la musique avec les jeunes. Un mot de n'importe quel éducateur, et Geech serait relâché et libre de punir Rooke. En fait, celui-ci s'est seulement fait massacrer plus tôt que prévu. Grand résultat. »

Winter feignit l'indignation. Il ne voyait pas du tout les choses de la même manière.

« Un dealer de moins en circulation ? Un jeune

barjo de quinze ans en cavale ? Ça s'appelle faire deux coups d'un seul, ça. »

Cathy Lamb intervint. Les querelles de famille ne l'intéressaient pas. Hartigan avait raison. Ils devaient se montrer en force dans Somerstown et commencer de faire passer le message. Il fallait en priorité mettre la main sur le jeune Geech. Les indices relevés dans l'appartement de la mère devraient, dit-elle en croisant les doigts, suffire à établir sa culpabilité. Bien entendu, il s'agissait d'abord de le retrouver.

Chacun dans la petite assemblée y alla de sa suggestion — faire circuler le mot dans les lieux habituels, envoyer des photos d'identité à tous les postes de la ville, établir qui étaient ses copains les plus proches —, mais ce fut Winter qui proposa une autre voie. Il tenait une idée et, dans ces cas-là, il adorait avoir un public.

Il fit un signe à Cathy et désigna son bureau au fond de la salle, au pied duquel le petit terrier dormait en boule.

« Le jeune Darren est dingue de son cabot. Il peut pas vivre sans lui. » Winter sourit. « Alors, si on mettait la chose à profit ? »

7

Mercredi 5 juin 2002, 18 h 30

Finalement, ce fut Netley qui se déplaça à Kingston Crescent en la personne de Frank Stockley. Entouré de Brian Imber et de Dave Michaels, Faraday organisa une réunion impromptue dans le bureau de Willard.

Âgé de quarante-cinq ans, Frank Stockley était de petite taille, avec de larges épaules, une coupe en brosse et un bronzage impressionnant. Il revenait de trois semaines en Floride avec sa femme et il lui tardait follement d'acheter une maison là-bas. Son coin préféré, c'était Gulf Coast. À dix kilomètres de Tampa, dans les terres, l'immobilier était encore très abordable. Qui voulait passer un hiver de plus sous la pluie à Fareham quand le plus gros problème là-bas, c'était d'acheter un frigo assez grand pour y rafraîchir la bibine ?

Il étendit ses papiers sur la table de conférence. L'analyse des disques durs de Coughlin n'en était qu'au début, leur dit-il, et il y avait encore pas mal de problèmes à résoudre, mais une silhouette commençait d'apparaître, et il devait leur signaler une ou deux pistes préliminaires.

« D'abord, on a la confirmation de sa signature, son pseudo plus précisément. Il s'agit bien de Rouquin. Ensuite, on a plongé un peu dans son disque dur pendant qu'on le dupliquait, et il pratiquait les forums de discussion. On continue de copier le disque sur des CD, mais pendant ce temps on a pensé à vérifier les archives. C'est assez technique, je sais, mais il y a un site nommé Déjà Vu, qui détient les enregistrements de tous les *chat rooms*, et nous avons cherché là-dedans au nom de Rouquin. »

Le langage des cybernautes était familier à Imber, mais Michaels était aussi fasciné que Faraday. « Et ? demanda-t-il.

– Plein de choses. » Il tapota la pile de feuilles devant lui. « Ça peut demander des semaines. »

Faraday acquiesça. La copie de données était une procédure régulière. Le disque dur de Coughlin était devenu une preuve en soi et sa préservation à des fins judiciaires était aussi importante que les circonstances du crime. Une scène de crime virtuelle, songeait Faraday, remplie d'indicateurs cachés.

Imber voulait en savoir plus sur le comportement de Coughlin sur la toile. Il y avait des règles, tacites pour nombre d'entre elles, mais il existait bel et bien un code de conduite auquel on devait se conformer. Coughlin se tenait-il bien ? Que disaient les relevés ?

« C'était une bête, répondit sans hésiter Stockley. L'invité venu de l'enfer. Il leur rentrait dedans à tous. Si vous voulez la liste des gens qu'il a agressés, j'en ai mille pour vous. »

Faraday jeta un coup d'œil à sa montre. En dépit

des messages qu'il avait laissés, Corbett n'avait pas donné signe de vie.

Stockley passait maintenant autour de la table quelques exemples de la participation de Coughlin à des forums de discussion. Les groupes de *chat* portaient des en-têtes qui les catégorisaient. « Loi. », par exemple, s'occupait des loisirs et des passe-temps. « Sci. » était réservé aux échanges scientifiques. Quant aux marginaux, hippies et laissés-pour-compte de tous ordres, ils se retrouvaient dans des forums dénommés « Alt. », et c'était la destination préférée de Coughlin. Là, au moins, il avait une chance de tomber sur des gens proches de lui, l'équivalent cyber d'un bar louche, et cependant même dans ces groupes-là il transgressait toutes les règles.

Faraday examinait un échange qui remontait à deux ans. Un type qui se faisait appeler l'Empoté avait raconté une histoire drôle impliquant trois curés dans un 747. La blague était compliquée et pas très marrante mais elle lui avait tout de même valu quelques applaudissements dans le groupe. Puis Rouquin s'en était mêlé. Il haïssait ces putains de curés. Un bon curé était un curé mort. Il en avait assez rencontré de ces salauds pour que ça lui dure plusieurs vies. Quand ça va mal et que vous avez vraiment besoin de parler à quelqu'un, ils débarquent avec leur bible et leur livre de prières, et le lendemain vous les surprenez en train d'enculer à mort un pauvre enfant de chœur. Cet éclat, totalement hors sujet, lui valut quelques remontrances dans le groupe. « Hé, mec, quelqu'un avait répondu, si tu démarres comme ça en lever de rideau, je redoute vraiment la suite. »

Et c'était vrai. Poursuivant sa lecture, Faraday se demandait si Coughlin avait été soûl durant ses tirades ou si, bien à l'abri devant son ordinateur, il en avait profité pour balancer ce qu'il avait sur le cœur. Quelle que fût l'humeur du forum auquel il était connecté, il sautait sur la moindre occasion pour prendre la tangente et frapper des cibles au hasard. Deux minutes de lecture suffisaient pour mesurer l'étendue de ses ressentiments.

En dehors des religieux, Coughlin haïssait les Juifs, les Noirs, les Hispaniques, tous les ministres de l'Intérieur, morts ou en vie, les supporters de football, les travailleurs sociaux, les petits cons qui roulaient en BMW et croyaient que ce putain de monde leur appartenait, les gonzesses du bulletin météo, les gens qui s'habillaient dans les supermarchés Waitrose, et cette salope de contractuelle de l'école d'en face qui faisait traverser les gosses en leur souriant comme s'ils étaient une bande de mongols.

D'un point de vue judiciaire, tout cela n'avait aucune valeur — ça n'était pas un délit de gâcher l'ambiance d'un groupe de discussion sur la toile —, mais Faraday en mesurait tout l'intérêt quant à l'approche de la personnalité de Coughlin. Il y avait chez cet homme une folie, une noirceur qui enveloppait chacune de ses conversations. Rien ne semblait le divertir, encore moins le réjouir. Jamais il n'avait un compliment ou une simple politesse pour ses correspondants. Dans un bar, un vrai, c'était le genre de type à faire le vide autour de lui. Pas étonnant que Davidson, coincé sans espoir d'évasion, avait détesté le bonhomme.

Faraday demanda à Stockley ce qu'il en pensait.

Coughlin, à en juger par ce qu'il avait sous les yeux, était monstrueux, non ?

Stockley préconisait la prudence.

« Faut faire gaffe avec ce genre de truc, dit-il. Le réseau est un endroit étrange. On n'est jamais face à face, et tout est là. Les gens font semblant. Ils adoptent un personnage. Ils changent leur âge. Des fois, ils deviennent ce qu'ils avaient envie d'être depuis toujours. Ce ne sont que des faux-semblants en quelque sorte.

— Mais Coughlin était tout de même atroce. Tous ceux avec qui on s'est entretenus nous l'ont confirmé.

— Je sais. Dave m'en a parlé au téléphone. » Il jeta un regard à Michaels. « Mister peau de vache, hein ?

— Oui, il n'y a pas un seul de ses collègues qui ait eu un mot gentil à son sujet. Mais dis-moi, quelque chose, Frank..., ajouta-t-il, le doigt ancré sur l'un des relevés, c'est quoi, ça ? »

Il passa la feuille autour de la table. En juillet, l'année précédente, après que quelqu'un aux États-Unis eut violemment réagi aux propos de Coughlin sur la Marine américaine, Coughlin lui avait répliqué de se mettre à quatre pattes et de se faire foutre. L'invitation était suivie d'un étrange post-scriptum. Faraday fronça les sourcils. OX ? Qu'est-ce que ça voulait dire ?

Stockley se proposa de traduire.

« C'est comme un smiley. » Il prit son stylo et traça :-) « Ceci signifie que vous êtes heureux, que quelqu'un vous a fait rire. » Il traça :-(« Cela signifie malheureux. Les gens utilisent très souvent ces signes dans les *chat rooms*.

– Et OX ?

– J’opterais pour “va te faire mettre”. C’est un truc qu’on retrouve souvent chez Coughlin. Il inventait des signes. Des fois, il tapait ceci… » Il écrivit une série de caractères, qu’il montra à la ronde.

Faraday plissa le front. « Et ça signifie quoi O’’’’’’’’\ : ? »

Stockley eut un rire. « Dans une conversation, il aurait dit “va te faire foutre”. »

Faraday fixait les signes : le O majuscule, la série d’apostrophes et la barre oblique bien érigée.

« Ouais, je crois deviner », dit-il enfin.

Brian Imber voulait connaître le calendrier de Stockley. Ces données étaient intéressantes mais ne les menaient pas loin. Ils avaient tous eu le sentiment que Coughlin était un sale type et, maintenant, ils en avaient la preuve. Mais qu’en était-il des pistes exploitables ?

« Par exemple ?

– Disons, des gens qu’il aurait insultés récemment. » Imber posa une main sur les relevés devant lui. « Serait-il possible que quelqu’un, dans ces groupes de discussion, soit venu demander des explications à Coughlin ? »

Stockley confirma que cela arrivait. Les cybernautes pouvaient très bien passer la frontière et apparaître dans la vie réelle. Ces rencontres sur la toile finissaient souvent au lit. Il n’y avait aucune raison de ne pas penser que d’autres puissent se terminer dans la tombe.

« Et Coughlin ? Vous allez vérifier ça ?

– Bien sûr. L’étape suivante pour nous est de chercher parmi ses conversations les plus récentes.

Les forums de discussion devraient être archivés et consultables. Les *chat rooms* sont moins fiables. Selon le serveur, ces conversations tournent en eau de boudin et disparaissent en quelques heures. Il faut aussi compter avec la difficulté à retrouver les abonnés. Et si le fournisseur d'Internet est étranger, alors ça pourrait nous prendre une éternité. »

Faraday était de nouveau perdu. Comme Imber, il voulait un nom, une adresse, de solides tuyaux, une porte à laquelle frapper, pas une bande de désœuvrés shootés au bla-bla-bla cyber.

Dave Michaels leva une main. « Pourquoi Rouquin ? » demanda-t-il.

Stockley avoua qu'il n'en savait rien. Coughlin était-il roux, par hasard ?

« Non, il avait pas un poil de roux », répondit Dave Michaels, qui avait vu les photos de la Scène de crime. Il regarda vers le bout de la table. Ils avaient tous entendu sonner le mobile de Faraday. Faraday sortit l'appareil de sa poche, fronça les sourcils et consulta sa montre.

« Comment se fait-il qu'il vous ait fallu tout ce temps ? » demanda-t-il.

Il écouta de nouveau, le visage durci, enfin hocha la tête. « À 7 heures et demie dans mon bureau. » Il coupa la communication et regarda Michaels : « Corbett. »

Winter, piochant dans l'assiette un autre biscuit au chocolat, ne pouvait en croire ses oreilles.

« Vous pouvez me redire ça ? »

La femme recommença volontiers. Elle avait emmené l'Audi au lavage à la station-service de Green

Road. Elle s'y rendait une fois par mois, prenant pour deux livres de jetons à la caisse. Elle avait shampouiné la voiture et la rinçait au jet haute pression quand le cycle s'était interrompu faute de crédit, et elle était retournée à la caisse acheter un autre jeton. Il y avait du monde au comptoir, mais elle n'avait pas pensé une seule seconde à la voiture. Non, elle n'était pas verrouillée et, oui, la clé était sur le tableau de bord, mais elle ne s'attendait certainement pas à sa disparition en retournant à l'aire de lavage.

« Et le chien ? Charlie ?

– À l'intérieur, sur le siège arrière. Il adorait ça, le lavage, surtout le cycle savon.

– Et vous avez signalé le vol ?

– Bien sûr que oui.

– Le chien aussi ?

– Certainement. » Elle fronça les sourcils. « Mais peut-être qu'ils ne l'ont pas mentionné. »

Mme Czinski habitait près de Camber Dock, dans le vieux Portsmouth, une maison neuve avec une porte peinte en rouge et un garage à présent vide. Elle travaillait comme professeur à temps partiel dans un lycée, un travail qu'elle bénissait depuis que son mari, un architecte d'origine polonaise, avait perdu la bataille contre l'alcoolisme et se trouvait présentement hospitalisé avec une cirrhose. Le vol de son auto était un coup dur, mais ce qu'elle voulait le plus au monde, c'était retrouver son chien.

Winter, qui avait laissé Charlie dans sa Subaru garée dehors, voulait en savoir plus sur la voiture.

« Audi, vous disiez ?

– Oui. Une A4. C'était mon mari qui s'en servait,

mais il n'est plus en état de le faire. Je me suis demandé si je devais lui en parler, mais je ne vois pas l'intérêt pour le moment, n'est-ce pas ? Surtout si vous réussissez à la récupérer ?

— Quelle couleur, la carrosserie ?

— Rouge.

— Plaque ?

— XBK... » Elle ferma à demi les yeux. « 386 W.

— Pas de marque distinctive ? Bosse, éraflure ?

— Non, pas que je sache... vous allez la retrouver n'est-ce pas ? »

Winter l'assura qu'ils feraient de leur mieux. La présence de Charlie chez Darren Geech ne prouvait pas qu'il ait piqué la bagnole mais, vu les états de service de cette petite crapule, Winter avait peu de doutes sur la question. L'appartement de la mère était à quatre cents mètres de la station-service de Green Road et, si on savait à qui s'adresser, on avait le choix des planques pour une belle auto comme ça. Pas étonnant que le môme ait disparu. Il squattait sûrement quelque part où il pouvait garder l'œil sur la précieuse Audi de Mme Czinski.

« Vous savez, votre chien, Charlie, nous l'avons retrouvé.

— Non ! » Elle tapa dans ses mains et, pendant un instant, Winter se demanda si elle n'allait pas lui sauter dessus pour l'embrasser. « Mais où est-il ?

— Au poste de police. Et en pleine forme.

— Mon Charlie ? Vous êtes sûr que c'est mon Charlie ? Avec des petits nœuds de satin rose à son collier ? »

Winter sourit. Imaginer Darren Geech promener

dans Somerstown un clébard avec des nœuds de satin rose au collier était une image irrésistible.

« Les rubans ont fichu le camp, je le crains, mais pas l'appétit de Charlie. C'est un ogre.

— Vraiment ? Oh, Dieu soit loué ! C'est merveilleux. »

Winter se servit une nouvelle tasse de thé. Il lui rapporterait Charlie plus tard dans la journée mais il avait d'abord un service à lui demander. La police était toujours à la recherche d'histoires se terminant bien. Le retour de Charlie est un parfait happy end. S'il en disait un mot à quelqu'un du *News*, est-ce que Mme Czinski voudrait bien poser sur la photo ? Charlie Rentre à la Maison ? Un truc comme ça ?

« Mais bien sûr que oui. Je serais ravie de le faire.

— Mais votre nom apparaîtra peut-être dans le journal, ce n'est pas un problème ?

— Absolument pas. Pourquoi c'en serait un ?

— Oh, mais pour rien, madame Czinski. » Winter lui sourit. « Je vous posais seulement la question. »

Corbett était en retard à son rendez-vous avec Faraday ; 8 heures du soir, la section Crimes Graves se vidait rapidement. L'un des indexeurs dans la salle de police était encore en train d'entrer des données dans HOLMES, et Paul Ingham réorganisait sa liste d'actions du lendemain, mais les autres bureaux de chaque côté du long couloir étaient pour la plupart déserts.

Faraday poussa de son pied une chaise vers Corbett et lui demanda de s'asseoir. Ils pouvaient régler ça tranquillement, à moins que Corbett préférât piquer sa crise. À lui de choisir.

« Je ne vous suis pas… monsieur. »

Les yeux de Corbett étaient couleur bleu ardoise.

« Vous vous êtes adressé au superintendant derrière mon dos, et ça n'est vraiment pas malin.

— Vous trouvez ? »

Corbett soutint le regard de Faraday. Le cuir de sa combinaison de motard puait le neuf. Le casque blanc sur ses genoux était décoré d'un long éclair rouge et, quand il bougea sur sa chaise, Faraday vit la petite fiche médicale nettement inscrite à l'encre indélébile au dos du casque. Ce type a l'air de sortir d'une bande dessinée, songea Faraday. Le Roi Guerrier. Groupe sanguin O.

« Pourquoi n'êtes-vous pas venu me voir ? Pourquoi Willard directement ?

— Parce que vous n'étiez pas là.

— Je m'étais absenté pour une heure ou deux. Vous auriez pu me laisser un mot, si c'était tellement important. M'appeler sur mon portable. Me laisser un numéro où vous joindre.

— Vous pouviez être n'importe où. Comment aurais-je pu deviner que vous alliez rentrer tôt ?

— Vous avez pris la peine de vérifier avec Dave Michaels ?

— Non.

— Dommage, il vous aurait dit où je me trouvais. » Faraday laissa le silence tomber entre eux. Mais cela n'eut pas l'heur d'affecter Corbett. « Alors, dites-moi, qu'est-ce qui vous donne le droit de sauter toute la hiérarchie ?

— Je possédais des renseignements, et je pensais que c'était matériellement important.

— Vous pensiez ?

– Je le pense toujours. J'ai appelé Willard pour une raison très simple. Il y a des informations qui s'égarent. Ce qui n'a rien d'étonnant. Ça se produit partout. Vous vous connectez comme je l'ai fait, l'oreille collée au sol, et vous tenez pas à ce que ce genre de renseignement se perde… »

Il ne quittait pas Faraday des yeux, et ce qu'il pensait de la section des Crimes Graves du Hampshire était on ne peut plus clair.

« Alors pourquoi ne pas avoir confié ces précieux tuyaux à Brian Imber ?

– Je ne connais pas l'inspecteur Imber.

– Vous devriez. C'est lui qui dirige notre cellule du renseignement.

– Je le sais. Je voulais dire que je ne le connais pas personnellement. Jamais eu le plaisir…

– Quelle différence ça peut faire ? »

En dépit de sa résolution de ne pas céder à ce genre de provocation, Faraday sentait monter en lui une profonde irritation. Un tout petit sourire dansait au coin de la lèvre de Corbett. Puis, comme il ne répondait toujours pas, Faraday lui reposa la question.

« Ça ne fait aucune différence, monsieur. J'ai seulement pensé que ce serait plus profitable de m'adresser au patron.

– Eh bien, vous vous êtes trompé. Quand M. Willard est absent, c'est moi, le patron. Ça vous pose un problème ?

– Pas du tout. » Il eut un geste vague de la main. « Je ne crois pas que ce soit moi qui aie un problème, ici. »

Un instant, Faraday réprima l'envie de saisir Corbett au collet et de lui effacer son sourire. Il se pencha en avant, faisant signe à l'impudent de se rapprocher.

« Vous savez quoi, mon ami ? Vous êtes beaucoup plus irresponsable que je ne le craignais. Dans cette section, il y a des choses qu'on fait et d'autres qu'on ne fait pas. Notre système repose sur le travail en équipe. Vous tenez un renseignement, vous le transmettez à Dave Michaels. C'est lui, le récepteur. Et si Dave n'est pas là, alors vous essayez la cellule du renseignement. Ou moi. C'est pas trop difficile à comprendre, hein ? » Faraday le fixa des yeux un long moment avant de s'adosser de nouveau à son fauteuil. « Il est trop tard pour vous excuser, aussi inutile de le faire. Vous avez agi comme un con en téléphonant à M. Willard, et M. Willard vous le dira sans doute lui-même à son retour. Je vous souhaiterais volontiers bonne chance, mais je ne veux pas entretenir vos espoirs de rester sur cette enquête. Si cela ne tenait qu'à moi, vous auriez déjà pris la porte. »

Pour la première fois, Faraday décela une réaction, la contraction d'un nerf à la tempe gauche de Corbett. Anxiété ? Colère ? Il ne savait pas. « Parlez-moi de cette information, reprit Faraday. Faites comme si je ne savais rien. »

Corbett développa ce que Faraday avait appris par Willard. Avant de tomber pour coups et blessures, Davidson avait été l'un des chauffeurs les plus demandés de la zone Streatham/Balham. Il avait fauché des caisses dès ses plus jeunes années et c'était un crack au volant. À la connaissance de Corbett, une ou deux bandes l'avaient employé sur des coups nécessitant une voiture, et le môme s'était bâti une bonne réputation auprès des gens qui comptaient.

« Alors, comment a-t-il été assez bête pour renverser une femme sur un passage clouté ?

– Il est possible que ce ne soit pas lui. À mon avis, Davidson avait toutes les raisons du monde de crier son innocence.

– Et son identification par les témoins de l'accident ?

– Sur les quatre qui assistèrent à la présentation de suspects, un seul – une femme – l'aurait reconnu.

– Les empreintes dans la voiture ?

– C'est lui qui l'avait volée, et il ne l'a jamais nié. Forcément, la caisse était pleine de ses empreintes, cheveux et Dieu sait quoi encore. Admettons que ce soit lui, le chauffard. Puisqu'il a réussi à prendre la fuite, pourquoi n'a-t-il pas incendié la caisse après ? De cette façon, il n'y avait plus d'empreintes, plus de preuves, rien que le témoignage d'un témoin sur quatre.

– D'accord. » Faraday concéda le point d'un hochement de tête. « Disons que ce n'était pas lui. Disons que quelqu'un d'autre était au volant quand cette femme a été renversée. Comment cela nous mène-t-il à Coughlin ? »

Il y eut un grincement de cuir neuf, tandis que Corbett bougeait sur sa chaise. Il croisa une jambe sur l'autre, prenant ses aises.

« Comme je vois les choses, Davidson s'est fait baiser. Le mec au volant ce jour-là faisait partie de la bande pour laquelle Davidson travaillait. Un type plus haut placé dans la hiérarchie. Il brûle un feu rouge et écrase une femme. Mais son cul est plus précieux que celui de Davidson, et c'est Davidson qui plonge.

— En toute connaissance de cause ?

— Ouais. Soit il le savait, soit il l'a compris plus tard. Il a eu tout le temps pour ça.

— Et maintenant ?

— Il est de retour à Balham, de retour en piste.

— Renouant avec le même gang ?

— Plus ou moins. Il y a de nouveaux visages mais ce sont les mêmes qui mènent la barque.

— Et, d'après vous, ils seraient ses débiteurs ?

— Ouais, et pas qu'un peu.

— Problème de conscience ?

— Ça plus le fait qu'il est toujours le même Davidson. Spécialiste auto, vol et conduite. Il est sans un. Il a besoin de blé. Et aussi d'une faveur.

— Un contrat sur Coughlin ?

— Une branlée qui a été poussée trop loin. » Il se tut un instant pour examiner ses ongles. « Coughlin est mort étouffé par son vomi, n'est-ce pas ? Pour moi, ça ressemble pas à un contrat.

— Et la pièce saccagée, les magazines porno ?

— Casser un peu de mobilier, ça allait de soi. Et le coup des mags aussi. Coughlin était un branleur dans tous les sens du terme. »

Faraday se demandait où Corbett avait appris les détails de l'autopsie. Peut-être auprès de Paul Ingham, se dit-il. Peut-être même Dave Michaels.

« Tous ces renseignements… ils proviennent d'où ?

— J'ai travaillé au CID de Streatham, et on finit par connaître pas mal de monde en trois ans.

— Vous êtes donc allé interroger ces gens ?

— Bien sûr. C'est même pour ça qu'on me paye.

— Non, on vous paye pour partager les renseignements, les faire circuler. Ça s'appelle travailler en équipe.

— Vous n'étiez pas là, répéta-t-il. Alors, je suis allé plus haut.

— Oui, c'est ce que vous avez fait. » Faraday se leva et s'approcha de la fenêtre. Passé 8 heures, il faisait encore jour. Le parking en dessous était presque vide mais une file de camions continuait de gagner le port des ferries. « L'inspecteur Imber est en train d'établir une demande de renseignements aux unités de Streatham et Balham, dit-il enfin. Quand nous aurons leurs réponses, on sera en meilleure position pour prendre des décisions opérationnelles.

— Ce qui veut dire ?

— Que je ne crois pas beaucoup aux rumeurs. Vous avez quoi que ce soit écrit noir sur blanc ? Les inspecteurs auxquels vous avez parlé ? Vos sources ? Des noms ?

— Vous savez bien que je n'ai rien de tout ça. C'est pas de cette façon qu'on travaille. Pas dans le monde réel. »

Ce genre de réplique ne pouvait que faire sourire. Faraday jeta un coup d'œil à sa montre et revint à sa table de travail. « Je ne sais pas en ce qui vous concerne mais, moi, j'ai autre chose à faire que passer ma soirée ici. Je suppose que vous vous êtes présenté à l'inspecteur Ingham ?

— Bien sûr.

— Content de l'entendre. » Il fit un signe de tête en direction de la porte. « Demain, nous élargissons le périmètre du porte-à-porte. Bonne chance avec les formulaires de témoignages. »

Winter avait plus de mal que prévu à convaincre le *News* au sujet de Charlie. Son meilleur contact était une journaliste qui faisait de temps à autre des remplacements. Elle était jeune et ravissante, et Winter avait fait sa connaissance au cours d'une longue enquête sur les vols dans les arcades de jeux.

Des gangs parcouraient le pays avec des outils aussi perfectionnés que coûteux, qui leur donnaient accès aux machines à sous les plus perfectionnées. Ils faisaient la tournée des galeries, des clubs et des pubs, fonctionnant en bandes, avec l'aide de filles qui détournaient l'attention du personnel de sécurité, pendant que les mecs s'affairaient. Il ne leur fallait guère plus d'une minute pour vider une machine de tout son cash, et le plus beau dans tout ça, c'était que personne ne se rendait compte de rien, jusqu'à ce que le jackpot suivant tombe et que l'heureux client ne voie pas une seule pièce dégringoler.

Une bonne équipe se faisait des centaines de livres en une nuit, et Winter avait passé plusieurs semaines très divertissantes à récolter des renseignements tout le long du front de mer de Southsea. Il se trouvait alors que le *News* désirait sortir un article sur les enquêtes policières en cours, et Hartigan avait donné son accord. C'est ainsi qu'une jeune journaliste avec son calepin et son T-shirt échancré avait été dirigée par quelque détour bienheureux du destin vers l'inspecteur Winter. Il n'avait pas pris la peine de lui détailler les dessous des machines à sous, mais lui en avait tout de même assez raconté pour satisfaire son appétit, et elle était repartie ravie. L'article n'avait pu paraître qu'après les arrestations et le procès qui avait suivi, mais elle n'en avait pas moins eu son nom cité en gras, ainsi qu'une note élogieuse du directeur de la publication.

À présent, elle avait du mal à attacher une valeur quelconque à Charlie. Quoi, ce chien était d'une race très rare ? Il venait de subir une transplantation cardiaque ? C'était quoi, le fin fond de cette histoire ? Winter allait reprendre ses explications, quand il lui vint une meilleure idée.

« Vous avez entendu parler de ce type qui s'est fait tabasser presque à mort à Somerstown ?

— Oui, bien sûr. Ça fera la une du journal demain. Eh bien ?

— Nous enquêtons, et il y a quelque chose qui pourrait vous intéresser.

— Ouais, c'est quoi ?

— Je peux rien vous dire pour le moment mais, quand ce sera possible, vous pourriez être la première à le savoir.

— C'est une promesse ?

— Certainement.

— Une promesse pour… demain ?

— Ça se pourrait bien.

— Et Charlie ?

— Il est ici, ma belle. Je peux retrouver votre photographe devant la maison de sa maîtresse. Une certaine Mme Czinski. Un cœur en or et une dame très photogénique. » Il observa un silence. « Alors, c'est bien un oui que j'entends ? »

8

Mercredi 5 juin 2002, 21 h 15

Il faisait presque nuit quand Faraday s'engagea le long de la rangée de maisons dominant le quai de South Parade. Avant la guerre, la plupart de ces constructions étaient des pensions de famille bien tenues, accueillant les milliers de vacanciers arrivés de Londres par le train pour y séjourner plusieurs semaines. Les loisirs et les goûts avaient changé, et ces hôtels avaient périclité, jusqu'à l'arrivée de promoteurs qui firent un sort aux tuyauteries victoriennes et aux façades de stuc décrépies, transformant le front de mer en symbole de l'art de vivre. Ce n'étaient plus des cars de tourisme qui stationnaient le long des trottoirs, mais des BMW et des Mercedes. Aux goûters dînatoires et aux parties de bingo, les nouveaux résidants préféraient la télé digitale et les cocktails mondains.

Eadie Sykes habitait au numéro 33. Faraday sonna à l'Interphone. Après deux brèves averses en fin d'après-midi, le temps s'était de nouveau éclairci, et la petite coiffe de nuages au-dessus de l'île de Wight rosissait sous les derniers rayons du soleil.

« Ohé, Joe ! Montez. »

Faraday prit l'ascenseur jusqu'au quatrième, se faisant violence pour ne pas se regarder dans la glace. Ces dernières vingt-quatre heures avaient été plus brutales que jamais, et son visage, il le savait, en portait l'empreinte. S'il continuait à ce rythme, il lui faudrait plus que quelques heures de sommeil resquillées, avant que la ville leur expédie un nouveau cadavre.

Eadie Sykes avait laissé sa porte ouverte. Elle devait avoir entendu l'ascenseur arriver, parce qu'elle lui cria d'entrer. La découverte des lieux coupa le souffle à Faraday. L'espace intérieur s'étendait sur toute la largeur de la maison, des dizaines de mètres carrés de plancher d'érable agrémentés de riches tapis orientaux. Les murs étaient d'un vert élégant, un ton plus clair que la sauge, et le mobilier tout chrome et cuir se voulait sobre.

Une grande baie vitrée donnait sur un large balcon. Debout dans la fraîcheur du soir, Faraday contempla le Solent. Les lumières d'un paquebot de ligne se détachaient sur le sombre renflement de l'île. Du rivage, beaucoup plus près, montait le halètement de diesel d'un bateau de pêche rentrant avec la marée.

« Soyez pas trop impressionné. Je ne fais que camper, ici. »

Faraday n'en croyait pas un mot. Vous passiez une seule nuit avec une vue pareille, et vous ne vouliez plus jamais partir.

Il regagna la pièce et regarda de nouveau autour de lui, se demandant comment il réaménagerait l'espace. Certainement un changement de canapé, et des tableaux aux murs qui auraient un air moins impersonnel. Quiconque avait meublé les lieux n'avait guère cherché l'originalité.

« Où dormez-vous ? demanda-t-il.

— Là. » Eadie désigna une porte. « Il y a une salle de bains et deux chambres. Petites, par rapport au living. »

Une cuisine occupait le fond de la grande pièce. Le chrome y régnait, et tout avait l'air neuf, à peine utilisé — une page arrachée à un catalogue de décoration. Le grand comptoir de marbre était vide, mais un parfum d'ail et de romarin suggérait que quelque chose mijotait dans le four.

« Je croyais qu'on devait aller prendre une bière quelque part ?

— J'ai bien peur que non. » Eadie secoua la tête. « J'ai pensé mettre à l'épreuve votre sens de l'humour en faisant un peu de cuisine. Vous n'êtes pas végétarien, j'espère ?

— Sûrement pas.

— Dieu merci. J'ai trouvé un de ces bouchers, à Fratton. Il a un agneau à tomber. Un bonheur. »

Elle le poussa vers le canapé et lui versa un grand verre de vin. S'il avait eu le choix, Faraday aurait préféré une bière, mais il n'eut pas cette possibilité.

« Du rioja. Un régal. Goûtez-y. »

Faraday goûta. Elle avait raison. Le vin était délicieux. Elle repartit vers la cuisine, fouilla dans un placard et revint avec une coupe de noix de cajou. C'était une grande femme, épaules larges et démarche souple d'une athlète. Quant à sa conversation, elle semblait surfer vague après vague au gré de sa fantaisie, et elle dégageait une énergie qui illuminait tout son visage. Nul besoin de chauffage central avec une compagne pareille, songea Faraday.

Il avait remarqué une paire de Nike assez usée dans le hall d'entrée.

« Vous joggez ?

— Tous les matins. » Elle piocha une nouvelle poignée de noix dans la coupe. « J'y vais tôt, quand il n'y a pas un chat. De cette façon, on garde ses secrets.

— Qui sont… ?

— Je suis bien trop grosse. » Elle se tapa sur les cuisses. « Vous savez, votre fils ? Eh bien, il aura les mêmes cheveux que vous. »

Tendant la main, elle toucha les boucles grisonnant sur la tempe de Faraday. Un geste chaleureux, innocent et dénué de toute connotation sexuelle, qui le remplit d'aise. Encore un verre de vin, et il allait oublier jusqu'à l'existence d'Andy Corbett.

« Alors, à qui appartient cet appartement ?

— À un certain Doug Hughes. Il possède tout l'immeuble.

— Et vous le lui louez ? Ça doit vous coûter bonbon.

— Pas vraiment. On a conclu un petit marché.

— De quel genre ?

— Je garde un œil sur les autres locataires. J'organise des dîners quand il a besoin d'impressionner quelqu'un. Je m'absente le week-end et lui laisse les clefs quand l'envie lui prend d'une petite baise discrète. Ça fonctionne très bien la plupart du temps.

— J'en déduis que vous le connaissez bien.

— En effet. » Elle rit et tendit la main vers la bouteille. « Nous avons été mariés.

— Vous parlez sérieusement ?

— Toujours. » Elle lui reversa du vin. « À propos, appelez-moi Sykes. » Elle était de nouveau debout. « Tous mes amis m'appellent ainsi. »

Ils dînèrent dans la cuisine, sur des tabourets. L'agneau était un délice, une épaule à la chair rosie autour de l'os. Un peu plus tard, picorant dans sa salade agrémentée de grosses olives vertes, Faraday l'interrogea sur son travail. Il avait remarqué, posée à côté du téléphone, une pile de courrier portant en en-tête Ambrym Productions, suivi de son nom. Pourquoi Ambrym ?

« Connaissez-vous les Nouvelles-Hébrides ? Un archipel dans le Pacifique ? C'est dans l'île d'Ambrym que je suis née. »

Son père était professeur d'anglais. Il avait postulé pour les Nouvelles-Hébrides. Sykes avait vu le jour là-bas, et elle avait onze ans quand la famille était retournée à Melbourne. Elle garderait toujours de merveilleux souvenirs de son enfance insulaire. Faraday, un œil sur les restes de l'agneau, était impressionné.

« Faites gaffe, lui dit-elle en riant. Sinon je vais vous chercher l'album de famille. »

Après le lycée à Melbourne, elle avait obtenu une bourse pour l'université de Sydney. Au bout de trois années d'études un peu décousues, elle avait acquis une licence de français et une passion éternelle pour le surf. Le soir, elle gagnait sa croûte comme serveuse dans un restaurant chic, et c'était là qu'elle avait fait la connaissance de Doug Hughes. Il n'avait alors que vingt-trois ans, mais il savait parfaitement ce qu'il voulait dans la vie.

« C'est-à-dire ?

— Moi, pour commencer. C'était le plus facile. Puis il voulait de l'argent. Beaucoup d'argent. Ça lui a demandé un peu plus de temps. »

Elle avait pris l'avion avec lui pour le Royaume-Uni et, un an plus tard, quelques jours avant que son visa expire, ils s'étaient mariés. À ce moment-là, Doug venait de terminer ses études de comptabilité. Six mois dans un gros cabinet de la ville l'avaient dégoûté de travailler pour les autres, et ils étaient descendus dans le Sud, à Portsmouth, où son frère avait une affaire de décoration d'intérieur.

Les temps étaient durs au début des années 1980, mais Doug avait pris un pari, s'établissant comme expert-comptable, et il s'était peu à peu constitué une jolie liste de clients. Ils avaient vécu au jour le jour pendant deux, trois ans dans un logement ouvrier de trois pièces à Fratton, jusqu'à ce que, l'argent rentrant, ils se lancent dans leur premier emprunt pour une pimpante maison dans Southsea. Quarante mille livres, c'était bien au-dessus de leurs moyens mais, quelques semaines plus tard, Doug avait décroché la timbale en la personne d'un nouveau client et, depuis lors, ça n'avait fait que s'améliorer pour lui.

« C'est qui, ce client ?

— Un promoteur. Un jeune type. Ambitieux. Tout comme Doug. Ils ne se sont plus jamais quittés. Frères d'armes. »

Elle et Doug avaient encore déménagé deux fois, toujours dans des maisons de plus en plus grandes, jusqu'à ce que les années 1990 arrivent et que Doug devienne rapidement l'homme riche qu'il avait rêvé d'être.

« C'est à ce moment-là que tout a foiré entre nous, pour tout vous dire. Pauvres, nous étions heureux, deux gosses tirant le diable par la queue, mais l'argent vous offre des choix, n'est-ce pas ? Doug appelait ça tirer le maximum de la vie.

— Quel genre de choix ?

— Tout ce que vous pouvez imaginer. Je vous ferais une liste si j'avais le temps.

— Les femmes ?

— Bien sûr, et par dizaines. Il m'arrive de penser qu'il avait trouvé une sécurité dans la multiplicité, mais il s'est remarié récemment, alors il doit y avoir une autre raison, pas vrai ? »

Pour la première fois, Faraday devinait une ombre de mélancolie, une douleur cachée derrière ce flot de souvenirs, et il lui vint à l'esprit que sa vie amoureuse avec son ex-mari n'était peut-être pas tout à fait terminée. Il y avait bien des façons de monnayer un hébergement de luxe et, à l'occasion, une baise en souvenir du bon vieux temps pouvait en être une.

« Vous ne m'avez pas parlé des Productions Ambrym, dit-il gentiment.

— Vraiment ? »

Elle débarrassa les assiettes et remplit de nouveau leurs verres. Son divorce lui avait valu une très généreuse pension alimentaire, mais elle s'ennuyait facilement et savait qu'il lui fallait trouver quelque chose pour s'occuper. L'IUT local offrait une formation à la mise en scène, et elle s'était inscrite. Après deux années passées à manier une mauvaise caméra

VHS, elle avait acquis un certain savoir-faire, et Doug l'avait volontiers aidée quand elle décida de tenter sa chance et de monter une petite société de production. Leur première petite maison du Hampshire abritait toujours Ambrym et, bien qu'elle n'ait jamais fait fortune, elle avait toujours pu maintenir le cap.

« C'est marrant, dit-elle. Combien d'entreprises peuvent en dire autant ? »

Faraday sourit en faisant tourner son verre de vin dans sa main. Il aimait bien cette femme. Elle était pleine de vie et de courage, et son histoire s'accordait totalement avec cette chaleur qui se dégageait de sa personne. À la différence de beaucoup de gens qu'il connaissait, elle ne s'enlisait pas dans les regrets ni les reproches. La vie, pensait-il, ne devait jamais l'intimider.

« Ce film que vous êtes en train de faire. Celui avec J-J. Vous deviez me montrer les... » Il fronça les sourcils. Il ne se rappelait pas le terme.

« Les rushes. J'en ai fait une copie que j'ai apportée. Enlevez vos chaussures. Je vais vous passer la bande. »

Elle sortit une cassette vidéo d'une pochette en plastique et la glissa dans le lecteur sous le grand écran panoramique du téléviseur. Faraday prit ses aises sur le canapé. Il y avait bien pire, avait-il décidé, que deux bouteilles de rioja et une conversation qui n'avait rien à voir avec l'ADN et les copies de disques durs. Il en avait été ainsi avec Marta — un plaisir jamais parasité par un quelconque engagement, physique ou autre — et au cours des longs mois de vide qui avaient suivi leur séparation, il avait mesuré combien lui manquaient ces occasions de baisser enfin sa garde. Les femmes, pensait-il, savaient merveilleusement répondre à l'un des défis les plus exigeants de la vie : comment se détendre.

« Confortable ? » Sykes lui lança la télécommande et regagna la cuisine pour y faire du café.

Faraday actionna le bouton de marche. Alors qu'il s'attendait à une armada de petits bateaux dansant sur les eaux du Solent, il découvrit un lent panoramique sur un champ de pierres tombales dont la blancheur jurait sur le plus bleu des ciels. Il y en avait des centaines. Sur la bande-son, les notes obsédantes d'une flûte s'estompaient pour laisser la place à une voix d'homme. Une voix de vieillard, amère et pensive, et comme elle s'élevait, l'image du cimetière se resserrait sur une seule pierre tombale, sur laquelle on pouvait lire : « Soldat australien de la guerre 39-45, tombé entre le 20 et le 27 mai 1941. »

Faraday perçut un mouvement à côté de lui. Sykes, revenue de la cuisine, regardait l'écran.

« Merde, je me suis trompée de cassette. »

Elle tendit la main vers la télécommande, mais Faraday l'arrêta d'un geste. « Non, laissez, dit-il. Ça m'intéresse. »

Dawn Ellis barbotait dans son bain quand elle entendit frapper à la porte d'entrée. Elle tendit la main vers sa montre : 22 h 15. Elle tendit l'oreille pendant un moment puis se renfonça dans l'eau. Qui que ce fût, il pouvait revenir une autre fois, de préférence à une heure convenable. Et si c'était encore Winter, il allait l'entendre.

« Dawn ? » Ce n'était pas Winter, non. « Dawn ? »

La voix lui était familière, cependant. À contrecœur, elle sortit de l'eau et, s'enveloppant dans un peignoir, descendit au rez-de-chaussée. On frappait de nouveau, plus fort cette fois. Il devait avoir fait le tour de la maison, pensa-t-elle, et avait vu la lumière à l'étage.

Elle fit glisser la chaîne de sûreté et entrouvrit la porte. Une haute silhouette se découpait à la lueur des lampadaires. Vêtu de cuir de la tête aux pieds, l'homme tenait un casque de moto à la main.

« Andy ?

— J'ai pensé que tu serais là.

— Que se passe-t-il ? » Un instant, elle pensa à un accident, une chute.

« Oh, une envie subite de bavarder un peu. » Il lui fit un sourire. « Je peux entrer ? »

Elle ne savait quoi dire. Ils avaient bu un verre ensemble à deux ou trois reprises, mais ça n'en faisait pas pour autant une paire de vieux amis. Qu'est-ce qui pouvait bien pousser Corbett à se pointer chez elle à une heure pareille ?

Elle resserra son peignoir autour d'elle. Il ne faisait pas réellement froid, mais elle frissonnait. Pathétique, pensa-t-elle. Je suis pathétique.

Elle ôta la chaîne et ouvrit la porte. Corbett la salua d'un signe de tête en passant devant elle, nimbé de la fraîcheur nocturne et d'une odeur de cuir neuf.

« Café ?

— S'il te plaît. »

Il attendait dans le désordre du salon, pendant qu'elle faisait chauffer de l'eau. Il devait avoir allumé la télé, parce qu'elle entendit soudain les résultats de la Coupe du Monde sur la BBC.

« Lait ? Sucre ?
— Les deux. »

Il était assis raide comme une planche sur le petit canapé. Il avait poussé sur le côté le tas de magazines et trouvé une place pour son casque sur le tas de linge destiné à la machine. La vue de ses petites culottes et soutiens-gorge la fit rougir malgré elle.

« Tu as faim ? »

Corbett secoua la tête. Il ne l'avait pas encore regardée. En vérité, il semblait paralysé.

« Non, merci, dit-il. Désolé de débarquer de cette façon. »

Elle allait lui dire que ça n'avait pas d'importance mais il leva une main. Il avait deux ou trois choses qui lui pesaient sur l'estomac et avait besoin de ses lumières.

« À quel sujet ?
— Faraday.
— Faraday ? »

Elle lui tendit une tasse de café et il leva enfin les yeux vers elle. Il avait un visage dénué de toute expression. Elle n'avait encore jamais vu un regard plus absent.

« Ce type est une honte, dit-il tout bas. Et s'il y a une chose dont il devrait pas s'occuper, c'est bien d'homicide.
— Qu'est-ce qui te fait dire ça ? »

La question, bien qu'innocente, parut le libérer. Il se mit à parler de Davidson, de son voyage à Londres, des renseignements qu'il avait glanés auprès des anciens potes de ce petit salaud et des conclusions qu'il en avait tirées. Il tenait Davidson par les couilles, avait démêlé l'écheveau et leur avait épargné à tous des milliers d'heures sup, et voilà que pour tout remerciement Faraday l'avait envoyé faire du porte-à-porte. Oui, ce type était une honte, répéta-t-il. Il n'avait aucune expérience, aucun flair. Il suivait le règlement et passait à côté d'une piste à faire rêver tout patron qui se respecte. Le type était terrifié à l'idée de faire un pas en dehors des règles de procédure.

« Vraiment ? » Dawn avait eu sa part de frictions avec Faraday, mais jamais elle ne lui aurait reproché un excès de conformisme. Au contraire, c'était un homme qui n'en faisait jamais qu'à sa tête. « Il vient tout juste d'entrer aux Crimes Graves. Il se doit d'être prudent, ajouta-t-elle.

– Eh bien, c'est vraiment offrir du lard à un cochon. À Londres, je lui donnerais pas deux semaines avant qu'on lui trouve un poste plus à sa hauteur. Faire traverser la rue aux écoliers, avec un peu de chance. Tu veux savoir ce que je pense ? Je pense qu'il détient quelque chose sur Willard.

– Et Willard le couvrirait ? C'est ridicule. Jamais Willard ne protégerait quelqu'un qui ne ferait pas bien son travail.

– Ouais, à moins qu'il n'ait pas le choix.

– Tu deviens parano, là. Vraiment. Tu ferais mieux de faire attention à toi sur cette moto.

– Ouais, et ça veut dire quoi, ça ? » Il la regarda et, pendant une petite seconde, elle décela sur le visage de Corbett quelque chose qui la rendit profondément mal à l'aise.

« On ne peut plus plaisanter ? dit-elle. Écoute, je te comprends, vraiment. Je ne sais pas à quoi tu t'attendais en venant ici, mais apparemment ça ne marche pas. Ce sont des choses qui arrivent, on le sait, et il faut s'en accommoder. Les types comme Faraday font de leur mieux, tu sais, tout comme nous. On n'est peut-être pas aussi dégourdis qu'à Londres, et la plupart des affaires ici sont plutôt merdiques, si tu veux tout savoir, mais avec l'affaire Coughlin, t'as de la chance d'être tombé sur quelque chose d'intéressant.

— Ouais, et regarde ce qui se passe. Ce Davidson est dans le coup, crois-moi. Il y est à cent pour cent et pourtant on n'a même pas fouillé dans ses poches. Comment tu expliques ça ?

— Faraday a parfois des façons bien à lui de procéder.

— Ah ouais ?

— Oui, il ne faut pas se fier aux apparences. On croit qu'il a perdu tout intérêt, alors que c'est le contraire. Tu devrais en parler avec les autres. Bev Yates le connaît bien. Il le lit comme un livre.

— Tiens, en voilà encore un.

— Qui ?

— Yates. Ça fait longtemps qu'on aurait dû le mettre à la retraite. Si jamais il recommence à me parler de foot, je l'étrangle, ce con.

— Tu es vraiment parano, tu sais.

— Tu crois ça ? » Sa voix baissa jusqu'au murmure, et il se mit à croiser et décroiser les doigts, les yeux rivés au sol, évitant le regard de Dawn. Elle le considéra pendant un moment, se demandant pourquoi il était venu lui rendre visite. Se sentait-il seul ? Était-ce aussi simple que cela ? Ou bien les frustrations professionnelles en étaient-elles la cause ? Se faisant un peu d'espace, elle s'assit à côté de lui. Et, quand elle passa son bras autour de ses épaules, elle constata qu'il pleurait.

« Andy, que se passe-t-il ?

— Rien.

— Parle-moi. » Elle le sentait trembler sous l'épais blouson de cuir.

Il secoua la tête, s'essuyant le nez du dos de la main.

Dawn sortit un Kleenex de la boîte posée par terre. « Tiens. »

Il regarda le mouchoir, les yeux vitreux, et inspira profondément.

« J'en ai ras le bol, j'y arrive pas, tu sais. Je pensais que je le pouvais mais, non, impossible.

— Arriver à quoi ? » Dawn attendit une réponse. « Andy ?

— Tout ça. Nous. Le boulot. Il y a des matins où je me réveille, et je me prends pour Superman. Mais il y a des fois, comme maintenant, où je peux même pas avoir une seule pensée claire. Tu veux la vérité, tout se casse la gueule. Tout. »

Dawn lui sourit, lui toucha le visage. Savoir qu'elle n'était pas la seule à baigner dans la confusion lui était d'un grand soulagement.

« Tout finit toujours par s'arranger, dit-elle doucement. Tu verras, je te le promets.

— Ouais ? Tu le crois, vraiment ? » C'était la question d'un petit garçon, posée à travers un voile de larmes.

Dawn lui donna le Kleenex. Il lui restait de la vodka. Ils allaient boire un verre, elle mettrait de la musique, et ils se détendraient. Rien ne les pressait, pas de rendez-vous urgent, pas d'énigme policière à résoudre, rien qu'elle et lui. Il pouvait vider son cœur, elle serait là pour l'écouter.

Elle glissa du canapé et tira sur la fermeture Éclair de ses bottes. Elle leva les yeux vers lui, et il grimaça un sourire.

« D'accord ? » dit-elle.

La vidéo était terminée depuis un bon moment. Faraday se tenait devant la porte vitrée, sa troisième tasse de café à la main. Dans la rue, une file de voitures s'était formée devant l'un des night-clubs sur le quai.

Eadie Sykes était enfoncée dans le canapé, les genoux repliés sous son menton. Faraday l'observa pendant un moment. Derrière le rire et le sens de la repartie, il avait découvert une autre femme.

« Votre père a combattu en Crète ? En 1941 ? Il a connu tout ça ?

– Ouais. Il a embarqué sur le dernier bateau. A été bombardé à mort pendant cinq jours et c'est tout juste s'il n'a pas dû regagner cette foutue Égypte à la nage. Dites-moi, Joe, pourquoi les Anglais ratent toujours tout ? »

À sa grande honte, Faraday ne connaissait pas cet épisode de la Seconde Guerre mondiale. Il avait entendu parler de la Crète, bien sûr, et compris que ça n'avait pas été l'heure la plus glorieuse de l'armée, mais jamais il n'avait su l'étendue de la catastrophe. Les commandants alliés avaient perdu leur sang-froid. Les contre-attaques n'avaient jamais été soutenues. Des milliers d'hommes, misérablement commandés, avaient échoué contre une poignée de parachutistes allemands et cavalé à travers les montagnes pour être évacués dans des conditions dramatiques. Formidable.

« Qu'est-ce qui vous a poussée à faire ce film ? demanda-t-il.

— Mon père. Il est mort il y a deux ans. C'était une façon de lui rendre hommage, si vous voulez.

— Et il a été projeté quelque part ? Vous avez pu le vendre ?

— Oui, en Nouvelle-Zélande. » Elle sourit. « Et en Allemagne.

— Pas en Angleterre ?

— Pas encore. Les Britanniques sont bizarres. Ils adorent célébrer leurs défaites. Mais cette version les prend à rebrousse-poil. »

Faraday la rejoignit sur le canapé. Il pensait au film qu'elle faisait avec J-J sur Dunkerque. Elle avait raison, ce pays n'aimait rien tant que commémorer ses désastres militaires.

« Votre père parlait beaucoup de la Crète ?

— Non, seulement à la fin de sa vie. En fait, ce n'est qu'une fois entré en maison de retraite qu'il a évoqué cet épisode et que, de mon côté, j'ai compris qu'il avait fait la guerre. Il n'en a jamais dit un mot quand j'étais petite et, après ça, j'étais le plus souvent à l'étranger.

— Il en gardait de l'amertume ?

— Il était plutôt résigné, et même amusé. Il en a vu des choses, mon papa. Et je n'ai jamais appris que ce qu'il a bien voulu me raconter.

— Et les Anglais ? Il les appréciait ?

— Pas beaucoup. Des fois, il lui arrivait de les plaindre.

— Mais vous en avez épousé un. D'Anglais.

— Oui, et ce n'est peut-être pas ce que j'ai fait de mieux.

— Vous le regrettez ?

— Non, mais mon père, oui. Moi, je n'y ai jamais attaché d'importance. Ça ne sert à rien de regarder en arrière. Ce qui est fait est fait. Seuls les Anglais s'en délectent. Là… » Elle sourit à Faraday. « Vous ne prenez pas ça pour une insulte, j'espère ? Vous ne regrettez pas d'être venu ? »

Faraday lui répondit en se levant que ça n'avait vraiment pas d'importance. Il avait passé une merveilleuse soirée, totalement inattendue, et un jour il essaierait de lui rendre la pareille. En attendant, il allait dire à J-J que la vidéo sur Dunkerque marchait super-bien.

« C'est bien le cas, non ? »

Elle ne lui répondit pas. Au lieu de cela, elle se leva à son tour et le regarda dans les yeux.

« Nous n'avons pas du tout parlé de vous, n'est-ce pas ? De vos guerres ?

— Non. » Faraday fouillait ses poches à la recherche de ses clés de voiture. « Dieu merci. »

9

Jeudi 6 juin 2002, 8 heures

Faraday était à son bureau de bonne heure le lendemain matin, les effluves du rioja en partie dissipés. Il avait commencé par prendre l'air sur le sentier longeant le port de Langstone, heureux de sentir le vent sur son visage. Des nuages s'amoncelaient à l'ouest, annonçant de la pluie, mais la riche nappe orange de l'aube avait un instant immobilisé ses pas, et il avait balayé de ses jumelles la grève luisante de boue.

Juin était une période creuse pour les oiseaux, mais il avait entrevu un tadorne, tout là-bas vers le port et, un peu plus tard en regagnant la maison du marinier, il avait fait un bref détour par les mares qui constellent Milton Common. Il aimait cette heure matinale, sans personne alentour, savourant les premières gouttes d'eau de pluie sur son visage, et il s'était arrêté un instant sous le couvert d'un buisson de mûres pour observer un nid de fauvettes rouges édifié dans les joncs tout au bord de l'eau.

Cela faisait des jours, à présent, que la mère et les

petits partageaient ce nid avec un coucou. Celui-ci avait expulsé un par un les occupants légitimes, se goinfrant de toute la nourriture que rapportait la mère, et Faraday se demanda une fois de plus ce que la timide fauvette pensait de cet énorme oisillon au bec toujours béant. L'instinct lui commandait d'apporter à manger, mais n'éprouvait-elle pas un ressentiment envers cet étranger vorace qui avait pris possession de tout son petit monde ? Les fauvettes connaissaient-elles la rancune ? Et, confrontées à la disparition de leurs propres petits, étaient-elles capables de compter ?

À présent, il consultait le cahier de service, quand l'une des secrétaires lui apporta une grande enveloppe marron.

« C'est le gars de la Marine qui a déposé ça, avant que vous arriviez. »

Faraday ouvrit l'enveloppe, qui contenait la photocopie d'un épais dossier marqué « Confidentiel ». Dans le coin supérieur gauche de la couverture, il y avait une photo d'identité : un visage plus jeune, plus étroit, les yeux fixant l'objectif, avec en fond les plis d'une cabine de Photomaton. Coughlin, pensa Faraday, se souvenant de ce même visage enflé et violacé de la vidéo de la Scène de crime. Le rapport de l'officier divisionnaire comptait une douzaine de pages, arpentant la carrière de Coughlin depuis son engagement à l'âge de seize ans dans la Marine jusqu'à sa réforme dix-sept ans plus tard. Faraday feuilleta le document, parcourant les diverses affectations du marin, s'efforçant de se faire une idée de l'homme à travers les divers commentaires portés à la main.

Dès le début, l'officier instructeur sur le HMS *Raleigh* faisait part de sa « déception » et mettait en garde Coughlin de la « nécessité de tempérer son indiscutable énergie par un peu d'autodiscipline s'il voulait donner le meilleur de lui-même ». Deux ans plus tard, à bord du HMS *Edinburgh Castle*, un autre officier le jugeait prudemment « compétent mais inconstant », une estimation revue fortement à la baisse par le capitaine de corvette chargé de mesurer ses progrès à l'occasion d'une nouvelle affectation. « CK Coughlin, écrivait-il, a encore besoin d'être fortement surveillé, une situation regrettable au terme de cinq ans de service. »

Faraday s'adossa à son fauteuil pour regarder les premières gouttes de pluie brouiller la vitre. Il avait besoin d'un traducteur pour déchiffrer pareil document – que signifiait CK ? – mais vingt-deux années dans la police faisaient de lui un lecteur expert de la prose administrative.

Indubitablement, Coughlin avait donné du fil à retordre à ses employeurs, jugement que confirmaient tous les officiers ayant croisé son chemin. Apparemment, l'homme avait été assez rusé pour échapper à une radiation précoce. Mais il n'était mentionné nulle part qu'il avait joyeusement consenti aux exigences du travail d'équipe. « Coughlin se conduit en individu solitaire, avait noté un autre capitaine de corvette en 1976, et il semble parfois être inconscient des besoins d'autrui. Confronté à ses défauts, il a le plus grand mal à reconnaître ses torts. »

Individu solitaire ? Faraday se remit à feuilleter le rapport, s'arrêtant à deux pages de la fin. En 1982, Coughlin était devenu LCK à bord du HMS *Acco-*

lade. Manifestement, le vaisseau avait fait partie du corps expéditionnaire des Malouines, parce que son affectation s'était brusquement interrompue en plein milieu des hostilités. « La perte d'un navire peut être profondément traumatisante, avait écrit le commandant Wylie, et il faut porter au crédit de Coughlin d'avoir paru moins touché par le naufrage que nombre de ses camarades survivants. Cette force de caractère devrait lui être utile dans ses prochaines affectations. »

Faraday reposa le rapport, soudain emporté par le souvenir qu'il avait de la guerre des Malouines. Pour le moment, l'*Accolade* ne lui rappelait rien – tant de navires avaient coulé – mais en avril 1982, élève à l'école de police du Lancashire, il avait profité d'une permission pour emmener J-J assister au départ de l'*Hermes* et de l'*Invincible*.

La foule se pressait tout en haut de la Tour Ronde, dominant le goulet du port, mais avec son garçon de trois ans perché sur ses épaules Faraday avait trouvé un coin parfait sur le rempart. Les navires lui avaient semblé énormes – *Hermes* en particulier – et Faraday se rappelait avoir eu la gorge serrée à la vue du grand porte-avions qui lentement sortait du port. Sur le pont, encombré d'hélicoptères, s'étaient alignés les marins, bien plantés sur leurs jambes, la tête haute, et on ne pouvait s'empêcher de se demander combien d'entre eux ne reviendraient pas. La foule, où les femmes et les enfants étaient les plus nombreux, avait gardé un étrange silence, bien loin de ce vent de chauvinisme qui avait soufflé sur le pays tout entier, et en regardant la télévision ce soir-là Faraday avait essayé d'expliquer un peu de ce puzzle à son fils. Le pays, lui avait-il dit par signes, lui paraissait trop satisfait de partir à la guerre. Seules des cités comme Portsmouth devinaient le prix à payer.

« Monsieur ? »

C'était Dave Michaels. Il avait l'air exceptionnellement content. Il venait de recevoir un appel de Frank Stockley. Le travail sur les disques durs de Coughlin avait fini par accoucher d'une bonne nouvelle, selon les propres termes de Stockley.

« C'est-à-dire ?

– Un nom. »

Stockley lui-même se présenta quelques minutes plus tard, apportant de nouveaux éléments. Faraday emprunta une fois de plus le bureau de Willard, et Brian Imber abandonna son travail au renseignement pour se joindre à eux. Dave Michaels prépara du café.

Depuis leur dernière rencontre, les analystes de Stockley avaient isolé un certain nombre de forums auxquels Coughlin s'était mêlé. Toujours sous le pseudo de Rouquin, il n'y était pas allé de main morte, faisant de son mieux pour chercher querelle à tout le monde. Il n'y avait là rien de surprenant ni de nouveau, au regard de ses précédentes manifestations, mais un autre facteur était entré dans l'équation, quelque chose d'inattendu.

Faraday regarda Stockley. « Eh bien ?

– Coughlin était suivi. Quelqu'un, un type, le filait de site en site, se connectait et entrait dans la conversation. Tenez. »

Stockley lui passa l'une des sorties papier qu'il

avait apportées. Faraday nota la date et l'heure : 17.11.01/23 h 12. Cela remontait à sept mois. Il parcourut le texte. Coughlin s'en était violemment pris à un type de Heidelberg qui recherchait un album de Led Zeppelin. Pour Coughlin, le gars n'était qu'un sale con. Il n'y avait que les débiles et les nazillons pour aimer cette merde. Cette attaque avait été interrompue par une nouvelle voix, encore plus virulente que Coughlin. « Rouquin » méritait qu'on lui enfonce une bombe dans le cul. Et s'il faisait pas gaffe à ses façons de faire, lui, le nouveau, allait s'en charger. Cette menace lui valut bien sûr une réplique de la part de Coughlin et, pendant la demi-heure qui suivit, ce *chat room* résonna d'une bruyante empoignade. Même à la lecture, on pouvait en mesurer la violence.

Faraday leva les yeux.

« Et il y en a beaucoup comme ça ?

— Un paquet. » Stockley jeta un regard aux papiers épars devant lui. « On n'a pas encore eu le temps de tout parcourir, mais il semblerait que ça ait commencé l'année dernière. Le type se connecte sûrement sur Déjà Vu, cherche à "Rouquin" et traque Coughlin de *chat* en *chat*.

— C'est facile à faire ?

— Facile, oui, mais ça prend du temps. Faut vraiment en avoir envie.

— Et tout ce que vous avez relevé est du même ordre ? demanda Faraday en lui montrant la page qu'il venait de lire.

— Il y a pire. » Stockley chercha parmi ses papiers. « Il y a deux ou trois semaines, ça tenait de la menace de mort virtuelle. »

Le sourire de Dave Michaels salua la formulation. Virtuel, en effet, jusqu'à ce qu'on frappe à la porte d'une maison dans Niton Road et qu'on découvre le cadavre d'un quinquagénaire un peu trop gras du bide.

Faraday regarda de nouveau Stockley. « Alors, qui est ce nouveau client ?

— Un type qui se fait appeler Guzza.

— Guzza ?

— Ouais, c'est son pseudo, et c'est par là qu'on a commencé. »

C'était au tour de Stockley de sourire. Il ouvrit sa mallette et en sortit une chemise. Traquer le nom d'un abonné et son numéro de téléphone pouvait prendre des semaines. Avec un fournisseur d'accès à Internet, ça pouvait durer encore plus longtemps. Mais cette fois ils avaient eu de la chance. L'inspecteur de service avait lancé une recherche légale auprès des serveurs, et avait décroché un numéro d'abonné.

« Au Royaume-Uni ?

— À Pompey. »

Faraday battit des paupières. Dave Michaels avait raison. Enfin une bonne nouvelle.

« Et ils vous ont donné un nom ?

— Non, mais British Telecom, oui. »

L'inspecteur avait signé une demande de renseignements auprès de l'office de liaison de British Telecom et, une demi-heure plus tard, Stockley avait leur réponse sous les yeux. Il passa le fax à Faraday. Kevin Pritchard. Hôtel Alhambra. Granada Road. Southsea.

Granada Road allait du Strand à Canoe Lake, un

vaste plan d'eau réservé aux cygnes, aux pédalos et aux modèles réduits de bateaux. Il y avait de nombreux hôtels sur cette longue artère, des chambres à trente livres la nuit, petit déjeuner compris, le genre d'établissement dans lequel vous vous gardiez bien d'emmener quelqu'un que vous désiriez impressionner.

Faraday leva les yeux.

« Niton Road est à cinq minutes de Granada.

– Exactement. » Dave Michaels était déjà debout, débarrassant les tasses. « J'ai pris la liberté d'appeler la Scène de crime », dit-il.

Paul Winter attendait depuis une bonne demi-heure quand Dawn Ellis arriva enfin. Le bureau du CID était quasiment désert. Cathy Lamb avait lancé toute la brigade, épaulée par tous les agents en tenue qu'elle avait pu dénicher, dans un porte-à-porte massif autour de l'endroit où Rooke s'était fait tabasser. Le superintendant Hartigan, qui avait un penchant pour les métaphores de l'Ouest sauvage, avait décidé que « l'heure de vérité » était venue et qu'il allait rétablir la loi et l'ordre dans Somerstown.

Dawn Ellis avait une mine affreuse, elle qui affichait d'ordinaire un teint éclatant, qu'elle devait à un régime strict et une relation distante avec l'alcool et le tabac. Elle pouvait passer des semaines sans toucher à un verre ni une cigarette, et allait suer régulièrement dans une salle de gym à Port Solent. Mais, ce matin-là, pour des raisons que Winter ne pouvait qu'imaginer, son entrain habituel n'était pas au rendez-vous. Elle s'empressa d'allumer la bouilloire électrique pour faire du café. Elle avait les traits tirés et de grands cernes de fatigue sous les yeux.

Winter tapota sur sa montre. « Ça roulait mal, hein ? »

Ellis l'ignora. Elle lui demanda ce que la Scène de crime avait récolté la veille au soir.

« Ils ont fini tard, vers 10 heures, après avoir bouclé toute la rue. Jerry Proctor était là dès matines avec Cathy.

— Et ?

— Pas grand-chose. Le sang appartient sûrement à Rookie.

— Tout le sang ?

— Ouais. » Winter tendit la main vers le dernier biscuit. « Il y a pas eu bagarre, rien qu'une petite bande contre un seul.

— Une bande ? Comment le sait-on ? »

Winter lui parla du téléphone portable que le SOC avait trouvé dans la poche du blouson de Rooke. Le dernier message à lui être parvenu était un rendez-vous dans la rue où il s'était fait tabasser. On pouvait présumer que Rooke s'y était rendu en s'attendant à un deal. À la demande de Proctor, Winter avait écouté la voix et confirmé que ce n'était pas celle de Darren Geech, ce qui n'innocentait en rien celui-ci.

« Ils devaient être au moins deux, dit-il.

— Rien d'autre dans le portable de Rooke ?

— Ils ont remonté le message jusqu'à un autre portable.

— Qui appartient à qui ?

— L'appareil a été fauché la semaine dernière à

un gosse du lycée voisin. Il était en classe hier après-midi.

— Et il sait qui est le voleur ?

— Bien entendu.

— Mais il n'a rien dit.

— Évidemment, et personne ne s'est porté volontaire. Cathy a organisé une tournée du quartier avec haut-parleur, hier au soir, et un appel doit être lancé ce matin à la radio et la télé locales. Le porte-à-porte a commencé à 7 heures, pour choper les lève-tôt. Hartigan semble y croire, mais il est vrai qu'il a toujours pensé que la seule vue d'un uniforme déliait les langues. Incroyable, non ? Deux ans le cul sur un rond de cuir, et on croit au Père Noël. »

Ellis versait de l'eau chaude dans son gobelet, et le tremblement de sa main n'échappa point à Winter. Pas vraiment la tremblote mais tout de même…

« Passé une bonne nuit ? il demanda.

— Merveilleuse, répondit-elle, lugubre. Alors, on le cherche où, le jeune Darren ? »

Willard appela Faraday dans la matinée, entre deux cours. Faraday était à son bureau, attendant le retour de Bev Yates parti chercher un mandat de perquisition pour l'hôtel Alhambra. La Scène de crime s'était déjà organisée et avait appelé des renforts de Southampton. Ces dernières vingt-quatre heures, selon la formule concise de Jerry Proctor, tenaient du défi : une journée de travail toujours en cours à Niton Road, la sauvage agression de Somerstown, et maintenant la totale à l'hôtel Alhambra. Si on cherchait à acquérir de l'expérience dans la police scientifique, Portsmouth ne risquait pas de vous décevoir.

Willard voulait en savoir plus sur Kevin Pritchard. L'impatience et l'irritation de la veille avaient disparu, et il était redevenu l'homme mesuré suivant l'enquête pas à pas, interrompant de temps à autre d'un grognement le compte rendu de son assistant.

Faraday résuma : il placerait une voiture avec deux inspecteurs devant l'hôtel, et une autre derrière. L'ordre était donné de contrôler discrètement l'identité de toute personne sortant de l'établissement. Pour le moment, il ignorait si Pritchard logeait là mais il ne voulait prendre aucun risque. Avant midi, la Scène de crime aurait déjà inspecté les lieux et, avec un peu de chance, Pritchard aurait été appréhendé.

« Il a des antécédents ?

— Rien au fichier central.

— Que sait-on d'autre de lui ?

— Rien, si ce n'est son vocabulaire sur le net. »

Le gloussement de Willard surprit quelque peu Faraday. Vingt-quatre heures sans un autre tête-à-tête avec Corbett avaient apparemment ressuscité son sens de l'humour.

« Et à Niton Road ? Pas d'empreintes digitales ?

— Non. J'ai appelé Netley ce matin, et ils n'ont rien trouvé.

— Pritchard me semble plus prometteur que Davidson. » Il marqua une pause. « À propos de ce dernier, rien au Bureau du renseignement ?

— Non. » Brian Imber avait déjà transmis la version de Corbett au BR, et attendait toujours une réponse. Quoi qu'il en fût, il y avait toujours des limites au partage des informations confidentielles entre les diverses forces de police. Les sources individuelles étaient férocement protégées, et Imber n'obtiendrait jamais de Londres qu'un vague signe positif ou négatif en direction de Davidson.

Il y eut un bref silence à l'autre bout de la ligne, puis Willard reprit la parole. Connu pour sa gestion maniaque des enquêtes criminelles, il voulait savoir quelle était leur stratégie concernant les médias, l'appel à un Officier de Liaison Familiale, enfin l'état du budget après les premières grandes manœuvres. Faraday nota les questions dans l'ordre. Des photos de Coughlin avaient été transmises à la presse et la télévision locales. Il n'y avait toujours pas d'OLF dans l'enquête pour la bonne raison que Coughlin n'avait, à leur connaissance, pas l'ombre d'une famille.

« Quoi, aucun parent ? s'étonna Willard.

– Il avait encore sa mère. Elle a plus de quatre-vingts ans, se trouve dans une maison de retraite près d'Emsworth. Coughlin n'allait jamais la voir. Même pas à Noël. Quant à son père, il était mort jeune et il n'y avait ni frère ni sœur.

– Pas d'épouse, pas d'enfant ?

– Jamais marié.

– D'accord. » Willard semblait rassuré. « Et les heures sup ?

– J'ai encore vérifié ce matin. On a un peu forcé ces deux derniers jours, mais on reste toujours en deçà des ressources.

– Dieu merci. Vous êtes au courant de l'histoire Rooke ?

– Oui, monsieur.

— Le type est mort il y a une heure. Dans de pareilles circonstances, l'affaire va passer chez nous, et donc poser un problème de personnel. Attendez-vous à une réduction d'effectifs sur *Merriott.* »

Faraday songeait aux « circonstances » auxquelles Willard venait de faire allusion. Le compte rendu que Dave Michaels lui avait fait de l'agression à Somerstown ne laissait rien à l'imagination. Paul Winter avait découvert une baignoire remplie de sang dans un appartement de la cité, et la Scène de crime avait recueilli un morceau de cervelle sur le trottoir. Si des mômes se mettaient à jouer les exécuteurs dans les rues de la ville, alors certains hauts responsables à la direction de la police pourraient fortement envisager une mise à la retraite anticipée.

Willard continuait de réfléchir tout haut au sujet des effectifs. Il avait déjà appelé le Soutien opérationnel, mais il savait que le placard était presque vide, et Faraday devrait commencer à établir la liste des inspecteurs à affecter au meurtre de Rooke. Nick Hayder prendrait la direction de l'enquête en attendant le retour de Perry Madison, lundi.

« Des suggestions, Joe ? Des gens dont vous pourriez vous passer ?

— Oui. » Faraday ferma du bout du pied la porte de son bureau. « Andy Corbett, pour commencer. »

Depuis la Skoda banalisée, Winter avait une vue parfaite sur la maison de Mme Czinski. Plus loin, sur la gauche, au cœur de la vieille ville, se dessinait la pittoresque armada de yachts et de homardiers du quai Camber. Sur la droite, là où la route s'incurvait entre deux rangées de pimpantes maisons, le numéro

12 avec sa porte d'entrée amarante était parfaitement visible. Tôt ou tard, comme le supputait Winter, le jeune Darren apparaîtrait.

Dawn Ellis était assise à côté de lui, le nez plongé dans la première édition du *News*. La pigiste avait tenu parole, évoquant en quelques lignes l'émouvante histoire du chien de Mme Czinski, le petit terrier répondant au nom de Charlie, disparu puis retrouvé par la valeureuse police de Pompey. Un Charlie de nouveau enrubanné de rose, bien à l'abri sur les genoux de sa maîtresse aux anges.

« Qu'est-ce qui te fait croire que Geech aura lu le *News* ? »

Winter ne quittait pas des yeux le rétroviseur. La rue était en sens unique. Il guettait une Audi rouge A4, XBK 386 W.

« Inévitable. La célébrité, c'est pas rien pour ces gamins. Ils adorent voir le fruit de leurs efforts étalé sur un torchon. C'est pour ça qu'ils achèteront tous le *News*, pour l'article sur Rookie.

— Mais es-tu sûr que Darren sache seulement lire ?

— Il a pas besoin de savoir. » Il se pencha pour tapoter la photo de Mme Czinski. « Ça vaut un millier de mots. »

Il recolla son regard dans le rétroviseur. S'il ne se trompait pas, l'Audi déboucherait à la hauteur du pub, freinerait pour passer les ralentisseurs. Darren serait au volant, cherchant le numéro 12. Cela leur laisserait le temps, à Dawn et lui, d'être prêts quand le voyou aurait trouvé l'adresse, serait descendu sur le trottoir, laissant la portière ouverte. Jeu, set et match. Verres au bar, et félicitations de Willard.

Dawn n'était pas convaincue.

« Tu crois vraiment que Geech tient autant que ça à Charlie ?

— Je le sais. Tu étais là. Tu as entendu sa mère. Geech est très attaché à ce clebs.

— Cette femme ne touchait plus le sol. Elle aurait raconté n'importe quoi.

— Faux. » Winter secoua la tête. « Darren s'est trouvé un petit copain. C'est un gosse qui n'a probablement jamais aimé personne dans sa vie. Et s'il n'y a entre Charlie et lui qu'un foutu ruban rose, il sera ici en moins de deux, je te le garantis. »

Dawn se retint de rire. Winter n'était guère crédible quand il s'essayait à l'éducateur.

« Depuis quand tu t'intéresses à des mômes comme Darren ?

— Mais je m'en tape, des Darren. Tu m'as posé une question, et je t'ai répondu.

— Ce n'est pas une réponse, mais un vœu pieux. Combien de temps nous a accordé Cathy ?

— Mais tout le temps qu'il faudra. » Il parut hésiter, les sourcils froncés. « Elle nous a donné trois heures. »

Faraday décida d'accompagner Bev Yates et la Scène de crime à l'hôtel Alhambra. Normalement, il aurait dû demeurer à Kingston Crescent, enchaîné au précieux cahier des charges, notant heure par heure ses décisions et répondant au flot des appels, mais il devait y avoir des compensations à ces plages quotidiennes de douze heures non-stop, et un break de ce genre tombait à pic.

Yates avait le mandat de perquisition à la main quand la porte s'ouvrit au deuxième coup de sonnette. Une femme de petite taille et d'âge incertain les regarda. Une perruque noire, des traits d'eye-liner trop épais et une généreuse couche de fond de teint masquaient un visage qui avait dû être joli.

« Je peux vous aider ? » Accent du Sud-Ouest, plus doux que celui de Pompey.

Yates se présenta. Il enquêtait sur un homicide. Il désirait s'entretenir avec un certain Kevin Pritchard.

« Vous risquez pas, mon beau.

– Et pourquoi cela ?

– Parce qu'il n'est pas là.

– Où est-il ?

– Gibraltar. »

La femme ouvrit la porte en grand et s'écarta pour les laisser entrer. L'odeur les frappa dès le vestibule, des années d'humidité et de négligence adoucies par des litres de parfum d'atmosphère bon marché. Vous restiez ici plus d'une heure, pensa Faraday, et ce relent ne vous quittait plus jamais.

La femme les conduisit dans un petit salon. Le lino sous leurs pieds semblait gras et la plupart des tables étaient vérolées par des brûlures de cigarettes. Les rideaux étaient d'un jaune nicotine et, d'un minuscule comptoir de bar dans le fond, souffla un vent de bière éventée, quand la femme referma la porte derrière elle.

Faraday promena son regard sur les photographies accrochées aux murs, pour la plupart des vues en noir et blanc ou sépia de navires de guerre. Le HMS *Repulse* jetant l'ancre dans quelque port lointain, ses officiers en tenue tropicale observant la manœuvre depuis la passerelle de commandement, tandis que s'activaient des matelots luisant de sueur.

« Et vous êtes ?

— Jackie Pritchard.

— L'épouse de M. Pritchard ?

— Sa sœur. Il n'est pas marié. »

Tandis que Yates prenait des notes sur son calepin, Faraday lorgnait l'une des chaises sans oser s'y poser.

« Depuis quand est parti M. Pritchard ? demanda-t-il.

— Depuis... » Elle plissa le front. « ... mardi matin. Il est parti tôt. Il a pris un taxi pour l'aéroport. Il connaît quelqu'un dans une des compagnies, mais c'est quand même chérot. Soixante-dix livres l'aller et retour, c'est une vraie farce, non ? »

Faraday et Yates échangèrent un regard. Le mardi matin en question, Coughlin était mort depuis quelques heures à peine.

« Vous habitez ici ?

— Pas en permanence, mais je viens souvent, pour filer un coup de main.

— Où étiez-vous dans la nuit de lundi ?

— Ici.

— Et votre frère aussi ?

— Oui, il servait au bar que vous voyez là. Moi, j'étais en haut dans ma chambre.

— Il y avait du monde dans l'hôtel ? Complet ?

— Complet ? » L'idée seule lui arracha un rire. « Jamais on a été complet. Deux, trois chambres occupées pour une nuit, jamais plus. »

Faraday s'approcha du petit comptoir. Il y avait de la place pour trois tabourets et peut-être une personne de plus, debout. Il plissa les yeux pour distinguer dans la pénombre au-dessus des bouchons doseurs une série de photos punaisées sur un tableau en liège. Le minuscule évier sous le comptoir était bouché par des filtres de cigarettes.

« L'interrupteur est sur le mur, mon beau. À votre droite. »

Faraday fit de la lumière. Deux des spots étaient grillés mais il y avait assez de lumière pour voir une collection de contraventions épinglées à côté des photos.

« Vous permettez ? demanda-t-il en désignant le tableau.

— Mais faites, vous gênez pas. »

Faraday passa derrière le comptoir et examina de plus près les clichés. Grands sourires avinés, bras passés autour des épaules, visages bouffis par l'alcool. Les clients de l'Alhambra n'y passaient peut-être pas la nuit mais ne crachaient pas sur la bibine. Il se demandait lequel de ces visages appartenait à Pritchard, quand une photo retint son attention. Il tendit la main et la détacha. Deux hommes, manifestement ivres, le visage maquillé, s'étreignaient de manière grotesque. L'un d'eux avait le plus étrange des visages : un front énorme et dégarni, des yeux humides. L'autre, sans l'ombre d'un doute, était Coughlin.

Faraday pria la femme d'approcher. Yates aussi gagna le bar.

« Qui est-ce ? demanda Faraday en inclinant la photo vers la lumière entrant par la fenêtre.

— Mais c'est mon frère, dit-elle. Kevin. »

La Scène de crime commença par l'étage. Kevin Pritchard y avait une garçonnière de trois pièces, et l'équipe de Proctor entreprit méthodiquement ses recherches parmi l'incroyable désordre qui y régnait, pendant que Yates et Faraday restaient en bas, interrogeant la sœur de Pritchard.

Kevin, admettait-elle, vivait comme un animal, totalement désorganisé, dans un monde bien à lui. Il n'avait même pas préparé sa valise pour Gibraltar et, comme il était bourré la plupart du temps, elle avait dû lui recommander de mettre le réveil, s'il voulait attraper son taxi mardi matin. Quant à savoir où il logeait à Gibraltar, aucune idée, mais elle pensait qu'il avait fait une réservation via le net, alors peut-être y avait-il quelque chose sur son ordinateur. De toute façon, elle était venue de Plymouth pour tenir l'hôtel, et elle resterait sûrement quelque temps, vu que Kevin ne savait pas vraiment quand il serait de retour. Il avait d'abord parlé de deux semaines, et après il avait été question d'un mois, alors elle n'en savait pas plus que ces messieurs.

« Et mardi matin ? quand le taxi est arrivé ? Il n'a rien dit ?

— Il était pas en état de parler, j'en ai peur. Soûl comme une grive. Pauvre chou, il avait sûrement picolé toute la nuit.

— Alors, vous ne savez pas du tout quand il reviendra ?

— Non.

— Est-ce qu'il a un téléphone portable ? Pour qu'on puisse l'appeler ?

— Justement, encore autre chose. Figurez-vous qu'il a oublié de l'emporter. J'ai retrouvé le machin derrière le comptoir dans la matinée de mardi, après son départ.

— Et vous l'avez toujours ?

— Bien sûr.

— Vous vous en êtes servie ?

— Je saurais pas, mon brave. »

Faraday commençait à se détendre. De mieux en mieux, pensait-il. D'abord un suspect de première qui file quelques heures après la mort de Coughlin. Et maintenant un portable oublié, contenant en puissance de précieuses preuves. Il désigna de nouveau la photo.

« Vous connaissez l'autre homme ? »

Pour la première fois, la sœur de Pritchard hésitait. Yates, qui s'en aperçut lui aussi, chercha le regard de Faraday. Finalement, la femme hocha la tête.

« Sean, dit-elle.

— Un ami de votre frère ?

— Oui, il vient souvent ici.

— Et ils sont amis, c'est bien ça ? »

Elle se mordit la lèvre. Il y avait apparemment des choses qu'elle ne voulait pas dire. En tout cas, pas sans y être encouragée.

« Vous l'aimez bien, ce Sean ? »

Cette fois, elle n'hésita pas. « Non, dit-elle, secouant la tête. Je ne l'aime pas du tout, Dieu m'en est témoin.

— Pourquoi ça ?

— Parce que… parce qu'il… il abuse.

— De vous ?

— De Kevin. Et Kevin ne s'en aperçoit pas. C'est ça, son problème, à Kevin. Il est trop brave, et je lui ai dit. Cet homme fait de Kevin ce qu'il veut, et ce pauvre Kevin se laisse faire. J'ai rien contre eux, notez, si c'est ça qu'ils veulent. Mais quelqu'un comme ce Sean… berk ! » Elle eut un frisson de dégoût.

Un silence tomba. Puis Faraday lui dit que Sean Coughlin avait été retrouvé mort chez lui le mardi, dans la matinée. Elle était sincèrement étonnée, et ne faisait manifestement pas le moindre lien avec son frère.

Yates se pencha vers elle.

« Vous ne le saviez pas ? C'est paru dans le journal.

— Je lis jamais les journaux.

— La télé ? La radio ? » Il embrassa la pièce de la main. « Un client ?

— Non. » Elle secoua la tête. « Vous êtes sûr que c'est lui ? Sean ? »

Faraday entendit des pas dans le couloir, puis le bruit de la porte cognant contre le mur, tandis que l'un des hommes de la Scène de crime ressortait pour chercher quelque chose dans le fourgon. La grille d'entrée de l'hôtel était maintenant gardée par un agent en tenue.

« Je sais que c'est dur, Jackie. » Yates pouvait être très doux quand c'était nécessaire. « Mais vous avez dit quelque chose tout à l'heure au sujet de votre frère…

— Quoi ?

— Vous n'avez pas laissé entendre qu'il était homo ?

— Bien sûr, et j'ai rien laissé entendre, comme vous dites. Il est homo. Il l'a toujours été. C'est pas qu'il aime pas les femmes. Il les aime bien. Mais pas comme… vous savez bien…

— Tandis qu'avec les hommes… ?

— Ah, là, pas de problème, mon beau.

— Et avec Sean Coughlin ?

— Oui, même avec lui. Surtout avec lui. »

Elle se mordit la lèvre. Faraday prit le relais. Il y avait des choses qu'il ne comprenait pas. Kevin Pritchard menait la vie dure à Coughlin sur la toile, et ils étaient amants ?

« Coughlin et votre frère se connaissaient depuis longtemps ? demanda-t-il.

– Depuis quelques années.

– Vous en êtes sûre ? Vous en avez été témoin ?

– Oui, et bien trop souvent. À vrai dire, chaque fois que je suis venue ici. » Elle hocha la tête en direction de la photo. « Dès la première fois que je l'ai vu, j'ai senti que c'était un sale type. Mais on peut jamais rien dire à Kevin. Jamais. »

Faraday considéra le cliché une dernière fois, avant de le reposer sur la table. Il avait des dizaines de questions qu'il avait envie de poser au sujet de la nuit de lundi, de Gibraltar, de Coughlin, mais la sonnerie de son portable l'en détourna.

C'était l'un des hommes de la Scène de crime qui se trouvait encore dans l'appartement de Pritchard. Jerry Proctor était reparti et lui avait laissé le numéro de Faraday au cas où l'équipe restée en haut découvrirait un indice important.

« Et alors ? »

Yates le regardait, conscient de cette note d'excitation dans la voix de Faraday, de son écoute intense et des remerciements prononcés d'une voix sourde, avant qu'il coupe la communication.

« Tu te souviens de l'empreinte de tennis sous la fenêtre de Coughlin ? dit-il en se tournant vers Yates. Eh bien, le gars là-haut pense qu'ils sont tombés pile sur sa sœur jumelle. »

10

Jeudi 6 juin 2002, 14 h 30

Ce fut Ellis qui, la première, aperçut l'Audi. Paul Winter, occupé à ouvrir un nouveau paquet de menthes, sentit la main de Dawn sur son bras. Après trois heures sans l'ombre d'un résultat, il était sur le point d'abandonner l'embuscade.

« Il tourne au coin de la rue, dit-elle. Maintenant. »

Winter vit dans le rétroviseur la voiture rouge et compacte passer lentement devant le pub. Plaque W. Deux silhouettes à l'avant. Winter lâcha le paquet de bonbons sur ses genoux et tendit la main vers la clé de contact. Garés comme ils l'étaient sur le côté droit de la chaussée, ce serait Ellis qui serait la plus exposée quand l'Audi arriverait à leur hauteur.

Elle ramassa le journal dans lequel elle plongea la tête, laissant ses cheveux noirs masquer son profil. L'Audi, qui venait de passer les ralentisseurs, poursuivait lentement sa route. Elle n'était plus qu'à quelques mètres, et un bref coup d'œil dans le rétroviseur confirma à Winter que c'était bien Darren Geech derrière le volant. L'autre jeune assis à côté portait une casquette de base-ball, des lunettes noires et, comme son pote, un maillot bleu Pompey.

Winter serra la clé de contact dans sa main. Il entendait l'Audi, maintenant, le sourd ronflement du pot d'échappement. Ils avaient dû faire poser un silencieux, pensa-t-il. Il voyait mal Mme Czinski investir dans ce genre de custom. Winter baissa la tête quand l'Audi parvint à leur hauteur et, ralentissant encore, s'arrêta à côté de la Skoda.

« Merde, murmura Ellis. Il nous a vus. »

Winter tourna la tête vers l'Audi. Geech se penchait en avant, son maigre et pâle visage plissé en un sourire dément. Il les salua de son majeur dressé et donna des gaz. À travers la vitre entrouverte, Ellis renifla l'odeur âcre de la gomme laissée sur l'asphalte.

« Putain. » Winter actionna le démarreur, réveillant le moteur de la Skoda. L'Audi avait déjà avalé la moitié de la rue, accélérant encore vers l'intersection en T. « Appelle le Central. Demande une voiture de police. Il a pris à gauche, St George's Road. »

Ellis tendit la main vers la radio. Le code de la Skoda était Kilo Sierra 92. Le Central mettait du temps à répondre.

« On fait quoi ? demanda-t-elle à Winter, qui démarrait en trombe.

– On le suit.

– Tu plaisantes ? »

Enfin, le Central décrocha. Ellis leur résuma les faits. Audi rouge, plaque W, deux jeunes Blancs. Fonçant ouest par St George's Road.

« On a besoin d'une voiture non banalisée », ajouta-t-elle.

Il y eut un bref silence à l'autre bout de la ligne, et Ellis essaya de s'imaginer la scène dans la salle de contrôle, tandis que la Skoda virait à son tour dans St George's Road. Les poursuites en voiture, notamment en zone urbaine, avaient récemment fait l'objet d'une vive polémique. De trop nombreux piétons avaient perdu la vie dans l'aventure, et des règles strictes régissaient désormais ce qu'on pouvait faire et ne pas faire. Se lancer au volant d'une Skoda banalisée après un véhicule suspect était assurément illégal, et pas seulement parce que le conducteur ciblé pouvait — s'il en avait la possibilité — porter plainte pour harcèlement policier. Apparemment, Winter n'en avait cure.

« Ce petit con a brûlé les feux de Gunwharf. »

La Skoda fonçait, mais l'Audi était toujours loin devant. Passé le feu, là où la chaussée s'enfonçait sous le pont du chemin de fer, elle disparut complètement. Le feu repassa au vert et, comme la circulation s'ébranlait de nouveau, Winter se mit à doubler les traînards à coups de klaxon. Ellis agrippa le tableau de bord, alors qu'un bus s'engageait sous le passage ponté, emplissant le pare-brise.

« Paul, dit-elle, c'est vraiment pas une bonne idée. »

Mais Winter l'ignora. Tandis que le chauffeur du bus serrait le côté pour éviter la collision, Winter se rabattit dans la file. Devant eux, s'étendait le parking des autocars, à côté de la gare.

« Kilo Sierra 92. » C'était la salle de contrôle, une autre voix, cette fois. « Donnez votre position. Je répète, donnez votre position.

— Portsea Hard. Roulant vers l'ouest.

— La cible ?

— Hors de vue.

— Dis-leur Queen Street. » Winter avait repéré loin devant un bouchon dans la circulation. « Il va prendre le périf. »

Ellis relaya le message, le dos écrasé contre le dossier de son siège, alors que Winter s'engouffrait à grande vitesse dans le rond-point. Un taxi qui arrivait à leur gauche dut piler et leur fit un doigt.

« S'il te plaît, Paul. »

Winter l'ignora. À gauche, s'étendait la longue coque noire du HMS *Warrior*. Devant, le mur de briques de trois mètres de haut entourant le chantier naval. La route tournait ici presque à angle droit, et Winter passa en deuxième et tendit la main vers le frein à main. La voiture chassait violemment, Ellis fut projetée contre la portière, et sa tête cogna contre la vitre. La douleur lui arracha un cri, que couvrit le rugissement du moteur, tandis que Winter accélérait de nouveau à fond.

« Je le vois, grogna Winter avec un signe de tête vers la radio. Les feux de croisement de la route d'Édimbourg. Le périf, comme je le disais. »

Ellis relaya le message. L'Audi n'était rien qu'un point rouge au loin, et il n'y avait aucune chance qu'ils la rattrapent.

« Paul ! »

Winter passait la quatrième, et il n'était qu'à quelques secondes d'un passage clouté, lorsqu'une vieille dame s'engagea sur celui-ci.

« Bon Dieu, Paul ! »

La silhouette voûtée semblait ne prêter aucune attention à la Skoda. Winter, une main sur le klaxon, voulut éviter le refuge central en prenant la voie inverse, mais un camion arrivant dans un éblouissant appel de phares le força à se rabattre trop vivement à gauche. La voiture fonça droit vers le trottoir. Il y eut un grand fracas quand il tapa l'accotement, explosant les deux pneus, puis Ellis vit au ralenti la vitrine d'une boutique foncer sur eux. Elle ferma les yeux, se raidissant dans l'attente du choc, consciente que Winter continuait de lutter au volant.

« Putain ! » fut le dernier mot qu'elle perçut.

Willard était de retour à son bureau de Kingston Crescent. Après la conversation téléphonique qu'il avait eue dans la matinée avec Faraday, il avait abandonné son stage, plaidant un excès de travail. Mais, à la surprise de Faraday, il ne semblait pas le moins du monde contrarié.

« J'ai parlé aux collègues de Gibraltar, rapporta Faraday. Ils se sont proposés de nous aider.

— Que suggèrent-ils ?

— Tout ce qu'on voudra. Je leur ai indiqué l'hôtel, et ils vont envoyer quelqu'un pour s'assurer que Pritchard est bien là-bas.

— Ils vont le surveiller ?

— C'est ce qu'ils m'ont dit.

— Bien. » Willard se penchait de nouveau sur les réservations avion et hôtel faites par Pritchard via le net. « Il vaudrait mieux qu'ils ne l'arrêtent pas, hein ? »

Faraday était de son avis. Il s'était longuement entretenu avec Nick Hayder. Celui-ci avait traité avec la police de Gibraltar dans le cadre de plusieurs affaires, et il avait donné à Faraday les téléphones de ses contacts là-bas. Gib, lui avait-il dit, c'était Pompey, avec des palmiers. Tout le monde connaissait tout le monde, et tous semblaient très liés.

Willard, qui avait deux homicides sur les bras, était impatient de rassembler les troupes nécessaires. Il excellait dans ce genre de situation et, infatigable maraudeur, savait se tailler la part du lion. Budget, effectifs, tout était bon à prendre. À ce niveau de commandement, un homme n'était pas seulement jugé sur les seuls résultats mais par le nombre d'enquêteurs qu'il pouvait jeter sur le champ de bataille. Deux brigades pour deux grandes investigations criminelles représentaient l'idéal.

Il tendit la main vers le cahier de police de l'opération *Merriott*.

« Vous allez devoir vous contenter de rations réduites pendant un temps, dit-il. Mais si la piste Pritchard s'avère aussi solide qu'elle le paraît, alors nous pourrions nous en tirer à l'aise. Il vous appartiendra de peaufiner l'enquête plus tard, mais vous aurez alors tout le temps pour le faire. » Il se tut, l'air songeur. « Vous avez appelé Ludgate Hill ? »

Faraday hocha la tête. Ludgate Hill abritait les services d'enquête de la Couronne spécialisés dans les juridictions étrangères. Mener une investigation à l'étranger pouvait tourner au cauchemar, surtout quand on se prenait les pieds dans les procédures d'extradition. D'après Ludgate Hill, si Pritchard s'enterrait à Gibraltar, ils seraient dans l'obligation de l'extrader.

« S'il y a extradition, on est baisés, avertit Willard. Nous devrons l'inculper à Gibraltar et, une fois qu'on aura fait ça et qu'ils auront accepté son extradition, nous n'aurons plus la possibilité de l'interroger, du moins tant qu'il ne sera pas reconduit ici. Vous me suivez ?

— Oui, dit Faraday, et l'idéal serait qu'il consente à parler. Dans ce cas, on enregistre sur place ses déclarations et, avec un peu de chance, on évite les démarches d'extradition.

— Oui, ce serait bien, approuva Willard. Qui part avec vous ?

— Bev Yates.

— Je croyais qu'il était plongé jusqu'au cou dans les couches et les biberons.

— Exact, monsieur. C'est pour ça qu'il lui tarde de partir. »

Le téléphone sonna. Willard décrocha, écouta en lâchant quelques grognements et raccrocha.

« Ce diable de Winter vient de démolir la devanture d'un marchand de journaux dans Queen Street. » Il lança un coup d'œil à Faraday. « Incroyable, non ? »

Retourné dans son bureau, Faraday organisa une réunion. Rentré depuis une heure à peine, Willard avait déjà pris à bras-le-corps l'enquête Rooke, affectant dix inspecteurs travaillant sur *Merriott* à l'opération coup-de-poing que menait Nick Hayder dans Somerstown, une enquête portant désormais le nom de code *Hexham*. À la grande satisfaction de Faraday, l'un des premiers transférés avait été Andy Corbett, une décision que Faraday interprétait comme un petit mais signifiant vote de confiance de la part du superintendant. Il s'avéra que Corbett ne s'était pas attiré de considération en arrivant à la brigade avec une heure et demie de retard. Pressé de s'expliquer par Paul Ingham, il avait plaidé un dérangement intestinal, laissant entendre qu'il aurait pu obtenir deux jours de congé maladie s'il s'était donné la peine de consulter son médecin traitant.

« Alors, on en a, de la chance », avait ironisé Paul Ingham en l'affectant à un porte-à-porte dans le coin le plus pourri de Somerstown.

Faraday fit de la place dans son petit bureau pour Brian Imber et Dave Michaels. Les deux hommes participeraient à *Hexham*, mais ils devaient d'abord allégeance à *Merriott*.

Faraday leur résuma ce qu'ils avaient appris à l'Alhambra. Kevin Pritchard, d'après sa sœur, avait été de service à l'hôtel pendant la soirée du lundi. Elle avait vérifié leur livre de comptes, et il avait servi deux dîners à des clients entre 6 et 8 heures du soir. Le reste du temps, il avait tenu le bar. Les lundis soir étaient toujours tranquilles, leur avait-elle dit. Il y avait quelques habitués, la plupart des marins à la retraite, mais ils étaient plutôt du genre couche-tôt. Après quoi, le bar était le plus souvent désert.

Brian Imber, assis près de la fenêtre, prenait des notes. « Et dans la nuit de lundi ? demanda-t-il.

– Elle ne sait pas. Elle est montée se coucher parce que Pritchard avait déjà trop bu, et elle voulait être debout à 5 heures pour s'assurer qu'il prendrait son taxi.

– Taxi ?

– Pour le conduire à Gatwick. Un taxi d'Aqua. Bev Yates s'occupe de retrouver le chauffeur.

– Cette virée à Gibraltar était donc organisée à l'avance ? » Dave Michaels consulta la réservation faite par Pritchard. Comme Brian Imber, il avait supposé que Pritchard avait cherché à fuir après le crime et pris un billet à l'aéroport.

« Oui, répondit Faraday. Pritchard avait prévu ce voyage depuis des semaines. D'après sa sœur, il ne savait pas trop quand il rentrerait, mais le fait est là : son escapade était programmée, et ce qu'on a tiré de son ordinateur est là pour le prouver. Ce qui nous cause de toute évidence un problème.

– Mais ses escarmouches avec Coughlin sur la toile, ça tient toujours ?

– Absolument. Son ordinateur est déjà parti à la section informatique, mais il y avait quelques sorties imprimante dans son appartement, certains échanges qu'il affectionnait, et Pritchard est bien Guzza.

– Et l'empreinte de pas ?

– C'est assurément la sienne. La semelle correspond au moulage.

– Alors, patron, pourquoi vous avez cette tête d'enterrement ? On tient le motif, leur bagarre sur le net. On a la preuve de son passage avec la godasse, et on sait que le type ne sait pas quand il reviendra. Je suis peut-être bouché, mais où est le problème ? »

Faraday se pencha en avant, les coudes sur les genoux. Il y avait pas mal de points qui l'inquiétaient depuis son retour de l'Alhambra, et c'était une occasion de les analyser.

« D'accord, dit-il d'une voix lente. Qu'est-ce qu'on a réellement ? On sait que Pritchard bataillait contre Coughlin dans les *chats*. On sait qu'il l'a menacé de toutes sortes de choses. Ensuite, on tombe sur une photo où ils se bécotent. Pour moi, ça prouve qu'une seule chose, c'est qu'ils sont potes, ce que nous a confirmé la sœur. Elle ne peut saquer Coughlin, mais il ne fait aucun doute que ces deux-là couchaient ensemble depuis des années. » Il considéra un instant ses mains. « Alors, quelle conclusion peut-on en tirer ? Quelqu'un saurait me le dire ? »

Michaels pensait que la question n'était pas là. De son point de vue, leur boulot, c'était d'arrêter les méchants. Et c'était celui des psy d'expliquer pourquoi un homme pouvait tuer son amant.

Brian Imber semblait songeur.

« Une querelle d'amoureux ? suggéra-t-il. Coughlin ne supporte pas que Pritchard se casse en vacances. Ne supporte pas de rester seul. Ils se pintent. Ils s'engueulent, ça dégénère. Vous savez bien comment ils sont, ces types...

— Alors pourquoi cette empreinte de pas sous la fenêtre ? »

Imber lança un regard à Faraday puis se leva et gagna la fenêtre. Il était confronté tous les jours à ce genre de question, s'efforçant de donner un sens à ce qui semblait en être dénué.

« Pritchard frappe à la porte de Coughlin, mais l'autre pionce et répond pas, alors Pritchard fait le tour et cogne à la fenêtre.

— La Scène de crime dit que le lit n'a pas été défait cette nuit-là.

— Oui, mais Pritchard le sait pas, ça. Il frappe une deuxième fois. Pas de réponse. Alors, il revient à la porte d'entrée et, cette fois, Coughlin lui ouvre.

— Et... ?

— Ils se disputent, et ça dégénère. Ils se battent.

— Mais Coughlin fait deux fois le poids de Pritchard. On le voit bien sur les photos du bar. Pritchard est un poids plume.

— D'accord, mais Coughlin est soûl.

— Pritchard aussi. » Faraday regarda Imber. « Quoi, d'après vous, un type comme lui pourrait dominer physiquement Coughlin ? »

C'était au tour de Dave Michaels d'intervenir. L'expression de son visage suggérait que ses deux collègues se trompaient.

« On voit ça souvent, patron. Pritchard tape là où ça fait mal, et après il a plus qu'à le savater.

— Peut-être, concéda Faraday, mais il y a autre chose.

— Quoi ?

— La paire de tennis qu'on a retrouvée ne porte pas la moindre trace de sang.

— Ça prouve rien. Combien de fois on est tombé sur des pompes qui avaient l'air nickel, puis l'analyse décelait du sang dans les lacets, dans les œillets, sous la semelle intérieure.

— D'accord, mais ils n'ont pas non plus trouvé de sang sur les vêtements de Pritchard. Ils ont fait toutes les pièces, tous les placards. Rien.

— Il les aura cachés.

— Non, Dave. D'après sa sœur, c'est un type qui se rappelle même plus comment on descend un escalier. Il n'a plus sa tête. C'est pourquoi il collectionne les prunes. Il se bourre la gueule, abandonne sa voiture et ne se rappelle plus où. Et lundi soir, il était fin soûl. Vous pensez vraiment qu'il aurait été en état de dissimuler des preuves ?

— Il aura balancé ses fringues sur le chemin du retour. Dans une poubelle, par-dessus une haie, dans une bouche d'égout. Il faudrait connaître son itinéraire, jeter un œil.

— J'ai déjà organisé une recherche.

— Alors, attendons de voir.

— Oui, mais admettons qu'il y ait du sang sur son pantalon. Sur sa chemise. Il s'en défait, d'accord... Et rentre chez lui à poil ? Allons... »

Michaels commençait de s'inquiéter. Jamais il n'avait vu Faraday aussi pessimiste, et cette conversation ne les menait nulle part.

« Vous partez toujours pour Gibraltar, patron ? Parce que si c'est pas le cas, je connais quelqu'un... »

Faraday le fit taire d'un regard. Ce genre de discussion aurait été du pain bénit pour un avocat de la défense.

Brian Imber avait repris sa place.

« Ce téléphone portable que vous m'avez remis. Nous avons demandé un relevé de ses appels mais nous avons réussi à avoir le dernier numéro qu'il a appelé.

— Et ?

— Coughlin. Pritchard a essayé de lui téléphoner avant son départ.

— Eh bien, voilà ! s'écria Michaels. Ça doit être l'appel qu'on a saisi sur le répondeur de Coughlin. Le numéro masqué. »

Faraday les regarda tour à tour.

« D'accord, dit-il, et où ça nous mène ? Pritchard appelle depuis l'hôtel ? Il veut s'assurer que Coughlin est chez lui ? Il y va pour en avoir le cœur net ?

Coughlin ne répond pas quand il frappe ou sonne. Il l'appelle sur son portable pour le réveiller ?

– C'est au choix, dit Michaels, souriant. Pour le moment, ça fait une preuve de plus. On veut établir un lien entre eux deux, lundi soir ? On a deux indices : la chaussure et le coup de fil. » Il s'adossa à sa chaise, les mains croisées derrière la nuque. « Ça m'ennuie de le dire, patron, mais combien de fois vous voulez résoudre ce putain de crime ? »

La question n'était pas sans fondement, et Faraday esquissa un sourire. « Une seule fois, ce serait parfait, répondit-il. Au tribunal. »

Cathy Lamb trouva Winter dans une salle au deuxième étage de l'hôpital Reine Alexandra, où il occupait un lit entre un vieil homme qui semblait atteint de tuberculose et un plus jeune qui devait être opéré du cœur. Elle tira une chaise et s'assit à côté de la minuscule table de nuit. D'après l'infirmière à l'accueil, Winter était « en observation ». Les radios avaient confirmé deux côtes cassées et une fracture du bras droit, mais ses blessures ne nécessiteraient pas une hospitalisation de plus de vingt-quatre heures.

« C'est une visite amicale, dit-elle, au cas où vous vous poseriez des questions. »

Winter grimaça un sourire. Un bandage recouvrait les points de suture au front qu'on lui avait posés aux urgences, et il était persuadé d'avoir encore des échardes de verre sur le visage. C'est vrai qu'il aurait dû avoir la sagesse de boucler sa ceinture de sécurité.

« Là, Cathy. » Il lui prit la main et la passa sur sa joue droite. « Et là aussi. Vous voyez quelque chose ? »

Cathy retira sa main, ne prenant même pas la peine de regarder.

« Vous serez peut-être content d'apprendre que Dawn va bien, dit-elle. En vérité, elle est déjà sortie. Choc et multiples contusions. J'ai tenu à ce qu'elle reste chez elle jusqu'à la fin de la semaine.

— Dawn est une dure à cuire. Elle a été formidable dans l'ambulance. » Winter continuait de se palper le visage.

« Vous auriez pu la tuer, Paul. Facilement. Et Dieu sait quoi encore.

— Qui vous a dit ça ? » Winter renonça à froncer les sourcils, ça lui faisait trop mal. « Je savais parfaitement ce que je faisais, Cath. Il n'y avait pas de problème, vraiment.

— Jusqu'à ce que la vieille dame s'engage dans le passage pour piétons.

— Exactement.

— Mais c'est ce que font les vieilles dames, Paul. Elles traversent sur les passages protégés. Et vous savez quoi ? C'est à ça qu'ils servent, les passages protégés. »

Cathy croisa les bras. Elle avait apporté des fruits et un paquet géant de bonbons à la menthe mais elle attendait de lui une bonne dose de repentir avant de repartir.

Winter soupira. Il savait ce qui lui pendait au nez. Ce ne serait pas aujourd'hui ni même la semaine prochaine mais tôt ou tard, la direction allait brandir les verges. Une poursuite dans une voiture banalisée était tout ce qu'il y a de plus interdit. Même la prise en filature d'un suspect exigeait une déclaration en bonne et due forme. La paperasse, avait-il conclu depuis longtemps, était la meilleure amie du délinquant.

« Vous avez oublié le principal, Cath.

— Qui serait ?

— Darren Geech. » Il leva son bras valide pour s'essuyer le nez du revers de la main. « Personne n'a encore chopé ce petit salaud ? »

Cathy secoua la tête. D'après la salle de contrôle, il avait fallu une bonne dizaine de minutes à une voiture de police pour atteindre la bretelle du périf, et à ce moment-là l'Audi rouge avait disparu depuis longtemps. Depuis, elle avait été repérée deux fois — une à Fareham, l'autre à Portchester —, mais pas de quoi motiver un branle-bas de combat. Geech referait sans doute surface un de ces quatre mais, pour le moment, il avait disparu.

« Dommage. » Winter jeta un regard dans le sac de bonbons. « Retour à la case départ, alors ?

— Pas pour moi, Paul.

— Non ?

— Non, j'en ai peur. » Elle se redressa sur sa chaise. « Votre ami Rookie est mort ce matin.

— Personne ne m'a rien dit.

— Vous aviez demandé le silence radio, vous ne vous rappelez pas ? Avec tous ces scanners à passer ? Sinon, je vous aurais informé. Nous sommes devant un homicide, maintenant.

— Sur lequel les Crimes Graves ont fait main basse, hein ? Déjà mis sur pied une équipe, je parie.

— Depuis midi. »

La nouvelle rendit Winter songeur. Il se redressa contre ses oreillers et ferma les yeux. Cathy, qui l'observait, se demanda ce que l'indic décédé avait représenté pour lui.

Finalement, il laissa échapper un long soupir.

« C'est terrible, Cath, murmura-t-il. J'aurais sûrement fait partie de cette équipe, je le sais. Et vous avez raison, cette poursuite en bagnole était une connerie. Si j'avais su plus tôt que Rookie était mourant, je l'aurais laissé filer, ce petit enculé. »

Il était 7 heures passées quand Faraday quitta enfin le bureau et descendit au parking. Les billets d'avion pour Gibraltar étaient arrivés — départ à 6 h 25 le lendemain matin — et il avait une kyrielle de coups de fil à passer avant de seulement penser à faire sa valise. D'ordinaire, il serait resté au bureau pour terminer ce qu'il avait à faire, mais il avait promis un curry à J-J et aussi de regarder les tirages de photos qu'il avait finis pour Eadie Sykes, et il savait qu'il pourrait téléphoner de chez lui.

Il se hâtait à travers le parking, quand il repéra une silhouette familière. Scottie s'extirpait d'une vieille Fiat, une pile de documents sous le bras. Un instant, Faraday pensa non sans effroi que ces dossiers étaient pour lui.

« C'est pour Nick, et cette affaire de viol.

— Dieu merci.

— Vous êtes occupé ? On a le temps de boire un verre ? » Scottie fit un signe de tête en direction de l'étage où se trouvait le foyer.

Faraday s'excusa de ne pas pouvoir tout en cherchant ses clés de voiture. « Cette chemise que vous m'avez laissée, ce matin, le relevé de carrière de Coughlin. J'aurais dû vous appeler.

– Ça vous a été utile ?

– Oui. Ce type était un solitaire, n'est-ce pas ?

– Comme un ours. » Scottie fit signe à Faraday de se rapprocher. Il avait eu un peu de temps dans l'après-midi, et il avait consulté d'autres dossiers, des documents concernant l'*Accolade*. Et il s'était souvenu d'une chose qui remontait à il y a bien longtemps.

« L'*Accolade* ? » Faraday prenait soudain conscience que cette conversation était une erreur.

« Le navire sur lequel a servi Coughlin pendant la guerre des Malouines. Celui qui a été coulé par les Argentins.

– Ah oui, pardonnez-moi, dit Faraday avec un sourire contraint. Et alors ?

– Alors, j'avais raison. Vous êtes sûr qu'on n'a pas le temps de s'en jeter un ? »

Un instant, Faraday fut tenté. Puis il pensa à J-J qui l'attendait à la maison, et à Pritchard à Gibraltar, et à tout ce qu'il devrait faire dans les heures suivantes. Tendant la main, il tapota l'épaule de Scottie.

« Désolé, mais ce sera pour la prochaine fois. Et les consos seront pour moi. »

11

Vendredi 7 juin 2002, 9 h 05 (temps universel)

Faraday dormait quand le 737 de British Airways vira au-dessus de la baie d'Algésiras, se préparant à atterrir à Gibraltar. Bev Yates, qui avait perdu à pile ou face le siège près du hublot au départ de Gatwick, abandonna son numéro de *Jet-Ski Monthly* et secoua Faraday.

« Gib, murmura-t-il. Le commandant a dit qu'il pleuvait. »

Faraday entreprit d'étirer ses jambes sous le siège de devant et colla son visage au hublot. À travers les trouées dans les nuages, il aperçut une mer gris fer frangée d'écume. L'appareil entra soudain dans une zone de turbulences et tangua durement avant de se stabiliser à nouveau. Brouillée par la pluie, la vue fut soudain emplie de vagues déferlant sur le rivage. Puis une plage grossit soudain sous ses yeux, suivie de quelques amas rocheux et de la forte secousse du train sur la piste. Au-delà de l'aéroport, Faraday distingua sous la couverture nuageuse les structures d'un chantier naval, au pied du grand Rocher. Pompey, pensa-t-il, dégrafant sa ceinture.

Frank Melia les attendait à l'intérieur du bâtiment. À Kingston Crescent, Nick Hayder l'avait surnommé M. Smiley, et Faraday découvrait maintenant pourquoi. Petit homme tout en rondeurs, avec des galons d'inspecteur sur les épaulettes de sa chemise à manches courtes à la blancheur immaculée, il pompa la main de Faraday et les entraîna en direction de la sortie. Il avait manifestement appris sa leçon parce que la première nouvelle qu'il donna à Bev Yates fut le résultat de la rencontre qui venait d'avoir lieu à Kobe.

« Deux à un, dit-il avec un grand sourire. Pour la Suède. »

Les quartiers de la police étaient à moins de dix minutes en voiture. La pluie s'était calmée, et Faraday, assis à l'arrière dans le Toyota Land Cruiser, observait la ville. Dans les rues, au pied du Rocher, la circulation était dense : pick-up aux plaques espagnoles, chargés d'un empilement de caisses de fruits, un camion Bedford conduit par un marin à l'air las, un vieil homme en vélo, à la peau tannée, indifférent à toutes choses.

Un bâtiment de style colonial, dans la zone portuaire, abritait le siège de la police. Le Toyota les déposa devant, et Melia les entraîna sous un porche et tapa le code d'une imposante grille qui fermait la cour intérieure. Des palmiers égouttaient leurs branches sur le sol dallé, et la température était plus élevée que Faraday ne s'y attendait, une chaleur moite qui vous picotait la peau.

Au premier étage, une galerie courait tout autour de la cour, et Melia lui indiqua une fenêtre dont l'un des battants était ouvert.

« Café ? »

Deux autres inspecteurs en civil attendaient dans le bureau de Melia. Ce dernier fit les présentations. C'était un homme charmant et d'une courtoisie que Faraday avait depuis longtemps cessé d'associer au métier de policier. Il savait que Yates aussi l'avait remarqué. Tout disposé à rendre service, le bonhomme aurait pu être hôtelier dans un de ces discrets établissements, dont le mérite était d'adoucir les angles aigus de l'Empire. Ils étaient les bienvenus à Gibraltar. Le temps pourrait bien se lever d'ici une heure, et il espérait que leur séjour serait fructueux.

Faraday était impatient d'en venir au but. Pritchard séjournait-il encore à l'hôtel Panorama ?

« Il y était ce matin », lui répondit Melia.

Il avait affecté deux hommes à la surveillance du suspect. Le Panorama faisait partie de la catégorie bas de gamme des voyagistes, mais ils connaissaient très bien le gérant, et celui-ci s'était montré plus que coopérant.

« Nous contrôlons tous les appels téléphoniques de M. Pritchard et avons accès à sa chambre si besoin est. Il semblerait qu'il soit un habitué de l'hôtel. Il est venu l'an passé, et deux fois l'année précédente. Normalement, il séjourne ici deux semaines et fait à peu près la même chose tous les jours. Le directeur dit qu'on peut régler sa montre sur son client.

— C'est-à-dire ?

— Les mêmes bars. Les mêmes restaurants. Votre monsieur Pritchard est apparemment un homme d'habitudes. »

Faraday, impressionné, eut un grand sourire. Nick Hayder avait raison. Ces types de Gibraltar connaissaient parfaitement la musique.

« Alors, ce matin… ?

– Il a pris son petit déjeuner dans la chambre. Toujours tartines et café, avec un petit verre pour finir. Il achète son whisky au litre à la boutique du coin. C'est pas cher, ici, pas de taxes. Et, en général, il se descend la bouteille dans la journée.

– Une petite goutte au petit déjeuner, hein ?

– D'après la femme de chambre, qui le connaît et qui l'aime bien, il affectionne le Johnnie Walker. Il le sirote dans le bouchon doseur. »

Faraday et Yates se consultèrent du regard. Mener un interrogatoire sous caution alors que le suspect est soûl comme une bourrique, ça ne pouvait mener nulle part. Et vu le rythme éthylique de Pritchard, ils devraient lui accorder quelques heures pour qu'il dessoûle.

« Que fait-il le restant de la matinée ? »

Melia se tourna vers le plus âgé des deux inspecteurs. L'homme sortit un calepin. D'après le gérant, Pritchard prévoyait de faire quelques courses, puis de se rendre au Nelson Bar.

« C'est dans la rue principale, ajouta Melia. Très populaire chez les marins. La direction a installé deux écrans de plus pour la Coupe du Monde. J'ai cru comprendre que votre collègue était un fan de foot. »

Yates détacha son regard des prises de vue sépia du Gibraltar d'entre les deux guerres, et tapota doucement le bras de Faraday.

« Angleterre contre Argentine, dit-il. Ça démarre à 12 h 30. »

Faraday avait encore les yeux fixés sur Melia. « Pritchard sera là-bas pour ça ?

— Oh, sûrement. La femme de chambre dit qu'il a apporté trois chemises aux couleurs nationales. Il pense qu'elles lui suffiront pour nous voir en finale.

— Alors, il est vraiment bourré. » L'aparté de Yates fit rire les deux inspecteurs.

« Votre pronostic ? demanda le plus jeune. Match nul ?

— Sûrement pas. Je crois que l'Argentine va nous mettre la pâtée.

— Sincèrement ?

— Ouais. Si Owen n'enclenche pas le turbo, on n'a aucune chance. Les Argentins ont une classe mondiale. Eriksson est optimiste, mais on a été pathétiques contre les Suédois. »

Faraday mit fin à la conversation. Grâce à Frank Melia, il sentait se dessiner un plan de bataille. Il serait bientôt 10 heures. Pritchard, d'après le gérant, serait au Nelson dans moins d'une heure. Il s'installerait, boirait une bière ou deux, et se préparerait à suivre la partie. Cette disposition leur fournirait une excellente occasion, à Bev et lui-même, d'étudier le type. Le match terminé, ils se rapprocheraient de lui pour bavarder un moment, puis l'inviteraient à venir avec eux. Si Frank Melia pouvait avoir la gentillesse de fournir à Pritchard un lieu où il puisse dessoûler, Faraday et Yates se rendraient en taxi au Panorama, où ils fouilleraient sa chambre. Après ça, quand le suspect serait dégrisé, ils procéderaient à son interrogatoire sous caution.

Yates ne pouvait en croire sa chance.

« Vous voulez dire que nous allons suivre tout le match ?

— Je le crains. Il nous faut apprivoiser cet homme. Vous y voyez un problème, Frank ?

— Oui. Que ferez-vous s'il refuse de parler ? Vous nous demanderez de l'arrêter ? Si c'est le cas, il aura le droit à un avocat, et cela pourrait être délicat. Si jamais il demandait l'extradition, vous pourriez bien en avoir pour des mois.

— Je sais, approuva Faraday, et nous ne pourrions même pas l'interroger.

— Exactement. »

Il se fit un long silence. Frank Melia suggéra bien la possibilité de leur conférer très officiellement le pouvoir d'arrêter et d'interroger le suspect, mais Faraday savait que cela mènerait à la même impasse légale, et l'enquête s'enliserait dans les procédures d'extradition. C'est pour cela qu'il préférait chercher à établir avec Pritchard un contact amical et le convaincre de les suivre au poste de police, sans qu'ils aient à lui notifier son arrestation.

« Il nous faut tenter le coup, dit-il enfin. Si on joue les bons flics, il y a des chances qu'il consente à nous parler. »

Paul Winter était sorti de l'hôpital à 10 heures et demie. Une ambulance l'emmènerait chez lui à Bedhampton, et une infirmière l'aida à s'habiller. Alors qu'il gagnait d'un pas précautionneux les ascenseurs, il s'étonna de se sentir soudain vieux. Le moindre mouvement exigeait un effort, et il observait le détour civique que faisaient les gens passant près de lui. Même les femmes qui attendaient les appareils s'écartèrent à son approche vacillante.

Sa maison était un modeste bungalow sur les pentes douces de Portsdown Hill. Le minibus le déposa devant sa porte, mais Winter refusa la main secourable qu'on lui tendait pour remonter l'allée. Ce ne fut qu'une fois le véhicule parti qu'il se pencha pour examiner le gros bouquet de fleurs sur le pas de sa porte. La cellophane qui l'enveloppait en trahissait l'origine avec son étiquette du fleuriste attitré du CID. Une petite carte était glissée entre les iris et les chrysanthèmes. « Toutes nos sincères condoléances, lut-il. Tes amis de l'Association pour la sauvegarde des Skoda. »

Salopards.

Winter sortit ses clés et ouvrit la porte. Malgré le beau temps revenu, la maison donnait une impression de froid et d'abandon. Il avait envisagé dernièrement de prendre un animal de compagnie, un chien peut-être, et il avait été douloureusement tenté de garder Charlie. Maternant son bras cassé de sa main valide, il gagna la cuisine, pensant qu'il avait été vraiment stupide d'avoir tendu ce piège à Geech.

Il y avait une boîte de Nurofen dans l'un des tiroirs. Il en avala trois, puis remplit la bouilloire. Ça n'était pas facile d'enfoncer la prise d'une seule main, et il finit par renverser la moitié de l'eau sur le comptoir. Cette escarmouche, où il venait d'avoir le dessous, le rendit plus maussade encore, et il se demanda comment il allait tuer le vide des journées à venir. Le médecin avait parlé d'une fracture complexe et l'avait averti qu'il lui faudrait de la patience. Il avait un rendez-vous dans trois semaines pour un contrôle, et ce ne serait pas avant la fin juillet qu'on le déplâtrerait. Il aurait ensuite de nombreuses séances de rééducation, s'il voulait récupérer toute sa capacité de mouvement.

Laissant le thé infuser, Winter se laissa choir sur une chaise et regarda d'un air morne par la fenêtre. Rééducation ou pas, il était dans de sales draps, professionnellement. Pour le moment, il était en congé maladie mais les types de la Routière enquêteraient sur son gymkhana et, s'ils concluaient à une conduite dangereuse, il ne doutait pas une seconde qu'il perdrait sa place au CID et que Hartigan lui ferait séance tenante endosser l'uniforme. C'était moche. Et ce qui l'était encore plus, c'était l'éventualité d'une sanction, judiciaire celle-là, un handicap qui le maintiendrait en tenue pour longtemps.

Cela avait-il réellement de l'importance ? Il se balança sur sa chaise, attendant que le Nurofen agisse, sachant combien la réponse était évidente. Bien sûr que c'était important. Il était un policier, merde. Il avait passé ces vingt dernières années à donner la chasse aux mauvais garçons, à faire copain avec eux, à leur tapoter sur le ventre, jusqu'au moment où il n'avait plus qu'à leur souffler dessus pour les faire tomber. Il faisait cela mieux qu'aucun autre flic dans cette ville, et il possédait les scalps qui en témoignaient. C'était à ça qu'il était bon, ça qui l'enracinait, et la perspective d'une longue période en uniforme était impensable. Sincèrement, pourrait-il survivre à deux années passées à battre le macadam de Fratton Road, à protéger les filles mères et les boutiques caritatives ? La réponse était non, il le savait mais, même à présent, au fond de lui, il ne voyait pas comment il pourrait y échapper.

Dans son lit, à l'hôpital, il s'était repassé en boucle la poursuite. Le choc sur la tête avait quelque peu brouillé ses souvenirs mais il lui semblait se rappeler les quelques scènes qui avaient émaillé la distance séparant la porte de la maison de Mme Czinski de la devanture du marchand de journaux. Le bus sous le pont ferroviaire. La vieille dame avec sa canne sur le passage piétons. Les déclarations des témoins seraient autant de clous enfoncés dans son cercueil, et la Routière remuerait ciel et terre pour les recueillir, mais le truc dans des cas pareils était d'ignorer les petits caractères dans le bas de la page. Il avait besoin pour le moment d'un changement de perspective. Voir les choses sous un autre angle, comme disaient les politiciens. Pour l'instant, il devait s'assurer de l'exactitude des faits, tels qu'ils seraient rapportés.

Le plateau dans une main, Winter gagna le salon. Les rideaux étaient toujours tirés, la pièce dans une légère pénombre. Il posa sa charge sur la table basse à côté du téléphone, fit deux pas vers la fenêtre et s'arrêta. La vue du précieux jardin de Joannie le déprimerait encore plus. Il n'avait aucune envie de voir tout ce qu'il y avait à faire avec l'été qui s'installait.

Il alluma la lampe au-dessus du fauteuil et chercha dans sa poche son carnet d'adresses. Pas facile avec une seule main. Le numéro de Dawn était noté à E pour Ellis. Le timbre sonna longtemps avant qu'un répondeur prenne le relais. On était prié de laisser un message.

Winter essaya de trouver une position plus confortable dans son fauteuil. Le Nurofen ne faisait guère d'effet.

« C'était ton flic préféré, ma belle. Tu me rappelles ? »

Le bar Nelson était presque plein quand Faraday et Yates arrivèrent. Frank Melia les avait emmenés en voiture et leur avait laissé son numéro de portable en cas de besoin. Faraday avait fait de son mieux pour lui exprimer ses remerciements, mais Melia l'avait interrompu d'une tape sur le bras.

« Tout le plaisir est pour moi, mon ami, dit-il simplement. J'espère seulement qu'on va gagner. »

Yates se débrouilla pour trouver deux tabourets libres sous une photo jaunie du HMS *Victory*. Ce n'était pas la meilleure place pour suivre la partie, mais il y avait deux téléviseurs plus un grand écran, et ils ne risquaient pas de rater une seule action de jeu.

« Pritchard ? » demanda Faraday, revenant avec deux pintes de la mêlée autour du comptoir.

S'aidant de la photo de l'Alhambra, Yates l'avait repéré à une table voisine. Faraday posa les bières et suivit le regard de Yates, reconnaissant aussitôt le haut front blanc de leur cible. Bizarrement, sans le maquillage criard, le visage était encore plus étrange : deux yeux mouillés et globuleux, une bouche lippue et le besoin nerveux de frotter la rougeur laissée sur sa joue par un coup de soleil. Il y avait toute une bande de jeunes marins assis à la ronde, ça buvait sec, et Pritchard semblait parfaitement heureux au milieu du bruit des conversations. Faraday trinqua avec Yates, à la promesse des prochaines heures. Nick Hayder avait raison. Vous fermiez les yeux, et aviez l'impression d'être à Portsmouth.

La partie commença dix minutes plus tard. Le pub était bondé, à présent, une masse compacte de gens, pour la plupart debout, tous bien décidés à passer les Argentins au fil de l'épée. Le brouhaha et le volume sonore de toutes ces voix étaient incroyables, et Faraday, habitué au silence besogneux de New Forest ou aux soupirs du vent sur les marais salants de Pennington, commençait de se dire que son idée n'était pas si mauvaise. Si l'Angleterre parvenait à un résultat, pensait-il, Pritchard serait davantage disposé à bavarder. Si on ajoutait à cela l'effet euphorisant d'une kyrielle de bières, il se pouvait que la menace d'une extradition disparaisse comme par magie.

Les vingt premières minutes furent, pour l'œil néophyte de Faraday, proches du rébus. Le ballon circulait, les joueurs tantôt montaient tantôt descendaient. Le gardien anglais sauva soudain ses buts dans un plongeon impressionnant, et cent verres furent brandis, tandis qu'autant de voix scandaient « Seaman… Seaman… ». C'était à n'en pas douter une bonne chose pour l'Angleterre mais Faraday, observant Pritchard, s'étonnait de ce sourire béat sur son visage. Pour quelqu'un qui avait peut-être battu à mort son amant, il prenait à n'en pas douter du bon temps.

Quelques secondes plus tard, Yates était debout. L'un des joueurs anglais avait été malmené par un Argentin, et Yates, en même temps que tous les autres mâles de la salle, criait vengeance. Cette fois, le chant glaça un instant Faraday. « Belgrano, Belgrano, hurlaient-ils. On t'a fauché tes îles et tu les reverras plus. » Faraday s'envoya une lampée de bière ; il aurait bien aimé être ailleurs.

« Hargreaves est blessé, dit Yates à Faraday. Il va être remplacé. »

Et comme le dénommé Hargreaves quittait le terrain sur une civière, West Ham, un Noir, fit son entrée. D'après un jeune marin au visage boutonneux qui se trouvait à côté de Faraday, Ham ferait toute la différence. Scholsie reviendrait à son poste en milieu de terrain avec Butt, et le jeu pourrait mieux se déployer. Faraday suivit cette prédiction du mieux possible, s'interrogeant sur le bien-fondé d'une autre pinte. Il n'y avait plus qu'un type devant lui à la queue au comptoir, quand une passe arriva dans les pieds de Michael Owen en pleine surface de réparation argentine. Un défenseur lui faucha une jambe, et tout le bar explosa. Faraday sentit qu'on le tirait par le bras. C'était Yates. Quoi qu'il pensât du football, Faraday ne pouvait manquer ça. Ce penalty n'avait plus rien à voir avec le sport. C'était l'Histoire qu'on écrivait ici.

Même Faraday reconnut David Beckham. Un hurlement de protestations accueillit la main que tendait un Argentin au capitaine anglais qui positionnait le ballon sur le point de penalty. Puis Beckham recula de quelques pas, son visage apparut en gros plan quand il regarda le gardien de but ramassé sur lui-même. Le silence régnait dans le bar. Yates avait la tête baissée et les yeux fermés. Quelque part, quelqu'un priait dans un chuchotement haché. Beckham parut hésiter un instant, prit une brève respiration, fit cinq petits pas rapides et tapa. Le ballon souleva les filets.

Le bar entra en éruption. Un verre traversa la salle, éclatant contre un mur. « Dans le cul ! Dans le cul ! » scandait la salle. Faraday, qui n'avait plus soif soudain, vérifia que Pritchard n'avait pas bougé de sa place et fit signe à Yates de s'approcher. Si le suspect quittait le bar, Yates devait le suivre et le tenir informé sur son portable. Quant à lui, il avait vu assez de foot pour le moment. Il irait passer la seconde mi-temps ailleurs et serait revenu pour le coup de sifflet final.

Yates n'en revenait pas.

« Vous partez ? Quand on mène un à zéro ? »

Faraday acquiesça, jeta un dernier regard à Pritchard et se dirigea vers la porte.

Il trouva le cimetière de Trafalgar à l'endroit précis qu'indiquait sa carte touristique. Le ciel s'était éclairci, et un généreux soleil brillait. Il faisait très chaud. Suant après la grimpette de Main Street, Faraday se défit de son veston et desserra son nœud de cravate. On entrait dans le cimetière par une grande grille de fer aux gonds rouillés. Apparemment, les lieux étaient déserts.

Devant lui s'étendait un vaste échiquier de pierres tombales, pièces blanches en rangs serrés dans l'herbe haute et paraissant se soutenir les unes les autres. Deux cents années de vent et d'air marin avaient réduit de nombreux morts à un spectre de nom sur le grès rongé mais, ici et là, il était possible de découvrir les détails. *Le matelot Johnny Press, mort au combat. Le lieutenant Henry Kettle, mort au combat. Le quartier-maître George Christian, mort au combat.*

La tête baissée, désireux d'oublier le vacarme du Nelson, Faraday parcourut les allées. Il avait toujours eu en horreur la foule et sa violence. Et il méprisait ce patriotisme qui se drapait des couleurs nationales, pour l'unique raison que cela pouvait mener à un cimetière tel que celui-ci.

En ce moment même, à Pompey, on ne pouvait faire cent mètres sans buter à chaque mètre sur la croix de saint Georges en drapeaux ou T-shirts, et Faraday frissonnait au message qu'ils lançaient. Le football était la guerre par d'autres voies, un substitut des plus heureux, mais qui charriait les mêmes effluves de poudre à canon et de sang versé. Facile, songeait-il, si on n'avait jamais été au combat, si on n'avait pas vu ses camarades sauter sur une mine. Il s'arrêta dans un coin d'ombre, entendant de nouveau le chant des marins au Nelson. Toute cette agressivité, cette beuverie, cette innocence ivre. *On t'a fauché tes îles et tu les reverras plus.*

Il secoua la tête, sentant la chaleur des tombes à travers sa chemise, ses pensées retournant une fois de plus à Pritchard.

Winter se demandait qui pouvait bien frapper à sa porte. Tiré d'un profond sommeil, il batailla pour s'extraire de son fauteuil et gagna le couloir d'un pas incertain. Peut-être était-ce Cathy. Avec un truc sympa à boire. À moins que ce ne fût ces tordus de la Routière, avec un peloton d'exécution.

C'était Andy Corbett. Winter l'avait aperçu dans le foyer de Kingston Crescent et il avait demandé son nom à quelqu'un. À présent, sur le pas de la porte, il l'examina de la tête aux pieds. Porter cette tenue en cuir par une telle chaleur tenait du masochisme.

« Oui ? » demanda-t-il froidement.

Corbett entra sans y être invité. Winter le rattrapa dans le salon. Les rideaux étaient toujours tirés, et la lampe baignait le fauteuil d'une chaude lumière.

« Il y a un problème, fils ? »

Corbett se retourna pour lui faire face. Il devait mesurer cinq centimètres de plus que Winter, et s'efforçait d'en tirer le maximum.

« Putain, vous êtes une vraie calamité, dit-il. Vous auriez pu la tuer.

– Vraiment ? Et en quoi ça te regarde ?

– C'est mes affaires, ça, mais je vais vous dire autre chose. Si vous étiez pas un vieux tordu aussi pathétique, je réglerais cette affaire tout de suite. Vous savez ce que vous avez fait à cette fille ? Vous l'avez complètement bousillée. Elle est incapable de réfléchir, de dormir, elle supporte pas l'idée de retourner à son travail.

– Tu en sais des choses, dis-moi.

– Ouais, et si j'étais vous, dit-il en pointant son index sur le visage de Winter, je fermerais ma gueule et j'ouvrirais mes oreilles, pour une fois. Vous savez ce que les collègues disent de vous ? Que vous êtes drôlement tordu. Ça me dérange pas, personnellement, mais ce que je supporte pas, monsieur Winter, c'est que des Mickey de votre espèce se prennent pour des flics à la redresse et jouent les cascadeurs. Là d'où je viens, on vous aurait déjà mis à la retraite. À tondre votre pelouse, quelque part dans le Sud-Ouest en compagnie des ânes, là où vous pourriez plus emmerder le monde. Bon débarras. »

Winter le regardait d'un œil amusé.

« C'est terminé ?

— Non. » Corbett s'approcha de la fenêtre et écarta d'un coup sec les rideaux. Le soleil inonda la pièce. « C'est comme ça que vous vivez ? Dans le noir ? Dawn m'a dit que vous aviez des habitudes bizarres.

— Bien sûr, elle me connaît très bien.

— Oui, monsieur Winter, elle vous connaît. Et le plus triste, c'est qu'elle vous aime bien. Incroyable, non ? Qu'elle ait de la sympathie pour un gras du bide qui sait même pas tenir un volant ! » Il se rapprocha, collant son visage tout près de celui de Winter. « Une Skoda, hein ? Ouais, ça colle au poil avec votre baraque. »

Il recula, parcourant des yeux le salon. La semaine précédente, Winter avait retrouvé une vieille photo dans le tiroir de sa commode. On y voyait un Winter beaucoup plus jeune, en pantalon à pattes d'éléphant et blouson de cuir, posant sur le front de mer en compagnie de collègues. Il l'avait placée sur le manteau de la cheminée, à côté de ses billets de Loto, en attendant de la faire encadrer. Corbett la prit pour la regarder, les bras tendus.

« Triste. » Il secoua la tête. « C'est quoi, cette ville ? La plupart des types que je rencontre n'ont jamais quitté cette putain de presqu'île.

— Peut-être qu'ils s'y trouvent bien. C'est aussi simple que ça.

— Ouais, c'est sûrement votre cas. Vous savez ce que j'ai fait, hier ? J'ai couru dans Somerstown après une bande de natifs. Et les mecs avec qui je bosse leur ressemblent comme deux gouttes d'eau.

— Ils en ont de la chance de t'avoir. Tu vas leur en apprendre des choses, hein ?

— Ça risque pas. Vous croyez que je vais rester un jour de plus que le temps que j'ai à faire ici ? J'ai signé pour la Judiciaire, pas pour le Club des Cinq.

— Tu permets, petit ? » Winter lui reprit la photo et la remit à sa place. Son bras l'élançait douloureusement et il avait la migraine.

Corbett voulait maintenant savoir ce que Winter comptait faire pour Dawn.

« Faire ?

— Ouais, elle parle d'aller en justice. Elle veut une compensation. Du fric.

— Non, tu veux dire que c'est ton idée qu'elle porte plainte.

— Non, monsieur Winter, elle est en colère, et elle souffre, et elle va pas rester sans rien faire et vous laisser vous en tirer comme ça. D'après ce qu'elle m'a raconté, vous aviez perdu la boule, vous vouliez pas l'écouter. Ça signifie un sérieux dédommagement, et je veillerai à ce qu'elle l'obtienne. Vous êtes un danger public, monsieur Winter. Et c'est une raison de plus pour vous mettre au rancart. » Il jeta un regard en direction de la photo. « Comment ils ont pu vous engager est un mystère pour moi. Ils devaient vraiment manquer de main-d'œuvre. »

Winter le regarda pendant un moment puis, lui saisissant le bras d'une poigne de fer, le raccompagna jusqu'à la porte. Il avait sa dose d'Andy Corbett mais jamais il n'offrirait à ce pantin la satisfaction d'une vraie dispute. Corbett se dégagea une fois sur le perron. Il avait dit ce qu'il avait à dire, mais ça n'était pas fini. Pour le moment, il retournait au boulot, mais que Winter ne s'imagine pas que ça s'arrêterait là.

« Je reviendrai, promit-il. Et vous m'écouterez.

— Vraiment ? » Winter eut un sourire glacé. « Et qu'est-ce qui te fait croire que ça m'intéressera ? »

12

Vendredi 7 juin 2002, 15 heures (temps universel)

Ce ne fut qu'une demi-heure après le coup de sifflet final que Faraday et Yates purent aborder Pritchard. Le Nelson était encore plein, paquets de marins vacillant, trinquant à la santé d'Owen, de Beckham et d'Eriksson, et à la leur. Les Anglais le leur avaient bien mis, aux Argentos, ils n'avaient que ce qu'ils méritaient, ces ordures. Après la main de Maradona, la justice finalement avait prévalu.

Pritchard leva la tête à leur approche. Il avait les yeux brillants. Faraday compta quatre chopes vides rangées près de son coude.

« Super, non ? » dit-il.

Il les invita à prendre place d'un grand geste de la main. Yates s'assit à côté de lui.

« L'homme du match ? demanda-t-il.

— Owen, répondit Pritchard. Y'a pas photo. Il était intouchable. » Pritchard secoua la tête, son regard caressant le groupe de marins. « Magique. Et tout du long. »

Yates préférait Nicky Butt. D'après lui, jamais il

n'avait aussi bien joué dans l'équipe nationale. Il avait vraiment mouillé le maillot, taclant, harcelant sans cesse le porteur du ballon, ne ratant jamais une passe, défendant.

« Il a sorti Veron, conclut-il. Le marquant sans cesse. Formidable. Formidable. »

Pritchard passa son bras autour des épaules de Yates. Après toute cette excitation solitaire, il avait enfin trouvé une âme sœur.

« Vous serez là demain ? Le Brésil joue. On boira un coup ?

– Pas de problème, camarade. Il y aura aussi Italie-Croatie. Ce Prosinecki, c'est quelque chose. »

Faraday, soupçonnant que Yates était bien capable d'y passer la journée, prit un siège et s'installa à la table. Pritchard dut cligner des yeux pour voir la plaque que Faraday lui tendait.

« On est des policiers, dit tranquillement Faraday. On arrive d'Angleterre.

– Ah ouais ? dit Pritchard, quelque peu pris de court. En vacances, hein ?

– Non, hélas. » Il se pencha en avant, conscient d'être observé par deux ou trois marins. « Il faut qu'on vous parle, monsieur Pritchard. »

Que cet étranger connaisse son nom ne pouvait que confondre davantage Pritchard. « Je pige pas, là. Vous voulez pas boire un coup, dites ? » Il fouilla dans sa poche pour en sortir une coupure froissée de une livre. « C'est ma tournée. »

Faraday secoua la tête, et Yates fit de même.

« Pas pour moi, camarade.

– Mais… on a gagné, non ? répliqua Pritchard, le front plissé. Non ? On les a bien enfoncés, ces salopards ?

— Exact.

— Alors, faut fêter ça. » Il les regarda l'un après l'autre. « Non ?

— Non, j'en ai peur. » Faraday jeta un coup d'œil à sa montre. « Il faut vraiment qu'on bavarde un peu. »

Pritchard les regarda encore un instant, puis il haussa les épaules et se leva. Faraday avait déjà téléphoné à Frank Melia pour le transport, et un minibus blanc avec deux policiers les attendait le long du trottoir. Les deux hommes aidèrent Pritchard à monter à l'arrière. La vue des uniformes parut déconcerter Pritchard.

« Des potes à nous, murmura Yates.

— Ils ont vu le match ?

— Ouais, ils ont adoré. Hein les gars ? »

Le plus grand des deux hocha la tête et tressaillit quand Pritchard lui pinça la jambe.

« Un à zéro, putain. » Il ferma les yeux et laissa sa tête retomber sur l'épaule de Yates. « Magique. »

Pritchard dormait encore quand ils arrivèrent quelques minutes plus tard aux quartiers de la police. Un bon lit pour dessoûler sous la surveillance de quelqu'un, et le bonhomme serait en état de les accompagner à sa chambre au Panorama, où ils procéderaient à une première fouille. Après quoi, viendrait un interrogatoire en bonne et due forme.

Il fallut deux heures à Pritchard pour dégriser. Quand Faraday et Yates entrèrent dans la cellule où le suspect avait dormi, le gérant de l'Alhambra se frottait les yeux, assis sur la couche étroite. Seule l'odeur émanant de la cuvette dans le coin suggérait des réactions intestinales à l'ingestion de deux litres de bière forte.

Pritchard leva la tête. « Qu'est-ce qui s'passe ?

— Un interrogatoire de police judiciaire, monsieur Pritchard, répondit Faraday, lui montrant une nouvelle fois sa plaque.

— Police ? » Pritchard avait l'air stupéfait. « Vous m'arrêtez ou quoi ?

— Mais pas du tout. On veut seulement bavarder avec vous.

— Pas de problème, c'est juste qu'on aime savoir à quoi s'en tenir. »

Faraday hésita un instant puis suggéra que Pritchard les accompagne à l'hôtel. Pritchard secoua la tête. « Non, impossible, dit-il. J'ai la chiasse. C'est la faute à la bière.

— Il n'empêche, il faut qu'on inspecte votre chambre.

— Faites, les gars, faites. Mais rendez-moi un petit service, vous voulez ? Quand vous reviendrez, dites-moi pourquoi tout ce bazar. »

Faraday échangea un regard avec Yates. Pritchard n'exprimait pas l'ombre d'un quelconque malaise et encore moins de culpabilité. Jamais Faraday n'avait vu homme plus aimablement disposé après avoir passé deux heures dans une cellule de garde à vue.

« Vous êtes sûr que vous ne voulez pas venir avec nous ?

— Sûr et certain.

— Ça vous ennuierait pas de nous le mettre par écrit ? Pour la forme.

— Je ferai tout ce que vous voudrez, dit-il en se levant pour aller aux toilettes. Mais un petit moment, d'accord ? »

Le Panorama, une construction en béton de trois étages, ne risquait pas de relever l'architecture locale. Frank Melia les accompagna avec le Toyota et les présenta au gérant. La chambre de Pritchard était au troisième. Sur les recommandations de Melia, le ménage n'y avait pas été fait, et Faraday se vit remettre la clé.

La chambre, comme l'existence même de Pritchard, était en désordre. Le drap traînait au pied du lit et, à côté de la porte-fenêtre donnant sur un minuscule balcon, il y avait un tas de linge sale. Un petit fourre-tout sur une desserte contenait deux packs de six Guinness, et une bouteille débouchée de Johnnie Walker dont il ne restait pas grand-chose était calée par un oreiller contre la tête de lit.

« Où est-ce qu'on a déjà vu ça ? »

Yates était tombé sur une pile de magazines porno posés par terre dans la salle de bains, des magazines semblables à ceux découverts chez Coughlin. La dernière édition mensuelle de *Blade* dévoilait en gros plan les lèvres d'un jeune homme blond faisant ses gammes sur la longue queue d'un Noir. Yates feuilleta quelques pages avant de la balancer dans un coin.

« Si y a que ça pour faire son bonheur », marmonna-t-il.

Faraday souriait. La nuit précédente, Yates avait veillé tard à cause du bébé ; en vérité, il n'avait presque pas fermé l'œil. Faraday avait eu tous les détails dans l'avion.

« Prenez une gouvernante, Bev. C'est ce que j'ai fait avec J-J. Et je ne l'ai jamais regretté.

— Ouais, mais vous étiez seul, n'est-ce pas ? J'ai rien compris au mariage, moi. Je pensais que les bébés, c'était à la mère de s'en occuper. Peut-être que je pourrais demander quelques tuyaux à Pritchard, et virer ma cuti. »

Faraday ouvrit le tiroir de la table de chevet. Pritchard n'avait pas consommé à Gibraltar, à en juger par le paquet de préservatifs encore dans son emballage. Les cartes postales en dessous étaient plus intéressantes. Il y en avait trois. Identiques. Les célèbres singes du Rocher amusant les touristes. Deux d'entre elles étaient déjà remplies et timbrées.

« Écoutez ça, dit-il en se tournant vers Yates. *Il fait un temps de merde mais qui vient dans ce trou à rats pour bronzer au soleil ? Deux navires en escale, et des marins partout. Y'en aura bien un ou deux qui craqueront tôt ou tard, même si je dois y aller de ma poche. Veille bien sur toi, et fais pas de bêtises. Grand G.* » Faraday leva les yeux. « Devinez à qui c'est adressé ? »

Yates le regarda. « Non ? Coughlin ?

— Ouais.

— Et c'est qui, Grand G ?

— Guzza. Il le faut bien. Son surnom dans les *chat rooms*.

— Merde alors. »

Yates prit lui-même connaissance de la deuxième carte. Adressée celle-ci à la sœur de Pritchard. Faraday s'était assis sur le lit. Pas étonnant que Pritchard se soit montré aussi accommodant. Il ne savait même pas que Coughlin était mort.

« On peut soupçonner que le gérant soit un pote de Pritchard, suggéra Yates. Le gérant sait par Melia qu'on est après lui, alors il tire la sonnette d'alarme et Pritchard écrit cette carte postale, sachant qu'on tombera dessus. »

Faraday s'accorda une brève réflexion avant de secouer la tête en marmonnant « Non, je n'y crois pas.

– Et pour la femme de chambre, pareil, dit Yates.

– Non, ça ne cadre pas. Pritchard serait incapable d'organiser ce genre de stratagème. Vous avez vu comment il est. C'est une bouteille de scotch sur pattes.

– Y'a des alcoolos drôlement vicieux.

– Oui, mais pas lui. Il en est incapable. » Il regarda une dernière fois la carte postale et la remit dans le tiroir. Puis, s'allongeant sur le lit, il contempla le plafond. « Redites-moi ce que vous a raconté le chauffeur de taxi qui l'a emmené à Gatwick.

– Mardi matin ? » Faraday hocha la tête. « Il a passé le trajet à ronfler, écroulé sur la banquette. La voiture puait l'alcool. Le type m'a dit qu'il avait dû rouler la vitre grande ouverte. »

Faraday ferma les yeux. « Pensez-vous que ce soit le comportement d'un coupable ? »

Sur le chemin du retour aux quartiers de la police, Faraday et Yates se restaurèrent dans un petit bistrot de poissons que leur avait recommandé Frank Melia. Ils se régalèrent en silence de merlan et de frites. Faraday, laissant Yates picorer ses petits pois, sortit sur le parking et appela Willard.

Contre toute attente, le superintendant était encore plus déprimé. L'enquête Darren Geech n'avançait pas d'un pouce. Personne ne voulait parler, les caméras ne révélaient rien, et un salopard avec un humour tordu avait placardé sur les murs de Somerstown des dizaines de une du *News*, sur laquelle s'étalait la photo de la Skoda de Winter à moitié enfoncée dans la boutique du marchand de presse, avec en grand titre :

POLICE DE VOISINAGE NOUVEAU STYLE !

« Les mômes se paient notre tronche, grogna Willard. Cette putain de ville nous échappe. »

Faraday lui fit part de sa conclusion concernant Pritchard : il doutait fort de la culpabilité du bonhomme.

« Seriez-vous en train de me dire que vous avez fait le tour de toutes les questions ? L'empreinte de chaussure ? Tout ce machin sur le net ?

– Non, monsieur, je vous dis seulement qu'il n'a probablement pas tué Coughlin.

– Ce n'est pas ainsi qu'on entreprend un interrogatoire. Et si Yates avait raison ? Ce coup de la carte postale, faut tout de même pas s'appeler Einstein pour le faire.

– Je crois seulement…

– Oui, Joe, je sais ce que vous croyez. Mais gardez l'esprit ouvert à toutes les options, d'accord ? »

Willard raccrocha un moment plus tard, sans même dire au revoir. Le Soutien opérationnel lui refusait les effectifs demandés, et il avait compté un dépassement de cent quarante heures sur le budget qui leur était alloué. Après ce coup de fil, Faraday avait le sentiment que Willard aurait peut-être bien aimé retourner au Centrex afin de se reconvertir dans l'enlèvement et la demande de rançon.

« On peut toujours se tirer en Espagne, lui dit Yates, qui l'avait observé par la fenêtre. Et se faire dorer une semaine ou deux. »

Winter prit un taxi pour aller voir Dawn Ellis. Portchester était à une quinzaine de minutes en voiture en passant par la côte. De proprettes maisons mitoyennes occupaient les pentes basses de Portsdown, et il y avait une solide forteresse romaine sur le rivage qui attirait les visiteurs par milliers. Portchester avait l'apparence d'un havre de paix au milieu d'une ville qui semblait vouée à la violence et au désordre, mais Winter savait que les statistiques criminelles y étaient tout aussi alarmantes que dans la grande étendue suburbaine que Hartigan se plaisait à appeler le Grand Portsmouth. Mais si on prenait soin de tirer son pont-levis et de cultiver ses roses, on pouvait avoir l'illusion que la vie était vraiment un long fleuve tranquille.

Dawn mit une éternité à répondre au coup de sonnette. Winter savait qu'elle était là pour avoir pris soin de téléphoner. Ignorant ses protestations — elle ne voulait voir personne — il lui avait demandé de brancher la bouilloire. Cette Société de sauvegarde de la Skoda lui avait bien plu, et il lui avait annoncé en gloussant qu'elle et lui étaient les membres fondateurs.

« Tu trouves ça drôle ? »

Ils étaient assis dans le jardin, attendant qu'un bout de ciel reparaisse. Dawn portait des lunettes de soleil trop grandes pour son visage. Elle avait fait de son mieux pour masquer sa blessure à la joue sous une bonne couche de poudre mais Winter ne pouvait s'empêcher de se demander ce que cachaient les grands verres noirs.

« Comment vas-tu, ma belle ?

— Bien. » Sa voix n'était qu'un murmure bien étranger à tout ce qu'il connaissait d'elle.

« Non, sincèrement.

— Je vais bien, je te dis, répondit-elle en détournant la tête. Sincèrement. »

Pendant un instant, Winter se demanda s'il devait lui présenter des excuses. Prendre de temps à autre un risque ou deux faisait, à ses yeux, partie du métier, et il ne comprenait pas tout à fait qu'une poursuite en voiture sortait de l'ordinaire. Certes, percuter la devanture d'un magasin n'était pas une cascade pour cardiaques.

« Que t'ont dit les médecins ?

— Pas grand-chose. Quelques contusions, et un effet de choc, rien que quelques aspirines ne puissent calmer. Mais heureusement que j'avais mis ma ceinture, sinon… »

Dawn gardait le visage détourné et marmonnait ses mots. Elle ne lui avait pas offert de thé ni rien.

« Et toi ? demanda-t-elle.

— Je m'ennuie à mourir, ma petite. Dis-moi, un petit voyage touristique, ça te plairait ? Dans un autocar bien confortable ? »

La blague tomba à plat. Dawn, assise les bras croisés, attendait qu'il poursuive. Mais Winter, sachant que dans ces situations le silence était d'or, prit ses aises sur son siège et ne dit rien.

« Tu as eu de la visite ? » finit-elle par demander.

La question avait toutes les apparences de l'innocence.

« Non, ma belle.

— Personne ?

— Non. Je m'attendais à voir l'un de nos amis de la Routière, mais non. » Il leva son bras plâtré. « Pourtant, je suis encore capable de signer une déposition. »

Elle esquissa enfin un sourire. Et se tourna vers lui.

« Mais qu'est-ce qui t'a pris ? s'emporta-t-elle soudain. Je sais que tu te fous des règles et des obligations, mais tu n'étais pas seul, Paul.

— Je sais, je sais.

— Non, tu dis ça, mais tu ne le penses pas. Tu débarques ici comme s'il ne s'était rien passé. On aurait pu se faire tuer. Facile. Ça ne t'a pas traversé l'esprit ? »

Winter considéra la question, puis il secoua la tête. L'immortalité, avait-il conclu depuis longtemps, allait de pair avec le travail.

« On a eu un petit accident, dit-il plaisamment. Maintenant, si tu veux que je te fasse un cadeau, ne me demande pas une Skoda.

— Quoi, c'est la faute à la voiture ?

— Non, c'est la faute à personne. Je n'y pense même plus. À quoi bon revenir sur ce qui est fait ?

— Formidable. Et on leur dira quoi quand ils viendront nous poser des questions ? »

Winter sourit. Ce « on » lui plaisait énormément et, comme il le soupçonnait, confirmait les manigances de Corbett.

« Mais on leur dit la vérité. À savoir qu'on planquait dans la rue pour choper Geech. Que ce salopard nous a repérés et a mis les gaz. Naturellement, on l'a suivi.

– Poursuivi.

– Non, suivi. On est à Pompey, ma belle. Ça circule mal, on poursuit pas, on roule au pas. »

Dawn garda le silence un moment. Un jet passait très loin dans le ciel.

« Et les témoins ? Tu as manqué faire monter un bus sur le trottoir.

– Ça, je m'en souviens pas.

– Et le taxi ?

– Non plus.

– Tu parles sérieusement ? Tu ne t'en souviens pas ? »

Winter jeta un regard en direction de la maison. Il aurait donné n'importe quoi pour boire un verre.

« Je souffre d'amnésie, ma belle, dit-il enfin. Et ça m'aide pas vraiment.

– Je veux bien le croire. Mais moi, je joue les amnésiques aussi ?

– Non. Tout ce dont je me souviens, c'est que tu étais occupée à garder le contact radio avec le Central. Ou peut-être que tu cherchais je ne sais quoi qui était tombé sous ton siège ? » Il lui sourit. « Après tout, c'est plausible, non ? »

Dawn le regardait en secouant doucement la tête, quand son portable sonna. Elle prit la communication. Elle paraissait gênée et tirait nerveusement sur la manche de son sweat-shirt.

« Non, répéta-t-elle. Vraiment, je ne préfère pas. Laisse-moi deux ou trois jours… s'il te plaît. »

Winter observait l'avant-bras de Dawn, se demandant d'où provenaient ces marques autour du poignet. La peau était enflée, rougie, peut-être les ceintures de sécurité n'étaient-elles pas aussi efficaces qu'on le prétendait.

Elle raccrocha enfin. La pâleur de son visage contrastait avec son ecchymose. Elle se leva péniblement et désigna le téléphone.

« C'était Cathy. Elle voulait passer pour bavarder, et j'ai eu du mal à l'en dissuader. » Elle se tut, se mordant la lèvre. « Une bière, ça te va ? »

Au quartier général de la police de Gibraltar, il semblait que Pritchard eût obtenu une trêve de ses intestins. L'un des policiers de service lui avait donné du thé et des biscuits, le rassurant une fois de plus : il n'était pas en état d'arrestation. Le temps que Faraday et Yates arrivent pour l'interrogatoire, le suspect avait même fait un brin de toilette.

Pritchard regardait Yates insérer une cassette dans chacun des deux magnétophones. Il était désolé, leur dit-il, pour le « bordel » dans sa chambre à l'hôtel, mais les vacances ça faisait de vous un cochon.

« Vous voyez ce que je veux dire ? »

Faraday lui adressa un sourire poli, et lui expliqua la procédure légale. Pritchard balaya d'un geste de la main l'allusion à son droit d'être assisté par un avocat. Ce qui l'intéressait, c'était de savoir ce que la police pouvait bien lui vouloir.

« Nous enquêtons sur un homicide, répondit Faraday. Et nous pensons que vous pouvez peut-être nous aider.

— Vous aider comment ?

— Nous pensons que vous connaissez la victime, reprit Faraday. L'homme a été tué dans la nuit de lundi à mardi dernier.

— Où ça ?

— Portsmouth.

— Pompey ?

— Oui.

— Et qui c'était ?

— Sean Coughlin. »

Pritchard se renversa en arrière sur sa chaise, fermant et refermant sa grosse bouche lippue, tandis qu'il serrait entre ses mains le rebord de la table comme pour se retenir de tomber. Et pas une seule seconde son regard ne quitta le visage de Faraday.

« Vous rigolez, dit-il. C'est une blague, hein ? Sean ? Non, c'est pas possible.

— C'est hélas la vérité, monsieur Pritchard. » Faraday désigna d'un signe de tête les magnétos. « Ça nous aiderait beaucoup d'enregistrer cet interrogatoire. Ça ne vous ennuie pas ?

— Bon Dieu, non. Je ferai tout ce que vous voudrez. Allez-y. Sean… mort ? Dieu du ciel, c'est incroyable. »

Faraday jeta un regard à Yates. Les appareils tournaient, et Pritchard suivait d'un regard fixe et perdu le défilement des bandes, tandis que Faraday énonçait la date, l'heure, le lieu et les identités des personnes présentes. De temps à autre, Pritchard portait la main à sa joue, un tic que Faraday avait déjà remarqué au Nelson.

« Que voulez-vous savoir ? demanda-t-il enfin.

— Parlez-nous de lundi soir. Où étiez-vous ? »

Faraday attendit que Pritchard remonte les jours de la semaine jusqu'au lundi en question.

« J'étais chez moi, dit-il, un pli perplexe au front. Je tiens un hôtel. L'Alhambra. Granada Road. J'étais là, ouais.

— Vous n'en avez pas l'air certain.

— Si, si, j'en suis sûr, affirma Pritchard toujours sans conviction. Lundi, c'était bien la veille de mon départ pour Gib, hein ? » Faraday se contenta de lui rendre son regard. « On avait pas grand monde. On a jamais grand monde, d'ailleurs. Il y avait un couple pour la nuitée… vous voulez que je vérifie ? Je peux toujours téléphoner à ma sœur. Elle tient la maison quand je suis pas là. Elle s'appelle Jackie. Elle doit savoir, elle.

— Nous avons déjà parlé à votre sœur. Elle nous a dit qu'elle était au lit à 10 heures et que vous, vous étiez au bar, à boire des coups. Exact ?

— Ouais, bien sûr. »

Pritchard affichait de nouveau une expression troublée, tandis qu'il s'efforçait de comprendre cette étrange situation, et Faraday ne doutait pas que cette confusion fût sincère. Une bouteille de whisky par jour, pensait-il, et votre cerveau n'était plus qu'une éponge.

« Y'avait trois gars, dit enfin Pritchard. Ouais, trois. » Il les compta sur les doigts de sa main. « Ouais, c'est ça, trois.

— Pardonnez-moi, qui étaient ces trois hommes ?

— Des clients. Il était tard, 11 heures passées. Ils faisaient la revue des résultats de la journée. » Il porta son regard sur Yates. « Brésil-Turquie ?

— Oui, répondit Yates, et aussi Croatie-Mexique. Un-zéro pour les Mexicains.

— Une partie de merde.

— Ah bon ? J'en ai vu qu'un petit bout.

— D'accord, intervint Faraday. Parlez-nous de ces trois clients. Vous les connaissiez ? Savez-vous comment ils s'appellent ?

— Je les avais jamais vus de ma vie. Ils avaient déjà chargé la mule quand ils ont débarqué. Des anciens de la Marine, c'est sûr.

— Et ?

— Ils se sont installés. Stella et rhum pour deux d'entre eux, whisky et eau pour l'autre. » Il leva les yeux, heureux de ce retour de mémoire. « Apparemment, ils étaient partis à boire pour la nuit.

— Alors, vous êtes resté avec eux ? C'est ça que vous voulez dire ?

— Il le fallait bien. J'étais seul derrière le bar, non ? »

Il respira soudain un grand coup, comme si l'air lui manquait, et leva les yeux au plafond. Il fallut un moment à Faraday pour s'apercevoir que Pritchard pleurait.

« Vous me racontez pas d'histoires sur Sean, hein ? Il est vraiment mort ? Parce que… putain… » Il bascula soudain en avant sur sa chaise et enfouit son visage entre ses mains, le corps secoué par les sanglots.

« Monsieur Pritchard ? » Faraday parlait le plus doucement possible. « Je sais que c'est difficile…

— Difficile ? Vous pouvez pas savoir ce que j'aimais ce type. » Il leva un visage ravagé par le chagrin. « Il représentait tout pour moi. Tout. Personne d'autre que moi savait qui il était, personne. Qui pouvait vouloir la mort de Sean ? Qui ? »

Yates poussa un paquet de Kleenex en travers de la table, et Pritchard considéra les mouchoirs d'un regard anesthésié.

« Dites-moi quelque chose, monsieur Pritchard, demanda Faraday. Pourquoi harceliez-vous Coughlin sur le net ? »

Pritchard donna d'abord l'impression de ne pas avoir compris la question. Il prit un Kleenex, se moucha.

« Rouquin ? Guzza ? Vous connaissez ces conneries ? » Faraday hocha la tête. « C'était un jeu entre nous. Ça faisait des mois qu'on pratiquait, s'insultant l'un l'autre devant tous ces culs serrés. Les Américains, c'étaient vraiment les plus cons. On en a cartonné quelques-uns, croyez-moi. Quelle rigolade, leur façon de réagir.

— Vous faisiez semblant, alors ? C'est bien ce que vous êtes en train de dire ?

— Bien sûr. Rouquin et Guzza. Les jumeaux diaboliques. Les dingues venus de l'enfer. Putain, la crise. » Il y avait du défi dans ce regard que brouillaient les larmes.

Yates avait sorti son calepin.

« Pourquoi Guzza ? demanda-t-il.

— Guzz, c'est Plymouth, dans l'argot du coin. J'suis né là-bas, j'y ai grandi.

— Vous aussi, vous étiez dans la Marine ?

— Vingt et un ans.

— Vous avez rencontré Coughlin dans la Marine ? Servi sur le même bateau ?

— Non. » Il semblait le regretter. « On s'est rencontrés il y a deux ou trois ans. Par hasard. Il est arrivé à l'Alhambra un soir pour boire un coup, tranquille. Et tout a commencé là.

— Vous étiez amants ?

— Je veux, mon neveu. Le meilleur coup de la planète.

— Coughlin ?

— Non, moi. » Il secoua la tête, se moucha encore. « Dur, vraiment. Putain, c'est pas possible. »

Faraday revint au lundi soir. Les trois types étaient arrivés tard. Pritchard était seul au bar. Ils buvaient ? Et ensuite ?

Pritchard se tenait penché en avant, l'air en colère cette fois. Il n'avait pas entendu un mot de ce que venait de dire Faraday.

« Vous comprenez pas, hein ? Vous comprenez pas.

— Qu'est-ce que je ne comprends pas, monsieur Pritchard ?

— Mais au sujet de Sean. Il est venu ce lundi. Il était là quand les autres se sont pointés. Et ils le connaissaient. Et, putain, ça se voyait. Sean, lui, il a pas traîné, il était dehors dans la seconde. Il a même pas fini son verre. »

Yates avait arrêté de prendre des notes. Faraday semblait retenir son souffle.

« Ils ont dit quelque chose, ces types ? demanda Faraday en se penchant vers la table. Ils ont parlé de lui ? Après son départ ?

— Ils étaient à la table devant la fenêtre. Je les revois encore, tenez. Y en a un qui s'est levé et il a regardé Sean partir, puis il lui a fait… vous savez…

le doigt. » Il leva la main, majeur dressé. « Ils le détestaient, me demandez pas pourquoi, mais c'était le cas. Après ça, ils y sont allés franco.

— Comment ça ?

— Ils se sont bourré la gueule, sévèrement.

— Vous pouvez nous décrire ces hommes ? Ils étaient jeunes, vieux ?

— Il y en avait deux de notre âge. De l'âge de Sean. L'autre avait l'air plus jeune. Plus balèze aussi, le salopard.

— Vous vous rappelez les prénoms par lesquels ils s'appelaient ?

— Non, je pouvais pas entendre. Le bar est trop loin de la fenêtre.

— Mais vous les reconnaîtriez ?

— Sûrement. » Il hocha la tête avec vigueur. « J'avais les boules, vraiment. Pour Sean, pas pour moi. Je sais pas pourquoi, mais ils en avaient après lui. Sean, c'est pas le genre de gars à se laisser impressionner et se tirer comme il l'a fait. » Il renifla. « J'ai essayé de l'appeler, après son départ, pour savoir s'il allait bien, mais j'suis tombé sur le répondeur.

— Vous avez utilisé votre portable pour ça ? demanda Yates.

— Ouais, je l'ai fait depuis le couloir, parce que je voulais pas que les autres salauds m'entendent. »

Faraday voulait résumer la séquence d'événements. Trois étrangers avaient incité Coughlin à quitter le bar de l'Alhambra, après quoi ils avaient beaucoup bu. À quelle heure étaient-ils partis ?

« Je sais pas. J'ai dû les mettre dans un taxi, pour finir. Et ç'a pas été fastoche, parce que je savais plus où j'avais posé mon portable. J'ai dû appeler sur le poste fixe.

— Il était où, votre portable ?

— Probable que je l'avais posé sans réfléchir derrière le bar. »

Yates voulait des détails sur le taxi.

« Quelle compagnie ?

— Aqua.

— À quel nom ?

— Au mien, pardi. Ces types, ils avaient pas une grosse envie de partir, mais j'ai quand même appelé le cab.

— Et ils sont tous montés dedans ?

— Pour autant que je sache, oui.

— Quelle heure était-il ?

— J'en sais foutre rien. Minuit était passé depuis longtemps. Mais Aqua devrait le savoir. »

Yates jeta un regard à Faraday et lui fit un grand sourire. Prendre l'avion pour Gibraltar n'avait pas été une mauvaise idée, pour finir.

Pritchard désirait terminer son histoire, leur dire tout ce qu'il savait. Un bref instant, il posa une main moite sur celle de Faraday. « Après leur départ, j'ai sorti un peu de blé de la caisse — je m'en souviens — pour mes frais de voyage. Puis je suis monté me coucher, mais impossible de fermer l'œil, pas en laissant Sean comme ça, non. Alors je me suis rhabillé et suis allé jusque chez lui.

— Quelle heure était-il ?

— Aucune idée, 3 heures du mat ? Allez savoir. Bon, je frappe à sa porte, nos trois petits coups à nous, mais pas de réponse. Je passe par-derrière, me disant qu'il doit être au pieu. Je tape à la fenêtre, cette fois, et je tape fort, mais… » Il secoua la tête, ne désirant pas aller plus loin, pétrifié à la pensée de ce qu'il aurait pu découvrir à l'intérieur.

Il se fit un long silence. Yates allait poser une nouvelle question, mais Faraday l'en dissuada d'un petit mouvement de tête. Finalement, Pritchard porta machinalement la main à sa joue et détourna son visage couvert de larmes.

« Vous pensez donc sérieusement qu'il était déjà mort quand je suis passé ? leur demanda-t-il d'une voix que le chagrin étranglait. Putain, j'arrive pas à y croire. »

13

Vendredi 7 juin 2002, 20 h 40

Ils avaient pu réserver trois places sur un vol partant en début de soirée de Gibraltar. Ils avaient dû tenir à deux mains leur plateau-repas, tandis que l'appareil valdinguait dans une méchante tempête au-dessus du golfe de Gascogne. Puis Pritchard, qui avait descendu à la hâte trois pintes de Harp dans la salle d'embarquement, ignora le signal rouge pour gagner d'un pas incertain les toilettes. Il en revint pâle et en sueur, et Yates crut déceler dans son haleine une odeur de vomi.

C'était Pritchard qui avait émis l'idée de revenir avec eux en Angleterre. La perspective de rester en vacances alors que son compagnon gisait dans l'un des frigos à la morgue était, avait-il dit, totalement exclue, et il avait tenu à ce qu'on le ramène à l'hôtel pour remballer ses affaires. Yates l'avait accompagné, non par crainte que Pritchard ne se fasse la paire, mais parce qu'il était sincèrement inquiet pour lui. Le pauvre homme était inconsolable. Il avait déambulé dans sa chambre au Panorama tel un somnambule et, en l'observant fourrer ses maigres affaires dans son vieux sac de voyage sans trop savoir ce qu'il faisait, Yates en avait conclu qu'il y avait eu dans la vie de Coughlin au moins une personne pour lui donner de l'amour. Jamais comédien, fût-il le plus grand, n'aurait pu feindre à ce point chagrin plus déchirant.

À présent que Pritchard ronflait sur son siège, il vint à l'esprit de Faraday que Coughlin n'avait toujours pas été formellement identifié. Il n'y avait eu aucun parent pour venir à la morgue et un remarquable manque de volontaires parmi ses collègues de la prison de Gosport. Le médecin légiste était impatient d'en terminer avec la paperasse, et il se pouvait bien que l'honneur de l'identification revînt à Pritchard.

Comme s'il avait lu dans les pensées de Faraday, Yates demanda ce qu'il en était de l'Officier de Liaison Familiale.

« Il n'y en a pas, puisque Coughlin était sans famille.

— Alors, qui pourra l'identifier ? »

Faraday désigna d'un signe de tête leur compagnon endormi. Yates sourit. L'avion se stabilisait enfin, et le chariot des boissons allait pouvoir circuler.

« Un petit gin ? proposa-t-il. Avec beaucoup de tonic ? »

Une heure et demie plus tard, Yates partit chercher sa Golf, et Faraday et Pritchard attendirent son retour sous la lumière orange du parking longue durée, observant les appareils qui atterrissaient sur la piste humide de Gatwick. Le lendemain matin, quand Pritchard aurait récupéré un peu de sommeil,

Faraday enverrait quelqu'un à l'Alhambra pour recueillir sa déposition formelle. Il voulait un compte rendu exact de ce qui s'était passé dans la nuit du lundi. Peut-être y avait-il des détails qui lui avaient échappé. Il avait passé au moins une heure avec les trois hommes au bar. Des descriptions physiques leur seraient d'un grand secours, et peut-être qu'il se souviendrait d'un prénom. Dans la chasse aux tueurs de Coughlin, le moindre détail pouvait avoir son importance.

Pritchard se tourna vers lui. « Vous croyez que ce sont eux, ces types, qui l'ont tué ?

– Je pense qu'on a quelques questions à leur poser.

– Mais vous pensez vraiment qu'ils auraient pu le faire ?

– C'est possible, certainement, mais dans mon travail, Kevin, on ne tire jamais de conclusions hâtives. »

C'était la première fois que Faraday appelait Pritchard par son prénom, et le sourire qui éclaira ce visage fatigué lui rappela combien cet homme était vulnérable. Coughlin avait dû adorer ça, se dit-il. Il avait dû renifler la faiblesse, le besoin presque infantile d'affection, et avait trouvé là le compagnon idéal. Que Pritchard fût devenu entièrement dépendant de Coughlin ne faisait aucun doute. Coughlin disparu, cet étrange petit homme maladroit et généreux était totalement paumé.

Yates arriva avec la Golf, et Pritchard monta à l'avant, tandis que Faraday gagnait sa Mondeo garée un peu plus loin. Il déposa son sac de voyage dans le coffre et envoya un texto à J-J pour lui annoncer son retour. Quelques secondes plus tard, alors qu'il était encore dans le parking, la réponse lui parvint. *Un hôtel dans Kent Road*, disait le message, *et des tas de baraques dans les rues bleues.*

Sur le chemin du retour, Faraday réceptionna plusieurs mises à jour. À la hauteur de Chichester, J-J avait gagné la première partie de Monopoly et en commençait une deuxième. Une demi-heure plus tard, Faraday le trouvait allongé sur le tapis, plongé dans des négociations immobilières avec Eadie assise en tailleur en face de lui.

« Sykes. » Faraday était heureux de la revoir. « Ça devient une habitude.

– Ouais. C'est honteux, je ne gagne jamais. »

Elle désigna la planche. J-J s'était bâti un petit empire autour de Kent Road, ainsi que dans le quartier d'Islington. Encore deux ou trois tours, et il aurait tout raflé.

« Tu es bon aussi à ce truc, paraît-il ? demanda Sykes.

– Je l'étais. Comment il a réussi à te faire jouer ?

– Je suis passée avec les rushes. Une cassette complète, cette fois.

– Tu l'as montrée à J-J ?

– Ouais.

– Et ? »

Se penchant vers J-J, elle lui donna un petit coup de coude et se toucha l'œil en lui montrant le téléviseur, puis de la main fit un léger mouvement interrogateur. Elle apprend vite, pensa Faraday, tandis que J-J levait la tête vers lui.

« Pas mal, dit-il par signes. Mais ça manque encore de photos. »

Faraday se mit à rire. Un week-end à la mer, et J-J était impitoyable.

« Tu as compris ce qu'il a dit ? demanda-t-il à Sykes.

— Oui. Il pense qu'il y a deux ou trois trucs de bien mais que le reste vaut pas tripette. On en a déjà parlé.

— Je suis impressionné.

— J-J ne l'a pas été. »

J-J, se rendant compte qu'il était peut-être allé trop loin, essayait de réparer les dégâts. La bande-son était, bien entendu, un mystère pour lui, et pour être juste il donnait peut-être trop d'importance au visuel. Il fit part de cela à son père dans un déluge de signes, et Faraday se proposa de traduire.

« Je sais ce qu'il t'a dit, l'interrompit Sykes. C'est ce qu'il m'a raconté tout à l'heure, et tu sais quoi ? Il a raison. Les gens comme moi se font avoir par tout ce que ces vieux nous racontent, leur histoire de guerre, tout ça. Or, le cinéma, c'est de l'image, et encore de l'image.

— Rien d'autre ?

— Bien sûr que non. Mais regarde le film avec les yeux de Joe, et tu tireras la même conclusion que lui. C'est pour cette raison qu'il fait de bonnes photos. Il voit le monde, il le voit, tandis que nous sommes parasités par ce que nous entendons. »

Sur ce, elle se leva. « Il faut que j'y aille. Il y a un message pour toi, près du téléphone. J'ai pris la liberté de le noter. »

Faraday ne se rappelait toujours pas avoir entendu quelqu'un appeler son fils Joe. Cela sonnait autrement, cela faisait adulte.

« Tu ne veux pas rester pour manger un morceau ? Je meurs de faim.

— Non, merci. » Elle tapota le cadran de sa montre. « Je commence aux aurores, demain. »

Faraday haussa les épaules, puis ramassa le message, essayant de déchiffrer l'écriture emportée de Sykes. Il devait téléphoner à un certain Nick. Suivaient un numéro de portable et une heure : 20 h 30.

« Ça semblait important. » Sykes était déjà dans le couloir. « Appelle-moi. Tu me dois une bière. »

Faraday l'entendit fermer la porte derrière elle. J-J était toujours par terre, à compter son argent. Faraday le toucha du bout du pied.

« Tu as dîné ?

— Non.

— On se prépare un petit plat ? »

J-J hocha la tête et disparut dans la cuisine avec une poignée de billets de Monopoly. Faraday composa le numéro de portable. Nick Hayder répondit à la deuxième sonnerie.

« Alors, Gibraltar ? demanda-t-il aussitôt.

— Il a plu un peu, puis il a fait beau. Tu aimes le foot ?

— Je déteste.

— Enfin, un homme sensé. »

Hayder avait du mal avec l'enquête à Somerstown. L'affaire, disait-il, tournait au cauchemar. Deux témoins possibles du meurtre de Rooke, des mômes, qui semblaient disposés à témoigner, s'étaient brusquement rétractés, après avoir reçu la visite des copains de Geech. Hayder avait rassemblé des renseignements provenant d'autres sources et avait découvert que le petit gang de Geech, informe et toujours changeant, avait la main sur pratiquement toute la zone de Somerstown. Le défi, en conséquence, était de découvrir avec qui Geech glandait le plus souvent. Et c'était là où J-J pourrait peut-être intervenir.

« J-J ? répéta Faraday, déconcerté.

— Tu te souviens de l'an passé, quand il faisait du théâtre avec une bande de jeunes, avant que tout se casse la gueule* ?

— Oui, eh bien ? » J-J avait travaillé dans un programme de réinsertion avec un ancien commando de Marine, Gordon Franks. Faraday avait douté de l'efficacité d'une semblable entreprise, mais J-J avait accroché tout de suite avec les mômes, gagnant leur respect aussi bien que leur affection.

« Eh bien, il y a des chances qu'il finisse par savoir ce que tout ce petit monde sait, à savoir qui marche avec qui. Cette cité est une tribu. On peut pratiquement entendre les tam-tams. »

Faraday se mit à rire malgré lui. Il n'y avait pourtant rien de drôle dans cette série d'événements qui l'avaient amené à chevaucher le parapet de la plus haute tour du coin, mais le mot de « tribu » convenait diablement bien à cette bande de jeunes sauvages adeptes des quatre cents coups. « Tu veux lui parler ?

— S'il te plaît.

— Alors, demain. D'accord ? Le problème, c'est que le téléphone, c'est pas son truc.

— Bien sûr. Tu seras là ? Pour nous aider ?

— Avec plaisir. »

* Voir *Les anges brisés de Somerstown*, Folio Policier n° 431.

Faraday jeta un regard vers la cuisine. J-J fourrageait dans les placards à la recherche des spaghetti, et Faraday se demanda jusqu'où J-J consentirait à parler. Il se devait d'être loyal envers ces gosses, aussi marginaux fussent-ils, et Faraday avait rarement rencontré quelqu'un portant aussi haut l'idée de loyauté.

Hayder était à la peine dans Somerstown. Et ce devait être un véritable cauchemar pour qu'il appelle ainsi à l'aide car, d'ordinaire, il gardait jalousement ses enquêtes.

« Nous avons tout en main, conclut-il. Meurtre, vol, extorsion, coups et blessures. La totale. Au moins, il ne risque pas d'aggraver son cas. »

Faraday, qui continuait d'observer J-J dans la cuisine, souriait tout seul.

« Ouais, espérons », dit-il.

Winter envisageait de retourner dans la cuisine pour finir un reste de Glenfiddich quand son portable sonna. Il roula du lit, jurant quand son plâtre s'accrocha au bord rugueux de la couverture. Il exposa son poignet à la lumière de la lampe de chevet. Il était 2 heures du matin.

« Ouais ? »

C'était Dawn Ellis. Hystérique. Elle pouvait tout juste articuler ses phrases.

« Où es-tu ? demanda Winter.

— Chez moi.

— Que s'est-il passé ?

— Je t'en prie, Paul, viens. Viens. »

Winter était déjà debout, cherchant son pantalon, le téléphone collé à l'oreille. Son bras lui faisait un mal de tous les diables.

« Il y a quelqu'un avec toi ? Un voisin ?

— Je t'en prie, Paul. Viens, c'est tout. »

La communication s'interrompit. Winter contempla son portable un instant, essayant de se rappeler quelle était sa compagnie de taxis préférée à cette heure de la nuit. 92666666.

« Aqua ? Aussi vite que vous pouvez, ma belle. » Il donna à la réceptionniste son adresse, et se remit en quête de ses vêtements.

Le taxi mit un temps fou à arriver, et Winter était déjà dehors devant la grille du jardin quand la voiture s'arrêta devant lui. Le chauffeur était un type jeune, très nerveux. Il vit le plâtre qui dépassait de sous le manteau que Winter avait drapé autour de ses épaules.

« Vous avez eu un accident, m'sieur.

— Brillante déduction. Portchester, fils. Et aussi vite que l'éclair. »

La route était pratiquement déserte, et ils taillèrent à travers les quartiers, ne ralentissant qu'aux ronds-points. Alors qu'ils entraient dans le centre de Portchester, Winter cherchait déjà des signes qui pourraient expliquer cet appel affolé de Dawn, mais quand ils tournèrent au coin de sa rue il n'y avait absolument rien d'anormal. Voitures en stationnement. Une lumière à une fenêtre, par-ci, par-là. Un chat en maraude.

« Numéro ?

— 22, fils. Là, à gauche, juste après la Volvo. »

Ils s'arrêtèrent. Au début, Winter ne distingua rien de particulier. Puis il aperçut les rideaux de la fenêtre du salon, au rez-de-chaussée, qui se gonflaient sous la brise, et il réalisa que la vitre avait été cassée.

Il donna vingt livres au chauffeur et se hissa hors de la voiture. Dawn avait déjà sa porte ouverte, et elle descendit l'allée à sa rencontre. Elle portait un chandail sur un pyjama d'homme, mais elle tremblait de froid. Winter passa son bras valide autour d'elle.

« C'est quoi, cette odeur ?

— Essence. Dieu merci, tu es venu. »

Il la suivit dans la cuisine. L'odeur d'essence vous prenait maintenant à la gorge, épaissie par les émanations de ce qui avait été un incendie de taille. Dawn poussa la porte qui donnait dans le salon et laissa Winter passer devant.

« Bon Dieu. »

Il y avait à un pas ou deux de la fenêtre un grand trou noir au milieu de la moquette, et des coussins et une couette un peu plus loin fumaient encore légèrement.

« Mais comment… ?

— Quelqu'un a balancé une bouteille remplie d'essence dans la vitre. Regarde, j'y ai pas touché. »

Elle désignait des éclats de verre sous une table basse. Winter se pencha pour les examiner. Une bouteille de lait, se dit-il, remplie aux deux tiers d'essence, et bourrée de chiffons. On secoue un peu, on allume les chiffons, et on balance la boutanche. Feu d'artifice garanti. Il se redressa et regarda autour de lui. Les rideaux n'avaient pas été touchés, et il n'y avait nulle trace de feu sur les meubles.

« T'as eu une sacrée veine, bébé. Comment se fait-il que…

— J'ai éteint l'incendie toute seule, s'empressa-t-elle de dire.

— Toute seule ? Comme ça ?

— Oui. » Elle déglutit avec peine. « Je me trouvais en bas, ici même, sur le canapé. J'ai entendu une voiture s'arrêter dans la rue, mais je n'y ai pas prêté attention. Puis… » Elle regarda la fenêtre et frissonna. « Tu sais ce bruit d'air que ça fait. Wouuff ! Eh bien, c'est exactement ça. La vitre a pété et… wouuff ! J'arrivais pas à y croire. »

Winter semblait plus intéressé par la literie qui continuait de se consumer très lentement.

« Tu pieutais dans le salon ?

— Oui.

— Tu avais des invités, alors ?

— Non.

— Des travaux de peinture dans ta chambre ? »

Elle secoua la tête, n'offrant pas d'autre explication. Winter s'approcha de la fenêtre et, sortant son stylo, tapota la vitre. Le trou qu'y avait fait la bouteille était étrangement petit. Le mieux était de reporter ça au lendemain. Il s'éloigna de la fenêtre. Dawn s'était blottie dans un coin du canapé, serrant ses genoux contre elle. On aurait dit une enfant de douze ans. Winter se percha sur l'accoudoir à côté d'elle et la câlina comme il put. Ses efforts pour protéger son plâtre arrachèrent enfin un sourire à Dawn.

« Ça devient dément, dit-elle. D'abord, on manque se tuer en voiture, et maintenant ça. » Elle secoua la tête, contemplant ce qui restait de la moquette sans pouvoir y croire.

« Aucune idée sur la voiture ?

— Non. Je ne l'ai même pas vue. Je ne peux imaginer… » Elle secoua de nouveau la tête. « Ces appels nocturnes que je reçois… peut-être que c'est lié.

Je ne sais vraiment plus quoi penser, Paul. On croit avoir une prise, puis ça casse. Que me veulent-ils ? Me faire peur ? M'éliminer ? Pourquoi quelqu'un m'en voudrait-il de cette façon ?

— Bonne question. »

La main de Dawn était glacée. Winter la frotta pour la réchauffer mais il la sentit tressaillir quand il lui toucha le poignet.

« Ça fait mal ? »

Elle hocha la tête, refoulant ses larmes. Winter releva doucement la manche du chandail. Elle avait le bras et le poignet cerclés de zébrures rouges. Il les avait déjà remarquées précédemment, dans le jardin.

« C'est suite à notre accident ?

— Ouais. » Elle hocha la tête. « C'est ta faute. » Elle détourna la tête. Elle mentait si mal.

Aussi doucement que possible, Winter prit son autre main. Comme il la sentait résister, il lui dit de se détendre. La manche relevée dévoila les mêmes marques.

« Leurs jumelles, murmura-t-il. Comment c'est arrivé ?

— J'en sais rien. Tu peux rester ici ? S'il te plaît.

— Bien sûr, ma belle. Tu n'as appelé personne d'autre ? Les pompiers, des collègues ?

— Non, rien que toi.

— Andy Corbett ?

— Rien que toi », répéta-t-elle.

Winter se demandait s'il devait la presser de dire ce qui la troublait vraiment, mais il savait rien qu'à la regarder que ce n'était pas le bon moment.

Il trouva une bouteille de Bacardi dans la cuisine. Il y avait du Coca dans le frigo. Il versa une bonne dose de rhum dans deux verres et, la bouteille de Coca sous le bras, regagna le salon. L'odeur âcre et acide qui y régnait le fit s'arrêter.

« En haut, non ? »

Sans attendre de réponse, il commença de monter les marches. Juste avant d'arriver au palier, il fit une pause. Dawn le regardait.

« Ne va pas là-haut, dit-elle.

– Pourquoi pas ? Je ne vais tout de même pas dormir dans la cuisine.

– Non, c'est seulement… » Elle se mordit la lèvre et eut un haussement d'épaules. « D'accord, la porte au bout du couloir. »

Portant toujours les verres et le Coca, Winter déboucha sur le palier, prit le couloir et poussa la porte du pied. C'était une petite chambre avec un épais matelas par terre. Dawn y rangeait toutes ces choses pour lesquelles elle ne trouvait pas de place. Parmi les divers objets posés sur le matelas, il y avait une valise ouverte et, rangée à côté, une pile de vêtements pour la plage qui avaient l'air neuf.

Winter essayait de trouver un endroit où poser ses verres et la bouteille, lorsque Dawn apparut sur le seuil.

« Désolée pour ce désordre », dit-elle.

Elle prit le rhum qu'il lui tendait, et il y eut un moment de pure candeur quand leurs regards se rencontrèrent. Winter leva son verre.

« Il est ici ? demanda-t-il en désignant la porte de la chambre de Dawn. Retourné se coucher ?

– Non. Il est parti ce matin.

– Et pas revenu depuis ?

– Non.

— Tu es certaine de ça ? Il se serait pas imaginé augmenter ses chances en jouant les pompiers ?

— C'est un flic, Paul. Comme nous.

— Bien sûr, mais ça fait pas de lui un homme sain d'esprit, non ? » Il avala la moitié de son Bacardi sans toucher au Coca, puis regarda la valise d'un regard embué. Sous les plis d'un sarong violet, il y avait un flacon d'écran total. « Un endroit chouette ? demanda-t-il.

— Seychelles.

— Tu nous faisais des cachotteries, dis donc.

— C'était censé être une surprise.

— On en a de la chance, nous.

— La surprise devait être pour moi, mais je n'irai pas, de toute façon. »

Winter la sentait plus calme, à présent. « Nous avons le choix, dit-il gentiment. Soit on se trouve un coin plus confortable, soit on commence à déballer les affaires sérieuses.

— Que veux-tu dire, Paul ?

— Je suggère qu'on prenne un verre dans ta chambre, parce que c'est la seule pièce vivable de la maison pour le moment et aussi parce que je suis fatigué de me tenir debout. Sinon, il ne nous reste plus qu'à téléphoner.

— À qui ?

— Jerry Proctor. Quelqu'un a tenté de foutre le feu à ta maison. C'est la Scène de crime qu'il te faut. Tu es un officier de police. Il ne s'agit pas seulement de toi, ma belle. Mais aussi de nous autres. Et c'est pas seulement moi qui le dis, c'est aussi Willard. Il me semble déjà l'entendre. Il sera fou furieux.

— Ça peut attendre demain ?

— Bien sûr. Et ça nous donnerait le temps de le boire, ce petit verre.

— Tu dormiras ici, alors ?

— Bien sûr que oui.

— Mais on a besoin de parler, c'est ce que tu veux, hein ? »

Winter se contenta de hocher la tête. Le regard de Dawn s'attarda un instant sur la valise ouverte, puis elle fit de son mieux pour produire un sourire.

« Merde, dit-elle. Et pourquoi pas ? »

14

Samedi 8 juin 2002, 7 heures

Faraday partit tôt de la maison le lendemain matin. Réveillé à 6 heures, il s'était glissé dans son bureau, pour voler dix précieuses minutes les yeux collés à ses puissantes jumelles, observant un tourne-pierre dans sa robe rouille de l'été arpenter d'une patte nerveuse les flaques de boue et de varech. La vue de ce petit oiseau en quête de nourriture avait arraché un sourire à Faraday. Pour la première fois depuis que l'opération *Merriott* avait commencé, il avait le sentiment de sortir des impasses auxquelles ils s'étaient jusqu'ici heurtés. Pas d'ancien taulard voulant se venger d'un maton. Pas d'amant ivre confondant amour et homicide. Mais trois étrangers, ombres sans nom aspirées dans les dossiers de HOLMES, et constituant aux yeux de Faraday une piste prometteuse.

La section Crimes Graves était déjà au travail à l'arrivée de Faraday. Ce fut Nick Hayder qui, le rencontrant dans le couloir, lui apprit la nouvelle.

Winter aurait réveillé Willard à 6 heures du matin

pour l'informer d'un incident au domicile de Dawn Ellis, à Portchester. Ce que Winter faisait chez elle demeurait un point d'interrogation, mais quelqu'un avait balancé un cocktail Molotov par la fenêtre du salon d'Ellis au beau milieu de la nuit, et Willard embauchait tous azimuts pour savoir pourquoi. L'un des gars de la Scène de crime était là-bas depuis quelques minutes seulement mais il avait déjà relevé une bonne empreinte sur l'un des bris de verre de la bouteille, et il n'y avait plus qu'à attendre les résultats de l'analyse confiée — Willard y avait personnellement veillé — à un spécialiste des recoupements anthropométriques. Avec un peu de chance, ils auraient un résultat à communiquer à l'équipe travaillant sur Somerstown.

« Tu penses qu'il y a un lien ? demanda Faraday, qui ne pouvait trouver de sucre pour son café.

— Sûrement. C'est Ellis et Winter qui ont secoué Geech dans l'appartement de sa mère. Encore eux qui sont revenus le voir après le tabassage de Rooke et ont découvert la batte de base-ball et les traces de sang. On l'a pas revu depuis, Geech, mais ces gosses regardent trop la télé. Cet épisode s'appelle "La Vengeance".

— Comment connaissaient-ils l'adresse de Dawn ?

— Aucune idée, mais ils se sont démerdés pour l'avoir.

— Et à quelle heure ça s'est passé ?

— 2 heures du mat, en gros.

— Les caméras ? Pas de plaque d'immatriculation ?

— On vérifiera dès qu'on aura donné le tour de manivelle. » Il repéra le sucrier et le poussa vers Faraday. « Est-ce que les Audi se remarquent bien la nuit ? »

Alors que Willard raccrochait des wagons à sa précieuse équipe, Faraday, de retour dans son bureau, réussit à joindre Scottie sur son portable. Le bonhomme était pris dans un bouchon monstre sur la M275.

« Un Transit a perdu une roue, dit-il joyeusement. On compte les morts par dizaines.

— Vous êtes sérieux ?

— Non. »

Faraday lui fit part de son désir de s'entretenir avec lui. Il y avait une nouvelle piste, trois hommes, vraisemblablement des anciens de la Marine, et sûrement pas copains avec Sean Coughlin. Il était encore trop tôt pour se prononcer, mais Faraday ne cracherait pas sur quelques conseils.

« Et ça ne me surprend pas, dit Scottie en riant. Je vous l'ai dit, qu'on devrait la boire, cette pinte. »

Pour le moment, il allait jouer les plombiers chez sa belle-doche, qui avait une inondation. Il pourrait passer après le déjeuner.

« Pas avant ?

— Désolé. Sincèrement. »

Faraday leva les yeux et découvrit Willard sur le pas de la porte. Il obtint de Scottie un rendez-vous à 2 heures et raccrocha. Willard était sur le sentier de la guerre. Dans ces cas-là, il pouvait être véritablement impressionnant.

« Où est Corbett ? »

Faraday soupira. Ça faisait bien plus de vingt-quatre heures que le personnage d'Andy Corbett lui était fort heureusement sorti de l'esprit.

« Je n'en ai aucune idée, monsieur. Vous l'avez affecté avant-hier à l'enquête de Somerstown.

– Je le sais bien. Et l'enquête s'appelle *Hexham*, à propos. Corbett est reparti à Streatham. Vous le saviez, ça ?

– Non, monsieur.

– J'ai reçu un mail du BR.

– Et alors, monsieur ? » Faraday commençait à s'irriter des manières du patron.

« Alors, Davidson pourrait bien avoir remis le couvert avec ses anciens potes. Ceux de Securicor. Exactement comme l'avait prédit Corbett.

– Ce qui veut dire ?

– Que nous devrions travailler un peu plus fort ce Davidson. Le convoquer. Bavarder. Il ne manquerait plus qu'un petit merdeux dans son genre nous mène en bateau.

– Et Corbett ?

– D'après le type que j'ai eu au téléphone, il devait rencontrer hier au soir un des inspecteurs de Streatham. Je lui ai laissé un message sur son portable. Et s'il ne se pointe pas au briefing de la brigade, je lui botterai le cul assez fort pour qu'il ne puisse plus s'asseoir pendant des mois. » Il marqua une pause. « À propos, je vous ai pris une demi-douzaine de vos gars. Il est bon que vous le sachiez. »

Il gratifia Faraday d'un mince sourire, et disparut.

Bev Yates commençait à se demander si Pritchard descendrait jamais de son appartement. Il avait pris soin, avant de partir, de téléphoner à la sœur. Jackie lui avait affirmé que Kevin était réveillé et lui avait promis qu'il serait prêt le temps que Yates arrive. Près d'une heure plus tard, toutefois, Yates attendait toujours dans la petite pièce où étaient servis les repas. Il avait refusé l'offre d'un petit déjeuner aux frais de la maison, mais il commençait à le regretter.

Enfin Pritchard apparut avec une tasse de thé à la main. Il portait une chemise tachée sur le devant et un pantalon noir trop grand pour lui. Il traîna les pieds jusqu'à la table et s'affala sur une chaise. Il avait bu pendant la nuit, bien sûr, et avait l'air plus défait que jamais.

« J'suis pas sûr de pouvoir le faire », marmonna-t-il. Il posa sa tasse, et alluma une cigarette d'une main tremblante.

« Kevin, mon pote, tu le dois. Sans une déposition en bonne et due forme, notre voyage à Gibraltar n'aura servi à rien.

– Je parlais pas de ça, mais du corps. De Sean.

– Ah... »

Le corps de Coughlin était revenu de l'autopsie à Southampton et se trouvait maintenant dans une chambre froide à la morgue locale. Le responsable des lieux était un fan de foot prénommé Jake. Le samedi, jour de ballon à Pompey, était pour lui une journée sacrée, mais Yates l'avait rassuré : ils en auraient terminé avec Coughlin à midi au plus tard. Yates jetait maintenant un coup d'œil à sa montre : 10 h 14. En comptant une heure pour la déclaration, ils auraient peut-être terminé à midi.

« On commence par le commencement, Kev. » Yates poussa un cendrier sous la cigarette. « Et on démarre avec lundi soir. Tu racontes et, moi, je note. »

Yates se pencha vers sa mallette pour en sortir un formulaire de déposition, tandis que Pritchard vacillait jusqu'à la porte pour demander un autre thé. De retour à la table, il s'appuya sur les coudes, la tête entre les mains.

« Lundi soir, hein ? »

Sa déclaration s'enlisa dans un long marmonnement. Il semblait avoir oublié la plupart des faits qu'il avait lui-même détaillés pas plus tard que la veille. La nuit de lundi avait perdu toute forme, tout sens, se réduisant à une suite d'impressions confuses. Deux clients de l'hôtel montés tôt, la perspective d'une nuit tranquille à regarder les résumés des matches de la journée. Puis ces trois types venus de nulle part — « d'un putain de nulle part, tu comprends ça, toi ? » — et qui en voulaient à ce pauvre Sean. Ces regards qu'ils lui lançaient. Et tout ce qu'ils devaient se raconter. Le gros qui s'était levé pour lui faire un doigt, à mon Sean. Pourquoi ? Qu'est-ce qu'il leur avait fait ? Si seulement Sean avait répondu à son coup de fil. Si seulement il avait eu la possibilité de lui dire au revoir.

« Le gros ? demanda Yates.

— Ouais, gros et grand, ce salaud.

— Son visage ? Ses cheveux ?

— Crâne rasé. »

Yates posa son stylo.

« Vêtements ?

— Une veste, et une cravate. Bleue, la cravate, avec un écusson dessus. » Ça tournait au jeu-concours, pensa Yates. Ou à une séance de spiritisme.

Pritchard allait-il entendre des voix ? Sean Coughlin apparaissant avec une théière fumante et un baiser ? Puis, contre toute attente, Pritchard parut émerger enfin des vapes, et Yates reprit sa plume.

Une demi-heure plus tard, il avait, à son grand soulagement, noté des faits précis et dans l'ordre chronologique. Bien sûr, il avait dû plus souvent qu'à son tour prendre le volant de la mémoire défaillante de Pritchard et s'appuyer sur le souvenir qu'il avait de l'interrogatoire de Gibraltar, mais finalement il avait là cinq pages consistantes et paraphées de la main tremblante du témoin.

« Alors, dit-il en se levant. On peut y aller, maintenant, Kevin ? »

Pritchard leva vers lui un regard brouillé de larmes. « C'est vraiment important ?

— Très important. Ce que tu vas faire, c'est donner à la mort de Sean Coughlin un peu de dignité. Tu comprends ? »

Yates avait une fois entendu Faraday prononcer ces mêmes mots, et il observa Pritchard qui, sa grosse tête inclinée, s'efforçait de comprendre ce qu'une visite à la morgue pouvait bien avoir de digne.

Finalement il respira fortement et acquiesça d'un signe de tête.

« Allons-y », dit-il.

La morgue était située derrière l'hôpital St Mary, une grande bâtisse victorienne panachée de bâtiments annexes datant des années 1950. Reconnaissant l'Escort de Jake, Yates se gara à côté. Jake les attendait devant l'entrée, au soleil. Il arborait une tenue spéciale à ces occasions, un complet de drap noir aux revers étroits. Ainsi attifé, il arrivait qu'on le prenne pour le croque-mort.

« Par ici, messieurs. »

Il les emmena dans une salle d'attente, dont la fraîcheur vous saisissait un peu, et manifestement Jake avait abondamment usé d'une bombe désodorisante. Pritchard, le visage blême et figé, tenait ses mains croisées devant lui.

Jake leur expliqua gentiment que Sean Coughlin reposait à côté dans la chapelle ardente. Qu'il y avait des sièges et qu'ils pouvaient prendre leur temps. Pritchard pouvait y aller seul ou avec Yates. C'était à lui de décider. Tout ce qu'on lui demanderait, c'était la confirmation qu'il s'agissait bien de Sean Arthur Coughlin.

Pritchard avait la vue brouillée par les larmes. Il se frotta les yeux et renifla. Jake s'approcha, une boîte de mouchoirs en papier à la main. Des mouchoirs roses.

Pritchard secoua la tête. Il voulait que Yates l'accompagne. Il avait besoin d'un soutien.

« Aide-moi, dit-il tout bas. S'il te plaît. »

Yates le prit par le bras et l'emmena doucement vers la porte. Il faisait plus sombre dans la chapelle, où vacillaient les flammes de deux cierges. Coughlin gisait sur un brancard, le corps couvert d'un voile mortuaire, la tête appuyée sur un coussin. Il y avait encore des traces de coups aux joues et à la mâchoire, ombres jaunes et violettes, mais le gonflement s'était résorbé, et Yates lui trouvait un air paisible. Il avait une grosse tête, comme Pritchard, et des cheveux noirs, épais, sans trace de grisonnement.

« Il s'est jamais coiffé comme ça, jamais. » Les cheveux étaient rabattus sur le front. Et Pritchard semblait s'en émouvoir considérablement. « Qui a fait ça ? »

Yates lui parla tout bas de l'autopsie, mais Pritchard n'écoutait pas. Penché au-dessus du corps, le visage à quelques centimètres de celui du mort, il voulait embrasser son amant, lui dire adieu. Yates recula de quelques pas, le laissant seul, mais le cri étranglé de Pritchard le fit se retourner. Pritchard, voulant relever les cheveux de Coughlin avec ses doigts, avait exposé une longue ligne de points de suture grossiers barrant le front du cadavre, un terrible rappel que son amant n'était pas endormi.

Yates fut aussitôt à ses côtés et lui prit le bras. Pritchard tremblait de tout son corps.

« Désolé, Kev, murmura-t-il. Mais c'est bien Sean Coughlin, n'est-ce pas ? »

Pritchard contemplait le visage du mort. Il avait envie de répondre non. Il voulait que disparaissent ces horribles agrafes, remonter le temps, laisser ces types continuer de boire dans son bar et être là quand son homme aurait besoin de lui.

Il se détourna, sanglotant.

« Dis, tu comprends pourquoi je l'aimais tant ? »

Winter fit de son mieux pour activer les gars de la Scène de crime. Une fois qu'ils en eurent terminé avec le salon, ils passèrent dans le jardin. Les voisins, intrigués par le comportement de ces hommes en combinaison blanche à quatre pattes sur la pelouse de Dawn, épiaient de derrière leurs rideaux ou poussaient bien inutilement jusqu'à la boîte aux lettres au bout de la rue, curieux de savoir ce que cachait toute cette activité. Dawn, qui n'avait jamais parlé à aucun d'entre eux de son métier, leur adressa un sourire las. Le fourgon de la Scène de crime était banalisé. Si on lui posait une question, elle répondrait qu'elle avait une invasion de cafards.

Winter adora cette idée. Après une nuit pratiquement sans sommeil dans la minuscule chambre d'amis, il s'était levé à 6 heures. Il avait d'abord interrompu net le week-end de Willard par le plus concis des coups de fil, vérifié qu'il y avait du lait pour l'équipe de la Scientifique puis entrepris de préparer un vrai petit déjeuner à Dawn. Cuisiner d'une main relevait du défi, mais il ne loupa pas ses deux œufs frits servis sur des toasts, et un grand bol de thé, dont il ne renversa qu'une seule goutte en gravissant l'escalier étroit. Après toutes ces épreuves, la pauvre fille avait le droit d'être dorlotée.

Dawn dormait encore quand il frappa à la porte de la chambre. Il comprit à son expression qu'elle était incapable d'avaler quoi que ce soit, mais le geste la touchait, et elle le lui dit. Perché au bord du lit, Winter fit un sort aux œufs et lui demanda si elle avait une préférence en ce qui concernait le vitrier. Il y avait des centaines d'artisans qui facturaient à mort quand la personne était assurée, mais il connaissait un type à Fratton qui faisait ça pour trente livres cash, et il n'avait qu'à lui passer un coup de fil. Dawn, stupéfaite par tant d'esprit pratique de la part de Winter, lui répondit de faire comme il l'entendait. Le fourgon de la Scène de crime arriva peu après, avec deux gars avides d'un bon thé.

Winter leur demandait maintenant quand ils pensaient en avoir terminé. Le vitrier partait jardiner le samedi après-midi, et il devait en avoir marre d'attendre le feu vert de Winter pour venir poser sa vitre.

Le plus âgé des deux techniciens lui répondit qu'ils laisseraient le champ libre d'ici à trente minutes. À part l'empreinte relevée sur un fragment de la bouteille, ils n'avaient rien trouvé, mais Proctor les avait avertis que Willard examinerait leur rapport à la loupe. Winter, de retour dans la maison, entendit la sonnerie d'un portable. L'instant d'après, l'un des deux hommes entrait. Il avait des nouvelles. Les types de Netley avaient identifié l'empreinte.

Winter, qui était en train de se demander où est-ce qu'il avait bien pu foutre le numéro de téléphone du vitrier, leva un regard interrogateur.

« Un certain Darren Geech, dit l'homme en jetant un coup d'œil en direction de la théière. Ça vous dit quelque chose ? »

Ce ne fut qu'après le départ de Yates que Faraday se souvint de l'album de photos saisi à titre d'indice à l'Alhambra, le matin où les gars de Jerry Proctor avaient ratissé l'appartement de Pritchard, et que Faraday avait tenu en réserve au cas où ils auraient dû établir un lien entre Coughlin et Pritchard. À présent, la mine songeuse, il le ressortit du placard où il était rangé.

Une grande partie des photos dataient de plusieurs années — révélant un Pritchard plus jeune et plus joyeux posant en compagnie d'hommes divers —, quelques-unes d'entre elles immortalisant des randonnées à vélo en montagne. Ces clichés surprenaient Faraday. Il n'avait jamais imaginé Pritchard en adepte de l'exercice physique, mais en vérité le bonhomme avait mis le prix dans un bon VTT, avec casque et culotte en Lycra, tandis que les pentes boisées derrière lui suggéraient un terrain ardu.

C'était ce même paysage qui réapparaissait sur des prises plus récentes. Pritchard avait depuis rencontré Coughlin, la bicyclette avait disparu au profit d'une tenue de randonneur, tous deux chaussés de bottes de trekking et d'anoraks en Gore-Tex. C'était l'un ou l'autre sur les photos, le signe qu'ils étaient seuls durant ces excursions. Faraday s'attarda sur l'une des images montrant Pritchard allongé de côté sur une couverture, les restes d'un pique-nique côtoyant une carte d'état-major. Il devait faire chaud, car il était torse nu. Regardant l'objectif, il cabotinait, les lunettes de soleil perchées au bout du nez, mais il y avait quelque chose dans l'expression de son visage, quelque chose dans les yeux peut-être, qui disait une dépendance totale. De l'amour ? Le mot était trop doux. Une soumission totale, plutôt.

À son retour de la morgue, Yates lui avait rapporté le terrible désarroi de Pritchard. L'emmener reconnaître le corps avait été une très mauvaise idée, de l'avis de Bev. Sur le chemin du retour, le pauvre diable avait été inconsolable. Heureusement, Jackie, sa sœur, l'attendait, et elle avait réussi à le calmer un peu.

À présent, retournant la photo dans sa main pour essayer de lire la carte d'état-major, Faraday éprouvait une certaine culpabilité. Convaincu de l'innocence de Pritchard, il se demandait s'ils n'avaient pas aggravé le traumatisme que représentait la perte d'un être aimé. La mort était, il le savait pour l'avoir vécu, une chose incompréhensible. Les experts qui parlaient des bénéfices psychiques à se recueillir sur la dépouille n'avaient manifestement jamais mis les pieds dans une morgue. Avait-il agi dans la précipitation avec Pritchard ? Aurait-il dû ignorer les exigences administratives du coroner ? En vérité, il n'en savait rien.

Examinant de nouveau la carte d'état-major, il comprit soudain où la photo avait été prise. Le parc de la Reine Elizabeth, accessible par l'A3.

« Monsieur Faraday ? »

Faraday leva la tête. Scottie se tenait sur le seuil, un sac plastique à la main. Un pansement à l'index témoignait d'une âpre lutte avec la plomberie de belle-maman.

« Voilà, dit-il en sortant un épais dossier du sac et le déposant devant Faraday. Avant toute chose, il faut que vous lisiez ça. »

Ce fut Winter qui eut l'idée d'emmener Dawn au supermarché. Sur sa demande, ils prirent donc le chemin du grand Sainsbury, situé non loin de son bungalow à Bedhampton. Dawn poussait le chariot pendant que Winter le remplissait d'articles divers. Dawn, qui était végétarienne depuis des lustres, regardait les yeux ronds s'empiler dans le caddie steaks hachés, côtelettes de porc, saucisses et bacon.

« C'est pour moi, ça ? » demanda-t-elle sans obtenir de réponse. Le temps de retourner vers les caisses, le chariot était plein. Winter y ajouta une bouteille de whisky, une de rhum, paya avec sa Carte bleue et prêta à Dawn sa main valide pour pousser le tout vers la petite Peugeot. Ce ne fut qu'après avoir tout rangé dans le coffre qu'il voulut bien s'expliquer.

« On fait des provisions, dit-il. Pour tenir le siège.

– On ?

– Oui, ma belle, tu vas rester chez moi pendant quelque temps. Mais on va d'abord retourner chez toi pour payer le vitrier. Bien fermée, la maison n'aura rien à craindre. Il te faudra emporter quelques fringues, bien sûr, mais question bouffe, on est parés.

– J'ai peut-être mon mot à dire, non ?

– Non, pas après ce qui s'est passé la nuit dernière.

– Mais il n'y a aucune chance que Geech revienne. Il n'est pas si fou que ça.

– Mais c'est pas de Geech dont tu dois t'inquiéter, ma jolie. » Il la regarda dans les yeux. « Pas vrai ? »

Il fallut quelque temps à Faraday pour accéder au dossier. Le HMS *Accolade* était une frégate de type 21. La photo montrait un navire de guerre élancé, à la proue évasée, armée d'une seule tourelle sur le pont avant, avec une petite plate-forme d'envol pour un hélicoptère à l'arrière.

En 1982, d'après les annotations de Scottie, l'*Accolade* était en manœuvres en Méditerranée quand Galtieri envahit les Malouines. Tandis que les forces argentines se déversaient dans Port Stanley, la frégate avait reçu l'ordre de rejoindre la Force d'intervention, faisant escale d'abord à Gibraltar pour le plein et le ravitaillement, puis à Ascension pour embarquer entre autres munitions six missiles Stingray. Le 12 mai elle était entrée en zone d'exclusion. Neuf jours plus tard, elle était en patrouille dans les eaux de San Carlos lorsqu'elle avait été attaquée par des Skyhawks argentins. Touchée par trois bombes, elle n'avait pas tenu vingt minutes, avant de sombrer, emportant avec elle dix-neuf hommes.

« Le bâtiment de Coughlin, rappela Scottie à Faraday. Dramatique. »

Faraday hocha la tête, se demandant pourquoi il devait lire ce dossier. Ils savaient déjà que l'*Accolade* avait coulé aux Malouines. Ils savaient aussi que la perte d'un bâtiment était une expérience terrible, comparable à aucune autre. On perdait tout d'un coup, l'abri, la réputation, la fierté, ses maigres possessions, jusqu'à son identité. Mais en quoi cela concernait-il un surveillant de prison, assassiné chez lui vingt ans plus tard ?

« Revenez en arrière de deux pages. Au Post-it jaune. » Scottie désigna la chemise. « Le 15 mai ? »

Faraday fit un effort de concentration. Il s'attendait à tout moment à être appelé à la réunion prévue par Willard, qui désirait survoler *Hexham* et son marécage, et faire le point sur *Merriott*. Faraday savait qu'il devrait répondre à certaines questions concernant Davidson.

« Regardez un peu plus bas », dit Scottie qui se tenait maintenant debout à côté de lui et indiquait de son index pansé le paragraphe en question. Il s'agissait d'un matelot du nom de Matthew Warren, servant à bord en tant que steward. Entre 23 h 30 le 14 mai et 6 heures le 15, il avait été porté inexplicablement disparu. Une fouille de tout le navire avait été ordonnée. Son absence confirmée, le commandant avait ordonné à l'*Accolade* de retourner sur sa route. Pendant cinq heures, la frégate avait fait marche arrière, tenant compte des vents et des courants. À midi, en l'absence de corps ou de gilet de sauvetage, Warren avait été déclaré perdu en mer.

Faraday leva les yeux.

« Et alors ?

— Warren était un môme, tout juste dix-huit ans. Il servait dans le carré comme steward. Coughlin était chef cuistot. Ils travaillaient ensemble.

— Où voulez-vous en venir ? »

Scottie s'approcha de la fenêtre, regarda un instant dehors, se retourna, et Faraday eut le sentiment que le bonhomme jouait ce qu'il avait probablement répété depuis des jours. Pour un régulateur de la Marine qui ambitionnait de poursuivre dans la police judiciaire, il ne pouvait souhaiter une meilleure occasion de se mettre en valeur.

« Vous pensez qu'il y a là un hasard ? dit-il enfin. Avec Coughlin ? Un type avec sa réputation ? Un gosse ? Le bébé du mess ? Encore dans les couches ?

— Je ne vous suis pas. Des disparus en mer, dans la Marine, ça n'est tout de même pas rare.

— Détrompez-vous. Quand un type passe pardessus bord, c'est un événement majeur. Il y a une enquête, et au plus haut niveau. La seule raison pour laquelle cette histoire n'a pas fait les gros titres, c'est la guerre. Six jours plus tard, ils étaient dix-neuf à mourir, Dieu seul sait combien d'autres étaient blessés, et le navire était perdu. Pas étonnant qu'on ait oublié le jeune Matthew Warren.

— Mais Coughlin… » Faraday laissa sa question inachevée.

« Coughlin était un salopard, comme vous le savez. Écoutez. » Scottie s'assit enfin, le buste penché en avant, les coudes appuyés sur ses genoux. « J'ai passé quelques coups de fil la nuit dernière, essayant de retrouver des gars qui étaient sur l'*Accolade*. J'ai laissé des messages, et je ne doute pas que l'un ou l'autre me rappellera, mais j'ai eu en ligne quelqu'un qui a servi sur le dernier bateau de Coughlin. Le bonhomme en question était le Joss.

— Joss ?

— Capitaine d'armes. Le shérif à bord. Et il m'a dit que Coughlin ne pensait qu'à ça. Il sautait sur la moindre occasion pour se taper un mec.

— Sexuellement ?

— Ouais. Un queutard de première. Vous savez, une frégate 21, c'est pas grand, et il y a près de deux cents gars à bord, alors il est bien difficile de garder un secret. Ça papote de partout, et sans cesse, c'est comme ça qu'ils tuent leur ennui, les marins, et le bruit qui circulait sur Coughlin était toujours le même. » Il hocha la tête. « "Enculeur de première classe." Enfilait tout ce qui marchait sur deux pattes. Femmes, mecs, mules, peu importe. Aux escales, c'était à ça qu'il passait son temps. » Il se tut un instant. « Vous avez jeté un œil sur son dossier personnel. Celui que je vous ai apporté ?

— Bien sûr.

— Ma foi, c'est la version officielle. Toute mutation sur un autre bâtiment s'accompagne d'une fiche signalétique à l'intention de l'officier commandant et du Joss. Et il y avait toujours une note confidentielle et codée, écrite au crayon. Quand sur le coin droit de la feuille on lit GAB, on sait qu'on a un problème. »

Faraday haussa un sourcil. « GAB ?

– Ouais, Gaffe À ce Branleur, répondit Scottie avec un grand sourire.

– Et Coughlin ?

– GAB en grosses lettres. Les types comme lui peuvent vous rendre la vie à bord infernale. On a eu un Coughlin sur une frégate 42, sur laquelle j'ai servi. Un balèze, mauvais comme la gale, qui buvait comme un trou. Il pétait les plombs à la moindre provoc, et il aimait cogner. Les gars avaient peur de lui. Mais sitôt qu'on voulait le coincer, on se heurtait à un drôle de problème, parce que le mec qu'il avait battu, et parfois salement amoché, ne voulait pas porter plainte. Il s'était pas fait casser la gueule, non, il était tombé dans la coursive. Pas question pour lui d'aller témoigner devant un officier. Mais vous méprenez pas, des Coughlin, vous n'en trouverez plus beaucoup dans la Marine, aujourd'hui. Les autorités ont fait le ménage. Alors que dans les années 1980, ces choses-là arrivaient. C'est pourquoi on devrait bien examiner l'histoire de Warren. »

Faraday pensait à ce monde qu'était la Marine de guerre. Un monde nouveau pour lui, dans lequel il fallait apprendre à s'orienter. N'y avait-il donc pas d'enquête officielle en cas de disparition en mer ?

« Oui, le capitaine a le devoir de constituer un comité d'enquête, composé de deux à trois officiers. Le Joss rassemble les preuves, établit les circonstances et la chronologie des faits, et le comité d'enquête fait le reste. Ils interrogent les gens, établissent ce qui s'est passé et adressent leurs conclusions par écrit au commandant du navire.

— Et dans le cas de Warren ?

— C'est ce qui a dû se passer, certainement, même si on était en guerre.

— Que dit ce rapport ?

— Ah ! C'est là, le mystère. Je suis allé le chercher, hier. Sur le *Centurion*, où il devait normalement être archivé, en même temps que le dossier que vous avez devant vous. Mais vous savez quoi ? » Il laissa passer un silence. « Il a disparu, figurez-vous. »

Une demi-heure plus tard, Willard avait quelque mal à comprendre.

« Vous êtes en train de me dire qu'on devrait enquêter sur une mort suspecte remontant au moins à mai 1982 ?

— C'est l'idée générale.

— Un marin qui serait passé par-dessus bord ?

— Oui, monsieur.

— Une mort dont Coughlin aurait été responsable ? C'est bien cela que vous affirmez ? »

Faraday se garda de répondre. Willard entreprenait rarement une action sans le soutien d'une preuve solide. Or, tout ce que Faraday avait à lui offrir, c'étaient les allégations d'un officier de marine qui lorgnait une seconde carrière dans la police.

« Quel âge avait ce garçon ?

— Dix-huit ans.

— Et il partait pour les Malouines ? » Faraday hocha la tête. « Qui dit qu'il ne s'est pas foutu tout seul dans la merde ? Qui dit qu'il ne se sera pas un peu trop bourré la gueule un soir en pensant aux pilotes argentins ? Ou bien qu'il avait le mal du pays ? Que son papa et sa maman lui manquaient ? Ou la fille qu'il avait baisée avant de partir ?

— Rien n'est à écarter, monsieur, et c'est justement là le problème. En cas de disparition en mer, il y a toujours une enquête, ainsi que le rapport de cette enquête.

— Et que dit ce rapport ?

— Il ne dit rien.

— Pourquoi ça ?

— Parce qu'il semblerait qu'il ait disparu. »

Il fallut un moment pour que Willard mesure les implications de ce dernier élément. Puis son visage s'anima soudain. Rien ne lui plaisait plus que la perspective d'une guerre de territoire. Dans ce domaine, comme dans beaucoup d'autres, Willard semblait être programmé pour le combat.

« Vous voulez dire qu'on ne peut pas y avoir accès ?

— Non, je veux dire qu'on ne le retrouve plus. »

Faraday lui détailla les recherches de Scottie auprès des archives, qu'abritait le HMS *Centurion*. Tous les rapports d'enquête s'y trouvaient, sauf celui-là.

« Alors, rédigez une demande officielle, grogna Willard. Et s'ils vous font des histoires, dites-le-moi. Nous sommes censés être du même bord, non ? »

Sans attendre de réponse, Willard changea de sujet. Nick Hayder avait mentionné qu'on ferait peut-être appel au fils de Faraday dans l'opération *Hexham*. Vu l'état où en était l'enquête, toute aide serait la bienvenue, d'où qu'elle vînt.

« C'est gentiment formulé, monsieur, si je peux me permettre.

— Je ne pensais pas à mal, Joe. Et je ne vous savais pas susceptible à ce point. Amenez votre garçon, vous nous rendrez un grand service. Pensez-vous qu'il connaisse ce Geech ?

— Je ne sais vraiment pas, mais c'est possible.

— Vous êtes au courant pour l'Audi que Geech a volée ? » Faraday secoua la tête. « Elle a été retrouvée calcinée à Hilsea, dans une zone industrielle. Nous avons visionné les bandes des caméras de surveillance, et on tient l'emploi du temps exact. À Portchester par l'A27 à 1 h 57 du matin. La bouteille incendiaire dans la fenêtre d'Ellis quelques minutes plus tard. Retour sur l'A27 à 2 h 10. Dans le centre-ville huit minutes plus tard. Puis, à Hilsea, quelqu'un craque une allumette. Je me demande bien pourquoi Geech s'est donné ce mal. Ses empreintes sont sur la bouteille. Ça équivaut à une signature.

— Peut-être qu'il s'ennuyait. Une bagnole qui crame, c'est fun. Les jeunes aiment bien en faire trop. Certains profs pourraient même y voir un signe d'ambition.

— Ouais, à condition que ces petits cons aillent à l'école. Où en est-on avec Davidson ? »

Faraday attendait cette question depuis une dizaine de minutes. À présent, à cause de Darren Geech, il avait un problème d'effectif. Son équipe ne comptait plus que quatre inspecteurs, et il avait besoin de chacun pour développer l'interrogatoire de Pritchard.

« Vous êtes satisfait de sa déclaration ?

— Oui, tout à fait. Vous savez, j'étais sur place, à

Gib, quand nous avons parlé pour la première fois avec lui. Et il ne jouait pas la comédie.

— Non ?

— Non, monsieur. À sa manière, il aimait cet homme. C'est pourquoi la mort de Coughlin l'a si durement touché.

— Je ne mets pas en doute sa passion, Joe. Je vous demande seulement s'il n'aurait pas pu tuer Coughlin. C'est parfois quand on aime follement qu'on est capable de déraper.

— Je sais, je ne pense pas que ce soit le cas de Pritchard.

— Vous en êtes sûr, Joe ? Il se rend dans la nuit chez son amant, laisse ses empreintes sous la fenêtre, peut-être a-t-il une clé, il entre, se chamaille avec Coughlin, sauf que la bagarre n'a pas lieu sur la toile, cette fois. Je connais des jurés à qui il n'en faudrait pas tant.

— Oui, bien sûr, mais il nous faut prendre des décisions, aussi. Et sincèrement, je ne le crois pas coupable. »

Willard s'interrompit pour répondre à un appel sur son portable et, dans le silence qui suivit, Faraday songea que c'était là l'une des façons qu'avait Willard de mesurer la force d'une preuve. Si une certaine ligne d'enquête ne pouvait pas survivre à dix minutes de conversation, quelle chance pouvait-elle avoir au tribunal ?

Willard rempocha son portable. Il était évident qu'il avait examiné en détail la déposition de Pritchard.

« Alors, que nous reste-t-il ? Trois types dont il ne peut dire les noms ? Deux qu'il n'arrive même pas à décrire ? Et un troisième qui est grand et gros et a fait un geste obscène à son chéri ? Merde, Joe, ça pourrait être n'importe qui dans cette ville.

— C'est un alcoolique. Il est incapable d'avoir un souvenir précis. Il faut se contenter de ce qu'on a.

— D'accord, mais on a que dalle.

— Ce n'est pas vrai. Il y a ce que nous a répondu la compagnie Aqua. Pritchard a bien appelé une voiture pour ces trois types dans la nuit de lundi. Toute la question est de savoir ce qu'ils ont fait ensuite.

— D'accord, dit Willard, prenant note. Quoi d'autre ?

— Les caméras de surveillance. Pritchard pense qu'ils sont repartis par où ils étaient arrivés, par Granada Road.

— Et Pritchard pense pouvoir les reconnaître ?

— Il le dit.

— Hum. » Willard considéra son bloc-notes. « Alors, Davidson ? demanda-t-il de nouveau.

— Nous avons parlé à sa compagne. Bev pense que c'est par elle que nous pourrons en savoir plus. Et elle est d'ici, en plus.

— Quand prévoyez-vous de l'interroger ?

— Très bientôt, monsieur. Peut-être demain. » Il marqua une pause. « Qu'est-il arrivé à Corbett, à propos ?

— Il est de retour et se comporte bien sagement. Il se dit très impatient de travailler de nouveau sous vos ordres.

— Aurait-il donc le sens de l'humour ?

— J'en doute, Joe. » Willard se leva et s'étira. « C'est moi qui ai ajouté ça. »

15

Samedi 8 juin 2002, 15 h 30

Marie Elliott habitait une petite maison mitoyenne dans Eastney, un quartier de Southsea situé à cinq minutes à pied de la plage. On avait récemment repeint la façade en blanc crémeux, et il y avait des fleurs dans un vase à la fenêtre de devant. Pendant que Bev frappait à la porte, Faraday regardait d'un air absent un chat noir qui venait d'apparaître à côté des fleurs.

Bev n'avait pu mettre la main sur le chauffeur de taxi censé avoir pris des clients à l'Alhambra dans la nuit de lundi à mardi. Ils avaient pu remonter jusqu'à lui avec l'aide de la compagnie Aqua, mais pour découvrir qu'il était parti en week-end à Amsterdam. Faraday, qui n'avait pas pris une seule journée de repos depuis le sabotage de son jour de congé, n'avait encore jamais ressenti une telle fatigue.

Marie Elliott reconnut tout de suite Yates. Ses longs cheveux noirs étaient retenus par un ruban rouge, et elle portait un sarong vert. Le hâle dorant ses épaules suggérait de longues heures passées dans le jardin. Elle était pieds nus.

« Que voulez-vous ? »

La question était abrupte. Yates évoqua l'enquête Coughlin. Ils avaient deux ou trois points à éclaircir. Ils n'en auraient pas pour longtemps.

« Vous ne savez donc pas qu'on est samedi ? »

Faraday fit de son mieux pour étouffer un bâillement. Elle ne croyait pas si bien dire, pensa-t-il. Elle les laissa entrer sans rien ajouter. La porte d'entrée donnait directement dans un petit salon avec quelques jolis tapis sur un plancher vitrifié, d'intéressantes gravures aux murs, un parfum de freesias flottant dans l'air. Le chat suivit sa maîtresse du regard, tandis qu'elle gagnait la cuisine à l'arrière. Yates se pencha vers un VTT flambant neuf appuyé contre une commode.

« Il est à Ainsley. »

Marie Elliott était revenue. Appuyée contre le chambranle, elle tenait un grand verre de jus de fruits dans lequel tintaient des glaçons.

« Vous voulez qu'on parle ici ou dans le jardin ? demanda Faraday.

– Où vous voudrez, répondit-elle avec un haussement d'épaules. Pour tout vous dire, je n'ai pas envie de parler mais je n'ai pas le choix, n'est-ce pas ? »

Ils s'installèrent dans le salon, Yates et Faraday à l'étroit sur le petit canapé, Marie sur un pouf. Yates sortit les notes prises lors de leur dernière rencontre et commença à les lire. Faraday sentit la jeune femme se détendre insensiblement. Elle n'avait rien contre Yates mais leur arrivée inopinée parasitait la paix de son week-end.

Elle confirma ce qu'elle avait déjà déclaré, et Yates lui demanda ce qu'elle avait fait depuis.

« J'ai travaillé, figurez-vous.

— À la prison ?

— Bien sûr.

— Et Ainsley ?

— Il était à Londres.

— Chez sa maman ?

— Oui, pour autant que je sache. »

Pour la première fois, Faraday sentit une ouverture. Yates aussi l'avait perçue.

« Vous n'en êtes pas certaine ?

— Il ne s'agit pas de ça, répliqua-t-elle. Ce n'est pas une question de certitude. Tout simplement Ainsley vit sa vie. Cet homme vient de passer sept ans derrière les barreaux, alors j'imagine qu'il n'est pas en permanence fourré dans les jupons de sa mère.

— Il pourrait être avec vous.

— Il pourrait, mais il fait ce qu'il veut. Je ne suis pas sa gardienne.

— Mais vous êtes… sa fiancée ?

— Oui, je le pense. »

Il y eut un long silence. Elle ne détourna pas son regard du visage de Yates. Il y avait là un certain ressentiment, mais autre chose aussi. Elle n'était pas aussi sûre d'Ainsley qu'elle l'aurait aimé.

« Il est avec des potes, alors ? suggéra Yates.

— C'est fort possible.

— Vous les avez rencontrés, ses copains ?

— Un ou deux.

— Comment sont-ils ?

— Comment ils sont ? » Elle renversa la tête en arrière en roulant les yeux. « Ils sont blacks, jeunes.

Ils traînent ensemble. Et je ne sais pas trop ce qu'ils trafiquent. » Elle haussa les épaules. « Comme je vous l'ai dit, je n'ai pas à surveiller Ainsley.

— Mais vous n'approuvez pas. C'est ce que vous voulez dire ?

— Encore une fois, la question n'est pas que j'approuve ou pas. Je… » Elle fronça les sourcils. « Déception ? Cela vous paraît-il plus juste ?

— Déception à quel sujet ?

— Mais tout ça. Vous, entre autres. Ainsley a payé sa dette. Sept années pour effacer l'ardoise. Et je sais ce que ça représente. Passez donc vos journées dans une centrale, comme je le fais, et vous saurez ce qu'endurent ces types.

— Mais vous me dites qu'Ainsley remet ça. Vous me dites que…

— Qu'il remet quoi ? » Elle était en colère, maintenant, et sa rougeur n'avait rien à voir avec le soleil. « Je suis en train de vous expliquer qu'Ainsley a passé sept ans enfermé, et probablement pour un délit qu'il n'a pas commis. Il est dehors, aujourd'hui, et il essaie de remonter la pente. Et pourtant, tout le monde s'associe pour le renvoyer à la case départ. En particulier, ceux de votre espèce.

— Ce qui veut dire ?

— Je parle de votre collègue. Celui qui vient de Londres.

— Corbett ?

— Je ne me souviens pas de son nom. Un grand, très imbu de lui-même.

— Eh bien ? »

Elle regarda Faraday d'un air stupéfait.

« Quoi, vous ne savez pas ?

— Qu'est-ce que je ne sais pas ?

— Qu'il file Ainsley comme son ombre. Nuit après nuit. Qu'il lui rend la vie impossible. Ce n'est même pas de l'intimidation, c'est de la paresse. Jamais Ainsley n'aurait cherché à se venger de Coughlin. Il ne voulait surtout pas le revoir. Mais vous revoilà avec vos questions, toujours les mêmes. Vous n'avez donc rien de mieux à faire ? Pas d'autre type à harceler ? »

Faraday se sentait soudain moins fatigué.

« Il est tout de même important, dit-il, que nous en sachions un peu plus sur ces amis d'Ainsley.

— Savoir quoi ?

— S'ils sont ou pas des délinquants.

— Mais c'est évident qu'ils le sont. Tout le monde transgresse la loi. C'est même ainsi qu'on gagne sa vie.

— Peut-être, mais vous comprenez ce que je veux dire.

— Vous me demandez s'ils sont de grands criminels, en tout cas suffisamment pour tuer, hein ? La réponse est non. » Elle secoua la tête avec assurance. « Les potes d'Ainsley sont des mômes. Ils font les marioles mais ce sont des gosses. Et ils n'ont pas davantage envie de tuer que de se trouver un travail régulier. »

Faraday songea que les gamins pouvaient tuer, il ne le savait que trop bien.

« Mais vous êtes tout de même inquiète ? demanda Yates, qui avait rangé son calepin. Pour Ainsley ? »

Elliott le jaugea du regard, se demandant si l'on pouvait passer de l'interrogatoire à la simple conversation.

« Oui, dit-elle enfin. Franchement, je le suis.

– Pourquoi ?

– Parce que c'est tellement difficile. Moi, j'appartiens à la classe moyenne. J'ai des diplômes, un bon travail, cette maison. Et j'aime Ainsley. Ce n'est pas une passade, croyez-moi. Alors, je veux partager tout ça avec lui. Je veux que tout ça soit à nous.

– Et Ainsley ?

– Il fait preuve de bonne volonté. Bon Dieu, il a même repeint la façade, l'autre jour. On en a parlé, on a choisi la peinture, il a fait un travail propre, et il a même nettoyé les brosses, après. Mais ce n'est pas lui. Ce n'est pas son monde. Et je serais folle de ne pas le reconnaître. »

Il se fit un nouveau silence. Faraday, impressionné, voulait revenir sur certains points, mais Marie Elliott se leva soudain et grimpa lestement le petit escalier. Ils l'entendirent marcher au-dessus d'eux, refermer un tiroir et, l'instant d'après, elle était de retour.

« Voilà. »

Elle tendit à Faraday un paquet de feuilles tapées à la machine. Des poèmes.

« Ainsley ?

– Oui. » Elle se tenait devant Faraday. « Il a écrit la plupart en prison. Ce que vous avez là, ce sont trois années de travail. Certains sont très bons, et même plus que ça. On voulait les rassembler, trouver un éditeur, faire un peu de publicité. On avait le titre, *La Fosse aux Rêves*.

– Et Ainsley ?

– Il ne veut plus en entendre parler. » Elle secoua la tête. « Ça l'emmerde, dit-il. »

Faraday lut quelques vers du poème qu'il avait sous les yeux. Il était question d'une mouette. Puis il la regarda.

« En tout cas, ça ne fait pas de lui un assassin, dit-il en lui rendant les feuilles. N'est-ce pas ? »

Vers la fin de l'après-midi, Cathy Lamb rendit une visite impromptue à Winter. Il était avec Dawn dans le jardin, savourant le soleil. Dawn s'était assoupie après deux généreuses doses de Bacardi. Winter lisait le *Daily Telegraph*.

« Ce n'est plus une convalescence, mais une entente cordiale. »

Cathy avait fait le tour de la maison pour entrer par la petite porte donnant sur le jardin. Winter s'extirpa de son fauteuil, songeant à poser une serrure sur cette foutue porte. Dawn n'avait pas bougé.

« C'est gentil à vous, Cath. » Winter regardait le gros bouquet d'iris. « Je vais leur trouver un vase.

– Elles sont pour Dawn, Paul. Même si je vous aime beaucoup.

– Je vais quand même les mettre dans un vase. »

À l'intérieur, Winter posa les fleurs dans l'évier et alla chercher un verre dans le salon. Il ignorait le goût de Cathy en matière d'alcool, mais il fallait arroser cette visite, et un peu de rhum ferait parfaitement l'affaire.

Par la fenêtre de la cuisine, il pouvait voir Cathy accroupie dans l'herbe à côté de Dawn. Le temps qu'il les rejoigne, elle connaissait les événements de la nuit dernière.

« Geech, cette petite ordure. » Cathy leva les yeux vers Winter. « Ça ne peut être que lui, non ? »

Winter hocha la tête et versa le rhum dans le verre rempli de glaçons.

« Vous voulez du Coca avec ?

— Je ne veux rien. Je conduis. Donnez ça à notre invalide. »

Dawn prit le verre. Cela faisait deux ans qu'elles étaient amies, Cathy et elle. Quand Cathy s'était séparée de Pete, son mari, Dawn lui avait prêté une oreille amicale, cimentant une amitié qui n'avait jamais faibli depuis. Cathy et Pete étaient de nouveau ensemble, et ils avaient récemment emménagé dans une jolie maison des années 1930 dans le verdoyant Alverstoke, mais Dawn et Cathy se débrouillaient pour passer de temps à autre une soirée entre filles.

Dawn voulait savoir comment Cathy avait réussi à prendre le temps de passer. Tous les flics de Portsmouth n'étaient-ils pas en train de donner la chasse à Darren Geech ?

« Ouais, tous, sauf moi. C'est la folie, là-bas. Et on n'a pas besoin de ça un samedi. » Elle porta son regard sur Winter. « Comment se fait-il que Geech savait où habitait Dawn ? »

Winter s'était posé la même question pendant tout l'après-midi. Les possibilités étaient nombreuses mais la plupart d'entre elles étaient bien trop complexes pour un Darren Geech. Il choisit donc la plus évidente.

« Il avait repéré sa voiture.

— Le bolide rouge ?

— Ouais, une jolie petite caisse garée dans Somerstown, ça risque pas de passer inaperçu. On était garés juste en bas de chez lui quand on s'est pointés chez sa mère. On a pris le chien, et il nous a vus monter en voiture, je m'en souviens parfaitement.

— Et, plus tard, il l'aurait suivie ?

— Ouais. Les gosses savent très bien d'où on opère. Le parking est juste derrière Highland Road, alors ils n'ont plus qu'à attendre dans l'une des petites rues avoisinantes.

— Dans une voiture volée ? C'est pas très malin.

— Malin ? » Winter se marrait. « On parle de Geech, Cath. Ce gosse ignore la peur. Il en a rien à branler. »

Cathy acquiesça d'un signe de tête, et Winter se demanda si c'était le moment de lui demander où en était l'enquête sur son accident. Il s'étonnait de ne pas avoir encore reçu ne serait-ce qu'un coup de fil de Hartigan.

Dawn but une gorgée de Bacardi et leva les yeux. « Mais pourquoi tenter de mettre le feu chez moi ? Je ne comprends pas.

— Parce qu'on lui a fait du mal, ma belle.

— Du mal ? Et comment ça ?

— En lui prenant son chien, et en l'empêchant de récupérer la bête.

— Ça, c'est ce que tu crois. On ne sait pas s'il allait le faire.

— Ah bon ? Et qu'est-ce qu'il venait foutre devant le numéro 12 ? Sonner à la porte et demander gentiment à Mme Czinski de lui laisser le toutou pour une petite balade dans la voiture qu'il lui avait fauchée ? »

Dawn balaya l'air de sa main. Il était inutile de discuter avec Winter quand il se faisait sarcastique. Cathy aussi avait envie de changer de sujet. Elle dit à Dawn qu'elle ne voulait pas la voir au travail avant le mardi suivant. Cela lui donnerait le temps de remettre de l'ordre dans sa maison, de contacter l'assureur, de changer la moquette. Après ce qui s'était passé, elle n'allait pas vivre dans une odeur de cramé.

« Tu tiendras le coup toute seule ? demanda Cathy. Tu peux venir à la maison, tu sais. C'est un peu désordre en ce moment mais on a une chambre d'amis. »

Dawn et Winter échangèrent un regard. Après une discussion assez vive, elle avait finalement accepté le lit que Winter lui offrait.

« Ça va bien, dit-elle en faisant tourner les glaçons dans son verre. Paul veille sur moi.

— Et qui veille sur lui ? » demanda Cathy en riant.

Cathy resta près d'une heure. Winter ouvrit un paquet de crumpets du supermarché et les mit à chauffer dans le grille-pain. Il était déçu que personne n'évoque l'incertitude de son avenir au CID, mais il se doutait bien que les deux femmes avaient des sujets de conversation plus importants. Par la fenêtre ouverte de la cuisine, il percevait le murmure de leurs voix et, une fois ou deux, il surprit le prénom d'Andy mais, sitôt qu'il apparut avec les crumpets, elles changèrent de sujet. Cathy et Pete préparaient leur première virée sur leur nouveau bateau. Cathy se serait satisfaite d'une croisière dans le sud-ouest de l'Angleterre, mais Pete visait plus haut.

« La Bretagne, rien de moins », dit-elle.

Elle partit un moment plus tard, non sans faire jurer à Winter qu'il prendrait soin de Dawn. Gentleman dans l'âme, Winter la raccompagna jusqu'à la voiture.

« Elle a eu une forte commotion, n'est-ce pas ? »

Winter hocha la tête et, de sa main valide, ouvrit la portière. « C'est bien vrai, Cath, dit-il en souriant. Et quelqu'un est allé foutre le feu chez elle. »

Faraday envisageait de rentrer chez lui, quand Scottie appela. Excité comme à l'ordinaire.

« Écoutez, dit-il. Vous êtes assis, là ? »

Faraday grogna qu'il s'apprêtait à fermer boutique. Il commençait à soupçonner l'impatient marin de bosser pour Hollywood, bombardant d'idées de films de gros et gras producteurs. En tout cas, le bonhomme était remonté à bloc.

« Vous savez, dans la Marine, on a plein d'associations, des amicales de retraités de la Royale qui se réunissent de temps à autre. Il y en a aussi plusieurs qui rassemblent des anciens des Malouines, surtout parmi les navires qui ont sombré. Les *Coventry*, *Ardent*, *Antelope*. Les gars se rencontrent une fois l'an, assistent à une messe, puis on boit quelques verres et on mange un morceau. Ça se passe le plus souvent en mai et en juin.

– Et alors ?

– Alors, ceux de l'*Accolade* aussi tiennent réunion, et savez-vous quand la dernière a eu lieu ?

– Non, mais vous allez me le dire.

– Lundi soir.

– Où ?

– Ici, à Pompey, au Foyer du Marin. »

Cette fois, Faraday s'assit. Le Foyer du Marin était une grande bâtisse datant de l'après-guerre, tout au bout de Queen Street. Marins encore en activité ou retraités y trouvaient des chambres à louer pour une somme modique. Et, bien sûr, il s'y tenait des banquets et des réunions.

« Vous êtes sûr de ça ?

— Certain. L'un des gars à qui j'ai parlé m'a rappelé. Il était sur l'*Accolade* quand elle a sombré, et il était là lundi soir.

— On parle de combien de personnes ?

— Une soixantaine.

— Il a des noms ?

— Non, mais il m'a passé le numéro de téléphone du secrétaire de l'association. Le type habite à Drayton. Un gars du pays.

— Vous l'avez contacté ?

— Il n'était pas chez lui. Parti à Lord pour assister à un match de cricket. Sa dame pense qu'il rentrera tard. » Il marqua une pause. « Et maintenant, vous êtes prêt pour une bonne nouvelle ? Le Foyer du Marin est équipé de caméras de surveillance. Seize en tout. Je les ai comptées. Incroyable, non ? »

Winter prit un taxi pour se rendre au Gunwharf, un ensemble d'immeubles résidentiels situé sur un site portuaire exceptionnel. Misty Gallagher occupait l'un des appartements les plus convoités, car donnant sur le port, une occasion pour Bazza Mackenzie de se délester de six cent mille livres du pactole de la drogue prudemment blanchi.

Winter, clignant des yeux dans le soleil, trouva le nom sur l'Interphone.

« Mist ? C'est Paul. »

Elle lui ouvrit la porte et il prit l'ascenseur jusqu'au troisième étage. Au ravissement de Winter, la cabine s'arrêta directement dans l'appartement. Il avait le sentiment de pénétrer dans un décor de cinéma.

« Ça boume, Mist ? »

Elle se tenait dans la cuisine, découpant des morceaux de lotte. Un parfum d'ail et de gingembre frais flottait dans l'air. Il examina le poisson, mouilla le bout de son doigt dans un bol de sauce thaïe, puis embrassa Misty sur la joue.

« Qu'est-ce que t'as au bras ?

— Une bagarre. L'autre type est mort.

— Tu parles. »

Misty tendit la main vers un verre de vin blanc et en but une longue gorgée. La vie avait gravé une histoire ou deux sur son visage mais elle avait encore un corps à tomber. Winter savait que Bev Yates en avait été follement amoureux quand il était plus jeune, et il savait aussi qu'ils étaient plusieurs au CID à prétendre être le suivant sur la liste.

« Bazza va bien ?

— Tu le connais. Toujours à bosser comme un dingue. »

Winter s'était approché de la baie vitrée pour contempler le port. Le plus gros de l'argent de Bazza était investi dans l'immobilier. Des appartements de très grand standing comme celui-ci. Des maisons de convalescence pour gens aisés. Quelques hôtels de charme. Des restaurants, des cafés, des agences immobilières. Plus Dieu sait quoi à l'étranger. Chacune de ces affaires lui donnait l'opportunité de blanchir le fric que lui rapportait la drogue.

« J'ai entendu dire qu'il avait fait une offre pour le Saracen's Head, l'autre jour. » Le Saracen's Head était un grand hôtel datant du XVIIIe siècle avec vue sur le port. Mauvaise gestion et manque d'entretien l'avaient mis à genoux, une proie facile pour quelqu'un comme Bazza.

« C'est vrai, confirma Misty. Il l'a acheté le matin et revendu le soir. Les avocats ont établi le contrat, la banque a fourni les fonds, et Bazza s'est fait trois cent mille livres de profit. Après ça, on se pose des questions, hein ?

– Quelles questions, Mist ?

– Mais pourquoi on se casse le cul à bosser, pardi ! »

Elle partit à rire, et Winter l'entendit se verser de nouveau du vin. Dans le port, il pouvait voir un grand yacht quitter la marina Nicholson. Plus près, l'un des premiers ferries de l'après-midi qui traversaient la Manche remontait le port.

« T'as fait un chouette voyage dernièrement, Mist ?

– Non, Baz reparle des Caraïbes mais je le croirai quand ça arrivera. On aura de la chance, Trude et moi, si on va à Bognor, cette année. »

Winter dissimula un sourire. Trudy, dix-sept ans, était la fille de Misty. Il y a un peu plus d'un an, Mackenzie les avait installées toutes les deux dans une jolie maisonnette, lassé qu'il était de sauter Misty dans son 4 ´ 4 Mitsubishi, et plus récemment – après des mois de harcèlement – Mist avait obtenu d'habiter ce magnifique penthouse. L'immeuble Arethusa comptait parmi les adresses les plus chics de Portsmouth, mais Winter savait que les jours au soleil de Misty étaient comptés. Bazza forniquait depuis peu avec une jeune Italienne originaire de Sienne. Elle avait de l'éducation ainsi qu'une paire de seins insolents, et Misty se dirigeait vers une retraite anticipée.

« Je vais ouvrir une autre bouteille. Chianti, ça te va ?

— Parfait, dit Winter en tirant un tabouret vers lui. Je suis venu jouer le facteur, Mist. Un petit message à faire passer.

— Ouais ? » Elle lutta un instant avec le bouchon, qui sauta avec un joli bruit.

« Ouais, dit Winter en poussant son verre en direction de la bouteille. Il y a un môme qui s'appelle Darren Geech. Tu le connais peut-être.

— Oh, lui, oui. Somerstown ? Une vraie peste !

— Il a pété les plombs, Mist. Un vrai danger public. Le problème, c'est qu'il a travaillé pour Bazza. Enfin, c'est ce qu'il prétend.

— Tu es sûr ? Baz fait très gaffe à ce genre de truc. Il n'embauche jamais les timbrés.

— Peu importe, ma jolie. Vrai ou faux, tout le monde croit qu'il gratte pour Bazza. Y compris mon patron. »

Misty abandonna la lotte. Winter avait toute son attention, maintenant. Winter se détendit, savourant le chianti.

« Le problème, Mist, c'est que le jeune Darren s'est foutu dans une sacrée merde. D'abord, il a tabassé un certain Rooke, et le pauvre type est mort des suites de ses blessures. Conséquence, le petit Darren est recherché pour meurtre.

— C'était dans le journal.

– Oui, mais c'est pas tout. Darren décide de faire monter les enchères, joue avec le feu en balançant un cocktail Molotov dans la fenêtre d'une habitante de Portchester.

– Mais pourquoi il aurait fait ça ?

– C'est compliqué. Le feu n'a pas pris mais la question n'est pas là. Il se trouve que l'habitante est de la Maison. Inspecteur au CID. Alors, mon patron n'est pas content du tout.

– Et... c'est quoi ce message que tu es censé délivrer ? »

Winter descendit avec précaution du tabouret et gagna le salon avec ses grandes baies vitrées par lesquelles entrait le soleil. Le ferry de l'île de Wight paraissait tout proche. Winter contempla un instant le panorama, puis l'ensemble de la pièce. Il n'avait pas revu Misty depuis Noël, mais tous ces mois passés n'avaient pas affiné son goût. Des peluches sur le bar roulant. Le plus laid des couchers de soleil peint à l'huile accroché au mur, et deux gros pandas en peluche eux aussi coincés à chaque coin du long canapé de cuir fin. Habitant le Gunwharf, où l'on trouvait les plus belles boutiques de décoration de la ville, pareilles merdes étaient impensables.

« Alors ? demanda Misty depuis la cuisine.

– Excellent, dit Winter en faisant tourner son verre dans sa main.

– Je parlais de Geech.

– Ah, oui... » Il fronça les sourcils, l'air sérieux, puis lui fit un grand sourire. « Inutile de te décrire le tableau, Mist. Mon patron a rassemblé tout un bataillon. S'il n'arrive pas à mettre la main sur Geech, il y a des chances qu'il se rabatte sur Bazza. » Il leva son verre. « À la tienne, Mist. Et à la vue splendide qu'on a d'ici. »

Le directeur du Foyer du Marin était un petit Écossais énergique, père de trois grandes filles et passionné de golf. Son bureau était situé au fond du bâtiment, et l'unique fenêtre était grillagée pour se protéger des gosses de la cité voisine. Faraday lui avait téléphoné depuis le bureau. Dans le cadre d'une enquête en cours, il s'intéressait à la réunion qui s'était tenue au foyer lundi soir. M. Derek Grisewood pouvait-il lui accorder un moment ?

Grisewood n'avait été que trop heureux d'accepter. Il avait du monde dans la soirée, mais avait tout son temps pour le moment.

« L'HMS *Accolade*, n'est-ce pas ? »

Grisewood hocha la tête. Le Foyer abritait régulièrement ce genre de réunion. La Marine comptait de nombreuses associations similaires, et c'était le plus souvent le secrétaire adhérent qui prenait le téléphone pour faire les réservations. Une fois les détails réglés, tout se passait comme sur des roulettes.

« Détails ?

— Le nombre, les places à table, s'ils venaient accompagnés de leurs épouses ou pas, s'ils avaient une demande particulière, et aussi les VIP, la routine, quoi. »

Yates était assis à côté de Faraday. Il prenait de temps à autre des notes mais il avait du mal à détacher ses yeux des photos encadrées sur une étagère derrière le bureau de Grisewood. Des photos de mariage.

Faraday voulait connaître le nombre de participants le lundi soir.

« Soixante-trois. Pas d'épouses. » Grisewood avait le doigt ancré sur une chemise.

« Et l'horaire, comment ça se passe ?

– Ils se réunissent au grand bar vers les 7 heures. À 7 heures et demie, ils passent dans la salle Nuffield. À l'entrée, ils reçoivent un petit verre de rhum, et ils peuvent encore boire au petit bar, près de la porte. Vers 8 heures, on les invite à passer à table.

– Une longue table ?

– Non, des tables rondes pour dix.

– Il y a un plan de table ?

– Oui, c'est le secrétaire qui s'occupe de ça. Mais ils s'installent le plus souvent selon les affinités.

– D'accord. » Faraday fit signe à Yates de prendre note. « Et ensuite ?

– On sert le repas. » Il consulta le menu. « Ce soir-là, il y avait une soupe de légumes, du rôti de bœuf, du pudding, les garnitures habituelles, un diplomate au dessert et les vins, bien sûr, rouge et blanc. Après le dîner, il y a toujours un discours ou deux, le compte rendu de l'année, ce genre de chose. Et on porte un toast, naturellement. Un toast aux Amis Absents. »

Faraday jeta de nouveau un regard en direction de Yates. Depuis le coup de fil de Scottie, il n'avait cessé de penser à cette guerre lointaine. La proue d'une frégate donnant de la gîte sur fond d'une gigantesque explosion. La coque noircie par le feu de ce qui avait été le HMS *Sheffield*. Les Gardes écossais titubant sur le rivage de Bluff Cove, leurs chairs en lambeaux. Amis Absents, pensa-t-il.

Grisewood attendait la question suivante. Ce fut Yates qui la posa.

« Ils restent dans la grande salle après le dîner ?

— Non, ils regagnent le grand bar. Ils boivent des coups, se racontent leur vie, se rapprochent les uns les autres en parlant de leur jeunesse. Vous seriez étonnés de l'émotion qui règne, surtout quand ils sont entre eux, sans les femmes. »

Je veux bien le croire, songeait Faraday.

« À quelle heure ferme le bar ?

— Minuit. Les dernières commandes, à moins dix.

— Et après ça ?

— Les gens se séparent, ceux qui passent la nuit sur place montent dans leur chambre, ils partagent une bouteille, les autres rentrent chez eux.

— Ou vont quelque part ailleurs ? Boire un dernier verre ?

— Bien sûr, si l'envie les en prend.

— Vous y étiez, ce soir-là ?

— Non, je me trouvais en Écosse. À Troon. Il y a un golf magnifique s'il ne pleut pas trop. J'étais de retour au boulot le mercredi matin.

— Alors, qui s'est occupé de la réunion ?

— Bella. Une jeune dame qui me seconde.

— Elle est ici ?

— Non. Elle sera là lundi.

— Et les caméras ? J'ai cru comprendre que vous étiez très bien équipé. »

Grisewood hocha la tête, confirmant l'installation. Huit caméras internes, couvrant tout depuis l'entrée jusqu'aux toilettes, et huit autres à l'extérieur, tout autour de la bâtisse. Les caméras nourrissaient en images un système d'enregistrement opéré depuis un bureau sécurisé près de la réception.

« Le grand bar ?

– Une caméra.

– La salle Nuffield ?

– Idem.

– Et personne ne peut sortir sans être filmé ? »

Grisewood secoua la tête et referma la chemise.

« Nous gardons les bandes pendant sept jours. » Il eut un sourire. « Vous pouvez les visionner à votre aise. »

Un seul regard aux écrans dans le petit bureau suffit à Faraday. Il y a des moments dans toute enquête où la porte que vous poussez depuis un moment finit par s'ouvrir, et c'était bien le cas, ici. Le système de vidéosurveillance avait l'air neuf. La résolution, même au ralenti, était excellente, les visages facilement reconnaissables.

Faraday prit Yates par le bras et l'entraîna à l'écart. « Retrouvez-moi Pritchard, dit-il. Et amenez-le ici. Je vous attends. »

Yates hocha la tête et disparut, tandis que Faraday retournait au bar. Le directeur lui offrit une pinte, passa quelques coups de fil personnels et revint lui tenir compagnie. Il s'avéra que l'homme connaissait aussi bien le golf que les oiseaux, et ils étaient plongés dans une grande discussion sur les estuaires écossais quand le portable de Faraday sonna.

« Patron ? » C'était Yates. « Je suis à l'Alhambra. Il semblerait que Pritchard ait disparu.

– Disparu ? » Faraday posa son verre.

« Sa sœur ne l'a pas vu de l'après-midi. Elle pense qu'il est peut-être parti à l'île de Wight. Apparemment, il y va de temps en temps.

— Mais pourquoi irait-il là-bas ?

— Elle m'a dit qu'il était très secoué, ce dont je ne doute pas une seconde.

— On ne sait pas où, dans l'île ?

— Ryde, probablement. Il connaît un type qui tient un bar.

— Vous vérifiez ?

— Oui et, s'il est là-bas, il y aura bien un collègue pour le raccompagner à l'hovercraft. Il sera là dans pas longtemps. »

Faraday jeta un coup d'œil à sa montre. Parler des becs-croisés d'Écosse, des aigles dorés de la Speyside et des lagopèdes leur prendrait une bonne demi-heure encore.

« Tenez-moi informé, dit-il. Je reste ici. »

Avec la lumière qui commençait à décliner, Pritchard sortit des bois et descendit lentement le sentier menant à la barrière au bas de la colline. Il avait passé peut-être une heure dans la petite clairière ombragée, où ils venaient pique-niquer avant. Il s'était étendu à plat ventre, le visage dans l'herbe chaude, s'imprégnant de l'odeur des feuilles, cherchant parmi ses souvenirs un endroit où se reposer.

Ils avaient souvent passé des après-midi entiers, ici. Ils avaient fait l'amour sous un chaud soleil, oublieux des gens pouvant passer par là. Ils avaient rampé l'un sur l'autre, essayant telle manière et telle autre, faisant durer le plaisir aussi longtemps qu'il était possible. Après quoi, comme maintenant, ils avaient fermé les yeux, se laissant emporter, épuisés.

Il se sentait déjà à moitié mort. Tout mouvement, toute respiration, toute image lui revenant était un supplice. Il avait chéri ces moments, bien sûr. C'était cela qui lui avait donné l'envie et le courage de poursuivre. Cela qui avait éclairé les ténèbres menaçant de l'engloutir. À présent que Sean n'était plus, qu'il n'en restait plus rien que ce hideux pantin tout couturé dans la désolation glacée d'une morgue, la flamme avait vacillé et s'était éteinte.

Il avait mal. Partout. Et pire, il avait peur. Qu'allait-il devenir ? Comment pourrait-il passer le restant de ses jours sans l'homme qu'il aimait ?

Il frissonna, se souvenant de la froideur de la peau du cadavre sous ses doigts. Ce n'était pas un souvenir qu'il voulait emporter avec lui. Non. On pouvait choisir. Ces femmes à la télé, ces experts calés dans leurs fauteuils, tous ces magazines du bien-être et du travail sur soi, ils avaient raison. Il était temps d'assurer. Temps de faire valoir ses droits de propriétaire. Temps de dire à la vie qui était le patron.

Est-ce que ce serait dur ? Bien sûr que non. Parce qu'il savait, avec une certitude qui lui faisait accélérer le pas, que Sean l'attendrait. Son Sean. Le vieux Sean. Le Sean de la petite clairière.

Au bas de la colline, il franchit maladroitement la clôture de barbelé. La voie du chemin de fer passait entre deux talus herbeux. Il regarda les rails. C'était le plus éloigné qui charriait le jus. Mais non, ce n'était pas une jolie façon de mourir, s'il voulait que Sean soit fier de lui. Non, pour ça, il fallait quelque chose d'un peu plus extravagant.

Il se baissa au bord du talus et se laissa glisser sur le dos. Atterrissant durement sur le ballast, il pensa s'être fracturé la cheville mais il se releva quand même et se mit en marche. Le tunnel n'était pas à plus de deux cents mètres. Boitant fortement, il avança sous la voûte, l'obscurité s'épaississant de plus en plus. Il esquissa quelques pas de course. Je suis content, pensa-t-il. Content pour Sean. Content pour nous deux. Il haletait, sentait son cœur cogner dans sa poitrine. Un moment plus tard, il régnait un noir d'encre autour de lui. Mais il continua d'avancer.

16

Samedi 8 juin 2002, 21 h 30

Les premières nouvelles de Pritchard ne parvinrent à la section des Crimes Graves que bien plus tard. Le train de Londres avait procédé à un arrêt d'urgence dans le tunnel de Buriton. Le conducteur, choqué, rapporta avoir heurté une personne alors qu'il roulait à pleine vitesse. On releva du sang et des lambeaux de vêtements sur les tampons et le tablier de la locomotive. Une marche arrière de quelques dizaines de mètres révéla une jambe sectionnée. Fouillant les bas-côtés à l'aide de torches électriques, les équipes de secours découvrirent un tronc totalement broyé. Le courant fut coupé sur la ligne, et les passagers conduits hors du tunnel et pris en charge par des autocars au village le plus proche. Tous les trains de la ligne Londres-Portsmouth furent annulés jusqu'à nouvel avis.

Un jeune officier de la Scène de crime établit le lien avec Pritchard. Cherchant une pièce d'identité dans les vêtements de la victime du train, il tomba sur la photographie en couleurs d'un homme que, quelques jours plus tôt à peine, il avait vu étendu mort à son domicile de Southsea. Il avait aussitôt contacté son patron, Jerry Proctor. Il s'agissait bien de Coughlin, le type de Niton Road.

Faraday était chez lui quand Proctor lui communiqua la nouvelle au téléphone. Il était tard à présent, 11 heures passées, et Faraday songeait à aller se coucher. Après avoir appris que Pritchard n'avait pu être localisé à Ryde, il avait dit à Bev de rentrer chez lui. Ils recommenceraient le lendemain. Pritchard serait alors rentré.

Vraisemblablement, il n'en serait plus question.

« Vous avez une vague description du mort ? »

Proctor, qui n'avait pas vu le corps, relaya ce qu'on lui avait transmis de Wight. Ongles rongés. Pantalon noir. Chemise écossaise avec des poches à boutons. Des tennis bon marché.

Faraday, qui ne doutait plus que ce fût Pritchard, donna à Proctor le numéro de téléphone de l'hôtel Alhambra.

« Sa sœur se prénomme Jackie. Elle saura reconnaître les vêtements. » Il tourna son regard vers la nuit enveloppant le port. « Il a laissé un mot ? Quelque chose ? »

Proctor dit qu'il n'en savait rien. Ses gars sur place n'avaient rien mentionné à ce sujet, mais il organiserait une fouille du terrain demain, en particulier sur la voie à la sortie du tunnel ; il était possible qu'ils tombent sur quelque chose. Les suicides faisaient souvent l'objet d'une préparation méticuleuse, laissant derrière eux des petits trésors d'affaires personnelles.

« Pritchard n'était pas de ce genre, marmonna Faraday. C'était un vrai désordre ambulant. »

Il mit fin à la communication et raccrocha. Dehors, sur la grève, l'air de la nuit était encore chaud et Faraday, tournant le dos à sa maison, prit d'un pas tranquille la direction du nord. La marée haute lapait doucement le tas de varech au pied du mur de la jetée, et loin là-bas au-dessus des eaux monta le cri d'un courlis. Cela faisait longtemps que Faraday n'avait entendu cet appel puissant et obsédant qu'il aimait tant, et qui, cette nuit, lui paraissait tellement approprié. Les derniers moments de Pritchard n'incitaient guère à la contemplation. Entrer dans un tunnel, entendre le grondement lointain du train, sentir le sol sous ses pieds commencer à trembler, et cependant avoir le courage de rester là, les pieds plantés sur le ballast, tandis que le phare de la locomotive troue les ténèbres. Il devait y avoir un instant, songea Faraday, où votre instinct vous poussait à bouger, vous écarter ou vous jeter à plat ventre ou encore vous détourner et courir, mais à ce moment-là le monstre était déjà sur vous, il était bien trop tard. Ressentait-on le choc ? La frappe de l'acier contre l'os ? Avait-on conscience le temps d'une fugitive seconde que les roues taillaient, broyaient votre corps ? Que votre cœur venait de cesser de battre ?

Faraday s'arrêta au-dessus d'une minuscule plage de galets. Il pouvait distinguer au clair de la lune les silhouettes des canards et des tadornes. Il y avait mille raisons, pensait-il, pour que Pritchard se soit donné la mort : la perte de son amant, les ravages de l'alcoolisme, la tâche déprimante de tenir un hôtel en ruine, mais ce qui le troublait le plus, c'était la part que lui-même avait dans la mort de Pritchard.

Avait-il pesé personnellement sur la décision de Pritchard ? Cette visite à la morgue avait-elle fondamentalement influencé son geste ? Autrement dit, Faraday aurait-il dû chercher quelqu'un d'autre pour identifier Coughlin ?

Qu'il n'y eût guère de réponses à ces questions était profondément troublant. Faraday était un flic. Son travail lui imposait des devoirs et il s'était toujours efforcé de les accomplir. D'une certaine manière, il représentait une seule partie d'un contrat. Il s'était engagé à défendre la loi, à détecter les transgressions et à mettre hors d'état de nuire les criminels. Mais, dans les espaces entre les petits caractères, se tenaient tapies de nombreuses autres responsabilités, des choses qu'aucun sergent d'instruction n'avait jamais mentionnées, et l'une d'elles était précisément une affinité — une sympathie — pour autrui.

Le Mal était un grand mot, et plus il prenait de l'âge, moins Faraday en saisissait le sens. Tous ces éléments qu'ils avaient rassemblés — commentaires de ses collègues, accusations de Davidson, indices provenant des dossiers de la Marine —, tout cela tendait à faire de Coughlin un sale, un très sale type. Mais, d'une manière ou d'une autre, et Dieu sait pourquoi, il avait apporté du bonheur à son ami, suffisamment de chaleur pour empêcher Pritchard de s'effondrer complètement. Coughlin l'avait-il manipulé ? brutalisé ? Avait-il profité de la faiblesse de son compagnon ? pris son corps autant que son cœur ? La réponse était probablement oui. Mais il en demeurait une autre, d'interrogation, plus grande encore, dépassant toutes les autres. Si Coughlin avait rendu Pritchard heureux, le reste avait-il de l'importance ?

Eadie Sykes n'était pas encore couchée lorsque Faraday sonna à l'Interphone. Elle reconnut aussitôt sa voix.

« Bien sûr, dit-elle. Monte. »

Elle le reçut pieds nus, dans une vieille robe de chambre, et il y avait tout un tas de papiers éparpillés autour de son portable sur le canapé. Elle avait du chablis frais à lui offrir mais il préféra du café, il avait besoin de lui parler.

« Je t'écoute. » Elle mit un peu d'ordre pour lui faire une place sur le canapé. « Tu veux grignoter un truc ? Je n'ai pas grand-chose, mais ce sera avec plaisir. »

Presque malgré lui, il se mit à lui parler de Pritchard, du tunnel, de Coughlin. Il tenta de placer toutes choses dans leur perspective, de prendre l'opération *Merriott* dans son contexte le plus large, de tirer quelque bénéfice, quelque indice éclairant des restes humains éparpillés sur une voie de chemin de fer. En vain. Tout cela paraissait dénué de sens. Il n'en restait qu'un nœud de culpabilité. Il aurait dû se montrer plus attentif, plus sensible. Parmi les mille décisions qu'on attendait d'un inspecteur principal chargé d'une enquête criminelle, il avait pris la plus mauvaise.

« Tu cherches de la compassion ? »

La brutalité de la question lui fit lever la tête.

« Non, répondit-il.

– Tu désires autre chose ? Du réconfort ?

– Non.

— Penses-tu qu'on devrait aller se coucher ? Voir si ça marche ?

— Non.

— Alors, pourquoi es-tu ici ? »

C'était la question que Faraday avait redoutée. Il avait pensé qu'elle pourrait comprendre, et ce n'était pas le cas. La vie l'avait endurcie, elle aussi, comme tout le monde.

« Je voulais seulement... » Il haussa les épaules, secoua la tête et fit le mouvement de se lever. Il lui faisait perdre son temps. Il n'aurait pas dû la déranger de cette façon. L'heure était bien trop tardive, de toute façon, pour parler de tout ça.

« Non. » Elle le retint d'une main ferme sur l'épaule. « Dis-moi seulement ce qui ne va pas. »

Il la regarda. Peut-être comprenait-elle parfaitement, après tout. Décidément, son jugement lui faisait défaut pour la seconde fois.

« Tu veux vraiment que j'en parle ?

— Oui, s'il te plaît.

— D'accord. » Il toucha le bas de la robe de chambre, là où la couture s'était défaite. « Il arrive que parfois... rien n'ait de sens. On cherche des motifs, on cherche la justice...

— Et il n'y en a pas.

— Non. On fait ce qu'on doit faire. On nettoie. On veille sur les blessés, des fois on boucle les coupables, mais ça ne change rien à rien. Qu'on soit malin, dur ou compréhensif, ça ne fait aucune différence.

— Et tu voudrais qu'il y en ait une ?

— Oui, dit-il en hochant la tête. Je pense que oui.

— Et tu comptes y arriver un jour ?

— Non. Jamais.

— Parce que… ?

— Parce que l'entreprise est bien trop vaste. Les gens ne savent plus qui ils sont, désormais.

— C'est une drôle de chose à dire.

— Pas vraiment si tu y réfléchis. C'était beaucoup plus simple avant. Les gens avaient des familles, du travail, une église, une certaine conception de l'honnêteté, et cela les consolait, leur donnait un but. Tout ça n'existe plus. Il n'y a plus de réconfort, plus de direction ni de sens. Et les gens sont… » Il fronça les sourcils, cherchant le mot.

« Déroutés ?

— Oui, certainement. Nous sommes sur une montagne, et nous grimpons sans cesse. Sans fin. Et ne crois pas que je parle du travail. Il n'y a pas que ça. C'est l'ensemble. Le voyage avait jadis un but.

— Et tu penses que nous l'avons perdu ? Tu penses que nous ne savons plus dans quelle direction nous allons ?

— Oui. »

Sykes le considéra un instant puis, se levant, elle alla prendre un paquet de cigarettes dans un tiroir. Faraday ne savait pas qu'elle fumait.

« Tu sais ce que mon papa avait l'habitude de dire ? Là-bas, à Ambrym ? » Elle alluma sa cigarette. « Il disait que c'était la faute au climat. C'est le soleil qui l'attirait aux Nouvelles-Hébrides. Il adorait la chaleur. Il prétendait que le soleil, c'était comme le pudding, ça adoucissait sa vie. Les Britanniques, me disait-il souvent, sont tordus. Ils réfléchissent trop. Ils s'inquiètent de tout. Ils se referment sur eux-mêmes. Et tu sais pourquoi ? Parce qu'il pleut toute la sainte journée. »

Faraday la regarda. Peut-être avait-elle raison. En randonnée au mois de mai dans les Pyrénées espagnoles, on découvrait un ciel constellé de busards et de vautours fauves. Avec les prés remplis d'orchis et la douce chaleur du soleil sur son visage, on se sentait proche du paradis.

« Je ferais peut-être mieux de changer de latitude, dit-il. Peut-être que ce serait la solution.

— Peut-être. À condition de le vouloir vraiment.

— Et tu penses que ce n'est pas mon cas. Que je me raconte des histoires ?

— Pas du tout. Tu es dans le creux de la vague, et je pense aussi que ça ne te déplaît pas, cette incertitude. Tu te poses des questions. Parce que ta nature te pousse à le faire. C'est probablement ce qui fait de toi un excellent détective, bien que je ne sois pas bon juge dans ce domaine. Le principe est simple, cependant. Au fond, tu n'es pas un homme de certitudes.

— Et ce n'est pas bien ?

— C'est une question d'enfant, ça. Et on discute entre adultes. Tu devrais avoir honte de toi. »

Elle s'assit soudain à côté de lui et l'embrassa sur le nez. Faraday pensa soudain à son fils.

« Sais-tu ce que J-J a fait, aujourd'hui ? Il est venu à mon bureau pour y rencontrer un de mes collègues. Dans le cadre d'une autre affaire, un autre meurtre. Ils pensent que J-J connaît peut-être un môme qu'on recherche activement, et peut-être ont-ils raison. Mais sais-tu ce qui s'est passé ?

— Dis-le-moi.

— Il a refusé de dire un seul mot.

— Parce qu'il ne peut pas.

— Non, tu ne comprends pas. J'étais là. Nick posait les questions, et je traduisais pour J-J, et lui ne voulait rien savoir. C'était *niet*. Plus que ça, il était révolté. Il prenait ça pour une insulte.

— Parce qu'il ne savait rien sur ce garçon ?

— Non, parce que le procédé l'écœurait. Il considérait qu'on l'utilisait. C'est un jugement moral. J'ignore toujours s'il connaît le garçon ou pas, mais là n'est pas la question. J-J avait pris sa décision. Il savait quoi faire. C'est assez rare, et tu sais quoi ? J'étais fier de lui. Et pas seulement fier mais envieux aussi.

— Peut-être qu'il tient ça de son père. Tu n'y as pas pensé ?

— Non. » Faraday s'adossa au canapé, conscient du corps de Sykes, et il ferma enfin les yeux.

« Tu veux rester ? »

Il réfléchit à la question derrière ses paupières closes. Enfin, il chercha sa main.

« Je n'en ai aucune idée, dit-il, souriant tout seul. Incertitude est un excellent mot. »

Winter se servit de la clé de Dawn pour entrer dans la maison. Minuit passé, la rue était déserte, les rideaux tirés. Il s'attarda un instant dans le couloir. Il y avait toujours dans l'air une odeur d'essence et de brûlé. Cela lui rappelait les squats qu'il visitait quand il n'était encore qu'un détective en tenue, ces lieux puant les excréments et le petit bois brûlé, où les clochards élisaient résidence.

Il referma la porte, sans mettre la chaîne de sûreté, et grimpa à l'étage. Il avait apporté quelques affaires avec lui mais il était décidé à dormir tout habillé. Dawn, qui l'avait patiemment écouté lui décrire son plan, ne s'était pas montrée enthousiaste mais la moitié d'une bouteille de Bacardi avait brouillé son jugement, et elle dormait profondément dans la chambre du fond quand il était parti.

La chambre de Dawn donnait sur le devant de la maison. Le sol était encore jonché de vêtements, et le lit dénudé de son drap et de sa couette qu'elle avait descendus dans le salon. Il restait deux ou trois couvertures dans le placard près de la salle de bains, et Winter les prit avec lui, ôta ses chaussures et s'installa le plus confortablement possible. Ses douleurs au bras et dans les côtes s'étaient estompées dans la journée, mais elles revenaient maintenant en force. Le tube de Nurofen de Dawn était toujours par terre à côté du lit. Il avala trois comprimés.

Le sommeil vint lentement. Allongé, la tête sur l'oreiller, il pouvait sentir l'odeur de Dawn, et c'était là une sensation formidablement intime qu'il n'avait pas anticipée. Il ne s'était jamais imaginé avoir une chance auprès d'elle. Il ne l'avait pas même réellement désirée. Non, c'était seulement la pensée d'être aussi proche d'elle, et aussi le fait qu'elle était tellement vulnérable.

Et c'était précisément cette vulnérabilité qui était la clé de cette situation. Cette faiblesse, ce besoin des autres, de leur présence physique, de leur compagnie, était pour certaines personnes une tentation à laquelle elles étaient incapables de résister. Il en avait été témoin plus d'une fois dans le travail. Il savait où cela menait, mais il n'y avait jamais été lié aussi intimement.

Bien sûr, les flics étaient connus pour leur violence dans leurs vies privées. La tâche charriait son content de frustrations, et il avait connu pas mal de types qui se retournaient contre leurs collègues ou leurs femmes. Mais ce genre de violence, fruit de trop longues nuits, de trop d'alcool, était occasionnelle — une explosion — alors que ce qui arrivait à Dawn appartenait à une tout autre catégorie.

Ce qu'elle lui avait raconté la nuit précédente l'avait parfaitement convaincu. Au début, elle s'était montrée réticente pour en parler, mais Winter était passé maître dans ce genre de situation, et plus il avait creusé plus il avait mesuré combien elle avait été adroitement manipulée. Les choses que ce type lui avait fait subir étaient assez bizarres et plutôt répugnantes, mais la véritable astuce tenait dans le fait que c'était elle qui se sentait coupable.

« C'est ma faute, Paul, avait-elle dit. Tout ça est entièrement ma faute. »

Faux, pensait-il. Faux, archifaux.

Une voiture passa dans la rue, et il se tendit un moment, se demandant si ce n'était pas un petit passage de reconnaissance pour s'assurer que la voie était libre. C'était un pari qu'il avait fait là, bien sûr, et il était déjà à moitié résigné à une nuit sans sommeil pour que dalle, mais il y avait une autre petite voix dans sa tête qui lui soufflait qu'il ne perdrait pas son temps. Quand on passait toute sa carrière à tisonner dans la tête des gens, on apprenait une chose ou deux sur leurs comportements et leur façon de tourner en cercle, revenant toujours au même point. Il était impossible que Dawn se fût placée dans cette situation en toute conscience, pensait-il. D'après le vocabulaire en usage dans les manuels du viol, elle n'avait été qu'une cible occasionnelle.

Winter se réveilla avec l'impression de s'être assoupi quelques minutes seulement. Il resta allongé dans l'obscurité pendant un instant, se demandant quel était ce bruit qui l'avait alerté. Puis cela se reproduisit, des pas dans le couloir, en bas. Il consulta sa montre : 2 h 49. Comme je l'avais prévu, pensa-t-il en plongeant la main sous le lit pour appuyer sur la touche Marche d'un petit magnétophone, avant de rabattre la couette sur son visage.

Les pas se rapprochaient maintenant, montant les marches. Il y eut une pause sur le palier. Il avait laissé entrouverte la porte de la chambre, et il percevait nettement le bruit d'une forte respiration. Pas un essoufflement de fatigue, non. Quelque chose de beaucoup moins rassurant. Le souffle court d'une excitation sexuelle.

Il y eut un mouvement de nouveau, et le long zip d'une fermeture à glissière. Puis lui parvint une série de petits frottements humides, qu'il eut du mal à identifier. Immobile sous le duvet, il ne pouvait qu'imaginer ce qui se passait. Était-ce cela qu'avait vécu Dawn ? Était-ce le court métrage précédant le grand film ?

Il entendit enfin le grincement de la porte qu'on poussait. De l'air entra et il sentit la présence de quelqu'un debout au pied du lit. Il bougea un peu sous la couette, heureux d'avoir tendu ce petit piège, puis se retourna complètement dans le lit, la tête toujours enfouie. Un appât des plus vifs, se dit-il.

« Dawn ? » Il sentit une main qui le secouait doucement. « Tu es réveillée ? »

Winter ne bougea pas, gardant un souffle régulier, feignant le sommeil.

« Dawn ? demanda de nouveau la voix, qu'il avait reconnue. Tout se passera bien, cette fois. Je te le promets, ma jolie. Regarde. Regarde-moi. »

Winter rejeta soudain la couette, un geste théâtral qu'il se reprocha aussitôt. Dans la lueur provenant de la rue, c'était bien la haute silhouette d'Andy Corbett qui se dressait au-dessus du lit. Il portait sa combinaison de cuir de motard, dégrafée du cou à l'entrejambe. Il était nu dessous, et une érection incertaine commençait déjà à retomber. Winter crut reconnaître la douceâtre odeur d'une lotion pour le corps.

Corbett resta pétrifié pendant un moment. Puis, reculant d'un pas, il remonta sa fermeture Éclair.

« Putain, mais… ? »

Winter alluma la lampe de chevet.

« Déçu ? »

Corbett ne répondit pas tout de suite. Il termina de se rhabiller puis tendit un index osseux vers le visage de Winter.

« Putain, vous êtes grave, dit-il. Vraiment très grave.

— Pas toi ?

— Ça veut dire quoi, ça ? »

Winter remonta l'oreiller, prenant ses aises.

« Et si on commençait par les bouts de câble ? dit-il, serein. Tu veux qu'on en discute un peu ? Ou bien on va direct à la quéquette ? C'est à cause de ton papa, hein ? Je connais des psy que ton cas passionnerait, petit.

— J'suis pas obligé d'écouter cette merde. Surtout venant d'un vieux con dans votre genre, lâcha Corbett en se dirigeant vers la porte.

— Tu vas pourtant m'écouter, et en ouvrant bien les oreilles. Et sais-tu pourquoi ? Parce que les vieux cons dans mon genre pourraient te pourrir la vie. Et je ne suis pas le seul à être pote avec Dawn. Les autres, eux, sont beaucoup plus jeunes. »

Corbett s'arrêta et se retourna. « C'est quoi ça, des menaces ?

— Bien sûr que c'en est, mais comme je vois que tu ne pars plus, pourquoi ne pas t'asseoir ? »

Winter désigna le pied du lit, mais Corbett resta debout.

« Comme tu voudras, dit Winter en haussant les épaules. D'abord, les faits. Il y a deux nuits, tu es resté ici, n'est-ce pas ? Tu n'étais pas bien dans tes pompes. Les choses n'avaient pas tourné comme tu l'espérais. Bref, tu étais en manque de tendresse. Et devine qui a été assez bête pour se faire prendre à ton boniment ?

— C'était pas du boniment, j'allais vraiment mal.

— On se sent tous mal, petit. Ça fait partie du boulot. Mais on s'en sert jamais pour attirer quelqu'un comme Dawn dans son lit.

— C'est elle qui l'a proposé.

— Bien sûr que c'est elle. Elle est comme ça. Une grande naïve et un cœur encore plus grand encore. Dieu seul sait ce qu'elle branle dans la police. Bref, elle a pitié de toi. Elle te sert un verre. Vous parlez. Tu lui racontes combien le monde est injuste envers toi, que t'arrives pas à t'imposer comme tu le souhaiterais, et comme tu es un type généreux et gentil, tu la laisses t'emmener au lit. Dawn, elle, voyait les choses autrement. D'abord elle te zieutait depuis des semaines, ensuite elle adore jouer les âmes charitables. Un collègue en besoin d'affection ? Mais t'as qu'à te servir, te dit-elle, ça te fera tellement de bien. Seulement, ça n'a pas marché, hein ? Et pourquoi ? Parce que t'as pas pu bander. Alors, Dawn s'est sentie exactement comme tu le voulais, c'est-à-dire totalement inutile. Bonne à rien. Elle est là, nue, toute fraîche sortie de la douche, mais ta bite veut rien savoir. Dawn pense bien sûr qu'elle est moche, qu'elle est incapable d'allumer un mec. Elle est persuadée d'avoir échoué. Il faudrait qu'elle se rattrape, qu'elle fasse mieux que ça. » Winter leva son bras cassé pour glisser un doigt sous le plâtre et se gratter. « Est-ce que j'approche du grand moment ? »

Corbett était muet. Il avait le visage pâle, les lèvres serrées. Sous son œil gauche, un nerf battait.

« Alors, reprit Winter, son visage s'animant de nouveau, tu sors le matos que t'as apporté. Tu as ces bouts de câble avec toi, comme par hasard. Tu penses que ça pourrait réveiller ta nouille si elle te laissait lui attacher les poignets à la tête du lit, qui est ici, et elle te dit d'accord, n'est-ce pas ? Alors, tu y vas, tu lui ligotes les poignets. À propos, tu les as avec toi, cette nuit, ou bien t'es passé à autre chose ? »

De nouveau, pas de réponse. Rien que ce regard sans vie, fixant Winter.

« Non, tu ne veux pas m'éclairer sur ce point ? reprit Winter. Alors, la voilà entravée sur son lit, mais t'as pas fini, parce que t'en as deux autres, de câbles, pour les chevilles, ceux-là. Mais là, Dawn commence à s'interroger sérieusement. Ce qui avait commencé à ses yeux comme une belle occasion d'apporter un peu d'amour dans sa vie vire au mauvais porno. Elle est là, à ta merci, et elle se demande ce que tu vas lui faire.

— J'ai essayé de la baiser.

— Tu l'as fait, Andy, tu as essayé. Et je suppose que ç'aurait pu marcher. Mais hélas, ça n'a pas été le cas, hein ? Soit parce que tu as un gros problème de bandaison, soit parce que tu veux pas que ça marche.

— Vous me dites que c'est ma faute ? se récria-t-il. Vous croyez que je ne voulais pas la baiser ?

— J'en ai pas la moindre idée, mec, je te raconte seulement ce que je pense. Je pense que tu es un salopard de première. Je pense que tu savais parfaitement ce que tu voulais quand tu as sonné à sa porte cette nuit-là, et le plus triste c'est que tu as eu ce que tu voulais. C'est quoi, le plaisir dans cette histoire, tu peux me le dire ? Comment tu prends ton pied en enfonçant une canette dans le con d'une femme ? En lui enfilant ensuite une matraque ? C'est ton truc, vraiment ? Ton idée du plaisir ? Ou bien est-ce que c'est rien d'autre qu'un viol aggravé ? Dis-moi, parce que je m'y perds là, soudain.

— C'est pas du viol.

— C'est ce que tu dirais au juge, au tribunal ? Seule Dawn pourrait…

— C'était… rien qu'une chose entre nous deux. Vous pourriez pas comprendre. Vraiment pas. Et si vous voulez tout savoir, je suis venu ici pour lui faire mes excuses.

— Sans blague ! T'introduire chez elle en pleine nuit avec le zob à l'air, t'appelles ça des excuses, dis-moi ! »

Winter se tut, puis désigna la porte d'un signe de tête. « J'en sais foutre rien pourquoi t'es ici, cette nuit, mais je suis drôlement content que tu n'aies pas trouvé Dawn. Je suis peut-être un peu plus vieux que toi, p'tit mec, mais je vais te dire autre chose, et gratuitement encore. Si jamais tu t'approches une seule fois encore de cette maison ou même si tu essaies de téléphoner à Dawn, je m'assurerai personnellement que tu reprennes le train pour Londres. Tu m'as compris ?

— Non.

— Alors, je vais être plus clair encore. Tu laisses Dawn tranquille. Tu oublies qu'elle existe. Si tu ne sais pas quoi faire de ta queue, je te donnerai quelques numéros de téléphone. Y'a des femmes dans cette ville qui t'arrangeront ton affaire. Ça te coûtera un peu de blé, mais t'es tellement pathétique qu'elles te feront peut-être un prix. D'accord, c'est assez clair ? »

Un instant, Winter pensa qu'il était allé trop loin. Corbett avait l'air d'un homme sur le point de faire une connerie. Mais il le vit se redresser soudain, s'efforçant de transformer sa colère en mépris.

« Vous savez quelle a été mon erreur ? demanda-t-il d'une voix basse.

— Non, petit, mais tu vas me le dire.

— Passer chez vous, et vous dire quel pauvre con vous étiez. J'aurais dû la boucler et attendre la fois suivante.

— La fois suivante ?

— Ouais. » Il remonta son zip jusqu'au cou. « Parce que la suivante, il y a toutes les chances que vous l'aurez tuée, cette pauvre fille. »

Winter le regarda, se demandant quoi répondre à ça. Finalement il hocha la tête. « C'est vrai, dit-il. C'était une grosse erreur de venir chez moi. Tu sais quoi, mon joli ? Faut que t'apprennes à te contrôler. »

Corbett répliqua d'un sourire froid, un vague reste de dignité, puis tourna les talons et quitta la pièce. Winter entendit le tapement de ses bottes dans l'escalier et le claquement de la porte d'entrée. Un moment plus tard, le grondement d'une grosse moto lui parvint affaibli par la distance. Ce salopard, pensa Winter, devait avoir garé sa bécane dans une autre rue.

Il se détourna de la fenêtre et gagna le rez-de-chaussée. La fille au standard de la compagnie Aqua lui promit une voiture dès qu'elle en aurait une de libre. Il avait remis ses chaussures et attendait en bas qu'arrive le taxi, quand il se rappela le petit magnétophone sous le lit de Dawn. Il remonta le chercher. La bande tournait encore, et il ne restait que quelques minutes d'enregistrement.

17

Dimanche 9 juin 2002, 9 heures

Le lendemain matin, Faraday se sentait infiniment mieux. Même Bev Yates le remarqua. Sa nuit de samedi avait été une catastrophe. Il était rentré tard, pour découvrir des lasagnes froides dans le four et Melanie endormie sur le canapé du salon. Allumer la télé pour voir les résumés des matches au Japon et en Corée du Sud avait été la goutte d'eau qui fait déborder le vase. Il regardait les temps forts de Brésil-Chine quand Melanie s'était réveillée et était allée au lit sans un mot.

Faraday était déjà à son bureau à Crescent. Yates apparut sur le pas de la porte.

« Nous sommes certains qu'il s'agit de Pritchard ? demanda-t-il, étouffant un bâillement.

— Absolument. » Faraday s'était entretenu avec l'officier qu'il avait dépêché auprès de la Scène de crime dans le tunnel de Buriton. « Sa sœur a identifié la chemise, et ils vérifieront son dossier dentaire demain matin, mais seulement pour confirmer.

— Elle n'a pas vu le corps ?

— Il n'y en avait plus, de corps. De toute façon, nous ne retournerons pas là-bas. »

Yates hocha la tête. Il regrettait d'avoir emmené Pritchard à la morgue mais, après tout, ce n'était pas lui qui avait pris cette décision. Il désirait maintenant savoir comment ils allaient bien pouvoir identifier les trois types de l'Alhambra sans l'aide de leur seul et unique témoin.

« Prenez contact avec le secrétaire de l'association, dit Faraday. On commencera par lui. »

Yates parti, Faraday appela Willard. D'après le message réceptionné sur son portable, le superintendant passait la matinée chez lui, et Faraday se demandait si, comme Yates, le patron n'essayait pas de sauvegarder sa vie privée. Willard entretenait depuis peu une relation avec une psychologue du nom de Sheila. Elle vivait et travaillait à Bristol et descendait souvent à Portsmouth les week-ends.

Willard était plus grognon que d'ordinaire au téléphone.

« Je peux vous parler, monsieur ?

— Allez-y. »

Faraday l'informa au sujet de Pritchard. Willard, bien sûr, avait son point de vue sur ce dernier développement.

« Alors, pourquoi aurait-il fait ça ? »

Faraday lui répondit qu'il n'en savait rien. L'homme n'avait pas laissé de lettre, et on pouvait tout imaginer.

« Y compris la culpabilité ?

— Mais coupable de quoi ?

— D'avoir tué son amant ?

— D'avoir assassiné Coughlin ? Vous êtes sérieux ?

— C'est une suggestion, Joe, et une possibilité que vous ne devez pas écarter. À mes yeux, le bonhomme demeurait un suspect, et se jeter sous un train me dit qu'il avait quelque chose sur la conscience. » Il s'interrompit pour répondre à une question. Faraday pouvait entendre une voix de femme. Puis Willard fut de nouveau en ligne.

« Où en est-on avec l'appartement de Coughlin ?

— Jerry a terminé hier. Il a des indices qu'il songe soumettre à une analyse ADN et il a passé chaque pièce au révélateur.

— Des trouvailles ?

— Rien. »

Willard grogna. Le révélateur était une technique consistant à passer à l'aérosol sur tous les types de sol un produit qui, soumis à un courant électrique, révélait empreintes de pas et autres avec une netteté remarquable.

« Rien du tout ?

— Rien qui établisse un lien avec Pritchard. Il avait marché dans de la terre, vous vous rappelez. Il en avait plein les semelles. S'il avait pénétré dans la maison, la Scène de crime l'aurait tout de suite vu.

— Peut-être qu'il les aura enlevées, ses tennis.

— Il était bourré, monsieur. Il n'avait plus sa tête. De toute façon, même à jeun, il n'était pas du genre à s'essuyer les pieds.

— D'accord, d'accord, ce n'était qu'une supposition. Dans des affaires semblables, il ne faut jamais éliminer ce qui paraît évident.

— Tout à fait.

— Que voulez-vous dire ?

— Rien, monsieur. Coughlin avait réglé la dernière prime de son emprunt-logement, et il n'y a pas de bénéficiaire. Jerry a donc décidé de ne pas abandonner les lieux. Il a changé les serrures et placé des alarmes. Nous pouvons ainsi y retourner à notre convenance. »

Willard voulait savoir ce que prévoyait de faire Faraday. La mention du secrétaire de l'association des marins et de la vidéo équipant leur foyer souleva une autre question.

« Il y a là un problème d'effectif, dit Willard. Nous déclenchons une grande opération à Somerstown aujourd'hui. Où allez-vous trouver les hommes ? »

Faraday lui expliqua que Yates et lui feraient le plus gros du travail de terrain. Ils devaient visionner en priorité le dîner qu'avait donné l'association lundi dernier. Avec un peu de chance, ils auraient quelques noms à exploiter. Il hésita un instant, s'attendant à une nouvelle remarque, mais Willard ne pouvait rester plus longtemps en ligne. On l'appelait. « Bonne chance, dit-il. Et tenez-moi informé. »

Une demi-heure plus tard, un break Sierra bleu s'arrêtait le long du trottoir dans Fraser Road. Deux hommes en sortirent ; ils ouvrirent le hayon arrière, pour sortir une forme enveloppée dans une couverture qu'ils déposèrent rudement sur le trottoir, et repartirent aussitôt. Quelques minutes plus tard, un petit vendeur de journaux tâta doucement du bout du pied la couverture. Quelque chose bougea dessous.

L'association du HMS *Accolade* était gérée par un ancien opérateur radio nommé Stanley Wallace. Il habitait à Drayton, un faubourg de Portsmouth, et il ne voyait pas d'obstacle à une rencontre un dimanche matin. Le bureau dans lequel il gardait les registres de l'association était à cinq minutes à pied de chez lui. Il donna l'adresse à Yates.

« C'est là, dit Bev, passé prendre Faraday à Kingston Crescent. Au-dessus des Fruits & Légumes. »

Ils étaient garés dans une rue commerçante. Le Fruits & Légumes était ouvert le dimanche matin et avait surtout une clientèle âgée. Yates et Faraday entrèrent, demandant après Stanley Wallace. Une porte au fond menait à la réserve. Il fallait tourner à gauche là où il y avait les sacs de pommes de terre, enjamber les cageots de laitue et prendre le petit escalier poussiéreux menant à l'étage.

Wallace les attendait dans une minuscule cuisine. C'était un petit homme très soigné, la moustache grisonnante. Faraday lui donna une cinquantaine d'années. Trois tasses tenaient compagnie à une bouilloire fumante.

« Thé ? Café ? »

Yates et Faraday choisirent du café, et Wallace les fit passer dans la pièce voisine, qui était bien plus grande. Après la Marine, il s'était reconverti dans la comptabilité, et il tenait depuis lors un modeste bureau de comptabilité et avait une clientèle strictement locale. Quand il disparut dans la cuisine pour y chercher les cafés, Faraday examina une photographie encadrée sur le mur du fond. Cette fois, le HMS *Accolade* était pris de côté avec pour fond l'immensité de l'océan. C'était une photo magnifique, la proue fendant une énorme vague verte, son flanc ruisselant étincelant au soleil, tandis qu'il gîtait par tribord, et il y avait quelque chose dans cette image qui lui rappelait le travail de J-J. Le photographe avait réussi à capter l'essence même du navire : l'énergie, la vitesse, une direction, un but. Pas étonnant que Wallace l'eût accrochée sur son mur.

« Le type qui l'a prise était sur un des ravitailleurs. Le bateau venait de refaire le plein de carburant. »

Faraday se retourna. Wallace refermait la porte du bout de son pied.

« C'était en 82 ?

– Oui, dix jours plus tard, le bateau était au fond. »

Faraday regarda de nouveau la photo. Cet homme avait vécu avec un fantôme, se dit-il.

Ils prirent place sur des chaises, et Faraday entreprit d'expliquer le but de leur visite, mais Wallace l'interrompit aussitôt. Au téléphone, Yates avait parlé d'enquête criminelle, n'est-ce pas ?

« Cela concerne Coughlin, donc ?

– Qu'est-ce qui vous fait dire ça ?

– J'ai rencontré des copains dans la semaine. Des gars du coin. Ils avaient lu ça dans le journal.

– Et ?

– Rien. Il n'était pas quelqu'un à qui on a prêté beaucoup attention. Il n'a jamais assisté à une seule de nos réunions. En fait, on ne savait même pas qu'il habitait ici. »

Yates qui avait examiné les certificats de comptable accrochés à l'autre mur se tourna vers Wallace.

« Coughlin n'était pas là lundi soir ?

– Bon Dieu, non.

– Mais vous vous souveniez bien de son nom ?

– Oui.

– Une raison particulière ? »

Wallace était assis à son bureau. Un store vénitien atténuait l'éclat du soleil frappant la fenêtre.

« Tous les navires ont quelque chose de spécial, dit-il enfin. Et quand on en perd un, il devient précieux. De même que les gars qui y servaient. Les noms ? Les visages ? Ils vous restent gravés dans la mémoire. » Il eut un petit sourire. « À jamais.

— C'est pour cela que vous gérez l'association ?

— Oui, mais il fallait bien aussi que quelqu'un le fasse. » Il marqua une pause pour avaler une gorgée de café. « Vous voulez que je vous parle de Coughlin ? Il était dans mon mess… »

Sa voix traîna, et Faraday eut soudain conscience du tour étrange que prenait cette conversation. Wallace était le gardien du dernier voyage de l'*Accolade*, le détenteur des secrets du navire, et il ne voulait certainement pas ternir ces souvenirs qui lui étaient si chers.

« De quel mess il s'agissait ? demanda Faraday.

— Delta Deux. Bâbord, avant.

— Et Coughlin était là ?

— Nous étions trente-six dans cette partie du bateau. Opérateurs radio comme moi, aides-magasiniers, cuistots, stewards, intendant, et j'en passe.

— Coughlin ?

— Chef cuistot, trois barrettes. »

Faraday fronça les sourcils, et Wallace lui expliqua qu'il s'agissait de barrettes de bonne conduite.

« Il se tenait bien, alors ?

— Pas vraiment. Douze ans sans se faire choper, c'est tout. Comme la plupart des autres, d'ailleurs. Mais Coughlin était… » Il laissa une fois de plus sa phrase inachevée.

« Pas très populaire ?

– C'est le moins qu'on puisse dire. Un solitaire, et susceptible d'exploser sans crier gare. On n'avait pas envie de lui chercher des crosses, du moins si on ne voulait pas risquer les conséquences.

– Il était violent ? Physiquement ?

– Il pouvait l'être. Je n'en ai jamais été témoin, mais on entend toujours des choses.

– Lesquelles, par exemple ? »

Wallace semblait un peu nerveux, maintenant. Faraday sentait que ses questions frisaient l'invitation à la trahison.

« L'*Accolade* appartenait à la quatrième escadre de frégates 21, et on restait soudés quand on faisait escale dans des ports comme Amsterdam ou Hambourg. Il y avait même un club des 21. Avec maillots de corps et cravates. Bref, les descentes à terre étaient chaudes, croyez-moi.

– Et Coughlin ?

– Déchaîné. Bourré, il ne connaissait pas de limites. Sa spécialité, c'étaient les jeunes peaux. »

Faraday et Yates échangèrent un regard. Peaux ?

« Les mômes, les bébés du mess. Coughlin veillait à ce qu'ils aient du bon temps. Il les y forçait, en fait. » Il se tut un instant, examinant ses ongles, et Faraday eut le sentiment que l'homme attendait cette conversation depuis des années. Coughlin avait été une tache sur la mémoire de l'*Accolade*, et le temps était venu de l'effacer.

« Je me souviens de notre dernière descente à Amsterdam. On a tous fini dans ce bar à putes, je parle de ceux de notre carré. Coughlin avait bu toute la soirée mais il tenait bien, il était costaud.

Certaines filles dans ce rade avaient des spécialités. Il y avait des tabourets. Vous vous asseyiez dessus, dos au comptoir, et vous vous renversiez en arrière, avec dans la gueule un billet de dix ou de vingt, peu importe, et la fille montait sur le bar, s'accroupissait au-dessus de votre tête, le cul nu, et vous prenait le fric avec... vous savez... son con. Elles étaient indonésiennes, et quelques-unes étaient de vraies beautés.

— Et Coughlin ? demanda de nouveau Faraday.

— Il avait mis la main sur un jeune, un vrai môme. Il l'a assis sur un tabouret et lui a fourré un billet de cinquante florins dans la bouche. Pour cette somme, vous aviez droit de sauter la fille.

— Et que s'est-il passé ?

— La fille a exécuté son petit tour, pris le billet, et est descendue du comptoir pour s'occuper du gamin. Il y avait un réduit, derrière, ça prenait jamais très longtemps. On était tous là à lui gueuler des encouragements, au petit, mais Coughlin ne voulait pas qu'il parte avec la fille. Je le revois bien, il se dressait de toute sa taille, bloquant le passage.

— Pourquoi ? demanda Yates, emporté par cette histoire.

— Parce que c'était son fric. Il disait qu'il avait le droit de décider comment la chose devait se faire. Il voulait qu'ils fassent l'acte par terre, dans la salle, devant nous tous.

— Elle a accepté ?

— Au début, non. Mais il lui a refilé cinquante de plus.

— Et alors ?

— Alors, elle s'est mise au travail. Elle a déshabillé le môme, l'a fait s'allonger par terre. C'était terrible, vraiment terrible. Pauvre gamin.

— Pourquoi ?

— Parce qu'il pouvait pas. Et c'était pas sa faute. Avec tous ces gars en train de gueuler ? Le ventre prêt à éclater de bière ? Et cette pute qui faisait de son mieux pour le faire bander ? Coughlin était à la fête. Ça se voyait sur sa gueule. Il avait humilié ce pauvre garçon, et il en redemandait. Et tout le monde se marrait, bien sûr. Les gars criaient au petit de leur laisser sa place. Coughlin a fini par la revendre à un gars, récupérant ainsi la moitié de son argent.

— Il ne l'a pas baisée lui-même ? demanda Yates.

— Non. Il était capable de baiser n'importe quoi, mais pas cette nuit-là. Cette nuit-là, il tenait seulement à faire le malheur de ce gosse. C'était horrible. »

Il se fit un long silence. Le regard de Faraday revint à la photo de l'*Accolade*.

« Ce n'était pas par hasard Matthew Warren ? demanda-t-il enfin.

— Vous savez au sujet de Warren ?

— Je sais qu'il est tombé par-dessus bord, oui.

— Je vois. » Wallace détourna un instant le regard puis hocha la tête. « Vous avez raison. C'était Warren. »

Willard, furieux, envoya deux inspecteurs à l'hôpital Alexandra. L'un d'eux était Andy Corbett. Il passa le premier la grande porte coulissante des Urgences et montra sa plaque à la réceptionniste. Il voulait s'entretenir avec un médecin au sujet d'un certain Darren Geech. Elle griffonna une note et le pria de prendre un siège. Corbett se dirigea vers le distributeur de boissons.

Dix minutes plus tard, les deux hommes furent reçus dans un bureau par un médecin d'origine kenyane. Geech avait été admis avec des fractures aux deux jambes et de graves contusions au visage et au corps. Il était pour le moment à la radio, et il leur faudrait deux jours pour établir le bilan de ses blessures. Il était pleinement conscient mais, pour l'instant, il était hors de question de l'interroger. Corbett tenta bien de faire pression, arguant d'une enquête criminelle, mais le médecin les repoussait déjà en direction de la salle d'attente, il s'excusait, mais ils étaient débordés.

Une fois dehors, sur l'aire des ambulances, Corbett passa un coup de fil à Dave Michaels.

« Il s'agit bien de Geech. » Il suivit des yeux une infirmière qui passait par là. « Il s'est fait salement tabasser. »

Faraday et Yates emmenèrent Wallace au Foyer du Marin. Le gérant, averti par téléphone, avait préparé les vidéos de la soirée du lundi et mis à leur disposition l'une des chambres à l'étage. Un téléviseur et un magnétoscope étaient installés sur une table basse près de la fenêtre. S'ils voulaient du thé ou du café, il leur suffisait d'appeler la réception.

La pièce était petite. Wallace se percha sur le lit à une place. La conversation roulait toujours sur Coughlin.

En cette année 1982, l'homme était chef cuistot au carré Delta et préparait les repas pour les officiers. Les journées de travail étaient longues, mais on pouvait se consoler à l'idée d'être au-dessus des chefs de poupe, qui faisaient la tambouille pour le reste de l'équipage dans la grande salle à manger, et on était son maître, sans personne dans les pattes.

« Ça lui convenait au poil, à Coughlin, dit Wallace. La plupart des cuisiniers piquaient une crise de temps à autre, parce que c'était dans leur tempérament, mais Coughlin, lui, était salement lunatique. »

Une porte coulissante donnait sur la cuisine et la cambuse, expliqua Wallace, mais même les officiers n'osaient pas trop fourrer leur nez dans le domaine du chef. Cela signifiait qu'il régnait sur les lieux et qu'il avait également accès à tous les alcools du bord.

« Scotch, gin, tout ce que vous vouliez. Il n'avait qu'à puiser dans les réserves. Son truc, à Coughlin, c'était le whisky. Les semaines où il picolait sec, il en emportait avec lui dans une boîte de Coca. C'était à ces moments-là que les gars l'évitaient. Quand ils voyaient la boîte de Coca.

— C'était donc un ivrogne ?

— Pas tout le temps. Il pouvait passer des semaines sans boire, ne sortant des bouteilles que pour faire du troc ou s'acheter des complicités. À la réflexion, il savait très bien se contrôler. Il voulait commander. Être le chien dominant. »

Faraday regardait Yates qui rembobinait la première des bandes. Il pensait à cette porte coulissante.

« La cuisine dont vous parliez. Celle où travaillait Coughlin. C'était son domaine exclusif ?

– Complètement. Elle était située vers la proue, dans l'entrepont, et rien qu'à lui. Et c'est rare sur un navire de guerre, croyez-moi.

– Et le jeune Warren travaillait avec lui ?

– Tous les jours. Cela dépendait bien sûr des quarts que nous prenions. Warren était debout aux aurores pour aider Coughlin à préparer le petit déjeuner, dresser la table du mess, et cetera. Même s'il l'avait voulu, il n'avait aucun moyen d'éviter Coughlin.

– Ce qui convenait à ce dernier, je suppose ?

– Un peu, oui. Il avait le garçon là où il le voulait. »

Faraday hocha la tête. D'après Wallace, Warren avait été le bébé du mess. L'*Accolade* était son premier bateau et, bien qu'il fît de son mieux pour le cacher, tout le monde savait qu'il était terrifié par Coughlin.

« Comment voulez-vous qu'on regarde les cassettes ? » demanda Yates, qui venait d'insérer la première.

Faraday regarda Wallace. Celui-ci avait pris avec lui la liste des membres, et le relevé de tous les présents à la soirée du lundi. Faraday sentait que l'homme avait été déçu par le nombre des participants de ce vingtième anniversaire des anciens de l'*Accolade*.

« Il y en a qui se lassent, leur avait-il confié dans la voiture. Ils m'ont appelé pour me dire qu'ils avaient envie de tourner la page, mais je n'ai jamais considéré les choses de cette façon. Beaucoup de camarades sont morts, et vingt ans c'est un beau chiffre pour se souvenir d'eux. »

Faraday sollicitait maintenant son avis. S'ils commençaient par la vidéo du bar principal, à 7 heures et demie, ils se feraient une idée de l'ambiance. Wallace pourrait leur signaler certaines personnes qui auraient pu en vouloir à Coughlin, des gars plus jeunes qui avaient été copains avec Matthew Warren.

« Ça vous va ? »

Wallace hocha la tête et s'installa sur une chaise que Yates était allé chercher dans une chambre voisine. Yates appuya sur Marche. L'écran présentait une grille de quatre images, chacune fournie par les caméras disposées en plusieurs endroits de la bâtisse, et Faraday regarda l'image en haut et à droite, révélant le bar qui se remplissait d'hommes corpulents, en blazer et cravate, la poignée de main généreuse pour les anciens compagnons.

À 8 heures tapantes, le bar était plein. La caméra située sur le mur captait les visages se pressant au comptoir, tandis que les tournées se succédaient. C'était une étrange expérience de regarder ces images sans le son. C'était ainsi que J-J voyait le monde, pensa Faraday. À quoi ressemblait la vie quand on n'entendait jamais de rire ?

« Là », dit soudain Wallace. Yates mit sur Pause. Wallace désignait une silhouette sur l'écran. Plus grand que les autres, l'homme discutait avec deux autres, plus jeunes que lui.

« Voilà le meilleur, dit-il. Il était notre officier de pont. Lieutenant de vaisseau Mark Harrington. Un type formidable. Il habite Meon Valley, maintenant, à Corhampton. Il occupe un poste au ministère de la

Défense dans la semaine, c'était sympa de sa part de venir. »

Faraday jeta un regard à Yates. Corhampton était à un jet de pierre de chez Bev. Bev scruta l'écran et secoua la tête.

« Jamais vu, dit-il. Mais je me demande comment j'aurais pu, puisque je suis jamais là-bas. »

Très peu de temps après, le bar commença de se vider, tandis que les *Accolades* passaient dans la salle à manger. Faraday fit la grimace en regardant l'image au bas de l'écran à droite. Il n'avait pas besoin de compter, mais soixante-trois personnes, ça représentait une montagne d'interrogatoires, et ce avec une équipe réduite au minimum.

« Racontez-moi ce qui s'est passé la nuit où Warren a disparu, demanda-t-il sans quitter l'écran des yeux. Vous vous en souvenez ?

– Parfaitement bien. Comme je vous l'ai dit, le garçon était dans notre mess. On gardait un œil sur les jeunes, c'est tout naturel ; ç'avait une importance particulière là-bas, parce que personne n'avait jamais fait la guerre et personne n'avait la moindre idée de ce qui nous attendait.

– Il y avait une grande tension ?

– Pas vraiment. On était plutôt songeurs que réellement inquiets. Le *Belgrano* avait coulé, mais le *Sheffield* aussi, alors on savait qu'on n'était pas en grandes manœuvres. »

Loin à l'intérieur de la zone interdite, ils avaient fait des quarts de veille de six heures, la nuit où Warren avait été rapporté manquant. C'était l'hiver dans l'Atlantique Sud, les jours étaient très courts, et on perdait facilement la notion du temps.

« Mais vous vous rappelez le moment où il a disparu ?

— Je me rappelle quand l'alerte a été donnée, oui. J'étais dans ma couchette. Les 21 étaient des bateaux très populaires, parce que le confort y était remarquable ; chaque cabine comportait quatre couchettes, avec un petit rideau qu'on pouvait tirer pour avoir un peu d'intimité. Ce matin-là, je me souviens que l'officier de quart avait demandé qu'on réveille Warren. Le gosse était dans la cabine voisine, et j'ai tiré mon rideau pour voir si quelqu'un allait le réveiller. Ça risquait pas, vu qu'il était plus dans sa couchette. »

Faraday hocha la tête. Dans la salle Nuffield, après le bénédicité, les assiettes de soupe étaient servies.

« Que s'est-il passé ensuite ?

— On a reçu l'ordre de recherche à bord, ce qui signifie une fouille poussée de la zone du navire que chacun occupe. Une recherche de ce type n'est jamais un bon signe ; en tout cas, c'en était pas un en ce qui concernait Warren.

— Après ça ?

— Après ça, le commandant a ordonné qu'on fasse marche arrière. Un de mes potes, un radio lui aussi, qui avait été en poste sur l'*Hermes*, m'a dit qu'en cas d'homme à la mer on procédait à un type de recherche particulier. Mais il était évident que Warren ne reparaîtrait plus. Dans ces eaux froides, si près de l'hiver, il n'avait pas une seule chance. »

Wallace avait une expression sombre. Yates avait fait défiler le dîner. Les desserts étaient arrivés, les discours commençaient. Yates mit en pause, tandis que les convives, debout, levaient leurs verres.

« Quand un gars tombe par-dessus bord ou se fait tuer, on organise une vente aux enchères de ses effets personnels. On appelle ça le Trousseau du Mort. Même une paire de tennis usées peut partir à dix, vingt, voire trente livres. Pareil avec les baladeurs ou les cassettes. Je me souviens que Warren avait tout un tas de Status Quo et d'AC/DC. Des trucs super. Ça a fait un tabac.

— Où va l'argent récolté ?

— Normalement à l'épouse. Dans le cas de Warren, probablement à ses parents.

— Il était d'où ?

— Pompey.

— Je vois. »

Faraday ne pouvait détacher son regard de l'écran. Les amis absents, pensa-t-il. Et un pauvre gamin de dix-huit ans, perdu en mer.

« C'est la cassette de la sortie, ensuite ? »

Yates consulta le compte rendu que lui avait remis le gérant. Une caméra couvrait l'entrée du bâtiment. Il était 11 heures du soir, et les convives commençaient à partir, souvent par deux ou trois. Faraday les observa pendant un moment, puis il demanda à Yates de mettre de nouveau en pause.

« Vous étiez au bar principal après le dîner ? demanda-t-il à Wallace.

— J'y ai traîné un moment, oui.

— Vous vous souvenez d'un groupe en particulier ? Trois gars ? Qui auraient pu parler de Coughlin ?

— Non. » Il secoua la tête. « Et je ne me souviens pas non plus d'avoir entendu quiconque prononcer le nom de Coughlin. Ce type était comme une mauvaise grippe. Pourquoi voudriez-vous qu'on évoque son souvenir ?

– D'accord, dit Faraday. Et auriez-vous entendu quelqu'un mentionner l'Alhambra ?

– Le quoi ?

– L'Alhambra. Un hôtel dans Granada Road. Le genre d'endroit où on peut aller boire un verre jusque tard dans la nuit. Il est tenu par un ancien de la Marine, un certain Pritchard.

– Jamais entendu parler de l'hôtel ni du bonhomme, dit Wallace. Mais ça ne veut pas dire que personne n'y est allé. »

Yates remit la bande en marche. Le Foyer du Marin se vidait, à présent. Les gars jetaient un coup d'œil à leur montre, cherchaient des yeux un taxi, se disaient au revoir. Sans Pritchard pour les aider, Faraday savait qu'il ne pourrait éviter les soixante-trois interrogatoires.

« Là, regardez », disait Wallace, désignant un groupe qui partait. L'un d'eux avait le visage tourné vers la caméra : mince, athlétique, de longs cheveux coiffés en catogan, il enfila une veste de cuir et adressa un signe de tête à un autre homme.

« C'était notre capitaine d'armes. Le régulateur logeait dans notre mess, un mec dur du nom de Flaherty. Le régulateur est chargé de la police à bord, et il travaille avec le capitaine d'armes. Leur travail est de savoir tout ce qui se passe sur un bateau, en particulier le régulateur.

– Flaherty était là lundi soir ?

– Flaherty a disparu avec l'*Accolade*. Voilà pourquoi il vous faut voir le capitaine d'armes. » Il eut un mouvement de tête en direction de l'écran, et Faraday se tourna pour voir la silhouette en veste de cuir s'éloigner dans la rue en compagnie de cinq autres hommes.

« Il habite la région ?

— Non, répondit Wallace. Il vit quelque part dans le Devon. Attendez. » Il se pencha sur la liste des membres de l'association. « Voilà. Dave Beattie. Ezentide Quay. » Il leva la tête. « Vous connaissez un peu la vallée de Tamar ? »

18

Dimanche 9 juin 2002, 14 h 20

Winter, le vent en poupe après l'embuscade tendue à Corbett, acheta des fleurs à la boutique de l'hôpital Alexandra. La femme à la réception pianota sur son ordinateur le nom de Darren Geech et lui indiqua une salle au troisième étage. Winter, affectant une gravité de circonstance, s'enquit des heures de visite. Ah, il devait voir ça avec le personnel. On lui dirait, là-haut, s'il y avait un problème d'accès.

Maternant son gros bouquet d'œillets, Winter gagna les ascenseurs. Cathy Lamb avait téléphoné à Dawn pour lui annoncer la nouvelle au sujet de Geech. Une ambulance l'avait ramassé dans Somerstown, et emmené à l'Alexandra. Chose curieuse, il avait été déposé à l'endroit même où Rooke s'était fait démolir.

Winter adorait ce détail. Du Bazza tout craché, pensait-il. Pas seulement une rude leçon donnée à ce petit merdeux mais une jolie pirouette finale pour boucler la boucle. Les nervis de Bazza avaient-ils obtenu de Geech l'adresse exacte avant ou pendant le tabassage ? Peu importait, après tout. La précoce carrière de Darren Geech dans le commerce des stupéfiants était vraisemblablement terminée.

Les lits de la salle 20 étaient surveillés depuis un poste d'infirmières situé au croisement de deux couloirs. Une religieuse à l'air exténué jeta un coup d'œil à la plaque que lui tendait Winter, et regarda plus longuement son bras.

« On a été à la guerre ? »

Winter ignora la question. Les fleurs, lui dit-il, exprimaient sa propre compassion et celle de ses collègues. Le jeune Geech avait traversé de bien cruelles épreuves à cause d'eux. Où pouvait-il trouver le garçon ?

La religieuse lui désigna le petit réduit vitré au fond du couloir le plus long. Winter avait déjà repéré l'agent en tenue assis devant la paroi de verre. L'homme, jeune, regarda Winter approcher. Un exemplaire de *News of the World* reposait ouvert sur ses genoux. Sur une table basse, à côté de lui, il y avait le registre des visites.

Winter sortit de nouveau sa plaque sous le regard incertain de l'agent. « C'est à quel sujet ? » demanda celui-ci.

Winter lui donna les fleurs en lui disant de trouver un vase. L'air empoté avec le gros bouquet dans les bras, l'agent déclara que l'accès à Geech était strictement limité aux inspecteurs principaux, sauf arrangement préalable.

Winter prit un air étonné.

« Vous n'avez pas reçu de coup de fil ?

– De qui ?

– Mais des Crimes Graves. »

L'agent secoua la tête. « Non, personne m'a appelé. Et je suis là depuis 6 heures.

— Heures sup ?

— J'aimerais bien, ouais.

— Merde. » Winter secoua la tête. « On s'interroge parfois, hein ? » Avec son pied, il ramena une chaise vers lui et s'assit. Un store vénitien altérait la vue derrière la vitre mais, de sa place, Winter pouvait deviner la forme d'un corps dans le lit. « Comment est-il ?

— J'en sais foutre rien. Je suis que son gardien.

— Quoi, vous n'êtes pas entré ?

— Non. J'y suis pas obligé, et les hôpitaux me foutent les jetons.

— Vous avez des enfants ?

— Ouais, mais pas de ce genre-là. »

Winter hocha la tête et lui parla de l'appartement des Geech à Somerstown. Le jean trempé de sang dans la baignoire, la batte de base-ball dans l'armoire. Pas étonnant que le gamin se soit foutu dans la merde. Puis, tapotant les œillets, il se leva. « Il faudra les mettre dans de l'eau », dit-il.

L'agent leva les yeux vers lui. Le corps dans le lit semblait avoir bougé.

« Vous parlez sérieusement d'aller le voir ?

— Mais bien sûr. » La main de Winter était déjà sur la poignée. « J'en aurai pas pour plus de deux minutes. »

Il fallut un petit moment à Winter pour s'adapter à la légère pénombre régnant dans la pièce. Il s'approcha du lit. Le visage de Darren Geech était tellement gonflé qu'il était méconnaissable. Les yeux n'étaient que deux taches violettes, le nez était brisé.

Les nervis de Bazza avaient sûrement fracturé la mâchoire, parce que sa bouche était tordue dans un étrange rictus, les lèvres entrouvertes sur ce qui lui restait de dents. Si on cherchait une bonne raison de suivre le droit chemin, il suffisait de regarder Geech.

Il avait les yeux ouverts, maintenant, deux fentes sécrétant une espèce de bave. Un bout de langue sortit pour tenter de mouiller les lèvres enflées. Winter se pencha au-dessus du lit, essayant de tirer un sens du marmonnement d'obscénités. Il se demanda s'il n'avait pas perçu le mot « chien ».

« Charlie ? » Winter sortit de la poche de son veston un petit appareil photo numérique. « En pleine forme, fiston. Il t'envoie un bon coup de langue. »

Il recula d'un pas. À cette distance de deux mètres, le visage défiguré de Geech emplissait l'objectif. Un filet de salive teinté de sang avait taché l'oreiller à côté de sa joue.

Il prit trois photos, le flash illuminant la pièce. Dehors, l'agent s'était levé. Une de plus, pensa Winter. La plus belle.

Les jambes de Geech étaient protégées par une espèce de cage glissée sous le drap. Le souvenir de sa propre blessure encore très présent à son esprit, Winter se rapprocha du lit et, une fois le visage de nouveau parfaitement cadré, il donna avec sa jambe une secousse au lit. Le cri de douleur de Geech rameuta l'agent. « Que se passe-t-il ?

— Rien, juste une petite photo ou deux, répondit Winter. Pour le dossier. »

De retour dans l'ascenseur, Winter vérifia les prises sur le petit écran. Toutes prouvaient que Bazza connaissait bien son travail, mais la dernière image, la gueule ravagée de Geech, avait de quoi vous glacer le sang. Finalement, le môme aurait mieux fait de casser sa pipe. Il lui faudrait des mois et des mois pour se remettre d'une punition pareille.

Quelques minutes plus tard, en attendant un taxi, Winter se rappela le coup de fil qu'il s'était promis de passer. Il sortit son portable et fit défiler son répertoire jusqu'au nom de Yates. Bev mit du temps à répondre, et Winter perçut des clameurs dans le fond. Encore son foutu football, pensa-t-il.

« Écoute, commença-t-il. C'est au sujet de la petite Dawn. »

Willard arriva à Kingston Crescent dans le milieu de l'après-midi. Son déjeuner dans un pub avec Sheila l'avait mis d'excellente humeur et il s'arrêta devant la porte ouverte du bureau de Faraday, son veston passé sur une épaule.

« Salade de fruits de mer. Pommes de terre nouvelles. Une bouteille de bon sancerre, et on m'a rendu de la monnaie sur trente livres. Pas mal, eh ? »

Faraday, qui tenait depuis le matin avec deux pommes et une barre de Mars du distributeur du couloir, se garda de tout commentaire et, se levant, suivit Willard dans son bureau. Dave Michaels était déjà là, feuilletant une pile de documents. Les nouvelles de Somerstown étaient affligeantes.

« C'est foutu, j'en ai peur, patron, dit-il. On pensait qu'en allant en nombre, ça marcherait, mais personne n'a rien lâché. Ils étaient plus de vingt à faire le porte-à-porte, et tout ça pour s'entendre dire que c'était dégueulasse, ce qui lui était arrivé au petit

Geech. Pauvre petit lapin. Et les gens pensent qu'on n'est pas à la hauteur.

– Et ils ont raison, dit Willard tout en consultant ses mails. On l'est pas. »

Il jeta un regard par-dessus son épaule. Faraday voulait l'entretenir des bandes vidéo du Foyer du Marin. Sans Pritchard, ils n'avaient d'autre choix que d'interroger tous les participants du dîner.

« C'est un problème ?

– Avec seulement quatre hommes, oui. On parle ici de plus de soixante personnes.

– Alors, ça va prendre du temps, Joe. » Willard venait de tomber sur un message de leur service de renseignement. S'écartant, il montra l'écran à Faraday. Faraday se rapprocha. Le mail revenait sur l'information dont Corbett avait revendiqué la paternité. Il y avait bien une opération de surveillance concernant un gang, dont Davidson faisait partie. L'inspecteur principal en charge opérait depuis le poste de Streatham et, quand la fumée se serait dissipée, Willard pensait que l'inspecteur en question leur accorderait une demi-heure de son précieux temps, strictement en tête à tête.

Willard avait sorti un cure-dents. « Vous avez reparlé avec la compagne de Davidson ? »

La question, abrupte et inattendue, irrita Faraday. Il hocha la tête. Yates et lui-même avaient de nouveau interrogé la jeune femme pas plus tard que la veille, dans l'après-midi.

« Et ?

– Elle pense que leur relation ne va nulle part, et elle en est très chagrinée.

— Comme c'est surprenant ! Et en quoi cela nous concerne ?

— Cela confirme ce que nous savions d'elle : elle est peut-être naïve mais franche. Elle n'a rien à cacher, et elle était en compagnie de Davidson la nuit de lundi. Elle ne ment pas.

— Pas même pour le protéger ?

— Non.

— Vous en êtes sûr ?

— Oui, monsieur. »

Willard considéra son cure-dents, en suça la pointe et le jeta dans la corbeille.

« Je vous envie tant de certitude, Joe. J'aimerais bien avoir ce genre de confiance, de temps en temps. Mais allez quand même voir cet inspecteur… face à face, d'accord ? »

Faraday résista à l'envie de discuter. À ses yeux, l'Alhambra était leur meilleure piste. Trois anciens de la Marine, avec le ventre plein de bière et un vieux compte à régler. Est-ce que ça ne méritait pas une enquête ?

« Bien sûr que oui, Joe. Mais je vous demande seulement de garder l'esprit ouvert. Éliminer un suspect peut s'avérer plus dangereux qu'il n'y paraît, surtout quand on se fonde sur l'instinct.

— Nous étions deux, monsieur… à nous fonder sur notre instinct.

— Content de l'apprendre. Alors, on fait quoi ? »

Faraday lui parla de nouveau des cassettes. L'un des invités que le secrétaire de l'association avait identifié était le capitaine d'armes de l'*Accolade*. Son nom était Dave Beattie, et il vivait dans le Devon.

« Et, d'après vous, ça vaut le déplacement ? Quatre heures pour y aller, et quatre pour en revenir ?

– Certainement. Le travail du bonhomme consistait à régler les différends à bord. Si quelqu'un sait ce qui s'est passé sur ce bateau, c'est sûrement Beattie.

– Et vous croyez utile de refaire ce chemin dans le passé ? Vingt ans, c'est bien long, Joe.

– Oui, certainement.

– Un compte à régler vingt ans après, c'est donc ça, votre idée ? »

Pendant un instant, essayant de comprendre la réticence de Willard à poursuivre la piste de l'*Accolade*, Faraday fut tenté de lui parler d'Eadie Sykes, et de l'ombre bien plus longue encore de la Seconde Guerre mondiale. Soixante ans après que le père d'Eadie avait connu la débandade de Crète, la colère de la jeune femme transparaissait dans les images qu'avait vues Faraday. Comparée à cet épisode, la guerre des Malouines était un traumatisme datant d'hier.

« Beattie ? dit Faraday. Il était flic, comme nous le sommes, accomplissant le même travail que nous. Il y a de fortes chances qu'il m'oriente vers des gars qui ont eu à souffrir de Coughlin. Et il se pourrait bien qu'il ait des noms de types qui, dans la nuit de lundi, auraient échoué à l'Alhambra.

– Alors, pourquoi ne pas lui téléphoner ?

– Parce que cela changerait tout. » Faraday désigna le mail à l'écran. « Strictement face à face. Il le faut. »

Bev Yates n'arriva à Portchester qu'en fin d'après-midi. Téléphonant par précaution chez lui, il avait appris que Mel emmenait les enfants à une fête d'anniversaire à Winchester. Si cette saleté de voiture ne tombait pas de nouveau en panne, elle serait de retour à la maison vers les 7 heures. Mais elle n'aurait quand même pas le temps de préparer à dîner.

Au téléphone, Winter n'était pas entré dans les détails, mais il était clair que Dawn avait besoin de réconfort. Elle avait pas mal encaissé ces temps derniers, entre l'incendie et l'accident avec la Skoda. À écouter Winter, on aurait pu croire que Dawn avait été au volant et que tout était sa faute, mais Bev connaissait Winter depuis trop longtemps pour succomber à ses tours de passe-passe. Toutefois, il était réellement inquiet pour Dawn. En croquer pour un connard comme Corbett témoignait d'un manque de goût affligeant.

Dawn répondit au quatrième coup de sonnette, et Yates vit tout de suite qu'elle était bien mal en point. Elle avait un visage de déterrée.

« Tiens, dit-elle d'une voix lasse. Tu passais par hasard, c'est ça ?

— Ouais, tout juste. »

Ils se regardèrent pendant un instant, puis elle s'écarta avec un haussement d'épaules pour le laisser entrer. Ça puait encore le cramé dans la maison et, quand il risqua la tête par la porte du salon, il vit qu'elle avait repoussé tous les meubles dans le fond.

« Je m'apprêtais à rouler cette saleté, dit-elle en désignant la moquette. Mais j'y arrive pas.

— Tu veux que je le fasse ? »

Sans attendre de réponse, il entra dans la pièce. Il en aurait pour une minute. S'accroupissant, il lui demanda de l'aider à soulever les meubles et, un moment plus tard, ils avaient dégagé la moquette.

« Est-ce que je dois la garder, pour l'assurance ? »

Yates secoua la tête. Les experts ne se dérangeaient pas pour des dégâts inférieurs à cinq mille livres. Mieux valait s'en débarrasser.

« Et comment ?

– Je m'en occuperai.

– Tu parles sérieusement ?

– Toujours. »

Elle commença à faire du thé puis, changeant d'avis, elle sortit du frigo le pack de San Miguel qu'elle se réservait depuis une éternité. Soudain plus chaleureuse, elle emporta la bière dans le jardin et sortit deux chaises de toile. Dehors, à l'abri du vent, le soleil était chaud.

« Comment se passe la vie à la campagne ? demanda-t-elle.

– Horrible. La deuxième erreur que j'aie jamais faite.

– Et la première ? »

Yates ne répondit pas. Le soleil était chaud sur son visage. Il s'adossa à sa chaise et, levant sa canette, prit une longue gorgée de bière, ferma les yeux et soupira. Cela faisait longtemps qu'il ne s'était pas senti aussi détendu.

« Parle-moi d'Andy, demanda-t-il au bout d'un moment. Je ne comprends rien à cette histoire.

– Moi non plus.

– Vraiment ? Pourtant, tous les deux, vous...

– On baisait, tu veux dire ?

— Ouais.

— Si on veut.

— Si on veut ? C'est quoi, comme baise, ça ? » Yates ouvrit un œil, attendant une réponse, mais Dawn secoua la tête. L'affaire était close. C'est tout ce que Bev avait besoin de savoir. Elle avait passé un peu de temps chez Winter, à essayer de comprendre ce qui s'était passé, et maintenant elle était de retour chez elle, heureuse de ne plus jamais revoir ce salopard.

Yates réfléchit un instant à ce qu'elle disait, s'efforçant de démêler ses sentiments à l'égard de Dawn, et il finit par se dire que cela n'avait pas d'importance. Ils avaient travaillé ensemble sur des tas de boulots, partageant voitures, planques, ratages et monstrueuses engueulades de Cathy Lamb. À présent, assis au soleil en ce dimanche après-midi, ils auraient pu passer pour frère et sœur. Oh, elle lui plaisait bien, Dawn. Récemment, il avait même été tenté de faire un mouvement vers elle, histoire de boucher les fuites sur son propre petit navire avec quelque chose de plus consistant que les magazines porno qui traînaient dans les bureaux du CID. Mais, pour l'instant, cette conversation au soleil le satisfaisait pleinement.

« Tu sais quoi, au sujet de Corbett ? dit-il. Il est vraiment cinglé. Il en a après un type qui est sorti de taule il y a pas longtemps et qui a été un de nos suspects. Le mec est innocent, mais Corbett ne veut rien entendre. Il lui colle au train et fait de son mieux pour le mouiller et le refaire tomber. C'est vraiment triste. Tu vois ce que je veux dire ? »

L'histoire amena un sourire sur le visage de Dawn. Elle voulait en savoir plus.

« Ça s'arrête là, dit Yates. Ce type est timbré, vraiment. Il est sur une autre planète. Si on l'emmenait chez un psychiatre, il couperait pas à un internement. »

Dawn tressaillit malgré elle. « Mais il n'abandonne pas, dit-elle. C'est ça que tu veux dire ?

– Ouais, en gros.

– Même quand c'est évident ? Quand… il n'a vraiment pas les moyens d'obtenir ce qu'il veut ?

– Exactement. Le problème, c'est qu'il paraît normal.

– Non, dit-elle, secouant la tête. C'est pire que ça. Il a de la gueule. Et la tenue qui va avec. Il a une voiture de sport et une énorme moto. Il sait parler. Il y a bien des filles que je connais, qui n'attendent que lui.

– Comme tu l'as fait ?

– Ouais. » Elle contempla la canette dans sa main. « Comme je l'ai fait, dit-elle, frissonnant.

– Que s'est-il passé, au juste ?

– Tu n'as pas envie de le savoir.

– Mais au contraire, ma belle.

– Eh bien, je ne te le dirai pas.

– Il t'a fait mal ? » Yates s'était redressé dans sa chaise, une main en visière pour se protéger du soleil. « Physiquement, je veux dire ? »

Dawn le regarda un instant, puis détourna les yeux.

« C'est pas la bonne question. Physiquement, on peut supporter bien des choses. C'est le reste qui est piégeant.

— Il t'a fait mal, donc. »

Elle le regarda de nouveau. Puis, se penchant, elle prit la main de Yates dans la sienne.

« Tu devrais y aller, dit-elle d'une voix douce. Avant que ça devienne vraiment stupide.

— Tu crois ?

— Oui. »

Yates la regarda, but le reste de sa bière et jeta un coup d'œil à sa montre. Il serait bientôt 5 heures.

« Et la moquette ?

— On s'en fout de la moquette. » Elle lui lâcha la main. « On s'en occupera une autre fois. »

Faraday était encore à son bureau quand le mail de J-J arriva. La dernière fois qu'il l'avait vu, son fils dormait profondément, étalé en travers du lit. Et voilà qu'il était à son ordinateur, informant Faraday du dernier événement de leur intense vie mondaine. *Patti arrive de Londres pour nous voir,* disait-il. *Elle a dit qu'elle pourrait rester dormir. Que fait-on à dîner ?*

Patti ? De qui parlait J-J ? Puis il se souvint de l'exposition Ansel Adams et de l'enveloppe matelassée remplie de photos que J-J avait rapportée de la galerie Hayward. Vingt ans plus tôt, Patti avait été la meilleure amie de Janna, une chaleureuse Californienne, avec une passion pour le ski et les chocolats belges. Avait-elle gardé, deux décennies plus tard, ce grand, grand sourire ?

Faraday s'était efforcé d'économiser du temps en vue de son déplacement dans le Devon. Wallace lui avait donné le numéro de Dave Beattie. Au téléphone, l'homme lui avait paru heureux de le recevoir. Trouver sa maison tenait du cauchemar, et les indications très précises que lui avait données Beattie remplissaient toute une feuille A4. Le capitaine d'armes devait sortir mais il serait de retour vers les 10 heures et, au cas où il ne serait pas encore là, une clé était cachée sous une ardoise derrière le petit pavillon d'été. Le café était dans le placard au-dessus de l'évier, et il y avait du lait dans le frigo. Ce ne fut qu'à la fin de cette conversation que Faraday lui demanda depuis quand il avait quitté la Marine, question qui provoqua un léger rire.

« Depuis 83, avait-il répondu d'une voix basse. Et il était grand temps. »

Se hâtant de torcher la paperasse qui ne pouvait plus attendre, Faraday se demanda ce qui avait poussé cet officier de marine à entrer dans le civil sitôt après la guerre des Malouines. Coughlin aussi avait décroché un an après le drame de l'*Accolade*.

Sur le chemin de la maison, Faraday s'arrêta au grand Tesco en haut de la ville. Il y avait du beau poisson, mais il lui revint en mémoire que Patti avait été végétarienne, et il ne voulait prendre aucun risque susceptible de gâcher une soirée qui s'annonçait intéressante. Avec des œufs, des haricots, des oignons, du citron vert, du concombre et une épaisse sauce à la cacahuète, il ferait un grand gado-gado, une salade indonésienne qui pendant leurs premiers mois à Seattle avait composé leur ordinaire, à Janna et à lui. Le souvenir du grand marché ouvert de Pike Place le fit sourire puis, comme il gagnait les caisses, il prit au passage une boîte de chocolat belge, des truffes.

Patti était déjà arrivée. J-J, étonnamment organisé, l'avait installée dans le jardin avec un bol de pistaches et une bouteille de chablis qu'il avait pris soin de mettre à rafraîchir. Faraday s'arrêta dans l'entrée pour les observer.

J-J ne prenait jamais en considération l'étrangeté que le langage des signes pouvait représenter pour les autres. Il croyait, et souvent à juste titre, qu'il y avait dans les gestes une force et une logique qui parlaient d'elles-mêmes. Dans le monde de J-J, la communication était une fête et, à ses yeux, il n'y avait rien — ni nuance ni implication — qui ne pût être transmis à travers l'étrange imagerie visuelle qu'il pratiquait et qui était plus proche du mime que du langage des malentendants. Cela ressortait surtout avec les gens qu'il appréciait, et à voir ces deux-là assis au soleil Faraday savait que son garçon s'était entiché de Patti. On aurait dit deux boxeurs, plongés dans une conversation purement physique, toute retenue abandonnée dans cette course à se faire réciproquement comprendre. Le temps de la fête, oui.

Soucieux de ne pas interrompre un échange aussi passionné, Faraday passa par la cuisine pour se servir une bière, avant de les rejoindre. Percevant le glissement de la baie vitrée sur son rail, Patti se figea, un bras levé, trois doigts pointés vers le ciel, et se tourna sur sa chaise pour accueillir la silhouette qui venait vers eux.

« Joe. » Elle se leva et se précipita pour le serrer dans ses bras. Faraday la tint contre lui un instant, plus ému qu'il ne s'y attendait, tandis que J-J les regardait avec un grand sourire. Puis, reculant d'un petit pas, il leva son verre en signe de salut. Patti avait teint ses cheveux en blond mais elle était restée le bout de femme solide et énergique dont il gardait le souvenir. Son visage était toujours plein de rire, et le passage des ans n'avait pas altéré la vivacité de son regard.

« Mon gars a pris soin de toi, je vois, dit-il, désignant J-J. Et d'habitude, il déteste les étrangers. »

Le gado-gado fut un grand succès. Un bel anticyclone régnait sur la moitié sud du pays, et ils dînèrent dans le jardin, conscients de la chaude obscurité qui tombait lentement sur le port.

Patti était sous le charme de la maison et de sa situation. Elle était toujours en contact avec les parents de Janna sur la côte Ouest, et elle avait vu les photos qu'ils avaient rapportées de leurs visites. Mais aucune, disait-elle, ne pouvait rendre le charme d'une soirée pareille et, alors que J-J était chargé de débarrasser la table, elle prit Faraday par le bras et l'emmena jusqu'au petit chemin qui longeait le port.

La lune était haute et pleine, énorme globe laiteux, et la marée montante venait lécher les galets sur la grève. Comme Faraday essayait de ramener la conversation sur Seattle — les amis communs, les lieux qu'ils fréquentaient — elle lui intima le silence d'un doigt sur les lèvres, pour tenter de distinguer les cris des oiseaux animant le clair-obscur.

« C'était quoi, cet appel flûté ?

— Courlis.

— Et ça ?

— Vanneau. Certains hivers, si on a de la chance, on peut les voir, rassemblés en bandes. Quand ils volent, ils ont un battement d'ailes vraiment bizarre, qui donne l'impression qu'ils moulinent dans le ciel. C'est une image inoubliable.

— Comment se fait-il que tu saches tout ça ? »

Faraday lui sourit, étrangement réjoui par la question. La dernière fois qu'ils s'étaient vus, il aurait été bien incapable de distinguer une aigrette d'un pivert. Surtout, il n'avait jamais vu l'intérêt que pouvait présenter l'étrange hiérarchie de ce peuple de plume, tellement interdépendant, construit de façon si parfaite, et tellement différent de l'anarchie et du « moi d'abord » qui passaient chez les humains pour la société.

« C'est le gamin, répondit-il. Il nous fallait entrer en contact, établir un pont. Je suis tombé sur quelqu'un qui avait connu la même épreuve. Les oiseaux avaient marché pour elle, alors j'ai essayé.

— Mais J-J ne peut pas entendre. » Elle eut un geste vers la nuit d'où montait de nouveau le cri d'un courlis.

« Tu as raison, mais ça n'a jamais compté, bizarrement. On a commencé avec du papier et des crayons et des tas de bouquins. Il réussissait à dessiner trois aigles en une heure. Un record, probablement.

— Et tout est parti de là ?

— Oui. J'y consacrais tous mes loisirs. J'achetais des photos, des magazines, des cassettes vidéo. Je lui ai même offert un corbeau empaillé pour Noël.

— Lugubre, non ?

— Oui, mais il l'adorait. L'oiseau trônait sur une étagère dans sa chambre. Il lui parlait en signes. Tu imagines ? Un garçon de huit ans en conversation mimée avec un corbeau empaillé ? » Faraday partit à rire à ce souvenir.

« Et les oiseaux, les vrais, tu l'as emmené les voir ?

— Bien sûr. »

Faraday s'adossa à la barrière, se remémorant leurs premières expéditions ornitho à New Forest et Titchfield Haven, la petite main osseuse de J-J dans la sienne. Là-haut, dans son bureau, les notes et les photos de ces excursions étaient rangées avec soin. Des sittelles dans le froid de l'hiver. Les pipits s'abattant dans les prés dès les premiers bourgeons du printemps. Les longues soirées d'été à guetter les engoulevents dans un coin retiré de New Forest.

« Formidable, dit Patti. Tu as été un père formidable.

— Tu le penses ?

— Bien sûr.

— Comment le sais-tu ?

— Mais en observant J-J. En passant des moments avec lui. Bien sûr, il ne parle pas, mais il me communique parfaitement ce qu'il pense et ressent, et peut-être mieux que la plupart d'entre nous. Cela signifie confiance en soi, et il n'y a pas de confiance en soi sans de bons parents. Tu devrais être fier de toi. Tu connais beaucoup de pères et de fils qui ont une relation de cette qualité ? »

Faraday baissait la tête, soudain en proie à mille souvenirs. Devait-il lui parler des jours difficiles ? De toutes les cruautés qu'avaient infligées à J-J les autres enfants ? De ces moments au début de l'adolescence quand un J-J confondu par les changements de son corps n'avait ni mère ni grand frère avec qui communiquer ? Et n'était-ce pas l'occasion d'évoquer des drames plus récents — l'essai de travail en usine, où il avait été la cible quotidienne de petits plaisantins sans conscience ? Son coup au cœur en découvrant que sa petite amie française préférait avoir deux amants qu'un seul ? Chaque fois, J-J avait perdu un peu plus de son innocence et de sa passion pour la vie, et le miracle dans tout ça, c'était qu'il continuait de tenir bon, un roc que les plus lourdes vagues semblaient ne pas pouvoir ébranler.

« Brave gosse, murmura Faraday. Mais nul quand il s'agit de faire la vaisselle. »

Plus tard, avec les portes-fenêtres toujours ouvertes, ils s'installèrent dans le salon, tandis que J-J étalait photo après photo. Faraday commençait à se demander si Patti, à la longue, n'allait pas en avoir assez de ces paysages en noir et blanc, mais elle ne manifestait pas le moindre signe d'ennui. Au contraire, ses applaudissements saluaient chaque pièce, et ils touchaient d'autant plus Faraday que, dans l'esprit de Patti, ce qu'elle voyait là les ramenait droit au travail de sa défunte femme.

Cette vieille barque de pêche, abandonnée sur la grève boueuse du port. Le jeu de lumière plein de magie sur les mares d'eau douce à un jet de pierre de la maison du marinier. Un travail pareil, disait Patti, rappelait ce don qu'avait Janna de capter l'essence des choses à travers l'objectif. Et le fait que J-J en avait hérité était une petite contribution versée à l'immortalité. L'amie dont elle chérissait toujours le souvenir n'avait pas, finalement, été victime d'un cancer. Non, elle était ici, éparpillée en noir et blanc sur le tapis, leur parlant toujours.

Faraday, qui avait peu d'inclination pour l'excessif, mit cette vision des choses au compte de leur troisième bouteille de chablis. Parler de l'immortalité le mettait mal à l'aise.

« Non, répliqua Patti, perchée sur le bras du canapé. Je sais ce que je dis. Ansel est disparu depuis longtemps. Eh bien, chaque fois que je regarde une de ses photos, je peux entendre sa voix. Regardez bien ce qu'il a fait sur les Rocheuses, et vous aurez l'impression qu'il est à côté de vous. Sans blague. »

Elle se leva et, prenant quelques clichés de J-J, gagna le bas de l'escalier. Il y avait là, accrochées au mur, trois photos de Janna — les préférées de Faraday. Elle mit côte à côte le travail de J-J et celui de sa mère. Faraday plissa les yeux. Patti avait raison. Même cadrage, même besoin compulsif de marier l'observation avec un coup de coude dans les côtes.

J-J, affalé sur le tapis, semblait stupéfait. Si jamais il avait eu besoin de savoir que son travail avait de la valeur, que toutes ces heures dans la chambre noire portaient leurs fruits, alors il était servi.

Patti revint et rendit ses photos à J-J. Faraday lui adressa un grand sourire.

« Tu devrais venir nous voir plus souvent, dit-il en jetant un coup d'œil à sa montre. Tu ne peux pas savoir le bien que tu nous fais. »

19

Lundi 10 juin 2002, 6 h 15

Faraday partit tôt le lendemain matin, après trois tasses de thé et un mot d'au revoir à Patti. Avant de se retirer pour la nuit, elle lui avait remis un petit présent, un souvenir des jours anciens à Seattle. Encore une photographie, Janna et Faraday posant sur un fond de montagnes enneigées. La photo était montée dans un encadrement de bois brut, et J-J s'était empressé de la placer sur l'étagère où son père rangeait ses précieuses épices. Faraday la contempla un instant avant de terminer son mot. « Tu t'es fait un ami pour la vie, écrivit-il. Et pas seulement J-J. »

Sur la route, la circulation était déjà dense, et pourtant, ce n'était pas encore l'heure de pointe. Faraday se joignit à la file des banlieusards empruntant le périphérique qui traverse Portsdown Hill et s'efforça d'ignorer une gueule de bois tenace. Il faisait encore très beau, et le Solent scintillait à sa gauche. La circulation ralentissant à l'approche de la sortie très empruntée de Gosport, il pensa à appeler Bev

Yates. Normalement, il l'aurait emmené avec lui dans le Devon, car deux têtes valaient toujours mieux qu'une, mais c'était Willard qui lui avait suggéré d'y aller seul. Avec l'enquête de Somerstown toujours en cours, *Hexham* avait besoin de Yates.

À peu près à la hauteur de Dorchester, Faraday sortit son portable de sa poche. À 8 heures, Bev devait être prêt à partir au turbin. Faraday composa le numéro tout en ralentissant derrière un semi-remorque. Ce fut Melanie qui répondit. Elle avait l'air exténuée. L'un des enfants braillait.

« Bev est là ?

– Il est là.

– Je peux lui parler ? »

Il y eut un silence. Les pleurs cessèrent, remplacés soudain par la clameur d'une foule. Bev et le foot.

« Tout va bien ?

– M'en parlez pas. Les États-Unis sont en train de dominer la Corée du Sud. Encore un effort, et ils vont gagner la coupe. »

Faraday n'avait nullement l'intention de poursuivre cette conversation. Une demi-heure à Gibraltar l'avait guéri de tout intérêt pour le ballon rond.

« Écoutez, dit-il. Ce type qui était lieutenant de vaisseau sur l'*Accolade*, celui qui habite pas loin de chez vous.

– Mark Harrington ?

– Oui. Passez-lui un coup de fil pour convenir d'un rendez-vous.

– Il travaille au ministère de la Défense.

– Je sais, mais s'il peut vous recevoir, aujourd'hui, allez-y. Il doit savoir que Coughlin est mort. Interrogez-le sur le jeune Warren. Autre chose…

– Oui, patron ?

— Demandez-lui une copie de ce fameux rapport, l'enquête qui a suivi la disparition du gamin. On a besoin de savoir ce qui s'est passé exactement. »

Il y eut un silence et, pendant un moment, Faraday se demanda si Yates aussi doutait de l'intérêt de s'intéresser à des événements vieux de plus de vingt ans. Puis lui parvint un nouveau rugissement de foule, et Yates fut de nouveau en ligne.

« Friedal vient d'arrêter un penalty. » Il se mit à rire. « Vous vous imaginez ? »

Winter repéra aussitôt la voiture. Il se tenait dans la pièce de devant, encore en peignoir, se demandant s'il allait s'attaquer ou pas au courrier du matin. L'avis des impôts locaux et deux ou trois autres factures pouvaient attendre, mais une pub pour une semaine de vacances en Grèce lui paraissait alléchante. Après les événements de ces derniers jours, il s'exilerait volontiers une année ou deux dans une chouette villa à Santorin.

Il s'approcha de la fenêtre et épia la chaussée par les rideaux entrebâillés. C'était l'une des voitures de la Routière, une Volvo, et il crut reconnaître l'épaisse silhouette derrière le volant. L'un des sergents de Kingston Crescent. Pas un bon signe.

Il se demanda un instant s'il devait s'habiller, puis décida de n'en rien faire. Il valait mieux, à ce stade, jouer les invalides, les flics héroïques prêts à sacrifier leur vie au nom de la loi. Dans la Volvo, le sergent feuilleta ses notes puis descendit de voiture et, après un coup d'œil au bungalow, poussa le portillon.

Sur le pas de sa porte, Winter se frotta les yeux et étouffa un bâillement. « Je viens juste de me lever. »

Il baissa les yeux sur le bloc-notes. « C'est à quel sujet ? »

Le sergent le considéra d'un air curieux pendant un long moment. C'était un type trapu, aux épaules carrées, la quarantaine bien sonnée. Les frustrations du métier avaient vidé son visage de toute expression, hormis un intérêt stoïque pour les faits, rien que les faits.

« Je m'appelle Leavis, dit-il dans un grognement. De la Routière. Il me semble qu'on s'est déjà vus, mais je me rappelle pas où.

— Et ?

— J'ai cru comprendre que vous avez eu un accident. » Il eut un signe de tête en direction du plâtre. « On a besoin de savoir ce qui s'est passé.

— C'est une enquête criminelle ?

— Oui.

— Motif ?

— Conduite dangereuse au volant. On peut parler ici, et je prendrai des notes. Ou bien je peux vous emmener au poste, où votre déclaration sera enregistrée. » Il marqua une pause. « Vous connaissez la musique. »

Winter évalua ses choix puis, haussant les épaules, il s'écarta de la porte.

« La cuisine est par là, dit-il. Ça m'aiderait bien si vous branchiez la bouilloire. »

Le sergent fit le thé pendant que Winter allait dans la salle de bains pour se raser rapidement. Promenant le rasoir de sa main valide, il observa son visage fripé émerger de la couche de mousse. Si la demi-heure qui allait suivre se passait mal, se disait-il, son affaire risquait fort d'atterrir sur la table d'un juge. Pire, si des poursuites étaient engagées à son encontre, il était convaincu que Hartigan veillerait à ce qu'il rendosse l'uniforme.

« Sucre ?

– Deux. » Winter prit la chaise près du frigo, posant avec précaution son bras plâtré sur la table de la cuisine. « Ils vous donnent bien du travail, hein ? »

Le sergent ne répondit pas. Il tendit sa tasse de thé à Winter et, s'asseyant enfin, récita la mise en garde formelle due aux suspects.

« Pas de thé pour vous ? demanda Winter, se servant un sablé au chocolat.

– Non, merci.

– Un sablé ? Un sandwich au bacon ? J'ai pas…

– J'ai dit non merci.

– D'accord, d'accord. » Winter leva sa main valide. « Je demandais, c'est tout. »

Le sergent s'était replongé dans ses notes. Winter, contemplant d'un air maussade le calendrier de la SPA accroché au-dessus de sa tête, se demandait jusqu'où la Routière avait poussé l'enquête.

Les experts s'étaient sûrement rendus sur le lieu de l'accident, rampant parmi les débris de la Skoda et s'efforçant de reconstituer la suite d'événements. En outre, il était possible qu'ils aient déjà interrogé les témoins, des passants stupéfaits de voir un homme d'apparence bourgeoise transformer l'un des quartiers les plus paisibles de Portsmouth en une piste de course automobile. Puis, il y avait Dawn Ellis, bien sûr.

Le sergent leva enfin les yeux, le stylo à la main.

« Commençons par le commencement, dit-il. J'ai cru comprendre que vous étiez en planque.

— Exact. Près du quai Camber. Une petite pourriture du nom de Darren Geech... » Winter se tut. Il y avait un point qu'il voulait préciser tout de suite, avant de faire perdre son temps à cet homme fort occupé.

« Alors, que s'est-il passé ensuite ?

— Justement, j'allais vous dire que j'en ai plus le souvenir.

— Le souvenir de quoi ?

— Mais de ce qui est arrivé. Ne me demandez pas pourquoi. Peut-être que c'est le choc. Il n'y a que le coup de fil qui me revient à la mémoire. Le reste...

— Quel coup de fil ?

— Ben, il me semble qu'on a appelé le Central. Pour demander une voiture non banalisée. C'est ce qu'on fait dans ces cas-là, pas vrai ?

— Vous vous souvenez de cet appel et pas de la poursuite ?

— Je me souviens de rien après qu'il nous a repérés, et même ça, c'est brumeux. » Il leva un regard plein de regret vers le plafond. « Une caisse rouge ? Une Astra ? Volkswagen ? Jaune ? Bleue ? »

Le sergent s'adossa à la chaise, désignant le calepin qu'il tenait à la main.

« Je ne vois pas l'utilité d'insister, alors ?

— Moi non plus.

— Vous voulez qu'on essaie quand même ?

— À vous de voir. Je vous aiderai du mieux que je peux. »

Le sergent lui décocha un regard aigre. « J'ai vérifié à l'hôpital, dit-il. Ils m'ont dit que vous vous étiez parfaitement remis.

— Oui, ils devaient parler de ça. » Winter leva son bras plâtré en prenant soin de grimacer de douleur. « J'espère qu'ils se gourent pas.

— Ils n'ont pas mentionné de perte de mémoire.

— Ça ne m'étonne pas, je leur en ai pas parlé.

— Vous n'en avez rien dit ? Et vous ne vous êtes jamais demandé ce qui était arrivé ? Pourquoi vous vous retrouviez à l'hosto ?

— Non, c'est pas ça. Je savais que j'avait conduit une voiture et je savais qu'il s'était passé quelque chose, parce que… boum, je me retrouve dans la vitrine d'un marchand de journaux. Mais demandez-moi ce qui s'est passé entre le moment où on était en planque et l'arrivée aux Urgences en ambulance, je vous avouerai que j'en ai pas la moindre idée. C'est triste, mais véridique. »

Le sergent ne chercha pas à cacher sa stupeur. Un « sans commentaire » aurait été plus supportable que ce silence entendu. Pendant un moment, Winter s'attendit à une réaction plus violente mais, au lieu de cela, l'homme jeta un coup d'œil à sa montre.

« Vous connaissez la marche à suivre, hein ? dit le sergent. Préparer le dossier ? Le soumettre à la commission d'enquête ? Décider de poursuivre pénalement ou pas ?

— Oui, bien sûr.

— Et vous savez aussi que les juges n'apprécient pas qu'un prévenu fasse obstruction ?

— Bien sûr. Mais ce qui m'est arrivé, ce sont les risques du métier. On y est tous soumis.

— Je tenais seulement à vous le signaler, monsieur Winter. C'est un élément à ne pas négliger. »

Il jeta un regard à Winter et reprit son bloc-notes. « Je vais rapporter ce que vous m'avez dit, à savoir que vous n'avez aucun souvenir de ce qui s'est passé entre le début de l'histoire et sa fin. D'accord ?

— Parfait.

— Très bien. »

Le sergent tira un formulaire de déposition de son bloc-notes, vérifia la date à sa montre et commença d'écrire. Après deux lignes d'une écriture appliquée, il releva la tête.

« À propos, cet autobus. Celui à double plate-forme, avec lequel vous avez failli entrer en collision… »

Winter le regarda un instant puis eut un sourire amusé. « Un autobus ? »

Il était à peine 10 heures du matin quand Faraday arriva à Plymouth. Les instructions de Dave Beattie étalées sur ses genoux, il prit la direction de la banlieue nord et suivit la route de Tavistock. Il y avait quelques nuages, maintenant, loin au-dessus du moutonnement des landes, et la météo à la radio parlait d'averses possibles dans la soirée.

Passé Bickleigh, il ralentit pour tourner à gauche, s'étonnant de la vitesse avec laquelle disparaissait la ville. À dix minutes à peine de l'enchevêtrement urbain de ronds-points et de grandes surfaces commerciales, il se retrouvait dans un monde qui aurait pu appartenir à une autre époque : des prairies verdoyantes, des murets de pierre tapissés de mousse et de lichen, jusqu'à ce busard aperçu chevauchant un courant chaud au-dessus d'un promontoire rocheux.

La route s'étrécissait, puis plongeait brusquement sur la droite. À travers les frondaisons, un ardent soleil criblait le pare-brise. Abaissant sa vitre, Faraday pouvait entendre le murmure d'une eau vive. Un pont se présenta, incroyablement étroit. De grosses pierres brunes tapissaient le fond de la rivière. La route s'élevait de nouveau, et les arbres s'éclaircissaient. De temps en temps, au détour d'un virage, il avait la surprise de découvrir un bungalow tassé derrière une haie fournie ou la silhouette d'une bâtisse plus conséquente au-delà des moutonnements d'herbes folles. Il apercevait parfois des pancartes signalant un pépiniériste. Il avait rarement vu lieu plus reclus, plus replié sur lui-même. C'était là, pensa-t-il, un paysage qui vous tournait le dos, bien décidé à garder ses secrets.

Quelques minutes plus tard, s'avouant qu'il était perdu, il arrêta la voiture. Un panneau routier indiquait Bere Ferrers à cinq kilomètres. Il se mit à rouler dans cette direction, avec l'intention d'acheter une carte de la région. Tenter de déchiffrer pareil labyrinthe avec l'aide d'une page de gribouillages était voué à l'échec.

Bere Ferrers était un minuscule village au bord d'un large méandre de la rivière. Faraday gara la Mondeo et gagna le bord de l'eau. Revenu à la voiture pour y prendre ses jumelles, il balaya la rive boueuse. Il y avait des cormorans, des colverts, des bécassines. Il prit soudain conscience que ce devait être l'endroit dont Scottie lui avait parlé la première fois qu'il était venu le voir à son bureau. Son regard fut attiré par quelque chose de grand et légèrement comique, qui se tenait au garde-à-vous parmi les joncs sur l'autre rive. Un héron gris. Puis un mouvement se fit tout près de lui. Deux hochequeues d'un jaune vif se couraient après tels des fous. Faraday les suivit un instant dans ses jumelles et se détourna, un sourire au visage. Quel endroit pour vivre !

La librairie-papeterie faisait équipe avec un salon de coiffure. Faraday acheta une carte d'état-major et l'aplatit sur le capot. Transférant les instructions de Beattie sur la grille d'étroites routes, il parvint à situer Ezentide Cottage en bordure d'un bout de rivière à deux ou trois kilomètres en amont. Il replia la carte et jeta un coup d'œil à sa montre. Il était temps de faire une petite balade à pied.

Un sentier le mena à travers le cimetière. Les dalles de granit érodé par le temps disaient les générations, les longues lignées remontant les siècles. L'une d'elles attira son attention. « Choléra, 1849 », disait-elle simplement.

Fasciné, Faraday poursuivit son chemin. Le sentier quittait le cimetière pour grimper une colline. Plus essoufflé qu'il n'aurait voulu l'admettre, il parvint en haut. À des kilomètres au loin, au sud, brumeux à cette distance, s'étirait un vaste plan d'eau entouré des deux côtés par la sombre étendue de Plymouth. Il pouvait distinguer à la jumelle les tours d'habitations, les clochers des églises, les immenses grues des quais et les innombrables rangées de rues aux maisons mitoyennes. Il pensa aussitôt, Pompey. Les mêmes vies enfermées. Le même désordre d'après-guerre. Les mêmes échos de sang répandu et de trésors durement acquis.

Il balaya lentement le paysage. Les portants du pont Brunel se dessinaient au loin tandis que, plus près, il pouvait distinguer les formes grises et élancées des navires de guerre à l'ancre. Des vaisseaux semblables constellaient le port de Portsmouth, frégates et destroyers relégués aux oubliettes, à moins qu'une nouvelle folie guerrière leur fasse reprendre la mer, et Faraday se surprit à se demander si l'un de ces navires ne recelait pas des reliques de la guerre des Malouines. Dave Beattie avait-il grimpé cette colline ? Avec un souvenir ou deux et une bonne paire de jumelles ?

De retour dans la voiture, Faraday roula de nouveau vers le nord. Il commençait à éprouver un attachement pour ce coin perdu d'Angleterre. La péninsule s'étirait entre deux cours d'eau, le plus gros étant la Tamar. Sur la carte, Ezentide Cottage apparaissait à côté de la ligne bleue, épaisse, de la rivière, à des kilomètres de tout, un petit rectangle noir au bout d'un chemin de terre étroit.

Faraday continua de rouler. La route s'étrécissait de nouveau, jusqu'à ce qu'il y ait tout juste assez de place pour la voiture. Des champs de cerfeuil sauvage. Une ferme ou deux. Puis, lentement, tout signe d'habitation disparut. Quelques minutes plus tard, Faraday se retrouva devant une barrière fermée. Soigneusement attachée à cette dernière, une pancarte annonçait en lettres rouges « Propriété privée. Défense d'entrer ».

Faraday poussa la barrière et remonta en voiture. Le chemin serpentait sous d'épais rameaux de pins et de mélèzes, à l'abri desquels l'air était plus frais et humide. Deux tournants plus loin, le chemin s'arrêtait et, sur la gauche, un carré de terre noire bien tassée servait manifestement de parking.

Fermant la Mondeo, Faraday remarqua les profondes traces de pneus dans le sol. Un 4 x 4, se dit-il. Peut-être bien une Land Rover. Les jumelles toujours à son cou, il suivit le chemin qui s'enfonçait sous les arbres. Le cottage apparut soudain devant lui, alors que le sentier tournait à gauche : toit d'ardoises, la façade fraîchement blanchie à la chaux, petites fenêtres à croisillons. Le jardin devant s'étirait jusqu'au bord de l'eau, patchwork de pelouse soigneusement tondue, bordée par des buissons, et, plus loin, un pavillon d'été en bois ; enfin, un potager de bonne taille.

Faraday secoua la tête, frappé par l'isolement et la paix que s'était aménagés cet homme. Le cottage était entouré d'arbres sur trois côtés ; cependant, sa façade, orientée au sud, était inondée de soleil. Par-delà la rivière dont l'eau verte coulait doucement, s'étendait un bois. Que pouvait-on souhaiter de mieux dans la vie ?

Mais ce n'était pas tout. De l'autre côté de la maison, Faraday découvrit un poulailler abritant une douzaine de poules, compta quatre œufs dans un panier garni de paille, perçut la suave odeur de sciure émanant d'une pile de bûches fraîchement coupées, et s'agenouilla pour caresser sous le menton un chat au nez rose, qui se réchauffait au soleil. Dans une autre vie, libéré des chaînes de Pompey, Faraday aurait donné n'importe quoi pour un endroit pareil.

Il frappa à la porte mais, n'obtenant pas de réponse, il revint dans le jardin. La clé, comme promis, était sous une pile d'ardoises de réserve derrière le pavillon d'été. Avec la clé, il y avait un mot écrit en capitales : FAITES COMME CHEZ VOUS. IL Y A

DU PETIT GRÈBE (SI VOUS AVEZ DE LA CHANCE). SERAI DE RETOUR À MIDI. D.B.

Faraday, amusé, gagna le bord de la rivière. Beattie avait raison. Le petit grèbe était notoirement difficile à trouver. On pouvait les guetter pendant des heures sans succès. Mais là n'était pas la question. Comment Beattie avait-il bien pu apprendre la passion de Faraday pour les oiseaux ?

Bev Yates se trouvait dans le bureau de Faraday à Kingston Crescent lorsqu'il reçut un coup de fil de Winter. Bev avait une liste d'interrogatoires longue comme le bras, et il n'avait pas encore avancé d'un pas. Les anciens de l'*Accolade* étaient soit au travail, soit en congé, ou alors trop fainéants pour se lever du lit et décrocher le téléphone. Ce travail s'annonçait comme une vraie saloperie.

« Où est Faraday, alors ? demanda Winter.

— Quelque part dans le Devon. Il a une idée en tête.

— Encore ?

— Ouais. Comment va la vie en congé de maladie ?

— Poilante. Il faut que je te parle au sujet de Dawn. »

Winter voulait savoir si Yates était passé chez elle. Yates eut un grognement qui pouvait passer pour une affirmation, se demandant où voulait en venir Winter. Cherchait-il à savoir ce qu'on racontait à son sujet ? Était-ce un de ces pièges dont il avait le secret ou bien un simple appel amical ?

« Elle va bien, répondit Yates. Pour autant que je sache.

— Elle a repris le travail ? J'ai essayé de l'appeler mais…

— Aucune idée, camarade. »

Il se fit une longue pause, et Yates savait que Winter avait le silence en horreur.

« Tu ne saurais pas, par hasard, si…

— Saurais pas quoi ?

— Si elle a rencontré ces foireux de la Routière ?

— Pourquoi ferait-elle ça ?

— Parce qu'ils essaient de m'épingler.

— Ah ! fit Yates, qui souriait, maintenant. J'ai compris. »

Il regarda le tableau de liège sur le mur, se demandant comment un adulte pouvait nourrir toute sa vie une passion pour les piafs, puis dit à Winter qu'il ne savait vraiment pas ce que Dawn avait fait.

« Tu ne lui as pas parlé hier après-midi ?

— On a juste bavardé.

— Et elle n'a pas parlé de la Routière ?

— Non, pas un mot.

— Alors, rends-moi service, tu veux ? Si jamais tu la vois, dis-lui que je ne me souviens de rien. D'accord ? » Il gloussa. « C'est le moins que tu me doives. »

Faraday entra dans le cottage et s'étonna de la nudité des lieux. Un tapis usé couvrait une partie du sol en ardoise. Les murs de granit brut scintillaient de mica. Il y avait une petite pile de cendres dans le foyer noirci. Faraday se tint un instant immobile dans la légère pénombre, se souvenant des bandes vidéo du Foyer du Marin. La réunion terminée, un petit groupe d'*Accolades* s'était rassemblé sur le trottoir. La mince silhouette en veste de cuir dégageait une impression d'indépendance et d'austérité, et si Faraday voulait une nouvelle preuve du style de vie que cet homme s'était choisi, il l'avait sous les yeux.

Il regarda autour de lui, sentit le chat de la maison se frotter contre ses chevilles. Il y avait une pile de livres sur le rebord d'une des fenêtres, leurs pages marquées avec des bandes de papier journal. Un exemplaire du *Guardian*, datant de trois jours, gisait par terre au pied d'un canapé usé, à côté d'un bol de lait frais, probablement pour le minet. Dans la petite cuisine, Faraday trouva une seule tasse sur l'égouttoir à côté de l'évier. Il y avait deux autres pièces en bas. L'une était une salle de bains — une brosse à dents solitaire sur la tablette au-dessus du lavabo — tandis que l'autre servait apparemment de bureau. Un ordinateur trônait sur la table de travail installée sous la fenêtre. Une liste de pense-bêtes était scotchée sur l'écran du PC, et une table roulante croulait sous une pile de chemises en carton. Sous la table, collée contre le mur, Faraday aperçut une bouteille de whisky, Famous Grouse, à moitié vide.

Faraday se pencha vers l'écran pour examiner la liste. Le bureau, situé dans le fond de la maison, était plongé dans la pénombre, mais Faraday distingua des adresses, chacune accompagnée d'une date et d'une somme d'argent, et Faraday se demanda si Beattie n'était pas un artisan. Un plombier peut-être, ou un charpentier. Il allait ressortir de la pièce quand son regard fut attiré par une photo encadrée sur le mur. Même dans la faible lumière, on ne pouvait se tromper. Beattie avait peut-être quitté la Marine il y a vingt ans, la guerre des Malouines restait toujours présente à son esprit sous la forme de cette unique et inoubliable image, le HMS *Accolade* en feu et s'enfonçant déjà, le 21 mai 1982.

Winter connaissait Mick Clarence depuis des années. Pour être né et avoir poussé à Somerstown, il avait été un excellent apprenti comme voleur à la tire, cambrioleur et incendiaire à ses heures. À onze ans, il avait appris à voler toutes sortes de véhicules, depuis les fourgonnettes jusqu'aux grosses cylindrées européennes, et ses talents avaient été très recherchés par la tranche d'âge supérieure, en mesure de le payer grassement.

À quatorze ans, avec près de deux mille livres dans une banane sous son matelas, Mick s'était offert avec sa maman quinze jours sur la Costa Brava. Il avait fait ça en partie parce que ce mot « Brava » lui plaisait beaucoup et aussi parce qu'il savait que sa mère était vraiment dans un sale état. Il s'avéra que Lloret de Mar était le dernier endroit où la pauvre femme aurait dû mettre les pieds. L'alcoolisme de sa mère était devenu incontrôlable, et trois jours passés au bar de l'hôtel l'avaient privée de tout intérêt pour sa propre survie. Un homme qu'elle n'avait jamais rencontré auparavant l'avait raccompagnée jusqu'à la chambre qu'elle occupait au dixième étage. Là, il l'avait violée et l'avait assise sur le muret du balcon avant de disparaître dans la nuit. D'après les autorités locales, Elaine Clarence était morte au moment précis où elle s'écrasait sur le faux marbre entourant la piscine.

De retour à Somerstown, Mick alla voir la police. Le premier flic qui le reçut était Winter. Il expliqua à ce dernier ce qui était arrivé à sa maman et le supplia de faire quelque chose. Winter s'y efforça mais, en l'absence de la moindre preuve, la police espagnole ne pouvait pas grand-chose. L'homme devait avoir utilisé un préservatif, parce qu'il n'y avait pas la moindre trace d'ADN. Et, à l'exception de Mick, pas de témoin. Au moment des faits, le garçon était raide défoncé à la bière et au rhum ; avec son palmarès de délinquant juvénile, il aurait été une cible facile devant un tribunal.

Cette prise de conscience changea radicalement sa vie. Du jour au lendemain, porté par une rage incandescente, il tourna le dos à une carrière criminelle prometteuse. Il arrêta de boire, devint intraitable avec les camés, envoya à l'hôpital un type plus âgé que lui qu'il avait surpris en train de frapper des Asiatiques. Ses potes d'avant s'étonnèrent de ce comportement de Robin des Bois, mais Mick Clarence s'en tapait. Quand Anghared Davies, qui s'occupait de la réhabilitation des jeunes délinquants, lui demanda si ça l'intéressait de la rejoindre, il sauta sur l'occasion. Aujourd'hui, près de sept ans plus tard, il travaillait toujours avec elle et il était l'un des rares adultes que les gosses errants de Pompey écoutaient volontiers.

Winter le rencontra dans un café, à Elm Grove. Le physique nerveux, agressif, les cheveux ras et le regard attentif, il ne différait en rien des canailles garnissant les bancs du tribunal correctionnel.

Winter fit glisser une poignée de photographies d'une enveloppe. Mick Clarence n'avait jamais aimé le papotage.

Il jeta un coup d'œil aux clichés. « Geech », dit-il.

Winter hocha la tête. Il était très satisfait de son tirage numérique. Les ecchymoses apparaissaient fort joliment, violet tirant sur le noir.

« Tu sais ce qui s'est passé ?

— Il s'est ramassé une branlée.

— Ouais, mais tu sais par qui ?

— Aucune idée, mon pote.

— Bazza Mackenzie.

— Ah ouais ? » Clarence ramassa la première photo de la pile et l'examina de nouveau. Pour la première fois, il y avait une lueur de curiosité dans son regard. Puis il leva des yeux qui ne cillaient jamais. « La raison ? »

Winter fit une réponse précise mais concise. Le jeune Darren dealait pour Bazza. Puis il avait eu un petit différend avec Rookie. Darren, sa crédibilité mise en jeu, avait rameuté un pote ou deux et puni Rookie. Sauf qu'il y était allé un peu fort, et que Rookie en était mort. Non content de ça, ce petit salaud s'en était pris à une collègue de Winter. Balancer un cocktail Molotov dans le salon d'un inspecteur de police, quelle que fût la raison, avait été une nouvelle et grosse erreur. Incapable de lui mettre la main dessus, la Criminelle était décidée à porter son attention sur Bazza lui-même. Bazza, que cette perspective dérangeait énormément, avait su retrouver Darren, et on pouvait en mesurer le résultat sur ces photos.

« Tu veux dire que Bazza a livré lui-même ce petit con ?

— Ouais, après quelques mots soufflés à son oreille.

— Alors, c'est quoi, le problème ?

— Darren est accusé d'homicide.

— Eh bien, quoi ? Vous savez où il est, maintenant. Vous l'inculpez, et basta.

— Impossible. On n'a pas de preuve. On a bien une batte de base-ball chez la mère, mais elle jure qu'elle appartient à quelqu'un d'autre.

— Qui ça ?

— Elle veut pas nous le dire. »

Clarence n'avait pas quitté Winter des yeux. Ce mec ferait un fameux détective, pensa Winter.

« Tu veux que je les fasse circuler, c'est ça ? » Sa main tatouée se posa sur les photos.

« Ouais. Tu dois connaître les noms des copains de Darren, ceux qui étaient avec lui quand il s'est fait Rookie. File-leur une copie à chacun. Dis-leur que le petit gang de Darren lui est resté en travers de la gorge, à Bazza. Puis tu leur expliques que ça serait plus cool pour eux de faire une déclaration ou deux.

— À quel sujet ?

— Mais que Darren a démoli Rookie.

— Ça s'appelle balancer.

— Non, mon vieux. » Pour la première fois, Winter souriait. « Ça s'appelle avoir l'instinct de préservation. »

Bev Yates finit par contacter Mark Harrington juste avant midi. Le lieutenant de vaisseau de l'*Ac-*

colade avait été l'appel prioritaire de sa liste depuis 9 heures du matin. Promu capitaine de corvette et employé au ministère de la Défense, il avait jusqu'ici résisté à la tentation de répondre aux messages laissés par Yates.

Yates était encore dans le bureau de Faraday. Le bloc-notes devant lui était noirci de noms griffonnés avec rage. Il n'avait pu obtenir que cinq rendez-vous avec les *Accolades*.

Yates expliqua à Harrington les raisons de son appel. La mort d'un gardien de prison faisait l'objet d'une enquête criminelle. Sean Coughlin avait été jadis dans la Marine. Ils avaient des raisons de soupçonner un lien avec un incident survenu à bord du HMS *Accolade* en 1982. Le capitaine Harrington pouvait-il jeter quelque lumière sur cet incident ? Et aurait-il le temps de leur accorder un bref entretien ?

« Je ne comprends pas, répondit Harrington. Quel genre d'incident ? »

Yates mentionna le nom de Matthew Warren. Il se fit un silence à l'autre bout de la ligne, puis Harrington répondit d'un ton parfaitement mesuré qu'il ne voyait toujours pas où Yates voulait en venir.

« Le jeune Warren a bien disparu en mer, n'est-ce pas ?

– C'est exact. Une tragédie. Nous avons fait de notre mieux pour le retrouver, bien sûr, mais ces choses-là arrivent. Terrible, bien sûr, mais on peut penser qu'il lui a été épargné ce qui a suivi. »

Yates réitéra sa demande d'un entretien. Une demi-heure, pas plus.

« Quand ?

— Cet après-midi ? » Yates jeta un coup d'œil à sa montre. « Je peux être au ministère à 3 heures.

— Non, impossible. J'ai des réunions tout l'après-midi.

— Dans la soirée, alors ?

— Je serai à Leicester.

— Demain ?

— Stratford. Puis Stoke-on-Trent. Je fais partie de la commission de recrutement. Vous ne pouvez pas savoir combien nous manquons d'hommes. »

Vous êtes pas le seul, pensa Yates. Il repoussa son bloc-notes, sa patience épuisée.

« Je sais qu'il y a eu une enquête après la disparition de Warren.

— Oui, naturellement. C'est la procédure.

— Il y a donc un rapport écrit.

— Sans doute.

— Il semblerait que nous ayons du mal à y avoir accès.

— Vraiment… ? » Harrington laissa résonner le mot. Pour la première fois, Yates imagina un sourire sur le visage de l'homme. Un long silence passa. Puis Harrington revint. « Écoutez, le mieux que je puisse faire, c'est de me renseigner. Ce ne sera pas pour aujourd'hui ni même demain, mais je vous rappellerai. Qu'en pensez-vous ? »

Rien, pensa Yates, mais l'autre avait déjà raccroché.

20

Lundi 10 juin 2002, 12 h 10

Dave Beattie regagna son domicile peu après midi. Faraday, averti par le ronflement d'un moteur Diesel, s'approcha de la fenêtre avec sa deuxième tasse de café pour observer une antique Land Rover cahoter sur le chemin. Après s'être garé, Beattie descendit, un berger allemand sur ses talons. Tous deux s'arrêtèrent pour regarder la Mondeo de Faraday, puis se dirigèrent vers le cottage.

Beattie paraissait plus petit que Faraday l'avait estimé sur la vidéo, silhouette mince en short usé et T-shirt bleu déchiré, taché par endroits de sueur. L'homme s'arrêta à la barrière du jardin pour détacher la boue collant à ses bottes. Comme il relevait la tête, le soleil éclaira son visage buriné par le grand air et un rude travail physique. Faraday lui donnait la cinquantaine. Ses cheveux grisonnants étaient ramenés en arrière en queue-de-cheval, et il portait à l'oreille un petit anneau d'or.

Ils se rencontrèrent sur le pas de la porte. La poignée de main de Beattie était ferme et sèche. Le chien renifla soigneusement Faraday, tandis que Beattie gagnait la cuisine pour allumer la bouilloire électrique.

« Comment saviez-vous pour les oiseaux ? demanda Faraday, appuyé contre le chambranle de la porte.

— J'ai passé un coup de fil à Derek Grisewood. Après qu'on s'est parlé au téléphone.

— Pour vous renseigner sur moi ?

— Bien sûr. Il m'a dit que vous étiez un type bien. Apparemment, vous avez parlé d'oiseaux avec lui. »

Faraday hocha la tête. Grisewood était le gérant du Foyer du Marin, à Pompey.

Tout en se préparant un café, Beattie demanda à Faraday quel était au juste le motif de sa visite. Au téléphone, Faraday lui avait simplement parlé d'une enquête criminelle.

« Est-ce que le nom de Coughlin vous dit quelque chose ? Sean Coughlin ?

— Ouais, le chef cuistot de l'*Accolade*. On parlait justement de lui l'autre jour. Un sale con, si vous voulez tout savoir.

— C'est ce que j'ai cru comprendre. C'est peut-être pour ça qu'il est mort.

— Mort ? » La nouvelle provoqua un fantôme de sourire sur le visage de Beattie. « Vous voulez dire que quelqu'un lui a fait son affaire ?

— Oui.

— C'est vrai ?

— Absolument.

— Et où en est l'enquête ? »

Faraday ne répondit pas. Au lieu de cela, il proposa qu'ils s'installent plus confortablement pour parler. Beattie le suivit avec sa tasse de café dans le salon, où il s'installa sur le canapé, le chien couché à côté de lui. Faraday alla récupérer sa propre tasse qu'il avait laissée sur le rebord de la fenêtre et prit le fauteuil.

« J'aimerais qu'on parle de l'*Accolade*, dit-il. De ce qui s'est passé aux Malouines. »

Beattie fronça les sourcils. Il ne s'attendait manifestement pas à cette conversation.

« Cette guerre des Malouines a été une pourriture. On a perdu le bateau.

– Je sais.

– Bien sûr que vous le savez. Tout le monde le sait. C'est dans tous les livres d'histoire. Ce que vous ne savez pas, c'est ce qu'on ressent.

– Ce que vous avez ressenti.

– Non, j'ai parlé au présent. » Beattie but une gorgée de café. « Quelque chose d'aussi énorme, vous l'oubliez jamais.

– C'est pour ça que vous étiez à la réunion de lundi dernier ?

– Ouais. » Il regarda le chien. « Ouais.

– Et ça fait remonter les souvenirs ?

– Naturellement. »

Faraday laissa le silence descendre. Il lui sembla percevoir le bruit d'un train dans la vallée. Finalement, il demanda à Beattie pourquoi il avait quitté la Marine juste après les Malouines.

« Qui vous a dit ça ?

– Wallace, le secrétaire de l'association.

– Qu'est-ce qu'il vous a encore dit ?

– Que vous avez filé votre dém sans tarder. Que vous en aviez assez.

— Alors, vous avez la réponse à votre question. » Il hocha la tête. « Mais ce n'est pas Coughlin qui vous intéresse ?

— Oui, bien sûr.

— Alors pourquoi ces questions personnelles ? »

Faraday le regarda. C'était une question légitime, et il ne voyait pas l'intérêt de cacher la vérité.

« Parce que cela me fascine, répondit-il. Je ne suis jamais venu ici, et je serais tenté de ne jamais en repartir. » Il marqua une pause. « Ça fait longtemps que vous êtes installé dans le coin ? »

Beattie lui jeta un regard interrogateur puis passa son index sur le bord de sa tasse. La question de Faraday était plus compliquée qu'elle ne le semblait.

« Près de vingt ans, dit-il enfin. On habitait Guzz avant, ma femme et moi. J'avais l'habitude d'emmener les gosses faire du bateau en été et j'avais repéré la maison. On passe devant quand on va à Morwellham. C'était une ruine. » Ce souvenir amena un grand sourire sur son visage. « Vous voulez voir comment c'était, avant ? »

Sans attendre de réponse, il grimpa à l'étage et redescendit rapidement en feuilletant un grand album de photos.

« Là. » Il passa l'album à Faraday. « C'était le premier été. À cette époque de l'année. En 1983. »

Faraday avait sous les yeux un chantier. Le cottage était à peine reconnaissable, avec des échafaudages des deux côtés, et le jardin disparaissait sous un tas de poutres, une petite colline de sable et des piles d'ardoises. Il y avait une bétonnière devant la porte et une brouette était immobilisée sur la planche menant à l'intérieur.

« Vous avez fait tout vous-même ?

— Il le fallait bien. Après avoir démissionné de la Marine avant l'heure, je n'ai jamais touché une pleine retraite. En plus, je venais de me séparer de madame, et un divorce ça coûte cher, croyez-moi.

— Alors, vous viviez ici pendant tout ce temps ? » Faraday tourna la page. Des fenêtres béantes attendant de nouveaux montants. Une bâche maintenue par des cordes, à la place du toit.

« Ouais. Ça m'a pris deux ans. On y est tout de même arrivés.

— On ?

— Rory et moi. » Beattie tapota le poitrail du chien. « Celui-ci, c'est son fils, Rory II, et il commence à blanchir. Sa mère venait de la SPA. Mauvaise gardienne mais bonne compagne. On a vécu de toasts au fromage et de haricots blancs. Les jours de chance, je tirais un pigeon ou deux.

— Et l'argent ?

— J'avais démarré une petite affaire, juste pour joindre les deux bouts et affronter les factures. Je faisais ça deux jours par semaine.

— Vous faisiez quoi ?

— Du jardinage. » Il désigna l'album. « Vous pouvez regarder. »

Faraday tourna une nouvelle page. Tandis que le cottage émergeait lentement du chaos de ces deux premières années, d'autres photos s'intercalaient : des jardins de toutes dimensions, de vastes pelouses, des rangs de haricots grimpants sur des rames alignées au cordeau. De temps à autre, Beattie en personne apparaissait, pesant sur une bêche ou remplissant un arrosoir en adressant un clin d'œil à l'objectif. Mais sous le hâle, il avait l'air tendu et mal à l'aise. La vie d'un divorcé n'était pas rose.

« Vous aimiez ce coin ?

— J'adorais. Au début, ç'a été dur. Très dur. Mais j'avais ce que je voulais. C'est un endroit étonnant. En hiver, on ne rencontre pas une âme.

— Et ça vous convenait ?

— Oui. Maintenant, je suis habitué. Vous savez quoi ? » Il désigna le jardin et la rivière au-delà. « Cette vallée a été notre Klondike. Il y a cent ans, ils creusaient dans toutes les collines, pour en extraire du cuivre, de l'arsenic. Le minerai partait à Guzz sur des péniches. Les mineurs arrivaient à pied depuis les Cornouailles, par milliers, avec femmes et enfants. Ils ont fait des fortunes. Tout ça est fini depuis longtemps, mais vous le sentez parfois. Cette vallée est remplie de fantômes. »

Des fantômes ?

Faraday contemplait une nouvelle photo. Le temps avait passé, Beattie paraissait plus âgé, et infiniment plus détendu. Sur fond d'un très beau jardin en terrasses, il posait, un verre à la main, son bras libre passé autour des épaules d'un tout jeune homme.

Faraday lui montra le cliché.

« Johnno, mon aîné. Il habite toujours à Guzz, mais il m'aide de temps à autre dans mon travail. C'était il y a deux ans. Le client était drôlement content de son jardin. »

Faraday se rappelait les dossiers dans le bureau. Vingt années de dur labeur avaient fini par payer. Il leva la tête, décidément intrigué par la vie que cet homme s'était construite. Que ne donnerait-il pas lui-même pour de l'air pur, du silence, et la promesse d'une bonne nuit de sommeil ?

« Le sol est riche ?

– Situé plein sud, il l'est. C'est humide, ici, il pleut mais il y a aussi du soleil. Les fruitiers donnent bien. Faut faire attention toutefois aux restes d'arsenic. Je pourrais vous emmener dans des coins où rien ne pousse. »

Il se leva, jeta un coup d'œil à sa montre et termina son café. Une heure de l'après-midi. Il avait rendez-vous dans un pub à Calstock pour y récupérer un chèque. C'était bien beau de bavarder, mais si Faraday avait des questions à lui poser, c'était le moment.

Faraday feuilletait encore l'album. Finalement, il leva les yeux.

« Je vous invite à déjeuner, dit-il. Ça vous va ? »

Ils prirent la Land Rover de Beattie, le vieux chien logé entre eux. L'arrière du véhicule était encombré de plantes en pots et de boutures destinées à son travail en cours, et comme ils bringuebalaient sur l'étroit chemin, Faraday songeait à ce que devait être la vie dans un lieu aussi isolé. Il fallait avant tout être en bons termes avec soi-même. Et d'abord, bien se connaître.

Calstock était un ensemble désordonné de maisons accrochées aux flancs de la vallée à côté d'un impressionnant viaduc ferroviaire. Beattie le décrivait comme un village qui n'avait jamais réussi à être une agglomération et qui prétendait à un certain degré d'anarchie. Calstock, disait-il, était le dernier refuge de ceux qui étaient restés hippies, sans parler d'une petite armée de laissés-pour-compte. Et, à la vue des maisons mitoyennes aux façades étroites défilant sous ses yeux, Faraday n'avait pas de peine à le croire. Un matelas taché gisait abandonné sur le trottoir. Un peu plus loin, on avait bombé « Légalisez l'héro ! » sur le tableau d'affichage de l'église méthodiste.

Le pub était situé le long de la rivière. Des nuages s'amoncelaient à l'ouest mais le soleil était encore chaud et Faraday choisit une table sur la terrasse au bord de l'eau. Il commanda pour lui une pinte et un paquet de chips, et laissa Beattie aller chercher son chèque. Il y avait, en aval, quelques embarcations modestes qui se balançaient avec la marée. Et, juste en dessous, là où l'eau clapotait contre les pilotis, trois canards se disputaient un morceau de pain.

Bev Yates était toujours à Kingston Crescent quand Faraday parvint enfin à le joindre.

Yates l'informa de ses premiers interrogatoires des *Accolades*. Il avait déjà contacté une douzaine de ceux qui étaient présents au dîner anniversaire et démarrerait les interrogatoires l'après-midi même. L'un d'entre eux semblait prometteur.

« Un certain Gault, dit-il à Faraday. Il dit qu'il connaissait bien le môme Warren. Qu'il l'avait pris sous son aile.

— Et Coughlin ?

— Le connaissait aussi. Toujours le même son : un salopard.

— Il habite où, ce Gault ?

— 189, Glasgow Road.

— Pompey ?

— Ouais.

— Et il était à la soirée de lundi ?

— Exact. Un copain de Beattie. Gault a été cuisinier dans la Marine. Il travaille maintenant à Harvester. J'ai pas pu en savoir plus, parce qu'il était très occupé, m'a-t-il dit.

— Vous avez pris rendez-vous avec lui ?

— Ce soir. Melanie va adorer. Je mettrai ça sur votre dos. »

Faraday sourit. Yates parcourait le reste de sa liste. Concernant Mark Harrington, le lieutenant de vaisseau, Faraday voulut savoir si Yates s'attendait à un retour.

« Ça risque pas, et je suis prêt à parier là-dessus. C'est une affaire de famille, et on n'est pas les bienvenus.

— Une affaire de famille ? Un jeune homme qui passe par-dessus bord ? Une mort suspecte ?

— Qui dit qu'elle est suspecte ?

— Moi... » Faraday venait d'apercevoir un busard au-dessus des flancs boisés de la vallée. « Mais vous avez raison, on ne peut pas le prouver. »

Yates raccrocha peu après, laissant Faraday au regret de ne pas avoir emporté ses jumelles. En pleine saison estivale, le pub était plutôt désert, avec seulement deux autres tables occupées. Génial, pensa Faraday, offrant son visage au soleil.

Quelques secondes plus tard, la porte du bar s'ouvrit à la volée, et Faraday découvrit un Hell's Angel d'âge moyen, grand et large comme une armoire, une pinte dans une main et deux pâtés en croûte enroulés dans une serviette en papier dans l'autre. Le torse nu sous un gilet en toile de jean, il prit la table en face de Faraday. Il y avait une fille avec lui, et elle ne devait pas avoir plus de dix-sept ans. Elle était blonde et jolie, et l'échancrure de son T-shirt ne laissait rien à deviner. Son cou était imprimé de suçons. Elle prit la chaise du côté de Faraday et se débarrassa de ses sandales. Pendant un moment, Faraday mit les gloussements qu'elle poussait sur le compte de la jeunesse et du contentement. Puis il comprit qu'elle était ivre.

Son compagnon descendit la moitié de sa pinte puis lui demanda ce qu'elle avait préféré. La fille lui dit qu'elle s'en foutait. Qu'on la lui mette dans le cul, dans la bouche ou ailleurs, c'était kif-kif pour elle. Le bout de sa langue était percé, une minuscule boule d'argent au milieu de plis roses. Elle désigna d'un signe de tête la braguette renflée du motard.

« Et toi, alors ? T'as pris ton pied, hein ?

— Ouais. »

Et de se mettre à raconter leur matinée au lit. Faraday, gêné pour les deux femmes d'un certain âge à une table voisine, lui jeta un regard d'avertissement. Le type se tut aussitôt et se leva. L'instant d'après, il se dressait de toute sa taille au-dessus de Faraday, le jean taché de graisse, le ceinturon clouté, des Doc Martens usées aux pieds. L'eau et le savon ne faisaient pas partie de sa panoplie.

« T'as un problème ?

— Oui, j'en ai un.

— Quelque chose te démange le pif ?

— Justement.

— Et c'est quoi ?

— Vous. » Faraday abrita ses yeux du soleil. « Si vous voulez parler de vos performances, fallait rester au pieu. Vous croyez que votre vie amoureuse intéresse les gens ? »

Le motard gardait le silence. Puis une ombre tomba sur la table, et Beattie se glissa entre eux deux. Il tira le motard par le bras et, le poussant contre une fenêtre, se mit à lui parler tout bas. Et il se dégageait de lui une assurance glacée qu'il était impossible d'ignorer. Dans ce genre de situation, il aurait fallu être idiot pour ne pas écouter attentivement. Faraday capta le mot « connard », avant que la fille repose son verre et, saisissant son copain par la manche, l'entraîne vers la sortie au bout de la terrasse.

Beattie s'assit. « Ce type est un clown. Il n'est pas méchant.

— Vraiment ?

— Ouais. On a eu des mots, dernièrement, lui et moi. Il est plutôt bonasse quand on sait sur quels leviers il faut peser.

— C'est votre job qui vous a appris ça ? demanda Faraday, réalisant qu'il tremblait.

— Ouais. » Beattie lui passa la carte de l'établissement. « C'est le job. »

Ils déjeunèrent d'une salade de fruits de mer et de grosses portions de frites, terminant, sur l'insistance de Faraday, plus reconnaissant envers Beattie qu'il ne voulait l'admettre, avec de la tarte aux pommes et une dernière pinte. Quand il invita Beattie à lui parler du métier de policier à bord d'un navire, l'ancien capitaine d'armes réfléchit un instant à la question.

« Tout l'art de la chose consistait à prévoir les conneries, dit-il enfin. Il fallait bien écouter, renifler l'atmosphère. Chaque mess était différent, mais si on avait appris à connaître les gars, on savait à peu près d'où les ennuis partiraient. »

La plupart des cantines préféraient régler seules leurs problèmes. Par exemple, si un type était pris en train de faucher, on le punissait en lui laissant tomber sur la main une lourde écoutille en acier. Le type se faisait broyer la main, à tous les coups. Très saoudienne, comme pratique.

« Ça vous facilitait le travail ?

– Ah oui, parce que j'étais le représentant de l'ordre à bord. Si ça passait par moi, ça devenait plus administratif. J'étais Monsieur Méchant.

– Et Monsieur Gentil ?

– Des fois. La plupart des gars sont braves, et il suffit de les secouer un peu, pour qu'ils le restent. Bien sûr, il arrive que de temps en temps on tombe sur un monstre.

– Coughlin ?

– Un monstre. »

Beattie savait déjà à quoi s'en tenir au sujet de Coughlin quand il avait été affecté sur l'*Accolade*. Un pote à lui avait été capitaine d'armes sur le précédent bateau de Coughlin, un 42, et lui avait envoyé une liste détaillée des plaisirs qui l'attendaient. Parmi les épithètes dont se souvenait Beattie, il y avait « sournois », « malhonnête », « vicieux » et « prétentieux ».

« Prétentieux ?

– Oui, très imbu de lui-même. Mon pote me disait que Coughlin se prenait pour un mec exceptionnel – grand marin, grand cuisinier, un type extra dans tous les domaines – et mon pote avait raison.

Le problème, c'est que Coughlin n'avait jamais conscience qu'il pouvait être aussi une ordure. »

Faraday repoussa son assiette.

« Coughlin utilisait le nom de Rouquin sur le net, dit-il. Pourquoi Rouquin ? »

Beattie jeta un regard autour de lui puis fit signe à Faraday de se rapprocher de lui.

« C'est un jeu, un jeu de cantine, dit-il tout bas. Avec des excréments humains. Mais comptez pas sur moi pour vous expliquer les règles.

– Et Coughlin jouait à ce jeu-là ?

– Oh, comme un porc dans la fange. Littéralement.

– Des amis ?

– Aucun. Certains avaient peur de lui. Il avait la réputation de péter les plombs, souvent sans raison, et valait mieux pas être là quand ça arrivait. C'était ça, le plus grave, parce que dans un bateau avec deux cents types à bord, il vaut mieux avoir une bonne entente. »

Faraday hocha pensivement la tête. C'était là, mot pour mot, ce que lui avait raconté Wallace. On ne risquait pas d'oublier quand on avait servi un temps aux côtés de Coughlin.

« Des ennemis ? demanda enfin Faraday. Des types avec une bonne raison de lui en vouloir ? Des types qui auraient pu se trouver à Pompey, lundi soir ? »

Pour la première fois, Faraday sentit Beattie toucher la pédale de frein. Jusqu'ici, il avait été heureux de parler de faits, mais Faraday l'invitait maintenant à spéculer.

« C'est difficile, dit-il en jouant avec les restes de sa part de tarte. Il y avait pas un gars à bord qu'aurait pas souhaité pouvoir renvoyer chez lui Coughlin par la poste. Mais de là à envisager de le descendre... »

Les deux hommes se regardèrent. Puis Faraday mentionna Matthew Warren. Le garçon était tombé à la mer. Personne ne semblait savoir comment ni pourquoi. Faraday savait par d'autres sources qu'il avait partagé le même mess et la même cabine que Coughlin. Pouvait-on raisonnablement suspecter un lien entre leur relation et la brutale disparition de Warren ?

Beattie mit un certain temps à répondre. Puis il froissa en boule sa serviette en papier et la jeta dans la poubelle voisine.

« J'ai un rendez-vous à 2 heures et demie, dit-il en se levant. Mais vous pouvez m'accompagner. »

Ils regagnèrent le cottage. Beattie appela des clients sur son portable, commanda de l'engrais et des matériaux de construction, enfin téléphona à son fils. Il avait un gros chantier, en ce moment, le plus gros qu'il ait jamais eu, et s'il faisait bien son travail il y en aurait d'autres du même calibre. Alors, il laisserait tomber les petits travaux et se contenterait de deux ou trois contrats par an. De cette façon, il aurait enfin le temps de se consacrer au bouquin qu'il avait commencé d'écrire.

« Un bouquin ? demanda Faraday, étonné.

— Ouais.

— Sur quel sujet ?

— Ça. » Ils longeaient de nouveau la rivière, dont les eaux scintillaient à travers les frondaisons. « La vallée, son passé, les types qui tenaient les fours à chaux. Les femmes qui concassaient le minerai. Les mineurs qui travaillaient dans les puits les plus profonds. Les péniches. Tout ce que ces gens ont traversé d'épreuves.

« Et vous pensez qu'il y a un marché pour un ouvrage pareil ?

— J'en sais foutre rien, dit-il en souriant à Faraday. Et je m'en branle. »

Au cottage, Beattie rassembla quelques dossiers. Une fois par mois, il confiait ses factures et ses papiers à une dame au village qui lui faisait sa comptabilité. Il glissa les chemises dans un sac en plastique, appela le chien, ferma la maison à clé et prit un sentier qui passait derrière la propriété avant de s'enfoncer dans les bois. Il faisait soudain plus frais sous les branches, et Faraday sentait la forte odeur d'humus qui montait du sol. Beattie marchait vite, et le chien courait en tête, tandis que le terrain grimpait maintenant, s'éloignant de la rivière. De temps à autre, le chien levait une bande d'oiseaux — des pigeons, un faisan — et Faraday se demandait ce que la pénombre pouvait cacher de vie animale. Était-ce sur ce versant boisé que nichaient les busards ?

« Là. » Beattie s'était arrêté.

Faraday suivit le doigt que son guide pointait vers la terre et, parmi l'enchevêtrement de ronciers et d'orties, il distingua les restes vermoulus d'une barrière en bois courant sur quatre côtés.

« Puits de mine, expliqua Beattie. Ici. Venez voir. »

Ils descendirent un peu, évitant les ronces. Repoussant du pied l'un des poteaux et écartant un paquet de branches mortes, Beattie mit au jour la gueule d'un puits. Faraday plongea son regard dans le trou noir et béant. Si on était assez mince, on pouvait s'y glisser.

« C'est profond ? demanda-t-il.

— Soixante ? Quatre-vingt-dix mètres ? Les collines sont truffées de trous semblables. »

Faraday recula. Il avait encore nombre de questions qui attendaient une réponse, mais aucune d'elles ne concernait les trous de mine.

« Ce gosse, Warren, dit-il. Il y a eu une enquête officielle, non ?

— Bien sûr, répondit Beattie en se détournant du trou. C'est la procédure.

— Et qu'avez-vous établi ?

— Très peu, à la vérité. Le garçon a été porté disparu tôt le matin. Il devait préparer la table du carré à 6 heures, et il n'était pas là.

— Qui a rapporté sa disparition ?

— Coughlin.

— Ah oui ?

— Ouais, et c'était pas surprenant. Coughlin était nécessairement le premier à constater l'absence de son aide. Alors, il est allé voir l'officier de quart, qui a lancé les recherches. »

Faraday acquiesça. Wallace lui avait décrit la suite des événements, et la conclusion que le jeune Warren n'était plus à bord.

« Êtes-vous en train de me dire qu'il s'agissait d'un accident ?

— Non, je vous dis ce qui s'est passé. Nous ne savons pas si c'était un accident. C'est là tout le problème.

— Mais vous deviez avoir une idée ou deux, non ? Un soupçon ? C'était votre travail, non ?

— Bien sûr.

— Et ?

— Rien. » Beattie jeta un coup d'œil à sa montre et siffla le chien. Le reste de la montée de la colline coupa le souffle à Faraday. Il lui fallut une bonne minute avant de rattraper Beattie.

« Vous aviez un collègue, un type du nom de Flaherty.

— Qui vous a dit ça ?

— Wallace. Flaherty est mort quand le bateau a coulé. Il était dans le même mess que Coughlin et Warren. Il avait pour tâche d'être à l'écoute de ce qui se passait à bord. Et vous me dites qu'il ne soupçonnait pas quelque chose entre les deux hommes ?

— Bien sûr que oui.

— Il y avait donc une relation ?

— Je ne sais pas.

— Vous voulez dire que vous ne pouvez pas le prouver ?

— Exactement.

— Mais ça n'exclut rien, n'est-ce pas ?

— Bien sûr que non. »

Ils cheminèrent en silence. Le soleil avait disparu, et le vent se levait, agitant les frondaisons. Faraday observait le chien.

« Disons que Coughlin et Warren couchaient ensemble. Contre la volonté du garçon. Où allaient-ils pour faire ça ? »

Pour toute réponse, Beattie accéléra le pas.

« Votre question est pénible, grogna-t-il. Il y a un magasin à l'avant, c'est là qu'on entrepose les aussières. Jamais personne n'y va. Il y avait aussi un vestiaire au milieu du bateau et la cage du gouvernail.

– Où ça ?

– À l'arrière. Il y a une barre d'urgence là-dedans, au cas où le navire serait touché.

– Et quelqu'un comme Coughlin pouvait y accéder ?

– Tout le monde le pouvait. On y descend par la salle à manger principale. C'est un lieu qui est vérifié régulièrement, mais parfaitement désert le reste du temps.

– Alors, Coughlin et Warren... ?

– Ouais, s'ils en avaient envie.

– Non, si Coughlin en avait envie, rectifia Faraday, à bout de souffle. Le garçon n'avait pas le choix. Il avait tellement peur de Coughlin qu'il se pliait à ses désirs. Ça ne vous paraît pas plus plausible ? »

Beattie ralentit le pas et s'arrêta. Il y avait sur son visage une expression suggérant qu'il avait pris une décision.

« On a tous des surnoms dans la Marine, dit-il enfin. Celui de Warren était Bunny[1]. Tout le monde l'appelait comme ça, ses copains compris. Ça allait avec son nom. Bunny Warren[2]. Coughlin trouvait ça hilarant. Je me souviens d'un soir où il était bourré comme un coing au mess Delta Deux. Warren baise

1. Lapin, mais aussi fille, nana. *(N.d.T.)*
2. *Rabbit warren*, lapin de garenne. *(N.d.T.)*

comme un lapin, il disait. Ça foutait en rogne certains des gars, et Coughlin en rajoutait des tonnes. Après ça, il a toujours appelé Warren “Nénette”. » Il se tut pour ramasser une branche et la lancer au loin pour le chien. « La veille de sa disparition, Warren est allé voir Flaherty. Il voulait lui dire quelque chose, fixer un rendez-vous pour lui parler. Flaherty m'a dit que le gosse n'en pouvait plus.

– Pourquoi ?

– On l'a jamais su. Flaherty était très occupé ce soir-là, et il lui a dit de revenir le lendemain matin. Puis Warren a disparu.

– Et vous avez une idée… ?

– Non. La première chose que j'ai faite, c'est de fouiller l'armoire du gosse. Dans ce type d'affaire, c'est ce qu'on fait toujours. Il y avait peut-être un journal, une lettre, que sais-je ?

– Et ?

– Rien. Rien que j'aie pu consigner dans mon rapport, en tout cas.

– Le rapport a disparu.

– Bizarre. Tous les faits, et rien que les faits, y sont notés. J'ai interrogé Coughlin, bien sûr, mais il était soudain devenu sérieux, disant combien il était désolé, un gosse de cet âge, à peine dix-huit ans. » Il secoua la tête et regarda le sentier devant lui. « Le salaud. »

Quelques minutes plus tard, ils étaient sortis des bois. Une route étroite passait de l'autre côté d'un champ. Un kilomètre avalé d'un bon pas les amena à une minuscule gare, à moitié abandonnée, puis sur un chemin vicinal flanqué de chaque côté par des bungalows décrépis. Le dernier tout au bout s'appelait « Wensleydale ». Beattie frappa à la porte. Une femme vint ouvrir. La soixantaine bien sonnée, elle était petite, boulotte et avait le sourire spontané.

« Je vous présente Dorothy. » Beattie souleva son sac plastique. « Elle m'empêche de frauder le fisc. » Dorothy regardait Faraday. Elle avait un accent du Yorkshire.

« Vous êtes... ?

— Joe. Ravi de vous rencontrer. »

Elle les conduisit par un étroit couloir jusqu'à la cuisine. Elle prit sur le frigo un livre de comptes et le tendit à Beattie. Un moment plus tard, elle demanda à Faraday s'il préférait du thé ou du café.

Faraday consulta sa montre : 2 h 30. S'il voulait être de retour à une heure raisonnable, il devait penser à reprendre la route. Il la remercia de son offre et se tourna vers Beattie.

« Il y a une autre question que je voulais vous poser, et j'aurais dû le faire plus tôt.

— Oui, c'est quoi ? dit Beattie tout en examinant ses comptes.

— Lundi dernier, au Foyer du Marin. Nous essayons de retrouver trois hommes qui seraient allés boire un verre dans un hôtel voisin. Un qui est situé dans Granada Road.

— Comment s'appelle le rade ?

— L'Alhambra. »

Beattie fronça les sourcils un instant, suivant de l'index une série de chiffres. Puis il releva la tête.

« Mais j'y étais », répondit-il.

21

Lundi 10 juin 2002, 15 h 15

Il fallut moins d'une minute à Faraday pour joindre Willard sur son portable. Ce qui avait commencé par une prometteuse excursion dans le Sud-Ouest, une occasion de recueillir les souvenirs de Beattie quand il servait sur l'*Accolade*, se révélait brusquement tout autre chose.

« Joe ? » Willard paraissait agacé d'être interrompu en pleine réunion. « Qu'est-ce qui se passe ?

— Beattie, monsieur. Il s'avère qu'il était l'un des trois hommes de l'Alhambra.

— Lundi soir ?

— Oui. Tous les trois étaient bourrés. Exactement comme nous l'a décrit Pritchard.

— Vous avez des noms ?

— Oui. L'un d'eux est un copain de Beattie, qui habite Plymstock Il était ingénieur électricien sur l'*Accolade*. L'autre s'appelle Gault. Il habite Milton. Bev Yates devait l'interroger ce soir, et j'ai dit à Bev de mettre ça en attente.

— Et que dit Beattie de la nuit de lundi ?

— Qu'ils sont allés à pied du Foyer à l'Alhambra. Personne ne connaissait le rade, c'est un camarade de l'association qui leur avait dit qu'on y servait jusque tard dans la nuit.

— Et Coughlin y est passé ?

— Oui, exactement comme Pritchard nous l'a dit. Il est arrivé au bar, a vu qui était là et a mis les bouts.

— Est-ce qu'ils lui ont parlé ?

— Beattie dit que non. Coughlin serait ressorti sans leur en donner le temps. »

Il y eut un long silence. Faraday imaginait Willard dans son bureau, penché sur sa table, la réunion abandonnée, tournant lentement sur sa chaise en s'interrogeant sur la suite à donner. Dans de semblables situations, il faisait preuve d'une prudence frisant la pathologie. Absolument rien ne devrait être laissé au hasard, disait-il toujours.

« Et quel est votre sentiment au sujet de Beattie ? » demanda-t-il enfin.

Faraday s'attendait à cette question. Le fait qu'il éprouvât une certaine admiration pour l'homme — la vie que celui-ci s'était construite et cette impressionnante maîtrise de soi — n'influait d'aucune façon sur son jugement. Les gens les plus sympas commettaient parfois de bien étranges choses.

« C'est un policier, dit-il simplement. Il est de la maison et sait à quoi s'en tenir. Il n'est pas homme à se laisser effrayer.

— Vous pensez qu'il dit la vérité ?

— En partie, oui.

— Vous soupçonnez donc qu'il cache quelque chose ?

— Sans doute.

— Où est-il, en ce moment ?

— Chez sa comptable. Je l'ai informé que nous avions besoin d'un interrogatoire en bonne et due forme, mais ça ne lui convient pas. Il a un gros chantier sur les bras, m'a-t-il dit, et n'a pas le temps.

— Alors ?

— Alors, je lui ai signifié qu'il était en état d'arrestation.

— Où êtes-vous ?

— Dans le jardin de sa comptable. Beattie est à l'intérieur, dans le salon. Il lit le journal. C'est le seul endroit où je peux garder l'œil sur lui en attendant l'arrivée d'un renfort du Devon et Cornouailles.

— Vous leur avez parlé ?

— Il y a deux minutes. Ils m'envoient une voiture.

— Et ensuite ?

— Nous aviserons, monsieur. De toute façon, il faut qu'on ait une conversation sérieuse avec lui. »

Pendant un instant, Faraday se demanda où Willard voulait en venir. L'opération *Hexham* désolait le superintendant. Ils détenaient Geech, mais n'étaient toujours pas près de lui coller le meurtre de Rooke sur le dos. La mère continuait de jurer que la batte et le jean appartenaient à un autre gamin ; en conséquence, seules les déclarations des témoins de l'agression pouvaient garantir un résultat pénal.

« Nous avons le choix, dit enfin Willard. Vous l'interrogez là-bas ou bien ici.

— Ils sont deux à interroger, monsieur. Il y a aussi un certain Phillips, ami de Beattie, et ancien de l'*Accolade*.

— Et il habite dans le même coin ?

— Oui, monsieur. Il vit à Plymstock.

— Cela fait deux habitations. Deux fouilles.

— Oui, monsieur. J'ai déjà vu le cottage de Beattie mais…

— Vous y êtes entré ? »

Faraday avait redouté la question. En termes d'indices, il n'ignorait pas que c'était une erreur d'avoir accepté l'invitation de Beattie à « faire comme chez lui » dans le cottage mais, à ce moment-là, l'ex-capitaine d'armes n'avait représenté rien d'autre qu'une prometteuse source d'informations. Il avait incarné la discipline à bord, côtoyé et connu Coughlin et Warren. Et Faraday ne s'attendait certainement pas à ce qu'il ait pu prêter la main à un règlement de comptes vingt ans plus tard.

« Conclusion ? demanda Willard.

— Son cottage, dans lequel nous avons eu notre premier entretien, est maintenant fermé, et nous aurons le loisir d'y revenir quand cela sera nécessaire. »

Willard grogna son assentiment, avant de prendre un autre appel, et Faraday jeta un coup d'œil à Beattie à travers les portes-fenêtres. Son arrestation ne semblait pas l'avoir troublé, et Faraday était intimement convaincu que les gars de la Scène de crime auraient beau passer le cottage au peigne fin, ils ne trouveraient rien d'incriminant. L'homme était bien trop averti pour avoir laissé traîner une quelconque preuve. Et inviter Faraday à entrer en son absence et prendre ses aises prouvait que le bonhomme n'avait rien à cacher. Était-ce délibéré ? se demanda Faraday. Beattie s'était-il attendu à une visite de la

Criminelle ? Avait-il balancé dans un puits de mine un sac de linge et de chaussures maculés de sang puis décidé d'envoyer un signal ou deux en prévision ?

Willard revint en ligne, pour se demander à voix haute ce qu'ils allaient faire de Beattie. Faraday pressentait que l'option préférée du patron serait de confier Beattie et Phillips aux collègues du Hampshire. Les interrogatoires en garde à vue étaient soumis à de rigoureuses limites de durée, mais tant que Faraday garderait ses distances et résisterait à la tentation de tirer de Beattie le maximum concernant les événements de la nuit de lundi, l'heure légale de la garde à vue ne commencerait qu'au moment où les deux hommes seraient placés en détention dans un poste de police de Portsmouth. Faraday pouvait par ailleurs les conduire tous deux à Plymouth et mener les interrogatoires en territoire du Devon et Cornouailles, mais il aurait besoin d'être secondé par un inspecteur, idéalement quelqu'un comme Bev Yates. De toute manière, il avait devant lui une longue attente avant de se mettre pour de bon au travail.

« Nous les emmènerons ici, décida Willard. Je vais en souffler un mot à ceux du Devon et Cornouailles, ils ont été très coopératifs avec nous à deux reprises, récemment. On récupérera le copain de Beattie, et le Soutien opérationnel se chargera du transport. Il faudra que vous les informiez de la situation. » Il laissa passer un silence. « Quant à l'autre homme… Gault. Vous me dites que Yates doit l'interroger ?

– Oui, monsieur.

– D'accord, dites-lui que Gault ira aussi en garde à vue. De cette manière, nous les aurons tous les trois ici, ce soir, chacun dans un poste différent. Réfléchissez à votre stratégie d'interrogatoire et passez-moi un coup de fil sitôt que vous serez en route. »

Sur ce, Willard raccrocha, et Faraday ne put s'empêcher de reporter son regard vers Beattie. Assurément, les prémices d'une amitié avaient été là et, même maintenant, Faraday ne pouvait imaginer l'homme en meurtrier. Il s'était façonné une vie dans cette divine vallée. Pourquoi tout risquer — le cottage, une solitude recherchée, un travail rentable — pour un Coughlin ? S'était-il passé à bord de ce navire des choses justifiant une punition aussi radicale ? Ou bien la guerre en soi avait-elle endommagé ces hommes à jamais ? Défait leur emprise sur la vie ? Renversé le tabou du meurtre ?

Et Faraday était comme étonné de ne pas savoir. Il avait souvent entendu des collègues, épuisés par une enquête particulièrement difficile, parler du métier en termes de guerre. Le bombardement des appels téléphoniques, la multiplication des incidents, le choc de trouver quelqu'un gisant sur le trottoir, le visage en bouillie, un samedi soir. Rien ne vous préparait à ça et rien ne pouvait en atténuer l'impact.

Les policiers avaient l'habitude de s'attendre au pire et, d'une certaine manière, cela jouait comme un mécanisme de défense. Étrangement, dans la Marine de guerre, les hommes pouvaient servir pendant vingt ans sans entendre le son du canon, si ce n'était lors des exercices de tir. Or, rien ne pouvait préparer un homme à la réalité du combat, et Faraday avait rencontré assez d'anciens combattants des Malouines pour savoir que ce conflit avait été horrible.

Un jeune officier du HMS *Glamorgan*, attaqué pour la première fois par les aviateurs argentins, était resté sur le pont pour faire signe au bombardier ennemi de dégager. Ce foutu pilote ne savait-il pas qu'en tirant à balles réelles il risquait de blesser quelqu'un ?

Faraday sourit au souvenir de cette anecdote. Le jeune officier avait trouvé la mort un peu plus tard sous la forme d'un Exocet, mais son baptême du feu brillait en lettres d'or, signe flagrant que la guerre, une fois lancée, bouleversait tout ce que vous saviez du monde. Beattie avait-il ressenti cela ? S'efforçant de garder son calme, tandis que l'*Accolade* s'enfonçait vers le sud ? Et des jours plus tard, quand les bombes coulèrent son navire, le capitaine d'armes était-il sorti intact de l'expérience ? Faraday, qui se rappelait le petit incident au pub à midi, en doutait. Il sentait chez cet homme une violence inépuisable. Le motard aussi l'avait senti.

Le soleil avait disparu et des nuages annonciateurs de pluie se formaient au-dessus des collines à l'ouest. La femme qui s'occupait de la comptabilité de Beattie avait disparu dans sa chambre, embarrassée par la soudaine tournure des événements, mais quand Faraday passa la tête dans le salon Beattie était toujours plongé dans le *Daily Telegraph*, aussi serein et paisible qu'à l'ordinaire.

Un instant, leurs regards se croisèrent.

« Ils prennent leur temps, vos collègues, hein ?

— Oui, je vais les appeler de nouveau.

— D'accord, dit Beattie avec un sourire. Faites-le. »

Winter ne fut pas peu surpris de tomber sur Bev Yates, alors qu'il rendait visite à Dawn Ellis. Tous deux s'efforçaient de faire rentrer la moquette brûlée dans le coffre de la Golf de Yates.

« La B.A. de la journée ? » demanda-t-il, railleur.

Yates l'ignora. Le rouleau une fois coincé en travers de la banquette arrière, Bev claqua le hayon et embrassa Dawn sur la joue. Il allait jeter le machin à la décharge et procéderait à une arrestation. Ordre de Faraday.

« C'est pour l'affaire Coughlin ? demanda Winter. Il m'a semblé entendre que le rigolo avait résolu le mystère.

– Le rigolo ? dit Yates.

– Ouais, ton collègue Corbett.

– Ça risque pas. Je l'ai pas revu depuis des jours, Dieu merci. »

Yates s'installa au volant et démarra. Dawn le regarda disparaître au coin de la rue puis elle désigna la maison.

« Je me suis installée dans la cuisine. Si tu veux un café… »

Winter la suivit à l'intérieur, se perchant sur un tabouret, pendant que Dawn préparait deux instantanés.

« Bev s'est rendu utile, à ce que je vois.

– Très utile.

– Sympa de sa part de s'occuper de la moquette. »

Dawn ne releva pas le commentaire.

« J'ai reçu un appel, ce matin, dit-elle. Un sergent de la Routière. Il veut une déclaration.

– Surprise, surprise. Alors, que vas-tu lui raconter ?

— La vérité, j'imagine.

— Faut que tu me rappelles ce qui s'est passé, ma jolie, parce que j'ai oublié.

— Vraiment ? Il y avait des témoins, Paul, peut-être bien une douzaine. Personne ne croira que tu roulais doucement, et je ne vais pas mentir et m'enfoncer avec toi.

— Dépasser la vitesse limite n'est pas obligatoirement une conduite dangereuse.

— C'est l'accusation, conduite dangereuse ?

— C'est ce qu'ils veulent me coller sur le dos. Conduite dangereuse signifie sanction. Je me retrouverai en uniforme.

— Et ce serait la fin du monde ?

— Puisque tu me le demandes, oui, ce serait la fin du monde.

— Et cela justifierait que je mente pour toi ? Que je mette en danger ma propre carrière ?

— Mentir ? Qui parle de mentir ? demanda Winter, l'air blessé.

— Il s'agit bien de ça. Tu voudrais que je dise à ce sergent que tu roulais gentiment ? Allons, ils vont faire expertiser la voiture, et tu sais qu'ils sont capables de reconstituer toute la séquence d'événements. »

Winter hocha la tête. C'était exact.

« Il y a une autre façon, dit-il enfin.

— Laquelle ?

— Fais patienter ce con. Tu es en congé de maladie pour l'instant, et tu tiens là la meilleure excuse possible.

— Sauf que Cathy s'attend à ce que je reprenne le travail demain.

– Demande-lui un délai. C'est l'affaire d'un petit coup de fil. J'ai juste besoin de deux jours.

– Quelle différence ça pourra bien faire ?

– Dieu seul le sait. » Winter fit un peu de place sur le comptoir pour sa tasse de café. « Mais essaie quand même, d'accord ? »

Faraday, qui attendait toujours l'arrivée des policiers du Devon et Cornouailles, prépara une tasse de thé pour Beattie. Il n'était pas question de parler de Coughlin hors du cadre d'un interrogatoire formel, mais il restait des zones d'ombre de leur précédente conversation au sujet des Malouines, et Faraday voulait en savoir plus. Ce n'était pas là un matériau pour tribunal mais Faraday avait le sentiment que cette guerre à moitié oubliée avait d'une certaine manière façonné les événements de la nuit de lundi.

Beattie accepta le thé d'un hochement de tête, ajouta deux cuillerées de sucre et se replongea dans les mots croisés du *Daily Telegraph*. Faraday s'installa dans l'autre fauteuil, regardant les premières gouttes de pluie brouiller la vue qu'on avait de la fenêtre. Le silence s'étirait, ni hostile ni gênant, signifiant simplement que la situation entre eux avait changé.

« C'était comment, alors ? demanda enfin Faraday.

– De quoi parlez-vous ?

– Des Malouines. »

Beattie le considéra pendant un instant avec un mélange de surprise et de curiosité.

« C'est une question sérieuse ?

– Oui.

— Vous voulez vraiment qu'on revienne si loin en arrière ?

— Oui.

— Et vous pensez que je suis bien placé pour vous répondre ?

— Oui.

— Pourquoi ?

— Parce que vous y étiez, d'une part, et parce que vous y avez pensé depuis.

— Comme tout le monde.

— Je n'en doute pas, mais il n'y a pas de mal à en parler, non ? »

Beattie détourna la tête, réfléchissant à la demande de Faraday.

« Il n'y a pas de mal, dit-il. Mais je ne suis pas vraiment certain que vous vouliez le savoir. Si vous cherchez des matériaux pour votre enquête, je serais bien bête de vous aider. » Il marqua une pause. « Est-ce une conversation exigeant la présence d'un avocat ?

— Pas du tout. Faire la guerre n'est pas un crime.

— Non ? » Le sourire de nouveau, plus léger cette fois.

Un long silence s'installa. La pluie s'épaississait. Au loin, le tonnerre grondait. Faraday s'adossa au fauteuil et ferma les yeux. Finalement, il perçut un froissement de papier. Beattie venait de poser le *Telegraph* à côté de lui.

« Si vous voulez vraiment le savoir, commença-t-il, toute cette affaire était bizarre. Pas le fait de partir là-bas pour y faire la guerre. Pas même d'avoir coulé. Non, c'est après. Quand ils nous ont sortis de l'eau. Ils nous ont sauvé la vie. Ils ont mis des cabines à notre disposition sur le *Canberra*, et on avait de l'eau chaude et des repas soignés. Mais on était de trop, on était en surplus. Deux cents gars sans bateau, c'est une perte d'espace pour les autres. Et c'est dur à encaisser, croyez-moi, de savoir ça. »

La voix de Beattie, plus basse, était celle d'un homme partageant un secret. Faraday ouvrit un œil. Beattie regardait dans le vide.

« Vous avez perdu dix-neuf compagnons, dit-il tout bas.

— C'est exact. Et vous vous demandez, bien sûr, pourquoi eux, et pas moi ? Et c'est là que ça ne va plus du tout, parce qu'on découvre que la guerre n'est qu'une putain de loterie. Si vous avez de la chance, vous mourez. »

Faraday pensa avoir mal compris.

« La chance de mourir, vous dites ?

— Oui. » Beattie plissait le front et sa voix hésitait. « Vous ne le croyez peut-être pas, mais on était nombreux à le penser. On ne se sentait pas le droit d'être à bord du *Canberra*. Comprenez-moi bien. Les gars du *Canberra* étaient au poil, vraiment généreux, mais aucun de nous ne voulait ce qu'ils nous offraient. Pas au début, en tout cas.

— Comment avez-vous fait pour tenir le coup ?

— Mais on tenait pas le coup. On restait assis toute la journée, à essayer de comprendre ce qui nous arrivait. » Il détourna la tête. « On a été transbordés sur le *Queen Elizabeth II* après le *Canberra*. Et c'était encore plus étrange. Il y avait d'autres 21 à bord, des équipages de navires qui avaient sombré comme le nôtre, mais ça n'y changeait rien. On était des réfugiés. Si on vous prend votre bateau, on vous prend tout. Nos vêtements, nos petits souvenirs, notre musique, notre fierté, tout avait disparu. On pensait à cette formation qu'on avait reçue et on se disait qu'on n'était pas des manchots, qu'on était capables d'affronter bien des choses, puis était arrivé le grand jour, et rien de tout ça n'avait fonctionné. » Il regarda Faraday. « Ça vous tue, ça, croyez-moi, et vous savez pourquoi ? Parce que personne ne vous dit la vérité. Les bombes, c'est atroce. Atroce. Et pire que ça, vous savez que vous avez tout raté.

– Comment cela, tout raté ?

– Le fait de perdre le navire. De perdre tous ces gars. C'était pas dans le scénario qu'ils nous avaient remis au départ. »

Ils restèrent silencieux pendant une minute. Ce que Faraday pensait de cette guerre venait de recevoir confirmation. Il aurait parié que Beattie était un vrai dur. On ne tenait pas tranquilles deux cents hommes en étant gentil avec eux. Mais même le capitaine d'armes avait fléchi devant la sauvagerie des armes.

Faraday s'étira.

« Ça fait quel effet de revenir au pays ?

– Bizarre. Bizarre comme vous ne pouvez pas l'imaginer. Pour commencer, l'*Accolade* était un navire des chantiers de Guzz, et la plupart d'entre nous vivions à Plymouth. On a passé la pointe du Lizard, et ils auraient pu nous déposer à terre en hélico, mais non, ils nous voulaient pour le dernier rappel, la guerre à Maggie, la grande finale sur les eaux de Southampton. » Il eut un rire, vide de toute gaieté. « C'était incroyable. On était tous rassemblés sur le pont, et il y avait foule de partout, des centaines de bateaux nous escortaient ; soudain, au-dessus de nous, il y a eu ce grondement des jets de combat, et on a tous plongé à plat ventre, priant pour que ce bruit disparaisse. Quel est le pourri qui a imaginé une mise en scène pareille ? »

Faraday se souvenait des images télévisées : le *Queen Elizabeth II* fendant les flots au milieu d'une armada d'embarcations de toutes sortes, tandis que les barges des pompiers inscrivaient dans l'air de grandes arches d'eau. Un grand opéra, pensa-t-il, destiné à faire la couverture des journaux du monde entier.

Beattie décrivait maintenant l'accueil à terre, la fanfare sur le quai, les gosses avec des bouquets de fleurs, les familles et les amis se pressant aux barrières. Puis il était rentré à Plymouth. Au pub, tous les soirs, les potes et des inconnus lui payaient à boire, lui demandaient comment c'était, la guerre, ce qu'il avait vécu.

« Au début, on ne raconte pas grand-chose. Mais ils insistaient tellement qu'à la fin vous compreniez qu'ils voulaient la version Hollywood, la version du *Sun*, vous savez, le scénario convenu, les méchants Argentins, les courageux Britanniques, toute cette merde, alors — si vous êtes comme moi — vous vous lâchez, et vous leur racontez une histoire ou deux, des vraies, des gars qui se sont fait arracher la tête, des gars que vous avez essayé de sauver, des gars dont vous n'oublierez jamais les visages, et le silence tombe, votre femme s'est éclipsée aux toilettes, et vos gosses baissent les yeux sur leurs mains, et vous réalisez que, quoi que vous leur racontiez, pas un seul d'entre eux ne pourra jamais comprendre.

— Sauf les types avec qui vous avez servi ?

— Ouais. Eux et les Argentins. Ils savent, eux aussi. »

Faraday se souvenait des bandes vidéo au Foyer du Marin. Ces hommes iront à ces réunions jusqu'à leur mort, se dit-il. Parce qu'ils sont les seuls à y avoir été, là-bas.

Il se fit un nouveau silence. Puis Beattie se pencha en avant. « Vous me demandiez comment c'était la guerre, dit-il d'une voix douce. Mais savez-vous ce qui me réussit le mieux ? La bouteille de Grouse sur la table de nuit. Pour moi, elle est les Malouines. »

Faraday soutint son regard un instant, sachant que c'était probablement là la réponse la plus proche de la vérité qu'il pouvait raisonnablement espérer, non pas la réunion annuelle d'anciens combattants, se portant des toasts jusqu'à ce que leurs jambes ne les soutiennent plus, mais des milliers de vétérans enfermés dans leurs souvenirs, et cherchant un soulagement, quelques instants de paix.

Le doux tapotement de la pluie fut interrompu par des coups frappés à la porte d'entrée.

« Vos copains, sûrement, dit Beattie en se levant. Vous voulez bien me rendre un service ?

— Oui, lequel ?

— Le chien. Dorothy ne peut pas le souffrir. On ne pourrait pas l'emmener à Pompey avec nous ? »

Paul Gault habitait une modeste maison mitoyenne au cœur de Milton, un quartier dense à la périphérie orientale de Southsea. Yates, qui avait obtenu de lui un rendez-vous à 6 heures et demie, avait vingt minutes d'avance. Dave Michaels l'accompagnait, juste au cas où le suspect ferait des difficultés, chose qu'il ne pensait pas.

Au téléphone, Gault avait été des plus arrangeants, le grommellement pompéien entrecoupé de joyeuses exclamations. Il avait appris dans le journal ce qui était arrivé à Coughlin, et c'était avec joie qu'il accorderait à Yates une demi-heure de son temps. « Vous voulez qu'on parle de la nuit de lundi ? » Il avait ri. « Pas de problème, gars. S'il m'en reste un souvenir. »

Yates et Michaels se hâtaient maintenant sous une pluie battante vers la maison de Gault. Il y avait deux nains trempés dans le petit jardin de façade, et une plaque de cuivre sur la porte, mettant en garde contre le minou de la maison. « Attention ! Tueur tigré ! »

Yates sonna. Il pouvait entendre des enfants à l'intérieur et le son assourdissant d'une télé. Un bruit de pas se fit entendre dans le couloir, et Bev se retrouva devant un grand type chauve. Lourdement bâti, il devait avoir la quarantaine. Il portait un épais maillot de corps et un pantalon de survêtement, et il sortait manifestement de la salle de bains, parce qu'il avait une moitié du visage couverte de mousse à raser.

« Ouais ?

– Conseiller Yates. Voici le sergent Michaels.

– Content de vous rencontrer. » Il avait la main encore mouillée. « Un peu en avance, non ? »

Yates s'excusa. Peut-être Monsieur devrait-il s'habiller. Il faisait humide, dehors.

« Je croyais qu'on ferait ça chez moi ?

— Changement de plan, Paul. » Yates fit un pas à l'intérieur, et lui lut ses droits. Gault ne comprit pas un mot.

« Soupçonné de meurtre ? dit-il avec stupeur. C'est quoi, une blague ? »

Dave Michaels s'enquérait déjà des enfants. Quel âge avaient-ils ? Son épouse était-elle à la maison ? Y avait-il quelqu'un pour veiller sur eux ?

« Putain, ça risque pas. Mes gosses ont sept et huit ans, et je reste là jusqu'à ce que ma femme arrive.

— Où est-elle ?

— Asda. Elle fait des courses. Écoutez, je ne comprends pas. En quoi tout ça me regarde, vous pouvez le dire ? »

Yates l'invita de nouveau à s'habiller. Plus vite ils auraient réglé cette affaire, plus vite il rentrerait chez lui. Yates, le prenant par le bras, l'emmena vers l'escalier.

« Il y a aussi la question de la maison. Certains de nos gars viendront y jeter un œil.

— Pour faire quoi ? » D'une torsion sèche, Gault libéra son bras. Prudent, Yates recula d'un pas. Il se dégageait maintenant du colosse une menace que la mousse lui couvrant la moitié du visage échouait à dissimuler. « Écoutez, les mecs, j'ai quelques questions à vous poser. Vous débarquez chez moi, m'accusant de Dieu sait quoi, et vous ne pensez pas que je… » Il se tut abruptement. Du fond du couloir, deux petites filles venaient de passer la tête pour voir ce qui se passait. Papa qui criait. Papa en colère.

« Restez pas là, les filles. » Il traversa le couloir pour les faire regagner le petit salon et la télé. Refermant la porte, il se tourna vers ses visiteurs.

« Alors, dites-moi de quoi il retourne ? »

Dave Michaels, un petit génie dans ce genre de situation, entreprit d'expliquer qu'ils menaient une enquête criminelle et qu'ils avaient des informations qu'ils étaient obligés de traiter. Dans cette perspective, un certain nombre de personnes pouvaient leur être d'une aide appréciable. Et parmi ces personnes, il y avait M. Gault.

« Mais pourquoi m'arrêter ?

– Parce qu'il faut qu'on soit sûrs.

– Sûrs de quoi ?

– Mais sûrs que vous nous teniez compagnie pendant quelque temps et que nous ayons une petite conversation. »

Gault secouait la tête d'un air effaré et furieux à la fois, quand la grille du jardin grinça. L'instant d'après, une femme potelée au visage ordinaire entrait en soufflant, des sacs Asda plein les mains.

« Paulie ? » Son regard alla de son mari aux deux autres hommes. Elle avait un accent étranger, d'Europe de l'Est probablement. « Que se passe-t-il ?

– Madame Gault ? » Michaels de nouveau. « Nous venons de notifier à votre mari qu'il est en état d'arrestation. Nous aimerions qu'il s'habille. »

La femme posa ses sacs par terre. Le mot « arrestation » semblait lui avoir ôté l'usage de la parole. Dave Michaels fit un pas en avant avec son air d'incarner la raison, et posa une main sur le bras de Gault. Si M. Gault voulait bien monter dans sa chambre et s'habiller pour sortir, ils pourraient quitter la maison. Gault le regarda, son visage à quelques centimètres de celui de Michaels. Pendant une fraction de seconde, Yates devina ce qui allait se passer.

Pour un type aussi lourd, Gault pouvait bouger avec une étonnante rapidité. Son coup de tête cueillit Michaels en plein visage dans un bruit sec d'os contre os. L'inspecteur partit en arrière en portant les deux mains à son nez, le sang lui coulant entre les doigts. Yates se jeta sur Gault, et tous deux s'écrasèrent sur les marches de l'escalier. Ils luttèrent un instant. Dans le couloir, les petites filles criaient. Puis s'éleva soudain la voix de Mme Gault. Hors d'elle.

« Paulie ! hurla-t-elle. Arrête ! »

Yates sentit Gault resserrer un bref instant sa prise, puis se relâcher d'un coup. Yates le tint encore une seconde ou deux avant de s'écarter. Michaels, près de la porte d'entrée, examinait son mouchoir.

Personne ne dit mot pendant un moment. Puis Gault se releva. Le souffle court, il regardait Yates.

« Ma femme pense que ce pays est tout simplement merveilleux, dit-il enfin d'une voix sourde. Pas de police secrète. Pas de grands coups sur la porte. » Il y avait encore de la rage dans ses yeux. « Putain, comme on peut se tromper, hein ? »

22

Lundi 10 juin 2002, 20 heures

Beattie dûment écroué au poste central, Faraday apprit ce qui était arrivé à Dave Michaels, alors qu'il était à Kingston Crescent, dans le bureau de Willard en compagnie de Bev Yates.

« Le docteur dit qu'il vivra, commenta Willard. Il n'a même pas le nez cassé. »

Faraday dissimula un sourire. Willard paraissait plutôt content que Gault ait perdu son calme. Au moins avaient-ils mis la main sur un homme capable de violence.

Willard tourna son regard vers Faraday.

« Alors, où en sommes-nous ?

— Beattie est à Waterlooville. Il insiste pour avoir son avocate, qui réside à Tavistock. Elle ne pourra pas arriver avant demain matin. »

Willard grogna. Le deuxième homme, Duncan Phillips, était également en route depuis Plymouth. Sur la demande de Willard, deux inspecteurs du Devon et Cornouailles l'avaient arrêté chez lui à Plymstock. D'après la loi, les équipes chargées des interrogatoires auraient vingt-quatre heures pour faire la lumière sur ce qui s'était passé à l'Alhambra dans la nuit de lundi, mais un superintendant pouvait étendre la garde à douze heures de plus.

Faraday avait déjà fait le calcul.

« En supposant qu'il y ait une rallonge, nous avons jusqu'à mercredi matin 8 heures, dit-il à Willard. En commençant dès demain matin. »

Bev Yates griffonnait des notes dans son calepin. Mercredi matin, c'était Angleterre-Nigeria, un match décisif si les hommes de Sven voulaient être présents pour le prochain round. Il leva la tête et rencontra le regard de Willard.

« Dans quel état est Gault ?

— Mais il va bien. Il pourrait finir de se raser mais, à part ça, il est en forme.

— Vous ne lui avez pas cogné dessus ?

— Ça risque pas. C'est un balèze. Heureusement que sa femme est intervenue.

— Il a pris un défenseur ?

— Il a opté pour l'avocat d'office. Michelle sera là dès ce soir. Elle est au poste central pour le moment. »

Willard hocha la tête. Potelée, le visage taché de rousseurs, Michelle Brinton avait la trentaine. Elle venait elle-même du Sud-Ouest, et deux années passées à côtoyer les terreurs de Pompey l'avaient pour le moins affûtée.

« Joe ? » Willard désirait savoir quelle était la stratégie des interrogatoires.

Faraday prit son temps, sachant que dans ce domaine Willard était de la vieille école. Normalement, les interrogatoires étaient menés par des équipes d'inspecteurs, mais avec tant d'hommes toujours retenus dans Somerstown, Willard devrait trouver trois équipes de deux. Dans ces conditions, Faraday proposa une nouvelle solution.

« Nous jouons contre la montre, dit-il. Je suggère que nous commencions par Gault, dès que possible. Qu'on voie ce qu'il a à nous dire.

— Nous ?

— Yates et moi, monsieur. Jusqu'ici, tout ce que nous avons, c'est Pritchard. Yates et moi, nous avons parlé avec lui. Ce n'est pas une entrée en matière fracassante, mais cela nous fait économiser deux collègues. »

Willard mesura immédiatement l'intérêt de la proposition. Il n'avait guère envie de voir Faraday au contact direct, alors que celui-ci était censé maintenir une vue d'ensemble, mais la situation ne lui laissait guère de choix. Tous les inspecteurs disponibles venaient de passer une fort mauvaise journée à monter et descendre des escaliers dans Somerstown et n'étaient pas en état de réintégrer l'opération *Merriott*.

« La Scène de crime est déjà chez Gault, dit Willard, songeur. Devon et Cornouailles s'occupent de Beattie et Phillips. Ils s'occuperont de leurs domiciles demain midi. Qu'avons-nous d'autre ?

— Les téléphones, répondit Faraday. Tous les trois ont des portables. J'ai déjà parlé à Brian Imber, qui va éplucher les relevés des appels.

— Et nous les aurons à temps ?

— C'est possible.

— Vous êtes optimiste. »

L'unité de renseignement téléphonique avait son siège à Winchester. Les relevés des communications, avec la possibilité d'être situées géographiquement, pouvaient changer la direction d'une enquête mais cela prenait souvent plusieurs jours, quand ce n'était pas des semaines, et cela au grand dam de Willard, dont les protestations n'avaient jamais eu beaucoup d'effet.

« Les trois ont des antécédents ?

— Non, monsieur, répondit Yates.

— Fort bien. » Willard posa son stylo. « Alors tout repose sur notre ami Pritchard. Tout ce que nous avons, c'est la parole d'un mort qui situe ces trois types à l'Alhambra dans la nuit de lundi.

— Non, monsieur, intervint Faraday. C'est Beattie lui-même qui a parlé de l'Alhambra.

— Je le sais, mais que vous a-t-il dit d'autre ?

— Pas grand-chose. Ils sont allés boire un coup. Coughlin s'est pointé et il est reparti. Un peu plus tard, ils ont levé le camp et sont rentrés chez eux.

— Et vous pensez qu'il s'en tiendra à ça ?

— Il essaiera, c'est sûr.

— Bien sûr qu'il essaiera, dit Willard, pivotant sur sa chaise. C'est Pritchard qui nous a dit qu'ils étaient en colère, Pritchard qui nous a rapporté leurs propos sur Coughlin, Pritchard encore qui prétend qu'ils étaient bourrés au whisky.

— Au rhum, monsieur, murmura Yates.

— D'accord, peu importe. Mais nous devons être prudents, n'est-ce pas ? Parce qu'il me semble que Pritchard avait toutes les raisons d'accabler ces trois hommes, surtout s'il a lui-même tué Coughlin. »

Faraday regardait par la fenêtre la pluie tomber. Il avait d'une certaine manière pensé que Pritchard était définitivement hors de cause, et apparemment ce n'était pas le cas.

« Je ne pense pas que Pritchard ait revu Coughlin cette nuit-là, après sa visite en coup de vent. Il n'a eu ni le motif ni l'occasion de le toucher.

— Et vous pensez que la défense le croirait ? Un type qui avoue tout son amour pour cet homme ? Qui en est fou ? Et jaloux ?

— Jaloux de qui ?

— Qui s'en soucie de qui ? Pritchard était une grande folle. Quelqu'un de pas très équilibré, pour le moins. Les jurés adorent ce genre de truc. Et qui nous dit qu'il n'était pas là-bas ? N'avons-nous pas une empreinte de pas ? Sans oublier qu'il a lui-même avoué s'être rendu en pleine nuit chez Coughlin ?

— Nous savons tout ça, monsieur, mais il n'est pas entré chez son amant.

— Je sais, Joe. Mais nous avons la parole de qui pour le prouver, si ce n'est Pritchard lui-même ? »

Faraday pensa un instant à mentionner le rapport de la Scène de crime, mais Willard savait pertinemment qu'on n'avait pas le moindre indice de la présence de Pritchard au 7a, Niton Road. Mais le superintendant aimait bien secouer la cage de Faraday.

« Il y a toujours le taxi, intervint Yates.

— Et on en est où, à ce sujet ?

— J'ai eu la compagnie ce matin, au téléphone. Le chauffeur qui les a pris à la sortie de l'Alhambra est encore à Amsterdam. Ils m'ont donné le numéro de sa fiancée. Elle ne sait pas où il réside, mais elle sait qu'il sera rentré mercredi.

— À quelle heure ?

— Tôt. Il a pris un vol KLM. J'ai vérifié auprès de la compagnie : 7 heures du matin, Gatwick. »

Faraday et Willard échangèrent un regard : 7 heures mercredi matin, c'était dangereusement proche de la fin de la garde à vue ; ça ne pouvait pas être pire.

Willard grimaça. C'était dans ces moments-là, quand il était acculé, qu'il donnait le meilleur de lui-même.

« Et si on vous envoyait à Gatwick, en cas de besoin ? dit-il à Yates. Ça nous donnerait un petit peu plus d'air, non ?

— Parfait, monsieur. » Yates lui sourit. « Avec plaisir. »

Winter se rendit en taxi à la fête foraine. Le quai Clarence était situé derrière la gare de l'hovercraft sur le front de mer de Southsea, un hectare de manèges, plus un antre de jeux encombré de machines à sous et de jeux vidéo. Pour une livre, vous pouviez vous castagner avec tout ce que vous pouviez imaginer, de Mike Tyson à la guerre d'Irak.

Pas vraiment sa tasse de thé, à Winter.

Mick Clarence, le jeune qui travaillait avec les délinquants, lui avait téléphoné une heure plus tôt. Il avait fait circuler les photos de Geech parmi ses contacts à Somerstown, sans grand succès. Puis, il y a une dizaine de minutes, il avait reçu un appel d'un gamin dont il n'avait pu reconnaître la voix. Le gosse avait vu l'état dans lequel se trouvait Darren, et il voulait en savoir plus. Il ne voulait pas donner son nom mais, quand Clarence lui parla de Winter, il avait pensé qu'une rencontre était possible. Winter, plongé dans l'un des Ruth Rendell de Joannie, n'avait pas sauté de joie mais il n'avait guère le choix. La visite du type de la Routière l'avait davantage secoué qu'il ne voulait l'admettre. D'une manière ou d'une autre, il lui fallait transformer à son profit un désastre jugé imminent.

Au téléphone, Clarence avait mentionné un jeu appelé *Formule Un Plus*. D'après son nouveau contact, c'était le plus chaud des derniers-nés du genre. Winter trouverait le gamin au fond de l'arcade, près de l'une des issues de secours. Et, en effet, il pouvait les voir maintenant, trois mômes de treize, quatorze ans, collés devant la machine.

Pour un lundi soir, les lieux étaient déserts. La moquette de nylon, constellée de brûlures de cigarettes, était glissante sous les pieds.

« Alors, qui a téléphoné à Clarence ? » demanda Winter, qui ne voyait pas l'utilité de faire les présentations.

Trois visages sous les visières de casquettes le fixèrent. En d'autres circonstances, ce genre de situation pouvait être dangereuse et, une fois de plus, Winter se demanda ce qui était arrivé à la jeunesse de son pays. À son époque, la méchanceté commençait et finissait au camp de scouts. Aujourd'hui, on comptait les cadavres.

Enfin le plus petit fit un signe de tête vers la machine. Il portait un pantalon baggy et un maillot de Liverpool. Les Nike à ses pieds étaient neuves.

« T'as un peu de blé ?

– Possible.

– Nous faut trois livres pour commencer. Une pour chacun. »

Winter le regarda un instant, puis sortit une pièce de une livre de sa poche. Le gamin sourit à ses potes et se glissa rapidement sur le siège. Il était redevenu un enfant. Il ne restait plus à Winter qu'à lui filer l'argent.

« Comment ça marche ? »

Le gamin lui expliqua les commandes, le volant, le levier de vitesse, les deux pédales pour le champignon et les freins, puis il rafla la pièce. La console prit vie. Une liste d'options s'afficha sur le grand écran : tous les circuits de course, de Hockenheim à São Paulo. Le gosse opta pour Monte-Carlo, puis passa une seconde ou deux à considérer le choix de la météo.

« Vague de chaleur ? » Un de ses copains se fendit d'un grand sourire.

« Qui c'est qu'a piloté c't aprèm' ?

— Putain, j'sais pas. Y'a qu'à voir. »

Le jeune au volant fit apparaître la liste de ceux qui avaient joué précédemment.

Une demi-douzaine de noms apparut sur l'écran. Le temps le plus rapide était l'œuvre d'un certain « Iceman ».

« Un branleur. J'le connais. Alors, tu te jettes, ouais ? »

Le gamin au volant pressa le bouton de départ. Les effets sonores étaient assourdissants. Une douzaine de Formule Un venaient d'envahir la grille de départ dans des vrombissements de moteurs, puis les feux au-dessus du portique passèrent au vert, et la course commença. Les jeunes se serrèrent l'un contre l'autre, emportés par le bruit des gommes crissant sur l'asphalte, et même Winter dut reconnaître que c'était excitant. Le gosse maniait le volant avec style, prenant en tête le premier virage puis accélérant le long de la Corniche.

L'un de ses potes pointa son doigt sur un énorme yacht blanc dans le port, son pont supérieur rempli de jeunes beautés.

« Putain, les seins qu'elle a, celle-là, gloussa-t-il. Et le cul ! »

Le port avait disparu. Venait le tunnel, le bruit doubla soudain. Winter attendit jusqu'à ce qu'un disque de lumière apparût, gonflant soudain alors que la voiture émergeait dans l'azur d'une belle journée sur la Riviera, puis, sortant une photo de sa poche, il la cala contre l'écran. Les pneus hurlèrent tandis que le jeune braquait, luttant pour garder le contrôle, puis se reculait d'un coup tandis que la voiture heurtait la chicane et s'envolait pour s'écraser dans la foule.

« Putain ! hurla-t-il. C'est quoi cette merde ? »

Les deux autres contemplaient Darren Geech, la tête sur l'oreiller, le visage à peine reconnaissable. La grimace de douleur qu'avait provoquée Winter en secouant le lit était des plus éloquentes.

« Vous voulez lui rendre une petite visite ? demanda Winter. À mon avis, vaut mieux attendre quelques semaines, le temps qu'il puisse parler de nouveau. »

Le jeune derrière le volant s'en branlait, de Geech. Ce qu'il voulait, c'était une autre livre. Winter ne lui prêta pas attention.

« Qui a appelé Mick Clarence ? Ce soir ? »

Deux paires d'yeux pivotèrent en direction du pilote. Qui continuait de se plaindre de sa sortie de piste. Son premier tour était au poil, une demi-seconde de mieux que son meilleur temps. À ce rythme, il était intouchable.

« Tu comprends pas, hein ? dit Winter, reprenant la photo. Darren a morflé parce qu'il a énervé des gens qu'il fallait pas. Ces gens-là veulent se débarrasser de Darren. Et si personne nous file un coup de main, à nous, alors les gens dont je te parle vont s'en prendre aux copains de Darren. »

Le jeune au volant avait réussi à redémarrer le jeu. L'un de ses copains se détourna de la course.

« C'est quoi, ce coup de main ?

– Des déclarations. Des témoignages. De ceux qui se sont peut-être trouvés là quand Darren a tabassé ce mec dans Fraser Road.

– Hé ! c'est de la balance, ça, dit le jeune. Et personne balance. »

Winter le regarda. C'était exactement ce que lui avait dit Mick Clarence.

« T'as raison, petit, dit-il. Mais tu vois, y'a des limites. Ce qu'a fait Darren, c'est pas réglo. Et c'est pas moi qui le dis, mais les types qu'il a mis dans l'embarras. Il suffit d'une moitié de cervelle pour comprendre qu'on fait pas ce qu'a fait Darren. Et encore il est heureux de l'avoir gardée.

– Quoi ?

– Sa moitié de cervelle.

– Mais il a fait quoi, Darren ? À part cogner ce taré à Fraser Road ?

– Il s'en est pris à nous. Ça vous fera peut-être rigoler, mais nous on l'a très mal vécu. Et tu sais quoi ? Bazza Mackenzie est d'accord avec nous. Il y a des choses qu'on peut faire, et d'autres qu'on peut pas. Le problème avec Darren, c'est qu'il a jamais fait la différence. » Winter se tut et lui tendit la photo. « Il y a un numéro de téléphone au dos. Un numéro de la police, une ligne directe, M. Hayder. Quand vous l'appellerez, dites-lui que vous avez parlé avec moi, Winter. Vous serez étonné de voir qu'on peut être vachement sympas, des fois. »

Winter laissa sa phrase pénétrer les jeunes oreilles qui l'écoutaient. Le gosse au volant sortait du tunnel pour la seconde fois, mais Winter voyait bien que le gamin n'avait pas toute sa tête au jeu, parce que son temps était vraiment nul. Conscient qu'on le regardait, il poussa un cri de joie sans conviction et accéléra dans le virage suivant, incapable de freiner à temps et d'éviter la voiture de devant. L'arrière d'une Ferrari emplit soudain l'écran. Cette fois, la collision fut fatale.

« Merde, grogna le môme. Regarde c'que t'as fait. »

La première séance avec Paul Gault commença à 20 h 47. Elle aurait pu démarrer plus tôt si Faraday n'avait eu un accrochage avec le sergent d'écrou. Qui refusait de prendre la responsabilité de garder le chien de Beattie. Il aurait bien été en peine de le mettre quelque part depuis que la municipalité avait repris à sa charge les chiens errants, et il n'allait sûrement pas passer cette soirée pluvieuse de lundi à emmener pisser le clébard. Si Faraday avait été assez bête pour faire cent soixante-dix miles en voiture avec le clébard, il n'avait qu'à le laisser dans sa caisse.

Faraday, un rien dérangé par le regard accusateur que fixait sur lui le chien, s'était creusé la cervelle pour lui trouver un gîte. Il ne pouvait l'emmener chez lui. Mordu une fois par un colley, J-J évitait depuis tout ce qui aboyait. Restaient les amis, et finalement Faraday avait tenté sa chance auprès d'Eadie Sykes. Pas de problème, elle avait les restes d'un rôti, et ce serait un plaisir de les voir tous les deux.

« Tous les deux ?

— Oui, le chien et toi. »

À présent, assis en face de Gault, Faraday mit en marche le magnéto et annonça l'heure, la date et les identités et qualités des personnes présentes. À côté de Gault se tenait Michelle Brinton. Un sobre tailleur noir donnait à l'avocate l'air affûté d'une Londonienne. À moins qu'elle n'ait commencé de prendre au sérieux le cours de gym auquel elle s'était inscrite.

Faraday avait demandé à Bev Yates d'ouvrir l'interrogatoire. Bev commença par le commencement, invitant Gault à raconter avec précision ce qu'il avait fait dans la nuit du lundi. Ignorant la question, Gault se plaignit violemment de la manière dont il avait été traité chez lui, dans sa maison, devant sa femme et ses enfants, que c'en était une honte. D'une main légère posée sur son bras, son avocate le fit taire.

« Contentez-vous de répondre à la question », murmura Michelle.

Gault la regarda d'un air confondu. Il avait refusé le rasoir et la mousse qu'on lui avait proposés, et sa décision avait donné à son visage empâté un air de travers des plus étranges. Quiconque dans la rue aurait vu venir vers lui ce géant chaloupant aurait changé de trottoir.

« Lundi, j'ai bossé au pub, dit-il, le front plissé par la concentration. On a servi une vingtaine de repas. J'avais demandé ma liberté pour la demi-journée depuis des mois. À 3 heures et demie de l'après-midi, j'étais chez moi. Ma femme vous le dira.

— Qu'avez-vous fait chez vous ?

— J'me suis mis à l'aise, pardi. J'ai bu une p'tite bière et j'ai regardé la télé avec les filles. C'était bien, j'avais pas à retourner au travail. »

Vers 6 heures, il était monté prendre une douche. Ça ne lui arrivait pas souvent de porter un costume mais sa femme le lui avait repassé, et la chose attendait sur le lit. Il se tut, de nouveau un pli soucieux au front.

« Pourquoi vous voulez savoir tout ça ?

— Répondez seulement à nos questions, monsieur Gault, d'accord ? » Yates griffonna une note. « Notre rôle, c'est de vous interroger. »

Gault était de nouveau sur le point d'éclater, mais le regard de Michelle suffit à le remettre sur les rails de la nuit de lundi. Il avait décidé de se payer un taxi pour se rendre au Foyer du Marin. Venir à pied depuis Milton lui aurait pris pas loin d'une heure.

« Les deux autres vous avaient appelé ? demanda Faraday.

— Quels deux autres ?

— Beattie et Phillips.

— Non. » Gault secoua son énorme tête. « Et y'avait pas de raison qu'ils le fassent. On est pas des vieux amis. On se connaît, rien de plus.

— Vraiment ? » Faraday avait pensé qu'une amitié liait les trois hommes.

« Ouais. Bien sûr, je les avais déjà vus, on s'était parlé et tout, mais... » Il haussa les épaules. « Rien de plus, quoi. »

Il était arrivé au Foyer vers 7 heures. Le bar s'était rempli gentiment, et il avait descendu une pinte ou deux avec des gars qu'il connaissait bien, qui avaient été du même poste d'équipage, puis ils étaient passés dans la salle à manger. C'est comme ça qu'il s'était retrouvé assis à la même table que Phillips et le shérif.

« Ils étaient juste à côté de moi, vous comprenez. Je ne sais pas qui avait fait les plans de table, mais c'était nul. Moi et mes vrais potes, on était éparpillés aux quatre coins de cette putain de salle.

— Vous n'aimiez pas Beattie et Phillips ?

— Il s'agit pas de ça, je les connaissais pas, c'est tout. Phillips travaillait à la chauffe, alors quand on est cuistot on a peu de chance de rencontrer un chauffeur. Quant au Joss, c'est pas le genre de mec avec qui on se biture, à moins d'être tordu.

— Alors, que s'est-il passé, cette nuit-là ?

— Pour vous dire la vérité, je m'en souviens pas très bien. Moi, Beattie et Phillips, on s'est offert des boutanches de rouge maison, qu'est pas trop dégueu, puis on a continué à la bière et au whisky au bar, après le repas. On s'entendait au poil, pour finir, tous les trois. Il le fallait bien, sinon on aurait pas poursuivi la soirée ensemble, non ? »

Faraday s'étira. Il sentait parfaitement que Gault faisait un effort de mémoire, et il s'interrogeait de nouveau sur ce durable héritage qu'avait laissé à ces hommes la guerre des Malouines. « La bouteille de scotch sur la table de nuit », avait dit Beattie. Et voilà qu'à présent, cet ancien cuisinier alcoolique avait des difficultés à se souvenir de ce qui s'était passé il y a seulement une semaine.

Yates voulait savoir qui avait eu l'idée d'aller à l'Alhambra. Gault haussa les épaules.

« Pas moi. J'avais jamais entendu parler de l'endroit. Les deux autres non plus, d'ailleurs. Ils sont de Guzz. Ça devait être quelqu'un d'autre. On voulait en boire un dernier, ça je m'en souviens, alors on a sûrement demandé autour de nous.

— Comment vous y êtes allés ?

— À pince. Je voulais prendre un taxi, mais le shérif a dit qu'une petite marche nous ferait du bien.

— Pas d'escale en route ?

— J'crois pas. Il était tard. Tout était fermé. »

Faraday acquiesça. Jusque-là, tout ce que venait de déclarer Gault correspondait aux notes prises en visionnant les vidéos : Beattie devant l'entrée du Foyer, en compagnie d'une demi-douzaine d'autres. Il devait y avoir parmi eux Gault et Phillips. Il vérifierait ça plus tard.

Yates avait invité Gault à parler de l'Alhambra, mais le bonhomme avait manifestement du mal à rassembler ses souvenirs, jusqu'à ce que Faraday mentionne Coughlin.

« Vous vous souvenez de son arrivée à l'hôtel ?

— Putain, un peu que j'm'en souviens.

— Vous étiez où ?

— Assis à une table près de la fenêtre, un endroit cradingue. La porte donnait direct sur le bar. On l'avait pas vu entrer, et soudain il était là, avec sa sale gueule de toujours, à vous donner la chair de poule rien qu'à le regarder. » Il se tut, examinant ses mains. « Je crois bien qu'on avait déjà acheté cette bouteille. Du rhum. Bacardi. Une idée de Phillips. Il disait qu'il avait pris le goût de ce machin en Espagne avec sa femme, qu'ils s'étaient bourré la gueule avec. Il était prêt à en filer un verre à Coughlin, mais je me rappelle que je lui ai dit qu'on ferait mieux de la vider d'abord, comme ça après je pourrais la lui écraser sur la gueule. Ouais. »

Il hocha la tête, de ce même mouvement brusque qui avait éclaté le nez de Dave Michaels. Faraday et Yates échangèrent un regard, conscients de l'expression désespérée de Michelle Brinton. Il y avait des clients plus faciles à défendre qu'un Paul Gault.

« Pourquoi dites-vous ça ? demanda Yates.

– Dire quoi ?

– Que vous auriez aimé lui casser la bouteille sur la tête ?

– Parce que c'était un vicieux. Un putain de gros vicieux. Fallait qu'il fourre et fourre. Et parce qu'il a mené une vie d'enfer à ce pauvre môme. »

Il se fit un long silence. Michelle allait l'interrompre de nouveau, tenter de mettre fin à cet échange si préjudiciable, mais Gault l'ignora une fois de plus. Faraday aussi aurait dû s'efforcer d'obtenir de Gault qu'il termine le récit de ce qu'il avait fait dans la nuit de ce lundi, mais il pressentait qu'ils approchaient d'une vérité plus importante encore.

« Quel môme ? »

Gault eut l'air surpris.

« Quoi, vous savez pas au sujet de Matt ?

– Racontez-nous.

– C'était un gosse. De notre mess. Delta Deux. Je le revois encore descendre à terre, le poil ras, les

Doc Martens aux pieds, roulant des mécaniques, comme le Marine qu'il était pas. Nous, les marins, on se fait pas avoir par la frime. On savait tous qu'il sortait de l'œuf, Mattie Warren. Monsieur Disco.

— Et Coughlin ?

— Il l'a repéré tout de suite. Gibier facile, tellement facile. C'est ça, le truc, avec des salauds comme Coughlin. Ce sont des animaux. Pires que des animaux. On les voit humer le vent. Et il lui a suffi de poser les yeux sur Warren, pour savoir qu'il venait de trouver une bonne proie. On faisait ce qu'on pouvait mais, avec des salopards pareils, vous aviez vraiment aucune chance.

— Vous avez bien connu le garçon ?

— Ouais. C'était un brave gosse. Il était complètement paumé mais c'était pas sa faute, faut bien commencer quelque part, pas vrai ? Ce qu'il lui fallait, c'était quelqu'un pour veiller sur lui. On fait de son mieux mais… merde. » Il baissa de nouveau la tête, mais c'était un geste de défaite, pensa Faraday. Quels que fussent les souvenirs ramenés des Malouines par cet homme, celui de Matthew Warren était sans doute le plus vivace. « Il y a un dicton dans la Marine. Tous les jeunots, les Mattie, ont besoin d'un papa en mer. Et le papa, c'était moi, croyez-le ou pas. J'ai essayé d'être présent pour lui. Mon mariage était parti en eau de boudin. J'avais deux gosses, une bonne femme qui pouvait pas me saquer, un type qui s'était installé chez moi pendant que j'étais au loin, et nulle part où aller, à part cette saloperie de guerre. J'étais baisé jusqu'à l'os, croyez-moi, alors le moins que je pouvais, c'était d'essayer de garder ce garçon en une seule pièce.

– Vous parlez de Warren ?

– Ouais. On avait la pression sur nous, on se chiait même dessus, à la pensée de ce qui pouvait nous arriver, alors vous pensez si les jeunes comme lui allaient mal. Et c'est ça qui le faisait bander, Coughlin. Il arrêtait plus de lui flanquer la frousse.

– Comment ?

– Vous voulez vraiment le savoir ?

– Oui, répondit Faraday. S'il vous plaît.

– D'accord. » Gault regarda tour à tour les deux hommes. « Par exemple, les mecs des magasins, à bord, ils faisaient partie de notre mess. Quand on a fait escale à Ascension, on a embarqué un tas de housses, pour les morts, parce que c'est ça qu'on fait quand on part en guerre, on emporte des sacs. La grande question, c'était combien on en avait pris. Voilà ce que Coughlin voulait savoir. Je connaissais un des magasiniers, un brave type, et il m'a dit qu'il y en avait soixante-dix. Coughlin a triplé le chiffre, rien que pour faire peur au gosse. Deux cents, il lui répétait, un pour chacun. Le gamin était terrifié et il n'allait jamais se coucher sans penser à tous ces bombardiers argentins. Deux cents ? Il resterait plus personne sur le bateau. »

Tandis que l'*Accolade* s'enfonçait vers le sud, les choses empirèrent pour le jeune Warren. D'abord, d'après Gault, Coughlin rapportait du mess des officiers des bouts d'informations. Notamment que les missiles français, les Exocet, étaient redoutables. Mais tout cela ne comptait pas vraiment jusqu'à ce que le *Sheffield* soit coulé, alors tout le monde, pas seulement Warren, avait commencé à prendre la guerre au sérieux.

« Les gradés disaient vrai. Les Exocet étaient de vraies saloperies. Vous en preniez un sur la gueule, et c'était fini. » Gault était de nouveau là-bas sur la mer, revivant ces journées. « Vous n'avez jamais vu dans quel état était le *Sheffield* ? Une carcasse cramée, il en restait rien, Dieu seul sait combien de gars ont disparu. Et qu'est-ce que faisait Coughlin ? Il en parlait jour et nuit, de la technologie des Français. Capteur de chaleur, capteur de chaleur, il répétait, j'entends encore sa voix. Et pourquoi il parlait tant du système de guidage ? Parce que ces putains de missiles fileraient tout droit sur la cuisine, là où ça chauffe et — surprise, surprise — c'est juste là que Mattie passait ses journées, à faire la bonne pour Coughlin et en pensant tout le temps au prochain Exocet.

— Mais Coughlin lui-même n'était-il pas aussi dans la cuisine ? demanda Yates.

— Bien sûr que oui. Et moi aussi, pas la même popote, heureusement, mais le même principe. La différence avec nous, c'est qu'on était plus âgés. Pour ma part, franchement, je me foutais de ce qui pouvait arriver. Coughlin, lui, il se croyait immortel. Ça pouvait pas lui tomber dessus. Matthew, lui, il en pissait dans son froc, rien que d'y penser. »

Faraday s'écarta de la table, tandis que Michelle Brinton désignait la pendule. Ce n'était plus un interrogatoire, mais un récit de guerre.

« Mon client... » commença-t-elle.

Gault posa sa main sur le bras de la jeune femme dans un geste rassurant. Laissez-moi faire, lui signifiait-il.

« Vous le savez peut-être pas, reprit-il, mais Coughlin baisait le gamin.

– Vous êtes sûr de ça ?

– Ouais, autant que je peux l'être. Vous comprenez, on fait pas la mer pendant des années, sans avoir du pif pour ce genre de chose. Et Mattie aurait sûrement appelé à l'aide, c'est sûr, si l'autre salaud l'avait pas terrorisé.

– Vous lui en avez parlé, à Warren ?

– Une ou deux fois.

– Et ?

– Il voulait pas l'avouer, mais ça ne veut rien dire. Coughlin tirait tout le temps les ficelles, mettant Mattie de quart pendant la nuit, rien que tous les deux dans la cambuse. Le paradis du queutard, cette cambuse. Même les officiers y regardaient à deux fois avant d'y entrer. Je vais vous dire autre chose. Flaherty aussi s'en doutait. Flaherty, le régulateur. Il faisait partie de notre mess, pas un mauvais gars pour un régul. Et malin avec ça. »

Faraday leva les yeux de son bloc-notes sur lequel il venait de griffonner quelques mots. Flaherty s'en remettait à Beattie. Est-ce que ce dernier avait évoqué le souvenir de Warren dans la nuit de lundi ?

« Peut-être bien que oui, mais, vraiment, je sais pas.

– Tout de même, après que Coughlin est venu au bar… vous avez sûrement parlé de lui. »

Gault regarda Faraday, faisant un effort de mémoire.

« Le type derrière le comptoir, lui souffla Faraday, le propriétaire de l'hôtel, a dit que vous vous étiez levé au moment où Coughlin repartait et que vous lui aviez fait un doigt par la fenêtre.

— Ouais, je suppose qu'il dit vrai. Dommage que c'était juste un doigt.

— Et c'était à cause de Warren ?

— Warren et un million d'autres choses, mais surtout le môme. Écoutez, ajouta-t-il en faisant signe à Faraday de se rapprocher. Faut que vous compreniez ce que ça vous fait, des saloperies pareilles. Le gosse est tombé à la mer. On sait pas comment, putain, et on a tous notre petite théorie, mais de toute façon il nous a quittés. On aurait dû faire mieux, tous autant qu'on est, et peut-être qu'il serait toujours parmi nous. C'est pourquoi j'suis allé voir sa famille au retour, pour leur faire mes condoléances. Et je le fais toujours.

— Qu'est-ce que vous faites toujours ?

— Mais passer chez eux, avec des fleurs tous les 21 mai, pour montrer qu'on a pas oublié. »

Ça aussi, c'était une révélation pour Faraday. La famille de Warren résidait-elle encore à Pompey ?

« Bien sûr, et à deux rues de chez moi. Le père est maçon, et le frère de Mattie est lui aussi maçon. Si vous me le demandez, je vous avouerai qu'ils s'en sont jamais remis, surtout la maman. Pauvre femme. Son fils part à la guerre, et il se fait enculer à mort.

— C'est une accusation ?

— Non, je marque vos putains de cartes, d'accord ? Vous me demandez pourquoi on avait la haine de ce pourri, et je vous réponds. Vous demandez pourquoi il méritait ce qu'il a eu, et je vous réponds pareil. »

Faraday hocha la tête, acceptant la logique de l'argument. Puis, repoussant ses notes de côté, il regarda Gault.

« D'accord, dit-il, que me direz-vous maintenant si je suggère que vous avez tué Coughlin ? Qu'il est venu à l'hôtel, cette nuit-là, que vous l'avez suivi jusqu'à son domicile et qu'un peu plus tard dans la nuit vous lui avez fait son affaire. Peut-être que vous ne vouliez pas le tuer, mais seulement régler un compte ou deux. Mais toujours est-il qu'il est mort. Ce qui signifie que vous l'avez tué… c'est bien ça ? »

Gault parut réfléchir à la question. Finalement, il s'adossa à sa chaise et secoua la tête.

« Non, dit-il, si on l'avait tabassé, je m'en souviendrais. »

Il était minuit quand Faraday s'arrêta en bas de chez Eadie Sykes. La pluie avait cessé, et l'air sentait le frais. Faraday fit sortir le chien de la voiture et l'emmena sur la grève pour une dernière gambade sur les galets détrempés.

Au terme d'une autre heure passée avec Gault, l'enquête n'avait pas progressé d'un pouce. Après un déluge de motifs — mille raisons de vouloir la mort de Coughlin — l'interrogatoire s'était heurté à la résistance de Gault : il ne s'était rien passé d'autre cette nuit-là que ce qu'il racontait. Ils s'étaient bourrés à l'hôtel. Quelqu'un avait appelé un taxi. Et Gault était allé se coucher. Interrogé sur l'heure à laquelle il était rentré, il n'en savait « foutre » rien. Accusé une fois de plus d'avoir mis une branlée aussi méritée que fatale à Coughlin, il déclina à regret en être l'auteur. S'il en avait eu l'occasion, sûr qu'il te l'aurait bien abîmé ce salaud mais, hélas, cette nuit-là, il était bien trop soûl pour seulement tenir debout.

Le chien fouillait parmi les amas d'algues. Demain, songea Faraday, ils auraient l'occasion de confronter les déclarations de Gault avec celles de Beattie et de Phillips. Demain encore, il enverrait quelqu'un chez Mme Gault, pour établir l'horaire et le comparer à celui des bandes vidéo et du taxi. Ainsi, avec un peu de chance, il pourrait remplir les trous de mémoire de Gault. Et si tout correspondait ? Si l'heure aussi bien que le lieu les innocentaient tous les trois ? Faraday secoua la tête, observant le chien qui, enfin, levait une patte. Willard pousserait une gueulante. Et c'était là une perspective à laquelle il valait mieux ne pas penser.

Eadie Sykes eut le coup de foudre pour le chien. Faraday, qui s'était demandé s'il était bien raisonnable d'imposer cette grosse bête dans ce luxueux décor, regardait maintenant avec stupéfaction Eadie Sykes à quatre pattes sur la moquette en train de faire un gros câlin au berger allemand.

« Il s'appelle Rory, dit Faraday. Il vit à la campagne.

– Mais vous êtes allés sur la plage, hein ? Tout ce joli goudron que vous m'avez rapporté ? » Elle jeta un regard à Faraday. « Dans le placard, au-dessus de la plaque de cuisson, il y a du détachant Vanish. Et pour ses pattes, il y a de l'alcool à soixante degrés dans la salle de bains. »

Ils nettoyèrent ensemble le chien. Quant au goudron sur la moquette, il résista à tous leurs efforts, mais Sykes ne parut pas s'en alarmer.

« Rory ? Ici… »

Elle lui avait aménagé une couche dans un coin avec une vieille couverture et, étrangement, un gros éléphant en peluche qui n'était plus de la première jeunesse.

« On me l'a offert quand j'avais sept ans. » Elle était de nouveau à genoux, jouant avec le chien. « On avait deux corniauds à Ambrym. Ils s'en donnaient à cœur joie sur ce pauvre éléphant. Rory détectera sûrement leur odeur. » Elle leva les yeux. « Tu as faim ? »

Elle avait fait une grande salade au thon, et Faraday s'étonna lui-même d'avoir si faim, une faim telle qu'il hésitait presque à s'interrompre pour goûter à son vin. Finalement, il se renversa dans le canapé et, jetant un coup d'œil vers Rory, vit que celui-ci avait pris tranquillement possession de sa couche.

« Ça t'a plu ?

— On peut le dire. »

Faraday venait de lui raconter son petit voyage dans la vallée de Tamar : la paix qui y régnait, la rivière qui passait devant le cottage de Beattie, les bois remplis d'oiseaux, la certitude que l'horreur industrielle ne risquait plus de défigurer la contrée, laissant miraculeusement intact ce petit coin de paradis.

« Il faut que tu m'y emmènes. Ça pourrait faire un sujet de film.

— C'est la dernière chose à faire. Peux-tu imaginer un lieu aussi parfait et, en même temps, proche d'une grande ville ? J'avais encore jamais vu ça.

— Alors, c'est non ?

— Pas du tout, répondit-il, alors qu'elle préparait à manger pour le chien. C'est pur égoïsme de ma part. Qui aurait envie de dévoiler un aussi beau secret ?

— D'accord, pas de film. Tu te sens mieux ?

— Beaucoup mieux.

— Alors, c'est oui ? Une petite expédition ? Toi et moi ? »

Faraday sourit. Il connaissait cette femme depuis une semaine à peine, et elle avait déjà appris à le conduire à son gré. Il en était en partie responsable. En lui amenant le chien de Beattie, il lui imposait une contrainte. Mais il n'en restait pas moins fasciné par la rapidité avec laquelle elle s'était glissée dans sa vie. D'abord, en se liant avec J-J, et maintenant en projetant un long week-end dans la vallée de Tamar.

Il ne lui en voulait pas pour autant, bien entendu. La vie avec Eadie Sykes était tellement facile, tellement libre. Elle était son propre maître. Elle faisait un métier passionnant, habitait un appartement de rêve, et témoignait envers elle-même d'une espèce de respect, qui la faisait courir sur la grève tous les matins. Faraday, s'il comptait un tant soit peu dans sa vie, était pour elle une nouveauté, l'occasion d'une conversation, de rires. Ils avaient fait l'amour l'autre nuit, un acte d'autant plus doux qu'il était libre de toute implication sentimentale, après quoi Faraday avait dormi comme un bébé.

À présent, il avait en perspective des réjouissances similaires.

« Café ?

— Non, merci. » Faraday étouffa un bâillement. « Pour tout dire, je suis éreinté.

— Moi aussi. » Elle se pencha vers lui et lui embrassa le nez. « Tu m'appelles demain pour me dire si je garde encore le chien ou pas ? S'il doit rester, j'aurai quelques courses à faire. »

Dawn Ellis, seule dans son grand lit, écoutait les battements de son cœur. La sonnerie du téléphone l'avait réveillée. Elle avait regardé le combiné dans la pénombre, soulagée par le silence soudain. Mais voilà qu'il sonnait de nouveau et, cette fois, elle savait qu'elle devait répondre.

Il était 2 h 18 au réveil. Ce devait être lui, toujours le même.

Elle tendit enfin la main. L'appareil était froid contre son oreille. Il y eut un long silence. Elle respirait à peine, décidée à ne pas lui offrir la moindre provocation. Finalement vint un étrange rire aigu, puis une voix qui lui glaça le sang.

« Salope, tu sais que tu devras payer. »

Suivit un autre éclat de rire, qui scella l'appel.

Dawn, appuyée sur un coude, coupa la communication, et tapa 1471. Il y eut un déclic à l'autre bout de la ligne, puis une voix enregistrée lui signala que le numéro en question ne prenait pas les appels de l'extérieur. Il a appelé d'une cabine, se dit-elle, reposant sa tête sur l'oreiller.

23

Mardi 11 juin 2002, 10 h 15

Willard, au grand étonnement de Faraday, s'était montré impressionné par le premier interrogatoire de Gault. Il avait écouté des extraits de l'enregistrement, et en avait tiré la conclusion qui s'imposait.

« Ce type est une brute épaisse, dit-il. Et il haïssait Coughlin. Si avec ça on n'approche pas du bout, alors, dites-moi, avec quoi on y arrivera. »

Ils roulaient dans la BMW de Willard sur l'autoroute en direction de Waterlooville, où devait commencer dans la matinée le premier interrogatoire de Beattie, sitôt que ce dernier aurait eu l'occasion de s'entretenir avec son avocat. Willard avait réussi à mettre la main sur deux constables affectés à Somerstown. Faraday s'était déjà entretenu de la stratégie générale avec le responsable des Interrogatoires Tactiques et il avait aussi trouvé le temps de briefer les deux constables détachés sur l'enquête en cours. Faraday et le RIT voulaient un compte rendu détaillé de ce qui s'était passé dans la nuit du lundi.

Willard regardait déjà plus loin.

« Quel est le cœur du problème ? dit-il en prenant la file extérieure. Qu'avons-nous besoin de développer ? »

Faraday s'était posé la même question. « Je vais vous dire où ça coince, dit-il. Nous pouvons les situer tous les trois à l'hôtel. Coughlin n'est pas au goût du jour. Gault en particulier aimerait bien lui faire sa fête. L'homme arrive, jette un coup d'œil, voit qu'il n'est pas le bienvenu et s'en va. D'accord ? »

Faraday coula un regard vers Willard.

« Je vous suis, répondit le superintendant.

– D'accord. Où va Coughlin, donc ?

– Chez lui.

– Le savons-nous avec certitude ?

– Non. » Willard secoua la tête. « Mais c'est une hypothèse raisonnable. Niton Road est à cinq minutes à pied, et il est tard.

– D'accord. Supposons donc qu'on ait raison. Coughlin rentre chez lui, laissant les trois types continuer de jacter à l'hôtel. Rien ne suggère que l'un d'entre eux l'ait suivi.

– Pritchard ?

– A formellement dit qu'ils sont restés à picoler. Si l'un d'eux était parti sur les talons de Coughlin, il l'aurait mentionné, j'en suis sûr. »

Willard revint sur la file de gauche et mit son clignotant pour prendre la sortie Waterlooville.

« Vous avez raison, dit-il. Comment auraient-ils su où trouver le salopard ? »

Bev Yates roulait en direction de Milton quand il se souvint que la Scène de crime opérait chez Gault. La femme et les enfants avaient été conduits dans un hôtel, le temps que Jerry Proctor et son équipe passent au peigne fin le domicile du suspect. Dès qu'ils auraient fini, Mme Gault pourrait regagner sa maison mais, pour le moment, elle occupait avec ses deux filles une chambre au Travel Inn, sur le front de mer.

Elle était assise sur une chaise à côté du lit quand Yates frappa à la porte. Un taxi avait conduit les enfants à l'école le matin, et ça faisait deux heures qu'elle était devant la télé.

« Ça ne vous ennuie pas que je… ? »

Yates éteignit la télé sans attendre de réponse. Les petites avaient laissé leurs pyjamas en boule derrière la porte, et deux plateaux de petit déjeuner étaient posés sur le lit défait. Mme Gault n'avait visiblement pas tenté de mettre un peu d'ordre dans la petite pièce, et Yates ne lui en tenait pas rigueur. Que votre mari se retrouve soudain accusé de meurtre, et vous aviez d'autres préoccupations.

« Ils ont fini, vos gens ? » demanda-t-elle.

Yates lui répondit qu'il ne savait pas. Une fouille de ce type pouvait prendre des jours, et ce n'était pas le moment de lui annoncer la chose.

« Je vous le dirai dès que j'aurai des nouvelles, ajouta-t-il. Maintenant, je dois recueillir votre témoignage. »

Elle ne parut pas comprendre ce qu'il lui disait. C'était une grande et forte femme, bâtie à l'image de son mari, mais il y avait une douceur dans l'expression du visage, qui suggérait pourquoi Gault avait pété les plombs la veille au soir. L'ex-cuistot de l'*Accolade* s'était trouvé une couche bien douce en la personne de cette femme, ainsi qu'une jolie maison, de beaux enfants, jusqu'à ce que Dave Michaels et lui-même débarquent d'on ne sait où et perturbent tout. Pas étonnant que le bonhomme ait déjanté.

« La nuit de lundi dernier… » commença Yates.

Mme Gault, les mains nouées sur son ample taille, avait le plus grand mal à regarder Yates en face.

« Qu'est-ce que vous voulez savoir ?

— Votre mari est parti à la réunion ?

— Oui. »

Il était parti tôt. Il avait pris un taxi. Après, les enfants et elle étaient allés louer une vidéo, *Toy Story*.

« Je suppose que vous avez pas d'enfants, dit-elle d'un ton accusateur.

— J'en ai deux. C'est pour ça que j'ai l'air fatigué.

— Des filles ? » Un petit sourire.

« Deux. Où nous habitons, on ne risque pas de trouver une boutique où louer une vidéo, alors on leur raconte des histoires.

— Les histoires, c'est bon, dit-elle en hochant la tête.

— Oui ? » Yates avait son stylo au-dessus de son calepin. « Alors, racontez-moi cette nuit de lundi. Paul est sorti. À quelle heure est-il rentré ?

— Tard. Très tard.

— Vous étiez réveillée ?

— Oui. Je m'inquiétais pour lui.

— Pourquoi ?

— Parce que… » Elle avait de nouveau les yeux baissés sur son ventre. Son mari est un ivrogne, pensait Yates, et elle ne veut pas le reconnaître.

Il se fit un long silence. Yates entendait le bruit d'un aspirateur dans le couloir.

« Il peut être violent quand il a bu ? demanda-t-il enfin.

— Non, non, dit-elle, relevant la tête, le visage se colorant. Jamais violent, Paulie. Non, pas lui.

— Vous êtes sûre de ça ? Il ne vous menace jamais ? Il ne rentre jamais soûl et cherchant la bagarre ?

— Non, jamais. Il aime boire, Paul. Toujours, il aime boire, et il boit beaucoup, et des fois…

— Oui, que se passe-t-il, des fois ?

— Des fois… vous savez… il tient pas sur ses jambes.

— Et lundi soir ?

— Oh, il pouvait pas marcher.

— Quelle heure était-il ?

— Tard, je vous ai dit.

— Mais encore ?

— C'était après 2 heures du matin. J'avais laissé la lumière en haut, et je l'attendais. J'ai entendu le taxi arriver. Le chauffeur était gentil, il l'a porté.

— Vous avez vu le taxi ?

— Oui, j'étais descendue, pensez. J'avais ouvert la porte, pour pouvoir l'aider.

— Y avait-il quelqu'un d'autre dans le taxi ? »

Elle fit manifestement un effort de mémoire, le front plissé, puis elle secoua la tête.

« Je m'en souviens pas. Il faisait noir. Tout ce qui comptait, c'était Paulie. Et Dieu merci, il avait pas de mal. »

Le taxi reparti, elle avait tenté de faire monter son mari à l'étage, mais elle avait fini par le laisser sur le canapé dans le salon, bien au chaud sous un édredon.

« Dans quel état était-il ?

— Oh, soûl. Très soûl.

— Je sais, mais… est-ce qu'il avait des marques ? Est-ce qu'il ne s'était pas battu ?

— Battu ? répéta-t-elle, contrariée soudain. Je vais vous dire une chose sur mon mari, monsieur le policier, j'ai jamais vu de ma vie Paulie se battre. Pas avant que vous veniez frapper à notre porte. Il est comme tous les hommes. Il parle fort mais jamais il ferait du mal à quelqu'un. Non, il est pas méchant. Paulie, se battre ? »

Yates essayait de s'imaginer Gault étalé sur le canapé en bas, ivre mort. Il y a des questions qu'il devait lui poser, mais il sentait qu'elle connaissait bien son mari, que Gault, derrière cette façade de dur à cuire, était un gentil.

Yates se pencha en avant.

« Vous êtes montée vous coucher, le laissant endormi. Comment êtes-vous sûre qu'il ne s'est pas relevé et n'est pas ressorti ? »

Mme Gault considéra pendant un long moment la question, qui semblait réveiller des inquiétudes en elle.

« J'avais verrouillé la porte d'entrée et gardé la clé, dit-elle enfin.

— Vous aviez peur qu'il ressorte ?

— Oui. Des fois, il fait ça. Une petite marche. Respirer l'air frais. Mais cette nuit-là, lundi ? Non. Il est resté sur le canapé. Même que… quand… vous savez… il aurait dû se lever pour aller aux cabinets, il est resté couché. » Elle rejeta la tête en arrière, les yeux soudain emplis de larmes. « Il avait jamais fait ça avant. Jamais. »

Le premier interrogatoire avec Beattie commença à 10 heures et demie. Son avocate avait tenu à préciser que son client n'était que trop heureux d'apporter sa contribution mais qu'il limiterait ses réponses aux circonstances entourant la nuit de lundi. Toute discussion concernant les événements à bord de l'*Accolade* et, en particulier, la disparition de Matthew Warren était irrecevable. Si la police s'intéressait à ces sujets, alors elle devait poser ses questions, selon Beattie, au ministère de la Défense.

« Si seulement », avait grogné Willard, entendant cela.

L'interrogatoire avait commencé, et Willard et Faraday étaient assis dans une petite pièce nue au bout du couloir. Un haut-parleur leur permettait de suivre les échanges. Beattie avait apparemment passé une mauvaise nuit. Le ton était bourru, et les réponses sèches, précises, strictement limitées aux faits. Il avait emmené Phillips en voiture jusqu'à Portsmouth. Ils avaient pris chacun une chambre au Foyer du Marin et s'étaient retrouvés au bar pour l'apéritif. Paul Gault les avait rejoints à la table 5, et ils avaient descendu quelques bouteilles de vin. Après, ils étaient retournés au bar et, pour finir, avaient atterri à l'Alhambra, dont le barman du Foyer leur avait indiqué l'adresse.

« C'était bien, ce bar ?

– Nul, mais on s'en foutait. On était bourrés. Gault surtout.

– De quoi avez-vous parlé ?

– Je m'en souviens pas. De trucs du passé. On remue des tas de vieux souvenirs dans ce genre de réunion, mais je suppose que c'est pour ça qu'on y va. »

Ils devaient être là-bas dans ce bar, depuis une demi-heure peut-être, quand Coughlin était arrivé. C'était Gault qui l'avait reconnu le premier. Phillips voulait lui offrir un verre mais Coughlin n'était pas resté. Après quoi, Gault s'était excité sur Coughlin, le menaçant de toutes sortes de choses, mais il était bien trop atteint pour faire quoi que ce soit.

— Est-ce qu'il est sorti de l'hôtel ?

— Non.

— Il n'a pas quitté le bar ?

— Il est allé pisser. On buvait depuis 7 heures du soir, et nos vessies, c'est pas des jerricans. »

Le type derrière le bar, disait Beattie, avait manifestement envie de les voir partir mais, voyant que ce n'était pas dans leur intention, il avait appelé un taxi. Le chauffeur avait d'abord déposé Gault. Celui-ci ne tenait pas sur ses jambes, et avait besoin qu'on l'aide pour arriver jusqu'à sa porte. Le taxi s'était dévoué, et la femme de Gault, la pauvre, était là pour le traîner à l'intérieur. Après ça, le type les avait ramenés au Foyer. Fin de l'histoire.

Faraday et Willard s'entretinrent au sujet des bandes vidéo. Faraday, qui s'en souvenait, confirma qu'un taxi avait déposé deux passagers dans la nuit, sur le coup des 2 heures. En conséquence, les horaires correspondaient.

Willard faisait la grimace.

« Alors, quand auraient-ils pu avoir le temps de s'occuper de Coughlin ? Ça ne colle pas. »

Faraday ne pouvait qu'acquiescer. À la fin de l'interrogatoire, Willard et lui s'installèrent dans le bureau du superintendant afin de réviser leur stratégie pour le reste de la journée. Les enquêteurs avaient fait de leur mieux, mais il était évident que l'ancien capitaine d'armes n'avait plus rien à ajouter. Inlassablement, il avait répondu « *sans commentaire* », et quand un des deux hommes s'était aventuré sur un autre terrain, s'enquérant des réactions suscitées à bord par l'attitude de Coughlin, Beattie avait refusé net de mordre à l'appât.

De mauvaises nouvelles leur parvenaient maintenant du poste de Fareham. Phillips, le copain de Beattie, avait déclaré qu'il poursuivrait la police du Devon et Cornouailles pour arrestation abusive. Il n'y avait pas l'ombre d'une preuve le reliant à une histoire aussi folle qu'un meurtre. Il avait passé une agréable soirée en compagnie d'une salle entière d'anciens compagnons d'armes, s'était bituré et réveillé avec une migraine de première classe. Grâce à l'Alhambra, il ne toucherait plus jamais au rhum Bacardi, mais il n'était pas question qu'on lui colle sur le dos le meurtre de Coughlin. Comme Beattie, il avait fait le compte rendu de ses mouvements dans la nuit de lundi et, comme Beattie, il n'avait jamais refusé de coopérer. Ce fut donc avec une certaine réticence que Faraday fut contraint d'accepter l'évidence : une ou deux heures de plus de ces « sans commentaire » ne les mènerait nulle part.

Vers midi, Willard annonça son départ. Il avait une réunion importante au ministère de l'Intérieur à 2 heures et demie de l'après-midi. Des voitures de la maison faisaient le trajet Waterlooville/Pompey, et Faraday trouverait sûrement quelqu'un pour le ramener. Willard se dirigeait vers la porte quand son portable sonna. Il prit l'appel, émit un ou deux grognements, et coupa la communication.

Faraday, se demandant si cela valait la peine d'enregistrer une deuxième séance avec Beattie, était déjà debout.

« Dave Michaels vient de recevoir un appel du ministère de la Défense, disait Willard en rempochant son portable. Le vice-amiral Wylie, ça vous dit quelque chose ? »

Faraday secoua la tête. L'un de ses aides semblait impatient de fixer un rendez-vous. Le vice-amiral avait un bureau à Portsmouth, et un créneau dans son emploi du temps en début d'après-midi. Il désirait échanger quelques mots avec l'officier responsable de l'opération *Merriott*.

« Que peut-il bien nous vouloir ? » demanda Willard.

Faraday se souvenait de la visite de Yates au ministère.

« Nous avons couru après un gars du nom de Harrington. Mark Harrington. Il était lieutenant de vaisseau sur l'*Accolade*, et il nous a promis de nous contacter s'il avait des nouvelles du rapport d'enquête concernant Matthew Warren. En fait, il a dû aller en parler à son patron.

— Ouais, c'est vraisemblable. » Willard consulta sa montre. Ce rendez-vous inattendu à la Défense lui était soudain une corvée. « Dites-moi, vous ne voulez pas y aller à ma place ? Et voir pourquoi ils font tant de mystère avec ce foutu rapport ? »

Faraday hocha la tête. Il savait reconnaître un ordre.

« Bien sûr, monsieur. » Il sourit. « Avec plaisir. »

Dawn joignit Winter alors que celui-ci arpentait les cages de la SPA, se demandant s'il n'était pas grand temps qu'il adopte un chien. Jusque-là, aucun ne l'avait séduit, hormis un jeune boxer à l'air pugnace, qui le regarda un instant à travers le grillage avant de bondir vers lui en aboyant de joie. Je l'appellerai Rookie, pensa Winter, ricanant tout seul.

Dawn était de retour au travail, enchaînée à son bureau du CID dans Highland Road.

« Comment se fait-il ? Je croyais que tu allais prolonger de deux ou trois jours ta convalo ?

— Ça ne risque pas. »

Elle lui raconta le coup de fil de la nuit précédente. Elle n'avait pas fermé l'œil, et elle était crevée.

« Tu as pu identifier le numéro ?

— Non, ça venait d'une cabine dans Cosham High Street, près de la gare.

— Quelle heure était-il ? » Winter avait sorti son calepin.

« 2 h 18.

— Je m'en occupe, ma jolie, dit Winter en faisant des grimaces au boxer. Je te rappelle. »

L'île de Whale, située au nord de l'embarcadère des ferries à Portsmouth, est un losange de terre colonisé depuis des générations par la Marine Royale. Traditionnellement port d'attache du HMS *Excellent*, le navire-école des officiers d'artillerie, l'île abritait depuis peu le quartier général du Commandement de la flotte royale.

Faraday traversa le pont et s'arrêta au poste de garde. La sentinelle qui actionnait la barrière avait déjà le nom de Faraday sur son registre, et il téléphona au bureau de l'amiral pour qu'on dépêche une escorte. Pendant qu'il attendait sous le chaud soleil, Faraday regarda les files de véhicules disparaître dans l'un des ferries en partance pour le continent. Un jour, pensa-t-il, ce serait sympa de faire une petite surprise à Eadie Sykes. Deux billets pour Le Havre, et une semaine gastronomique en terre de France.

Son escorte était une jeune auxiliaire au brillant sourire et aux jambes parfaites. Faraday laissa sa Mondeo garée derrière le poste de garde, et ils s'en furent à pied en direction des bâtiments administratifs. Faraday, lui dit-elle, avait de la chance. Le vice-amiral était l'homme le plus demandé et le plus occupé pour lequel elle eût jamais travaillé. Qu'il accorde quinze minutes de son précieux temps tenait du miracle. Faraday, à qui le nom même de l'amiral était encore inconnu la veille, s'abstint de tout commentaire. L'instant d'après, il était introduit dans le bureau de cet homme fort occupé.

« Inspecteur ? » Une haute silhouette avança vers lui dans la lumière entrant par les grandes fenêtres à guillotine.

« Heureux de vous rencontrer. » Faraday serra la main tendue.

Le vice-amiral était plus jeune que Faraday ne s'y attendait ; en vérité, il ne devait être guère plus âgé que lui-même. Il avait des yeux noirs et un sourire de flambeur, à la fois espiègle et sage. Il indiqua à

Faraday un fauteuil confortable et lui offrit une cigarette.

« Non, merci. »

Toujours debout, Faraday ne pouvait détacher les yeux de la vue. C'était une perspective du port qu'il ne connaissait pas, une rangée de bateaux de guerre à l'ancre dans les eaux profondes du chenal qui décrivait une courbe en direction du château de Portchester, et l'image lui rappela celle de Plymouth, les mêmes formes grises bougeant doucement dans la brume de chaleur.

« Désolé de vous avoir appelé à la dernière minute ; je vous remercie d'être venu. »

Faraday prit place. Wylie, qui avait sorti une cigarette de son paquet, tâtonnait ses poches à la recherche de son briquet. Le cendrier sur la table basse entre eux deux débordait de mégots.

« C'est au sujet de l'*Accolade.* » Wylie tira une longue bouffée sur sa cigarette. « Vous me pardonnerez d'aller droit au sujet.

– Je vous en prie.

– J'ai appris que vous meniez une enquête.

– Oui. Un homme du nom de Sean Coughlin a été assassiné la semaine dernière. Et il m'appartient de découvrir pourquoi.

– Pourquoi ou comment ?

– Comment, nous le savons. C'est le plus facile. C'est le pourquoi qui nous intéresse, parce qu'il pourrait nous conduire au meurtrier.

– Et vous avez progressé dans votre enquête ?

– Oui. »

Le vice-amiral attendit que Faraday poursuive, mais celui-ci se contenta de sourire. La règle était de ne pas partager les détails d'une enquête criminelle avec un étranger.

Sur ces entrefaites, on frappa à la porte. C'était l'auxiliaire qui revenait avec un plateau et deux tasses de café. Le vice-amiral se leva aussitôt pour faire de la place sur la petite table.

« Lait ? Sucre ? » La jeune femme était repartie.

Faraday regarda Wylie se bagarrer avec un sachet de sucre que, finalement, il ouvrit avec ses dents.

« Vous savez que nous avons perdu un garçon à la mer, dit-il sans lever les yeux. Il s'appelait Matthew Warren. J'ai appris que vous cherchiez à consulter le rapport d'enquête qui fut alors établi.

– C'est exact.

– Puis-je vous en demander la raison ?

– Bien sûr. » Faraday tendit la main vers sa tasse. « Dans ce genre d'affaire, il est toujours profitable d'essayer de se mettre à la place de la victime. C'est parfois la seule piste qui s'offre à nous. Nous remontons donc le fil du temps, revenant des années en arrière, de manière à reconstituer la vie de la personne. Et vous seriez étonné d'apprendre ce que nous découvrons.

– Je n'en doute pas. Nous faisons de même avec nos propres hommes, tout le temps. Lire entre les lignes les états de service d'un marin, s'entretenir avec ses collègues.

– Exactement. Pour nous, ce type de recherche est devenu un instrument. Je ne ferais pas mon travail, si je n'avais pas maintenant une idée précise de l'homme qu'était Coughlin.

– Et vous en savez assez pour orienter l'enquête dans une certaine direction ?

— Oui.

— Alors, pourquoi cet intérêt pour le rapport d'enquête ? »

Faraday entreprit d'expliquer au vice-amiral qu'ils pensaient avoir la preuve qu'une certaine relation s'était développée à bord, une espèce de tumeur qui avait pu croître au fil des ans.

« Je crains de ne pas comprendre.

— En clair, nous pensons que Coughlin a mené la vie dure au jeune Warren.

— C'est possible. » Wylie fronça les sourcils. « Nous faisons toujours de notre mieux pour prévenir ce genre de conduite, et, dans ce domaine, les choses ont beaucoup évolué, mais je n'ai jamais pensé que nous avions éradiqué tout comportement abusif. Mais pardonnez-moi... quel est le lien entre ce que vous me rapportez et la mort de cet homme ?

— Nous ne le savons pas encore.

— Mais vous pensez que les deux choses sont liées ?

— Oui. Et le mot "abus" est très juste. Coughlin ne s'est pas contenté de malmener le garçon. »

Le vice-amiral semblait pensif, à présent. Il n'avait pas touché à son café. Finalement, il se leva et gagna sa table de travail. L'enveloppe marron était posée sur une pile de chemises à côté de l'ordinateur.

« Voici l'original. » Il tendit l'enveloppe à Faraday et reprit sa place dans le fauteuil. « Je crains que vous ne puissiez l'emporter, mais je vous invite à en prendre connaissance. »

Faraday glissa le contenu sur ses genoux : quatre feuilles photocopiées retenues par une agrafe. Il comprit rapidement qu'il avait là le rapport d'enquête qui avait disparu des archives du HMS *Centurion*. Il parcourut rapidement la première feuille, un résumé des événements.

Warren avait été porté disparu à 5 h 45 du matin. Le vaisseau, après avoir obtenu la permission de l'*Hermes*, avait entrepris une recherche en mer une demi-heure plus tard. Recherche qui avait été officiellement abandonnée dans le milieu de la matinée, alors que se levait un vent de tempête.

Faraday tourna la page et tomba sur la déposition du capitaine d'armes. De l'avis de Beattie, la disparition de Warren avait toutes les apparences d'un tragique accident. Son officier divisionnaire n'avait pas relevé chez le disparu d'angoisse particulière susceptible de déboucher sur une conduite suicidaire. D'après ses amis, le garçon n'avait pas laissé de fiancée à terre. La fouille de son armoire n'avait rien révélé de particulier. Beattie avait consigné son rapport d'une petite écriture serrée, laissant ainsi de la place pour les deux officiers qui supervisaient l'enquête. Comme Beattie, ces derniers avaient conclu à un malheureux accident. On ne savait pas ce qu'il avait fait pour tomber à la mer — négligence, imprudence ? — mais la vente de ses effets avait suscité un élan de sympathie parmi tous les marins, et ses camarades de mess avaient répondu avec générosité.

« Sympathie ? releva Faraday.

— Oui, c'est ce qu'on est en droit d'attendre, non ? répondit le vice-amiral avec un haussement d'épaules. Ils ont racheté ses affaires, ses cassettes, réuni de l'argent. Et dans le cas de Warren, la collecte est allée à ses parents. Ça se passe ainsi sur tous les bateaux. »

Faraday arriva à la dernière page. Le lieutenant de vaisseau, Mark Harrington, avait respectueusement soumis le rapport à l'attention du commandant de bord qui, à son tour, avait apposé sa signature.

Le commandant Jock Wylie. À la lecture du nom, Faraday leva les yeux. Pas étonnant, pensa-t-il.

« Oui, j'aurais dû vous le dire plus tôt, concéda Wylie qui regardait le doigt de Faraday ancré sur sa signature. Cela aurait été plus diplomatique.

— Mais non, dit Faraday, glissant les feuilles dans l'enveloppe. Pourrais-je vous poser une question ?

— Bien volontiers, je vous écoute.

— C'est pour cela que vous avez voulu me voir ? » Faraday tapota l'enveloppe.

« Parce que c'était mon bâtiment, vous voulez dire ?

— Oui. J'imagine qu'on ressent un sentiment de parenté. Surtout, après qu'il a coulé de la façon qu'on sait.

— De parenté ?

— Oui, ou de protection.

— Mais protection de quoi ?

— Je ne sais pas, moi. La renommée du bateau ? Son souvenir ? Les gars qui étaient sous votre commandement ? Ce n'est pas rien que de perdre son navire. »

Wylie eut un petit rire et se leva. Le temps qu'il gagne la fenêtre, il avait allumé une nouvelle cigarette.

« J'ignore tout ce que vous avez pu apprendre sur l'*Accolade*, inspecteur Faraday, mais supposons que vous vous soyez bien renseigné. » Il se retourna vers la pièce. « Vous avez raison, perdre son bâtiment vous cause une douleur toute personnelle. Et nous avions perdu beaucoup trop d'hommes. Causé bien trop de chagrin. Mais cela va plus loin, surtout quand vous êtes le premier concerné. À raison, la Marine ne pardonne pas. Elle veut savoir ce qui s'est passé exactement. Les commissions d'enquête peuvent être impitoyables. »

Wylie revint à la table basse, la cigarette se consumant entre ses doigts jaunis. Il était rentré à la maison, comme tout le monde, à bord du *Queen II*. On lui avait donné une cabine de luxe sur l'un des ponts supérieurs. Son officier d'ordonnance l'avait baptisée le « Penthouse royal ». Il était resté à l'intérieur pendant des jours et des jours, à écrire des lettres de condoléances aux épouses, aux mères et même, quand il les connaissait, aux enfants. Et il avait tiré de ce purgatoire que rien, rien n'était plus important que la famille d'un homme. Pas la victoire, pas les médailles, pas la gloire. L'important, c'étaient les gens laissés au pays. Comment ils faisaient ? Comment ils supportaient ? Comment ils combleraient ce trou béant que la guerre avait laissé dans leur vie ?

« Et Matthew Warren ?

– J'allais y venir. » Wylie tira une bouffée. « Ce garçon n'est pas mort comme les autres. Ce n'est pas la guerre qui l'a tué. Mais vous savez quoi ? Nous avons fait notre possible pour gommer la différence. Et vous savez quoi encore ? Je crois que cela a marché. Les Warren sont une famille de Pompey. Vous le savez probablement. Ils habitent du côté de Milton. Et avec les années, ils en sont venus à croire que leur fils Matthew a donné sa vie pour la reine et le pays. On célébrait une messe du souvenir chaque année le 21 mai, et toute la famille – le père, la mère et le second fils – y venait. Une année, en 87 je crois, je me souviens que sa mère s'est approchée de moi pour me dire qu'elle avait fait la paix avec elle-même. La mort de Matthew lui avait brisé le cœur, selon ses propres mots, mais elle comprenait maintenant que ç'avait été une espèce de sacrifice. Il était mort, comme les dix-neuf autres. Ils avaient été tués parce qu'ils faisaient la guerre. Est-ce une façon de se tromper soi-même, cette mort pour la patrie ? Peut-être bien. Mais quelle importance cela a-t-il ? Aucune. » Le vice-amiral prit l'enveloppe sur la table et la soupesa. Puis, jetant un coup d'œil à sa montre, il murmura : « La paix est une chose fort précieuse, monsieur Faraday. Et ce serait une honte que de la troubler. »

Winter ne savait plus combien de fois il s'en était remis au visionnage des bandes de vidéosurveillance. Avec la bonne centaine de caméras couvrant la plus grande partie de la ville, il avait traqué l'indice sur les images, épinglant un visage à un certain endroit, dévoilant les mensonges drapant les alibis. Les caméras étaient supervisées depuis une grande salle de contrôle située dans les entrailles du centre administratif municipal. Le système fonctionnait jour et nuit, et Winter aimait bien le chef des équipes de maintenance, un certain Len.

« Ça va, Paul ? Il lui est arrivé quoi, à ton bras ? »

Len approchait de la retraite ; un petit homme noueux avec un goût épouvantable en matière de cravates, et une passion pour les courses de lévriers.

Winter lui soutirait de temps à autre une invitation au cynodrome local.

« Je cherche quelque chose sur Cosham, Len. » Winter examinait la grande carte de la ville, sur laquelle des pastilles rouges signalaient les emplacements des caméras. « Près de la gare, là. Numéro 97.

— Quand ?

— La nuit dernière, 2 h 18.

— Pas de problème. »

Les bandes étaient gardées pendant un mois avant d'être effacées. Les cassettes de la nuit précédente étaient encore sur une étagère dans le fond de la pièce. Len en chargea une dans le lecteur, mit en marche, vérifia l'heure et fit signe à Winter d'approcher.

« C'est ça ce que tu cherches ? »

Winter regarda l'écran. Cosham High Street s'étendait sous ses yeux, déserte à l'exception de deux chats qui se poursuivaient entre la pharmacie et le magasin de l'Armée du Salut. Pendant un moment, il ne put se rappeler où était la cabine téléphonique.

« Là », dit Len.

Winter hocha la tête. La cabine était éclairée et une haute silhouette masculine se penchait au-dessus du téléphone. On ne voyait pas son visage. L'homme se mit à parler dans le combiné, quelques mots brefs, puis il raccrocha et se tourna vers la rue. Winter le vit ramasser un casque posé sur une grosse moto garée à côté de la cabine. Quelques secondes plus tard, le casque sur la tête, il leva les yeux vers la caméra. Puis il tendit son majeur dressé et tint ainsi la pose pendant une ou deux secondes, avant d'enfourcher sa bécane et de s'éloigner dans la nuit.

Len avait les yeux collés à l'écran.

« Qu'est-ce qu'il cherche, celui-là ? dit-il.

– Il nous envoie un message, dit Winter, réjoui. Tu pourrais pas m'en faire une copie, par hasard ? »

24

Mardi 11 juin 2002, 16 heures

Faraday promenait le chien de Beattie sur la plage de Southsea quand Willard l'appela de Londres. Faraday s'était octroyé un quart d'heure pour quitter le bureau et filer en voiture à Southsea. Eadie Sykes, absente pour la journée, lui avait donné une clé la veille, et maintenant il profitait de la chaleur d'une belle journée de juin, pendant que le berger allemand gambadait sur la grève humide.

« Alors, que voulait-il, l'amiral ?

— Vice-amiral.

— Peu importe. »

Faraday, qui avait longuement réfléchi à cette question, avoua son propre embarras. D'un côté, ça n'avait été qu'un aimable échange de vues. De l'autre, il y avait peut-être là des intentions plus ténébreuses. Cela tenait peut-être à la duplicité d'officiers supérieurs tels que Wylie.

« Je peux me tromper, reprit Faraday, gardant l'œil sur le chien, mais j'ai le sentiment qu'il nous mettait en garde.

— Contre quoi ?

— Il ne l'a pas dit. Il est bien trop malin pour ça. Mais il pense que nous nous mêlons de ce qui ne nous regarde pas. Et cela le concerne d'autant plus qu'il commandait l'*Accolade*.

— Pendant la guerre ?

— Oui. Il commandait le bateau quand celui-ci a coulé.

— Alors, il sait au sujet de Coughlin ?

— Et du jeune Warren, oui.

— Merde. » Willard était impressionné. « Vous auriez dû l'interroger en bonne et due forme. Où était-il et que faisait-il dans la nuit de lundi ? »

Faraday pensa que c'était une blague, mais le superintendant ne plaisantait pas.

« Lui avez-vous parlé du rapport d'enquête de la Marine ?

— Bien entendu. Il l'avait avec lui et m'a laissé en prendre connaissance.

— Et ?

— Il n'y a rien dedans. Le garçon a été porté disparu. Ils ont fouillé le navire, fait demi-tour, cherché encore, puis ils ont continué la guerre. J'ai le sentiment que si quelqu'un a tué Warren, ce ne peut être qu'un pilote argentin. Tout le monde paraît se satisfaire de cette conclusion.

— Je veux bien le croire. » Willard s'interrompit pour gueuler après quelqu'un, et il revint en ligne. « Alors, pourquoi ce rapport était-il introuvable, à un moment ?

— Aucune idée, monsieur. La mort de Coughlin a peut-être déclenché je ne sais quelle révision. Ils savaient qu'on avait eu accès à ses états de service, et ils ont peut-être examiné tout ce qui pouvait avoir un lien avec lui.

— Au cas où, vous voulez dire ?

— Oui. » Ils avaient senti une tempête arriver, pensait Faraday, et ils s'étaient préparés.

Willard changea de sujet. Il voulait connaître les premiers résultats de la Scène de crime. Comparée à la conversation entre Faraday et le vice-amiral, la réponse ne pouvait être plus simple.

« Rien.

— Rien du tout ? Dans les trois résidences ?

— Rien chez Phillips. Quelques anciennes traces de sang dans la cuisine de Beattie. Il y a toutes les chances que ce soit du sang de gibier. Ils expédient quand même l'échantillon à Lambeth, mais ils parlent de ramier ou de lapin.

— Et Gault ?

— Propre comme un sou neuf, à part le canapé.

— Qu'ont-ils décelé ?

— Taches d'urine. Quelqu'un s'est oublié sur le foutu siège.

— Qui ?

— Yates dit que c'est Gault. D'après sa femme, Gault a passé la nuit de lundi sur ledit canapé, et il était plein comme une barrique et cul-de-jatte.

— Formidable. » Comme Faraday, Willard avait tiré la conclusion patente. Un homme dans l'incapacité de se lever pour aller pisser ne pouvait avoir eu la force de battre un autre homme à mort. « Que faites-vous au sujet du chauffeur de taxi ? Vous envoyez toujours Yates à Gatwick ? »

Faraday observait le chien, qui pataugeait dans les flaques. Il aurait dû emporter une serviette. La moquette d'Eadie allait encore souffrir.

« Joe ?

– Je ne sais pas, monsieur. D'un côté, je pense que c'est une perte de temps. Mais de l'autre… puisqu'on en est là, autant aller jusqu'au bout.

– C'est aussi mon sentiment. Expédiez-le là-bas dès demain matin. »

Winter prit le risque de reparaître au bureau du CID à Highland Road. Officiellement en congé de convalescence, il n'avait rien à faire sur son lieu de travail, mais il voulait parler à Dawn Ellis. Il la trouva à sa table de travail près de la fenêtre. Une demi-douzaine d'inspecteurs étaient devant leurs ordinateurs, et sa présence était jusqu'alors passée inaperçue.

Winter jeta un regard autour de lui, sachant intimement qu'il serait perdu s'il était chassé de ce petit monde. Les Post-it collés aux écrans des PC. Les titres de gloire à la une, sur les pages arrachées du *News* et punaisées sur le tableau de liège, au-dessus de la grande boîte de Gold Blend. L'une de ces pages représentait, à sa grande consternation, une Skoda pliée en deux dans la devanture d'un marchand de journaux de Queen Street. « Bullitt, le film », avait griffonné en dessous un plaisantin. Pas gentil, pensa Winter.

« Que faites-vous ici ? »

C'était Cathy Lamb. Elle se tenait sur le seuil, une brassée de chemises dans les bras.

Winter marmonna qu'il avait oublié un carnet d'adresses dans son tiroir, et comme justement il passait dans le coin…

« Foutaises. » Cathy désigna d'un signe de tête le couloir. « Venez avec moi. »

Winter la suivit dans son bureau. Elle ferma la porte et l'invita à prendre un siège.

« Que se passe-t-il, Paul ? Vous avez mis Dawn dans une position impossible. D'abord, vous avez manqué la tuer. Et maintenant, vous lui demandez de mentir. Vous trouvez ça juste ? »

Il avait rarement vu Cathy dans une telle colère. Il écarta les mains dans un geste d'abjecte reddition.

« Ils vont m'enlever mon job, Cath. Me remettre en uniforme.

— Et ils auront raison. Et ce n'est pas trop tôt non plus.

— Quoi ?

— Allons, Paul, vous vous êtes toujours tiré de vos bêtises. Aujourd'hui, ils pensent qu'ils vous tiennent enfin.

— Qui ça, ils ?

— Vous voulez la liste ? Hartigan, pour commencer. Vous l'avez toujours pris à rebrousse-poil. Il y a aussi ceux de la Routière. Vous savez bien ce qu'ils pensent de nous. Pour eux, on n'est rien que des fainéants. Alors, ils n'ont qu'une hâte, c'est vous coincer.

— Ces uniformes, grommela Winter avec dédain.

— Peut-être, mais ils ont la loi pour eux.

— Et Willard ?

— Je n'en sais rien. En ce qui me concerne, Willard est en orbite, on ne boxe pas dans la même catégorie. Je pense que vous lui manquerez, ne serait-ce que pour rigoler, mais ce n'est qu'une supposition.

— Et vous-même ?

— Moi ? » Elle le considéra pendant un long moment, refusant de s'engager. Puis elle détourna la tête.

« Vous avez été très bien avec Dawn, dit-elle froidement, et j'y suis sensible.

— J'ai cru vous entendre dire que j'avais failli la tuer ?

— Vous l'avez fait mais je ne parle pas de ça, et vous le savez très bien. »

Winter hocha la tête. Il se rappelait l'après-midi où Cathy était passée au bungalow, à Bedhampton, apportant son soutien à Dawn. Il les avait observées par la fenêtre, plongées dans une longue conversation. Cathy en savait autant que Winter sur Andy Corbett. Peut-être plus, même.

Elle s'assit enfin sur le bord de sa table. Le travail de bureau avait un peu trop arrondi ses formes.

« Il a encore téléphoné, dit-elle. Vous imaginez ? En pleine nuit ? Après tout ce qu'il lui a fait ?

— Je sais. »

Winter sortit de sa poche une cassette vidéo et la lui tendit. Il voulait la montrer à Dawn, mais il pensait maintenant qu'il valait mieux que Cathy en prenne connaissance la première.

« C'est quoi ?

— Une bande vidéo des caméras de surveillance. Cosham High Street.

— La nuit dernière ?

— 2 heures du matin.

— Corbett ?

— Visible comme en plein jour.

— Vous en êtes sûr ?

— Vous verrez vous-même. Il y a sa moto, avec numéro de la plaque et tout. »

Winter, qui avait replongé la main dans sa poche, la ressortait avec une cassette audio, cette fois.

« Une conversation enregistrée ?

— Je le crains.

— Avec Corbett ?

— Évidemment.

— Et ?

— Si vous pensez que moi, je suis dans la merde, alors empressez-vous d'écouter ça. »

Pour la première fois, Cathy souriait, le regard fixé sur la petite cassette.

« Je peux ?

— Mais elles sont à vous. »

Cathy prit les deux enregistrements et les glissa dans son tiroir, qu'elle ferma à clé, au grand plaisir de Winter. Il leva les yeux vers elle, sentant qu'ils étaient arrivés à un tournant sur la route.

« Vous avez été con, Paul, c'est le moins qu'on puisse dire.

— Je poursuivais un assassin présumé, Cath, une petite crapule sur laquelle la moitié de la ville essayait de mettre la main. Qu'est-ce que j'allais faire ? Lui adresser un signe de la main et le laisser filer ? Bien sûr que je lui ai donné la chasse. C'est le devoir d'hommes comme nous. On est des flics, non ? Et les flics, ça court après les mauvais garçons.

— Mais il y a des procédures, Paul. Des règles. Ne me dites pas que vous ne le savez pas.

— Bien sûr que je le sais, vu que je passe ma vie à faire avec. Et ce sont ces règles qui nous enchaînent à nos bureaux et nos paperasses, alors qu'on devrait être dehors, dans la rue. Le boulot est devenu chiant, Cath, et vous en avez conscience. On se noie dans les formulaires, et on ne cherche plus qu'à protéger ses arrières. Bon Dieu, Cath, les pontes devraient m'être reconnaissants. Je suis le seul de toute la bande à ne pas faire la queue pour une retraite anticipée.

— Vous avez fini ?

— Non. J'ai des arguments dans cette histoire. D'accord, je suis un vilain garçon. D'accord, je prends des raccourcis. Mais au final il faut bien parler résultats, et on ne met pas la main sur des Darren Geech en faisant le gratte-papier.

— Mais vous l'avez perdu, Darren Geech, fit observer Cathy. Et vous avez bien failli tuer je ne sais combien de personnes, en attendant.

— Qui ?

— Mais Dawn, pour commencer. »

Winter se raidit sur sa chaise. Cathy venait de le renvoyer dans les cordes, il le savait, mais il savait aussi qu'il avait le droit d'être en colère. À cause de ces flics de la route qui cherchaient une misérable vengeance. À cause de ce qu'était devenu le métier. Il était un temps où les flics comme lui étaient respectés. Aujourd'hui, ils gênaient.

« Peut-être Hartigan a-t-il raison, dit-il. Peut-être qu'il est temps que je mette les bouts. Ça contenterait tout le monde. Y compris moi.

— Vous le pensez sincèrement ?

— Bien sûr que non.

— Alors, pourquoi le dire ?

— Parce que c'est dur, Cath. Et parce que tout ça, c'est de la connerie. »

Elle se contenta de hocher doucement la tête, puis jeta un coup d'œil à sa montre.

« Hartigan veut s'entretenir avec moi. Hors micro, dit-elle d'une voix basse.

— À quel sujet ?

— Le vôtre. »

Quand Faraday arriva à Kingston Crescent, il trouva la brigade des Crimes Graves en joyeuse effervescence. Nick Hayder sortait de la minuscule cuisine avec trois gobelets en plastique et une bouteille de champagne.

« Que se passe-t-il ? demanda-t-il.

— Tu ne vas pas le croire.

— Croire quoi ? »

Faraday suivit Hayder dans son bureau. Deux inspecteurs attendaient là, un grand sourire aux lèvres. L'un d'eux était Andy Corbett.

Hayder referma la porte avec son pied, passa les gobelets et désigna le téléphone.

« J'ai reçu un appel à midi, dit-il. Un gosse du nom de Hollins. Il habite à Somerstown. Il disait avoir vu Geech bousiller Rooke. Et pas seulement ça, le gamin était prêt à en parler.

— Devant un micro ?

— Ouais. »

Hayder versa le champagne. Corbett reprit le fil du récit.

« On a foncé là-bas, dit-il avec un regard vers la chemise posée sur la table de Hayder. Le môme a tout raconté. Et pas seulement lui. Il y avait deux autres merdeux avec lui.

— Et qu'ont-ils raconté ?

— Que Geech avait bastonné Rooke. »

Faraday avait du mal à le croire. Que quelqu'un de la cité réponde seulement à votre coup de sonnette était déjà un grand résultat. Obtenir une déposition signée relevait du miracle.

« Et ils sont prêts à venir témoigner devant le juge ? Témoigner contre Geech ?

— C'est ce qu'ils disent. »

Faraday les regarda. Il restait une question à cent mille dollars.

« Pourquoi ce revirement ? »

Hayder haussa les épaules. « Un coup de pot, ça arrive », dit-il. Il jeta un regard à Corbett. Qui secoua lentement la tête.

« Pour moi, c'est le résultat de notre travail de porte-à-porte. Ça, et de bonnes décisions de la part de la direction. » Il eut un sourire glacé pour Faraday, avant de désigner Hayder. « Un bon patron, ajouta-t-il en levant son gobelet. Et une bonne équipe. »

De retour dans son bureau, Faraday tomba sur un message que lui avait laissé l'une des assistantes à la direction. Un numéro de téléphone sous un nom qui ne lui disait rien. Inspecteur principal Pannell ? Le nom était souligné deux fois et accompagné de la mention Urgent.

Faraday appela l'assistante. « Ça vient de Streatham, lui dit-elle. Quelque chose à voir avec le Renseignement. »

Faraday s'en souvenait, à présent. Pannell était l'inspecteur chargé de l'opération de surveillance qui visait Ainsley Davidson. Ces deux derniers jours, il n'avait pas eu une seule pensée pour l'ex-taulard. À présent que les interrogatoires des anciens de l'*Ac-*

colade débouchaient sur un cul-de-sac, Davidson pouvait raisonnablement revenir dans leur ligne de mire. Cette pensée assombrissait Faraday. Corbett, dans la pièce voisine, fêtait un premier succès. La perspective d'un second n'avait rien de réjouissant.

Faraday composa le numéro. Au bout d'un moment, une voix féminine lui répondit.

« Je voudrais parler à l'inspecteur Pannell.

— Je suis l'inspecteur Pannell », répondit une voix glaciale.

Faraday se présenta. Pannell savait qui il était.

« C'est au sujet de Davidson », dit-elle.

À son grand regret, elle avait été chargée d'organiser une rencontre et, si cette rencontre devait avoir lieu, ce serait le soir même. Dans ces circonstances, elle préférait voir Faraday ailleurs que dans son bureau. Elle regrettait de brusquer ainsi les choses, mais elle était littéralement débordée.

« Où et quand, alors ? demanda Faraday, qui n'avait guère le choix. Je vous invite. »

Elle nomma un bar à vin dans Streatham High Road. Tôt dans la soirée, vers 7 heures et demie, ce serait parfait pour elle. Anorak vert et un grand sac noir qui contenait la moitié de sa vie.

« Il y a autre chose.

— Oui ?

— Je devrai être repartie à 8 heures. Je vous dis ça au cas où vous songeriez à y passer la nuit. »

Elle raccrocha, laissant Faraday avec le combiné à la main. Des rires lui parvenaient du bureau de Hayder.

Ce fut l'affaire de quelques minutes pour Winter de glisser une copie de la cassette audio dans une enveloppe et de confier celle-ci au courrier interne. Il avait confiance en Cathy Lamb. Mieux, il ne doutait pas qu'elle s'emploierait – forte de sa nouvelle autorité – à faire payer à Corbett ce qu'il avait fait à Dawn. Mais les procédures internes étaient lentes, et Winter n'était même pas sûr qu'il existât un délit bien défini à coller au cul de ce salaud de Corbett. Non, il valait mieux lui donner un avant-goût de ce qui l'attendait, à ce fumier. De cette façon, sentant le roussi, il prendrait lui-même la porte.

Un collègue assis à la table voisine le vit qui adressait l'enveloppe aux Crimes Graves.

« Tu poses ta candidature ? demanda-t-il, haussant un sourcil.

– Ouais, répondit Winter, veillant à masquer le nom de Corbett. En quelque sorte. »

Faraday prit le train pour Londres, partageant un compartiment avec trois yachtmen. Deux d'entre eux avaient son âge, visages burinés et hâlés et, à les écouter, ils revenaient d'une longue croisière. Ils parlaient des meilleurs mouillages dans les Caraïbes et du gumbo qu'ils avaient mangé dans un bar sur une plage en Martinique, du prix qu'on leur avait demandé pour le plein d'eau et de la tempête qu'ils avaient essuyée sur la route du retour. Contemplant les champs bordés de haies bien taillées qui défilaient derrière la fenêtre, Faraday imaginait Eadie Sykes dans ce paysage de campagne mais, avant d'arriver en gare de Waterloo, il se demanda si cette femme avait besoin d'un compagnon. Il y avait des fois où le boulot vous tapait vraiment sur le système, et c'était bien le cas présent.

Il était persuadé que les interrogatoires des trois de l'*Accolade* ne les mèneraient nulle part. Les séances après déjeuner avaient touché le fond. Ni Beattie ni Phillips n'avaient voulu ajouter quoi que ce soit à ce qu'ils avaient déjà raconté, et Gault montrait des signes évidents de manque d'alcool. Ses réponses aux questions les plus simples étaient fiévreuses et sans queue ni tête. Tout ce qu'il voulait, c'était un autre verre de limonade.

Compte tenu de cette absence totale de progrès, Faraday avait du mal à obtenir une rallonge de la garde à vue de la part du superintendant en tenue. Seule la perspective d'un élément nouveau provenant du chauffeur de taxi que Bev Yates devait accueillir à l'aéroport de Gatwick avait persuadé l'officier de signer douze heures de plus. Le chauffeur de taxi en question pouvait avoir surpris des bribes de conversation compromettante, on lui avait peut-être demandé de faire un détour par Niton Road. Il se pouvait même qu'il ait découvert des traces de sang dans sa voiture, le lendemain matin. Faraday allait ressortir du bureau du superintendant, mais celui-ci avait une dernière question :

« Que se passera-t-il si ces trois hommes sont disculpés ?

– Je ne sais pas, monsieur. Je suppose qu'on reviendra à la case départ. »

Ça roulait au pas dans Streatham High Road quand Faraday émergea du métro. Camions et bus étaient pare-chocs contre pare-chocs, empestant l'atmosphère. Il faisait encore très chaud, et ce fut avec plaisir qu'il pénétra dans l'ambiance climatisée du bar à vin.

À sa surprise, l'inspecteur Pannell était déjà là, assise sur un tabouret près du percolateur. L'anorak vert était plié sur ses genoux, et elle feuilletait un exemplaire de l'*Evening Standard*.

« Vous êtes en avance », lui dit Faraday.

Elle tourna la tête. Elle avait un visage d'une beauté frappante — des yeux bleus, une bouche pleine, une frange de cheveux blonds — mais le teint était pâle, et elle avait manifestement besoin d'une bonne nuit de sommeil. Elle poussa vers lui un tabouret libre.

Il y avait une bouteille de rouge ouverte à côté du cendrier sur le comptoir, ainsi qu'un verre propre, qu'elle lui désigna.

« C'est du merlot, dit-elle. J'ai pris la liberté de le mettre à votre compte.

— Pas de problème. » Faraday tendit la main vers la bouteille. « Auriez-vous un prénom ?

— Chris. Et vous ?

— Joe. »

Ils échangèrent timidement quelques propos, attendant que le vin leur délie la langue. Elle avait travaillé pendant deux ans comme inspecteur principal à la Judiciaire. Ils tombèrent d'accord pour dire que les voleurs à la tire étaient un fléau, que les plus jeunes étaient les pires, de vraies nuisances. Le temps qu'elle en vienne à son nouveau poste à l'Unité de Renseignement, Faraday était content de ne pas habiter le sud de Londres.

« Depuis quand exactement vous travaillez à l'UR ?

— Trois mois.

— Ça vous plaît ?

— Beaucoup. »

Faraday comprit que le moment était arrivé pour elle d'en venir au cœur du sujet. Non parce qu'elle lui reprochait de ne pas avoir de conversation, mais parce qu'elle était tellement débordée de travail qu'il ne lui restait guère de temps pour un flic venu de la cambrousse.

« Tout ceci est hors micro, n'est-ce pas ? dit-elle.

— Bien entendu. »

Faraday ne s'était pas attendu à autre chose.

« D'accord. Ça fait un moment qu'on s'intéresse à Davidson. Nous avons connu sa date de libération, bien avant qu'il l'apprenne lui-même. Bien que ce con ait failli faire capoter sa propre remise en liberté. »

Elle ne cachait pas son irritation envers l'ex-détenu. Ainsley Davidson s'était montré insupportable, avec ses incessantes demandes de révision de procès.

Faraday se reversa du vin. Pannell couvrit son verre de la main.

« Vous l'avez vu quand il était en taule ?

— Jamais. J'ai été tentée de le faire mais, non, nous avons préféré attendre.

— Et ?

— On a établi le contact à sa sortie. Davidson avait fait le chauffeur pour quelques grosses pointures, se taillant une bonne renommée. Il y avait toutes les chances pour qu'il reprenne du service auprès des mêmes. Les voyous sont comme tout le monde, ils ont leurs habitudes. Vous ne trouvez pas ? »

Faraday acquiesça d'un signe de tête. C'était bien vrai, pensa-t-il.

« Vous vous êtes occupée vous-même de Davidson ?

— Non, j'avais une équipe de constables, rien de très important. L'un d'eux était chargé de lui coller aux basques.

— Et Davidson le prenait bien ?

— Très bien. Et ç'aurait dû nous mettre la puce à l'oreille mais, sitôt qu'on obtient un résultat, on a tendance à laisser rouler. Les renseignements que nous avions étaient bons et vérifiables. Prometteurs, en un mot. » Elle se tut, contemplant son verre vide. « Je suppose que ça aussi, c'était un indice.

— Indice de quoi ?

— Du jeu qu'il menait. On lui avait grassement payé ses informations, à ce petit salaud. Un chiffre à quatre zéros. Et c'est par une autre source qu'on a compris sa manœuvre.

— Il mangeait aux deux râteliers ?

— Évidemment. On savait qu'il avait à nouveau de mauvaises fréquentations. Bon sang, on l'y avait encouragé nous-mêmes, et on avait les vidéos pour le prouver. Il s'était mouillé à fond, et on possédait les dates, les horaires et les lieux des coups prévus, mais voilà, c'était du pipeau, une pure invention. Et ç'avait l'air tout ce qu'il y a de plus sérieux, sauf qu'ils avaient dû répéter leurs scènes des centaines de fois. Un numéro de première classe.

— Vous l'aviez équipé d'un micro ?

— Bien sûr. Et ce petit salaud nous avait même fourgué le micro et le transmetteur. Un kit tout ce qu'il y a de high-tech. Ça nous a coûté une fortune.

— Et aucun résultat ?

— Pas l'ombre d'un. Les cibles devaient se pisser dessus de rire.

— Et Davidson ?

— Il a disparu. »

Faraday ne put s'empêcher de glousser. C'était une bonne histoire, une de celles qui faisaient la légende de la Judiciaire. Même Pannell eut la grâce de sourire. Tel est pris qui croyait prendre. Jeu, set et match pour Davidson.

« Et vous savez pourquoi il vous a joué ce tour-là ?

— Ouais. » Elle jeta un coup d'œil à sa montre. « Il nous haïssait. Haïssait tout ce qui était en uniforme. Il était persuadé qu'on lui avait fait porter le chapeau.

— D'après ce que je sais, ç'a été le cas.

— Oui, mais pas par nous. Il est tombé pour coups et blessures aggravés. Il a renversé une femme sur un passage clouté. Heureusement qu'elle a survécu. Mais ce n'était pas lui qui tenait le volant. Le type qui conduisait était le frère de celui qui tient le business. Davidson avait volé la caisse, et il y avait ses empreintes partout. Les autres n'ont été que trop heureux qu'il tombe à leur place.

— Et il est quand même revenu dans la bande ?

— Oui, mais en tirant la gueule.

— Pourquoi ?

— Parce qu'ils n'ont pas tenu parole. Pas de paiement en avance sur leurs futurs coups. Rien en compensation de sept ans de sa vie derrière les barreaux. Pas de remerciements pour les avoir affranchis de notre petit secret. Ils savaient qu'on le payait, alors ils s'estimaient quittes envers lui.

— Et pourquoi ça ?

— Ils ne lui faisaient pas confiance. Ils savaient qu'il leur en voulait, après le coup de la voiture, et le soupçonnaient de chercher à les piéger. Alors, le mot d'ordre était attendre et voir.

— Pas un sou pour lui ?

— Non.

— Pas de coup de main non plus ?

— Qu'entendez-vous par là ?

— Par exemple, s'occuper du maton qui lui avait pourri la vie en taule ? À Portsmouth.

— Vous plaisantez ! » Pannell gloussa à cette idée. « Ces types sont d'une prudence que vous ne pouvez imaginer. Battre à mort un maton, c'est la cata assurée, avec tous les flics du pays à vos trousses. Pourquoi se foutraient-ils dans une pareille merde ? »

Bonne question, pensa Faraday. Il avala une gorgée de merlot. Il était temps de passer à un sujet délicat.

« Il y a un inspecteur du nom d'Andy Corbett, dit-il. Vous devez certainement le connaître. »

Pannell hocha la tête. Le sourire avait disparu.

« Eh bien ? demanda-t-elle.

— Il est revenu dans le coin récemment pour parler avec certains de vos hommes, peut-être même avec vous. Il s'est servi de vos renseignements pour tenter de coincer Davidson. Le maton que détestait Davidson a été battu à mort. Corbett brûlait d'envie de coller ça sur le dos de Davidson, ou de ses copains. Vous savez tout ça. C'est même la raison de votre présence ici. »

Pannell avait sorti un paquet de Marlboro. Faraday déclina d'un signe de tête la cigarette qu'elle lui offrait. Elle l'alluma et, renversant la tête en arrière, souffla la fumée.

« C'est difficile, dit-elle enfin.

– Pourquoi ?

– Parce que ce n'est pas une chose que je devrais vous confier. »

Faraday, jugeant bon de se taire, attendit. Finalement, se ravisant, elle vida le reste de la bouteille dans son verre.

« Corbett a travaillé pour nous pendant trois ans. Il s'est marié entre-temps. Elle était secrétaire à la Routière, une beauté. Ils se fiancèrent avant que quiconque comprenne ce qui se passait. On est tous allés au mariage. » Elle parlait sans quitter Faraday du regard. « Ça a duré moins d'un an. Après elle, Corbett s'est intéressé à d'autres femmes. Il y en avait deux qui étaient de la maison. Finalement, elles se sont fait des confidences.

– Et ?

– Corbett avait des goûts spéciaux.

– La violence ?

– Assurément… mais pas la violence que vous ou moi pourrions imaginer. On ne parle pas ici de dix pintes de bière et d'un pain dans la gueule. Non, pas seulement la violence mais l'humiliation. Une fois qu'on avait compris ça, on pouvait le repérer chez lui. Sa manière de faire avec les gens. Corbett voulait être le chien dominant. Toujours. »

Chien dominant ? Faraday voyait dans la grande glace derrière le comptoir la petite foule de clients.

Ce n'était pas Corbett qu'elle décrivait là. C'était Coughlin.

« Contrôler, murmura-t-il. Contrôler, et moi d'abord.

– Oui, dit-elle avec un hochement de tête. Et que les autres crèvent. »

C'était vrai. Mais il y avait une chose que Faraday ne comprenait pas très bien. Si les renseignements fournis sur les amis de Davidson excluaient toute rétribution, quelle qu'elle fût, envers l'ex-détenu, comment Corbett avait-il pu croire qu'ils avaient peut-être réglé son compte à Coughlin ? Avait-il inventé de toutes pièces ses présomptions ?

« Non, il a parlé à nos gars. Ils le haïssent. Ils connaissent bien ses petits coups tordus, et ils sont prêts à tout pour le baiser.

– C'est pour ça qu'ils lui ont refilé des tuyaux ? C'est bien ça ?

– Oui. Dès qu'ils ont su ce qu'il voulait, ils l'ont emmené dans un pub et se sont fait offrir des verres.

– En échange de… ?

– De tout ce qu'il voulait entendre. Mais quoi qu'ils lui aient dit, c'était inexploitable, comme vous le savez. Il n'y avait aucun moyen de vérifier.

– Et vous pensez que Corbett les a crus ?

– Je pense que Corbett s'en foutait. Si cela pouvait l'aider à coincer Davidson, peu importait la manière. Il ne lui restait plus qu'à faire une entrée triomphale à la brigade et se pavaner devant les collègues. Il a la folie des grandeurs. Vous avez dû le remarquer. »

En effet. Faraday essayait d'attirer l'attention de la serveuse. Une autre bouteille de merlot descendrait sans problème. Enfin, la fille le vit.

Faraday sentit une main sur son bras. C'était Pannell.

« Pas pour moi. » Elle avait un air de regret sincère. « Il faut que j'y aille.

– C'est dommage, dit Faraday qui tenait déjà dans sa main la bouteille vide. Je commençais à bien m'amuser. »

25

Mercredi 12 juin 2002, 4 h 30

Le lendemain matin, Yates était debout à 4 heures et demie. Il quitta sans bruit la maison, s'arrêtant un instant devant la voiture pour savourer le premier rayon de soleil. Une heure plus tard, sur l'autoroute, la radio allumée pour les dernières nouvelles de la planète foot, il se demanda si les avions de la KLM avaient coutume d'arriver à l'heure. Il s'était entretenu la veille au soir avec l'officier de service à Gatwick et avait obtenu un accès prioritaire à la passerelle d'arrivée. Grâce à l'Administration des Aéroports britanniques et un chaleureux Hollandais, il avait également décroché la permission de monter à bord. Le chauffeur de taxi s'appelait Vaughan. Un bureau des services de l'Immigration serait à sa disposition pour l'interrogatoire. Avec un peu de chance, il aurait terminé avant le coup d'envoi du match Angleterre-Nigeria.

À Gatwick, Yates laissa sa voiture au parking des visiteurs et s'arrêta sur le passage pour piétons pour appeler le numéro que l'AAB lui avait communiqué.

Une jeune femme des services de sécurité le retrouva dans le hall principal. Elle avait de bonnes nouvelles. Le vol de la KLM avait déjà quitté Schiphol et arriverait avec quinze minutes d'avance. Il avait le temps de se restaurer avant qu'elle l'escorte jusqu'à l'appareil. Yates la remercia d'un sourire puis lui toucha le bras, alors qu'elle se détournait.

« Savez-vous où je pourrais trouver une télé ? lui demanda-t-il. Après ? »

Le vol KLM toucha la piste à 6 h 36. Yates, qui attendait sur la passerelle, fut le premier à bord. Le chef steward, ayant déjà identifié le chauffeur, conduisit Yates dans le fond de l'appareil.

« Monsieur Vaughan ? » L'homme leva un regard étonné, d'abord vers Yates puis vers la plaque de police. « Vous avez un moment ? »

Vaughan avait le teint cireux, un air égaré et une coupe de cheveux calamiteuse. Son long week-end à Amsterdam semblait lui avoir ôté la capacité de parler.

« Qu'est-ce qui s'passe ? demanda-t-il enfin.

— Rien qui puisse vous inquiéter. Vous avez un bagage à main ? »

Yates escorta Vaughan hors de l'appareil. Quelques minutes plus tard, ils étaient assis dans une petite pièce nue, dont la porte était équipée d'une lucarne de verre réfléchissant.

Yates exposa le contexte. Il enquêtait sur un homicide. Un homme avait été assassiné à Pompey. Il attendait de Vaughan qu'il lui parle de la nuit de lundi.

« Lundi dernier ? J'étais à Amsterdam.

— Je parle du lundi précédent, plus exactement de la nuit de lundi à mardi.

— Merde, vous vous rendez pas compte de ce que vous me demandez. »

Yates entreprit de l'aider. Il était 2 heures du matin. Il était allé à l'hôtel Alhambra dans Granada Road pour y embarquer trois hommes, l'un d'eux complètement bourré. Le regard au plafond, le chauffeur fouillait dans sa mémoire. Il avait pris des centaines de clients cette semaine-là et, pour lui, ils se ressemblaient tous. Passé 11 heures du soir, il était rare de tomber sur un client qui ne soit pas bourré.

« Des types d'âge moyen, dit Yates. Des anciens de la Marine. Deux d'entre eux sont retournés au Foyer du Marin. L'autre, vous l'avez déposé à Milton. Pété à mort. Vous avez même dû l'aider à aller jusqu'à sa porte. »

Le chauffeur fronça les sourcils. Quelque chose remontait du puits des souvenirs.

« Un grand type ? Épais ?

— Oui.

— Glasgow Road ? Milton ?

— Exactement. Numéro 189.

— Ouais. » Il hocha la tête. « C'est quoi votre question ?

— Je veux savoir ce qui s'est passé.

— Vous voulez quoi ? » Vaughan ouvrait de grands yeux.

« Contentez-vous de me raconter. Vous êtes passé prendre les trois ?

— Ouais. À l'Alhambra, dans Granada Road, comme vous l'avez dit.

— Et… ?

— J'ai déposé le gros. Une maison mitoyenne. Sa femme l'attendait sur le pas de la porte.

— Et ensuite ?

— On est allés au Foyer du Marin.

— Sans faire de détour ?

— Non, pourquoi ?

— Vous êtes sûr de ça ?

— Ouais.

— De quoi les types parlaient ?

— De quoi ils... vous plaisantez ou quoi ? Comment je pourrais bien me rappeler ce que des mecs racontaient dans mon taxi à 2 heures du matin ?

— Ils n'ont pas mentionné un nom, par hasard ? Un certain Coughlin ?

— Aucune idée, m'sieur.

— Donc, de Granada, direct au Foyer ? C'est bien ce que vous dites ?

— Ouais, je dis ce qui est.

— Et vous êtes prêt à signer une déposition à cet effet ?

— Ouais, bien sûr. » Il haussa les épaules. « Pourquoi pas ? »

Faraday dormait encore quand Yates appela.

« Écoutez, patron. J'ai parlé au chauffeur de taxi.

— Et ?

— Il les a embarqués et les a déposés. Point final. Pas de détour, pas de surprise, rien. D'accord ? »

La communication s'arrêta là, et il fallut quelques secondes à Faraday pour distinguer l'heure au réveil sur la table de nuit. En attendant le train à Waterloo, il s'était offert une pinte de Spitfire et deux whiskies. Deux Nurofen lui avaient épargné la migraine mais il n'en était pas moins cassé.

Willard répondit au téléphone avec une célérité inaccoutumée. Faraday, appuyé sur un coude dans son lit, lui rapporta ce que Yates venait de lui dire. De son point de vue, ils n'avaient plus aucune raison de garder les trois anciens de l'*Accolade*. Ils étaient libres. Willard grogna son approbation et dit à Faraday de s'occuper de ça avec les sergents d'écrou.

Faraday raccrocha et se hissa hors du lit, sachant qu'un bol d'air lui serait d'un grand secours. Dehors, dans le port, une silhouette solitaire dans un petit voilier profitait de la marée descendante pour sortir. Dans quelques minutes, il serait dans le goulet et au large. Heureux homme, pensa Faraday, cherchant un jean.

Il était 9 heures passées quand il arriva à Kingston Crescent. Une heure de marche sur la grève puis un bon petit déjeuner avaient calmé le plus gros de son mal de crâne. Il lui avait suffi d'appeler les sergents d'écrou de la Centrale, de Waterlooville et de Fareham, pour que les trois prisonniers soient relâchés, et Faraday avait laissé un numéro pour Beattie. Il ne savait pas comment le bonhomme allait retourner dans le Devon, mais il devait d'abord récupérer son chien. Le berger allemand était toujours chez Eadie, et Faraday avait encore la clé.

Willard était à son bureau depuis 8 heures, en conférence avec Hayder. Il avait eu une longue conversation avec le correspondant du *News*, à qui il avait appris l'heureuse issue du meurtre de Somerstown, et on pouvait s'attendre enfin à un article optimiste, qui saluerait l'heureux changement de mentalité des jeunes éléments les plus durs de cette cité.

Du point de vue de Willard, c'était là un résultat parfait. De plus en plus, la direction insistait sur les liens entre le crime et l'exclusion sociale, et voilà que surgissait l'exemple d'un laborieux travail de terrain, entrepris dans un environnement hostile et débouchant sur un succès. L'équipe de Hayder, disait Willard, avait réussi à renverser la marée d'apathie et d'agressivité dans cette banlieue difficile. Finalement, les gosses n'étaient pas irrécupérables. Trois d'entre eux avaient choisi de sortir du rang pour témoigner de leur plein gré.

Comme la matinée avançait, une rumeur se mit à courir. La main de Paul Winter pourrait bien être derrière ce stupéfiant sursaut d'esprit civique. On racontait même que les trois gosses avaient mentionné son nom, mais personne ne savait au juste pour quelle raison. Les jeunes inspecteurs pensaient que c'était des foutaises, mais Faraday n'en était pas aussi sûr. Winter était depuis longtemps passé maître dans l'art de se glisser dans les enquêtes des autres. Le plus souvent, il provoquait une sacrée pagaille, mais les résultats — Faraday ne le savait que trop bien — pouvaient être stupéfiants.

Willard, de son côté, ne prêtait guère attention à cette rumeur. En ce qui le concernait, clore l'affaire Darren Geech était une victoire pour la brigade, et une note de service atterrit sur la table de travail de tous les inspecteurs de l'opération *Hexham*. Andy Corbett punaisa la sienne sur le mur, juste en face du bureau de Faraday, un geste que ce dernier traita avec le plus profond mépris.

Beattie appela peu avant midi. Il semblait être étonnamment optimiste, compte tenu des circonstances. Il était à Southsea et voulait récupérer son chien. Faraday jeta un coup d'œil à l'heure. Il aurait fait n'importe quoi pour quitter le bureau.

« Où êtes-vous ?

– Dans le centre, près des boutiques. » Il y eut un bref silence sur la ligne. « Un magasin qui s'appelle Knight and Lees. »

Faraday le pria de ne pas bouger. Il serait là-bas dans cinq minutes. Une Mondeo bleue.

Beattie attendait sur le trottoir devant le grand magasin. Il ne s'était pas rasé et avait l'air fatigué, mais il y avait dans son regard une expression de profonde satisfaction. Ce n'est que sur le front de mer, alors qu'il garait la voiture en bas de l'immeuble où habitait Eadie Sykes, que Faraday rompit le silence.

« Le chien va bien, dit-il.

– Tant mieux. » Beattie regardait autour de lui. « J'avais l'habitude de venir ici, il y a des années. Les samedis soir surtout. Descentes à terre. » Il fronça les sourcils. « Le Birdcage ? La Pomme d'Or ? »

Faraday hocha la tête. Ces clubs avaient fermé depuis longtemps mais, quand il n'était qu'un jeune flic en tenue, il les avait surveillés. Il chercha dans ses souvenirs quelque anecdote susceptible de provoquer un sourire, mais se rendit vite compte que Beattie n'était que modérément intéressé par le passé. Le silence s'étira entre eux, et s'étira encore jusqu'à ce que Beattie tourne son regard vers Faraday.

« Sans rancune, d'accord ? » Il tendit la main. « À votre place, j'aurais agi de même.

– Vous me dites ça sincèrement ?

— Ouais. J'aurais peut-être eu la main plus lourde… mais ouais, sans rancune. »

Faraday réprima un sourire et serra la main tendue. Il se sentait rempli de soulagement, soudain.

« Restez là, dit-il. Je vais chercher le chien. »

Sykes était encore sortie. Il y avait un mot sur le tapis derrière la porte. Rory était parti courir avec sa nouvelle maîtresse au petit matin, et il était crevé. Il avait bien mangé et fait une sieste, mais il aurait besoin d'une petite sortie pipi vers les midi. Le mot se terminait par une ligne de baisers, un geste qui ragaillardit encore davantage Faraday.

De retour en bas, il remit le chien à son maître. Pendant un moment, les deux hommes se tinrent sur le trottoir sans savoir quoi dire puis, sur l'impulsion du moment, Faraday désigna le pub de l'autre côté de la rue.

« Ça vous dirait de déjeuner ? Je vous invite. »

Beattie considéra l'invitation puis secoua la tête. Il allait promener le chien et irait à la gare ensuite. Le sergent d'écrou lui avait remis un bon de transport. Il avait envie de rentrer chez lui.

« Bien sûr. » Faraday se tourna vers la voiture. « C'était juste une idée. »

Beattie se pencha vers le chien puis s'accroupit pour lui frotter doucement les oreilles, refaisant ami-ami avec lui. Le chien lui léchait la main.

Faraday était dans sa voiture. Il abaissa la vitre.

« Bonne chance, dit-il.

— Ouais. » Beattie caressait encore sa bête. « Dites. Si jamais vous descendez encore par chez nous, et que vous avez un peu de temps… » Il se détourna du chien pour regarder Faraday dans les yeux. « D'accord ? »

« Vous êtes en train de me dire que Corbett nous a menés en bateau ? »

Faraday était de retour dans le bureau de Willard. Il venait de lui rendre compte de sa rencontre avec l'inspecteur Pannell, et le superintendant n'avait pas été long à tirer la conclusion.

« Je pense qu'il péchait par ambition, monsieur. Ce n'est pas un mal, mais il devrait se montrer plus prudent.

— Me racontez pas d'histoires, Joe. Ce con essayait de nous avoir.

— Vous avez peut-être raison.

— J'ai raison. Corbett jouait pour la galerie. Et vous l'avez remarqué dès le début. Qu'est-ce qu'elle vous a raconté d'autre ?

— Rien.

— Vous en êtes sûr ?

— Absolument.

— Et vous prétendez qu'elle connaissait bien Corbett ?

— Oui.

— Et qu'elle était heureuse de parler de lui ?

— Oui. »

Willard lui donna une dernière chance, puis il ouvrit un tiroir. Faraday eut devant lui deux cassettes, une audio et une vidéo.

« Cathy Lamb me les a apportées. Je n'ai pas encore eu le temps d'en prendre connaissance, mais si ce qu'elle m'a rapporté est à moitié vrai, Corbett ne fait déjà plus partie de la maison. Harcèlement et violence sexuelle ? Viol de sa petite amie ? » Il poussa un soupir. « Vous savez, Joe ? Vous êtes bien trop honnête, ça vous dessert. » Il se leva et gagna la fenêtre. « Alors, qu'allons-nous faire au sujet de Coughlin ? »

Faraday regardait encore les cassettes. Finalement, il se redressa sur sa chaise.

« Vous voulez la vérité, monsieur ?

– Chiche.

– J'en sais foutre rien. »

Le relevé des communications téléphoniques de Gault arriva cinq jours plus tard. Brian Imber téléphona depuis son bureau à Havant pour annoncer la nouvelle.

« Gault a passé un coup de fil dans la nuit de lundi, dit-il. Depuis l'hôtel.

– Quelle heure ?

– Minuit dix-neuf.

– Et il a eu son correspondant ?

– Je suppose. La conversation a duré deux minutes. »

Faraday s'efforçait de se rappeler la chronologie des événements de cette nuit-là. Il s'occupait déjà d'un autre meurtre : une femme de Southsea niait avoir donné un coup de couteau mortel à son mari volage. Coughlin lui semblait appartenir à une histoire ancienne.

« Dis-moi. » Faraday chercha un stylo. « Coughlin était déjà passé à l'hôtel, à cette heure-là ?

– Oui. Quand Pritchard a tenté de joindre Coughlin au téléphone, il était minuit et deux minutes. L'appel de Gault est venu ensuite.

— Et le numéro ?
— Local. Tu ne devines pas l'adresse ?
— Non, dis-la-moi.
— 212, Kingsley Road. La ligne est au nom de Warren. » Il laissa passer un silence. « C'est là qu'habitent le père et la mère de Matthew. »

Faraday appela Yates, qui se trouvait dans le grand magasin Waitrose, dans Southsea. Midi. Il faisait son shopping de la semaine.

« Tu te souviens si Gault a mentionné un coup de fil qu'il aurait passé de l'hôtel dans la nuit de lundi ?
— Non.
— Tu en es sûr ?
— Oui. On lui a posé la question pendant le premier interrogatoire, et il a répondu non. Tu peux le vérifier sur la bande. » Il y eut un silence, puis le rire de Yates. « De toute façon, ça veut rien dire. Il était tellement bourré qu'il en avait perdu la mémoire. »

Faraday était déjà debout. Son prochain rendez-vous sur les lieux du crime passionnel de Southsea n'était qu'à 2 h 30.

« Tu as fini tes courses ? Je te rejoins là-bas. »

Le 212, Kingsley Road était une modeste mais pimpante maison mitoyenne dans une rue tranquille à la limite est de l'agglomération. Une affiche collée à la fenêtre du rez-de-chaussée annonçait une vente de charité à la paroisse du quartier. La porte d'entrée venait d'être repeinte.

Faraday s'arrêta sur le trottoir. Au bout de Kingsley Road, il y avait un coin du port de Langstone, connu localement comme le Capharnaüm. Il avait servi jadis de décharge aux différentes forces armées, et cette étendue d'eau boueuse passait pour abriter des métaux lourds, mais Faraday n'était pas qualifié pour savoir ce qu'il en était vraiment. En tout cas, ce petit bras de mer offrait une plus jolie vue que bien d'autres endroits de l'île.

Se retournant vers la maison, il se demanda s'il y avait quelqu'un. Aucun indice sérieux ne suggérait que le coup de fil de Gault puisse avoir une quelconque importance, mais minuit passé était une drôle d'heure pour téléphoner, et quelle que fût la lumière que cet appel pouvait faire sur l'enquête, ça valait la peine de vérifier.

Au deuxième coup frappé à la porte, une femme vint ouvrir. Elle était forte et d'apparence négligée, un chandail beige maculé de taches était passé pardessus une robe en coton à motifs floraux. Elle regarda les plaques que lui présentaient les deux hommes.

« La police ?

– Police Judiciaire. » Faraday se présenta, présenta Yates. Quelque chose dans le regard de la femme lui disait qu'elle n'était pas surprise par leur visite. « Vous êtes Mme Warren ?

– Oui, c'est moi. »

Elle les invita à contrecœur à entrer. Une odeur de cake sorti du four envahissait la maison. Ils la suivirent dans un petit salon à l'arrière. Elle ne les invita pas à s'asseoir.

« De quoi s'agit-il ? »

Faraday lui expliqua qu'ils enquêtaient sur la mort d'un certain Sean Coughlin. Est-ce que ce nom lui disait quelque chose ?

Elle secoua la tête.

« Jamais entendu parler de lui.

— Il était dans la Marine il y a longtemps, à la même époque que votre fils. Vous ne vous rappelez vraiment pas son nom ?

— Mon fils est mort, dit-elle.

— Je sais, et j'en suis désolé. » Il laissa passer un silence. « Sean Coughlin ? Vous êtes certaine que ce nom n'évoque rien pour vous ?

— Non. » Elle croisa les mains sur son ventre. « J'm'en souviendrais, d'un nom pareil. »

Yates examinait des photos posées sur le manteau de la cheminée. Sur l'une d'elles, un jeune matelot posait accoudé au bastingage, avec en toile de fond le gris de la mer. Sa casquette portait le nom du HMS *Raleigh*. Sur une autre, le même garçon était sur le quai, encadré par l'énorme masse d'un bâtiment de guerre. Sur les deux clichés — avec son grand sourire et son pouce levé — il avait l'air incroyablement jeune.

« Et le nom de Paul Gault ? »

Le visage de la femme s'éclaira d'un sourire. Paulie, elle le connaissait bien, un brave gars, toujours content. Une force de la nature, il avait pris Mattie sous son aile. « Il m'apporte des fleurs tous les 21 mai, ajouta-t-elle. Cette année, c'était des amaryllis, comme elles étaient belles, j'ai cru qu'elles allaient durer éternellement.

— Vous le voyez souvent ?

— Il passe de temps à autre, juste pour s'assurer que tout va bien.

— Il téléphone ?

— Des fois.

— Il ne vous aurait pas téléphoné la semaine dernière ? Dans la nuit de lundi à mardi ? Tard ? »

Mme Warren fit mine de se souvenir. Enfin elle haussa les épaules.

« Je me le rappelle pas. Je sais pas. Vraiment.

— Vous étiez ici dans la nuit de lundi ?

— Oui, comme je le suis toujours.

— Et vous n'avez pas souvenir d'un coup de fil ? Après minuit ?

— Non. Peut-être que c'est quelqu'un qui s'est trompé. Un faux numéro. Il était bien trop tard pour téléphoner. »

Yates entra dans la conversation.

« Nous savons qu'il y a eu un appel, madame Warren. Et nous savons à quelle heure exactement. Nous savons aussi combien de temps la communication a duré. Y avait-il quelqu'un ici qui ait pu répondre à cet appel ? »

Faraday percevait le tic-tac d'une pendule. Cette femme savait quelque chose. Cela se voyait sur son visage, et à ses doigts qui ne cessaient de tourner et retourner le même bouton de son chandail. Elle voulait qu'ils arrêtent de lui poser des questions sur ce foutu coup de fil, elle voulait qu'ils la laissent tranquille, qu'ils s'en aillent, qu'ils disparaissent de sa vie.

« Dites-nous seulement ce que Paul vous a dit, la pria gentiment Faraday.

— Je… » Elle respira fortement et secoua la tête. « J'arrive pas à me rappeler.

— C'était Paul ? demandait Yates à son tour.

— Oui.

— Que voulait-il ? À cette heure de la nuit ?

— Rien… Une bêtise… je sais plus.

— Qu'a-t-il dit, madame Warren ? C'est important. On ne vous ennuierait pas si ça ne l'était pas. »

Son regard alla de l'un à l'autre ; elle était prise au piège. Puis elle tendit la main derrière elle, cherchant aveuglément le soutien d'une chaise. Yates l'aida à s'asseoir.

« Vous le savez, n'est-ce pas ? » Sa voix n'était qu'un murmure. « Les femmes savent lire dans les hommes, elles les lisent comme un livre.

— Racontez-nous, madame Warren. »

Elle tenta bien de se relever, puis abandonna la lutte. Elle hocha la tête en direction de la porte.

« Regardez dans la cuisine. Il y a une lettre derrière le moule du cake. »

Yates disparut. Il revint avec une enveloppe bleue. « C'est ça ?

— Oui. Vous pouvez la lire », dit-elle avec un geste désespéré de la main, avant de se caler contre le dossier et de fermer les yeux. Elle ne voulait plus rien entendre de tout cela.

Yates tendit la lettre à Faraday. Elle portait l'adresse de Kingsley Road mais pas de timbre. Il la soupesa dans sa main pendant un instant, sachant qu'ils avaient finalement trouvé la clé de la mort de Coughlin.

« Elle est de votre fils ? Matthew ?

— Oui. » Elle avait toujours les yeux fermés.

« Quand l'avez-vous reçue ?

— Il y a vingt ans. Ç'a été la dernière lettre qu'il nous a écrite. C'est pour ça que je l'ai jamais ouverte. Je ne pouvais plus supporter de réentendre sa voix. En tout cas, pas avant… que je me sente prête.

— Et quand avez-vous été prête ?

— Il y a un mois. Le 21 mai. »

Faraday la regarda pendant un moment, puis il ouvrit la lettre. Elle ressemblait à un aérogramme, une seule feuille de papier fin, avec un encadré pour l'adresse. Elle commençait banalement en grosses lettres bouclées — le passage du sud, Ascension, l'effacement à coups de peinture du nom du navire. Il faisait de plus en plus froid, et deux fois ils avaient grenadé par erreur des baleines. Puis la ligne suivante prenait un tout autre ton.

Si vous voulez la vérité, écrivait-il, la vie à bord était un cauchemar. Il était dans un mess avec trente-six autres camarades. L'un d'eux était cuisinier. Il s'appelait Coughlin. Et pour lui, qui travaillait comme steward, ça signifiait être avec ce salaud tous les jours. Le type vous laissait jamais en paix. Il était grand et costaud et il vous obligeait à faire des choses qui vous donnaient envie de vomir, des choses qui étaient mal. Plusieurs fois, il avait pensé à en parler à quelqu'un — à l'officier de pont ou au capitaine d'armes, même au commandant — mais il savait que ça serait pire encore pour lui, parce que Coughlin finirait par l'apprendre et, après ça, il serait un homme mort. Il ne pouvait pas expliquer combien ce type était horrible. Il en avait la nausée, rien que de penser à lui. Il faisait de sa vie un enfer. Alors, maintenant, il espérait qu'il leur arriverait quelque chose qui réglerait tout ça une bonne fois pour toutes. Des bombardiers argentins, peut-être. Ou un Exocet. La lettre finissait là. Après la signature gribouillée, le garçon avait ajouté trois baisers.

Un Exocet ?

Pour Faraday, qui avait un fils, la lettre était profondément bouleversante. Elle se résumait, en somme, à une annonce de suicide. Et peu importait que Coughlin ait ou non poussé par-dessus bord le jeune Warren. Réellement ou pas, il était évident que cet homme avait poussé à la mort le fils de cette femme. Et pas la mort glorieuse reçue de l'ennemi, mais celle infligée par la perversité d'un violent avec un penchant animal pour les jeunes hommes.

Faraday tendit la lettre à Yates. Mme Warren le regardait fixement.

« Qui a pris l'appel cette nuit-là ?

— Mon mari.

— Il avait lu la lettre ?

— Bien sûr. Il l'a lue après l'avoir ouverte. Ça lui a brisé le cœur. Comme ça a brisé le mien.

— Vous en avez parlé à quelqu'un ? À quelqu'un de la Marine ? »

Mme Warren hésita un instant. Puis elle hocha la tête.

« J'ai appelé M. Wallace. Il est de Drayton. Il gère l'association. Il a été très bon pour nous, tout comme Paulie.

— Et vous lui avez lu cette lettre ?

— Je lui ai dit ce qu'il y avait d'écrit.

— Et qu'a-t-il fait ? »

Elle laissa passer un nouveau silence. « Je crois qu'il a parlé au lieutenant de vaisseau, dit-elle enfin. Oui, je crois que c'était M. Harrington, à qui il a parlé. »

Faraday jeta un regard à Yates, qui était toujours plongé dans sa lecture. Voilà pourquoi le rapport d'enquête avait disparu, songeait Faraday. La petite famille que formaient les anciens de l'*Accolade* avait resserré les rangs et décidé de la conduite à adopter. Ni Wallace ni même le vice-amiral n'allaient partager le contenu de cette lettre avec un étranger. Non. Les deux hommes, chacun à sa manière, avaient prévenu Faraday. Mais il y avait là une loyauté plus profonde et plus complexe que seuls les anciens de l'*Accolade* pouvaient comprendre. Cette loyauté-là, ils l'avaient héritée de la guerre.

Yates redonna la lettre à Faraday en secouant la tête. Faraday replia la feuille de papier bleu. Il se demandait comment on affrontait une bombe pareille, un appel au secours que vingt ans n'avaient d'aucune façon fait taire.

« Et votre mari ? dit-il d'une voix douce. Qu'est-ce qu'il a fait ? »

Mme Warren pleurait maintenant, ses joues pâles brillantes de larmes.

« Il a parlé à Paul. Il voulait retrouver Coughlin, bien sûr. Il cherchait son adresse.

– Et Paul le lui a dit ?

– Paul ne la connaissait pas. » Elle chercha un mouchoir dans sa poche et se moucha.

« Et Wallace ? Il devait l'avoir, non ?

– Paul a essayé, mais Wallace non plus l'avait pas. Coughlin n'était jamais venu aux commémorations ni rien. Ce qui ne m'étonne pas.

– Alors, votre mari n'avait pas l'adresse avant la nuit de lundi ? Jusqu'à ce que Paul Gault l'appelle ?

– C'est ça. » Après le coup de fil, dit-elle, son mari avait quitté la maison. Il était revenu une ou deux heures plus tard. Ses bottes de chantier avaient du sang dessus. Son jean aussi. Quand elle lui avait demandé ce qui s'était passé, il n'avait pas voulu lui répondre.

« Et les vêtements, qu'en avez-vous fait ?

– Je les ai brûlés. » Elle eut un geste en direction du jardin de derrière. « Avec du white-spirit.

– Et les bottes ?

– Elles ont fini dans le Capharnaüm. »

Son mari était parti tôt le lendemain matin, avec le fourgon. Il avait emporté des vêtements de rechange et des provisions, des céréales et des biscuits surtout. Elle avait eu de ses nouvelles deux ou trois fois depuis, mais elle ne savait pas où il pouvait se trouver. Il disait qu'ils dormaient dans le fourgon, tous les deux. Il avait l'air tendu.

« Tous les deux ?

– Mon mari est artisan maçon. Warren & Fils. Malcolm non plus n'a pas donné de ses nouvelles. Il habite juste au coin de la rue, avec Sheryl et deux marmots. On s'aime bien, toutes les deux. Elle est folle avec tout ça.

– Alors, ils sont allés rendre visite à Coughlin ? »

Elle hocha la tête, les yeux mouillés.

Faraday jeta un regard à Yates, puis quitta la pièce. Dans la cuisine, il ouvrit la porte donnant sur un tout petit jardin. Dans un coin, il découvrit un cercle de terre tassée et un reste de cendres. Il garda les yeux baissés, revoyant le vice-amiral penché vers la table basse, la cigarette se consumant entre ses doigts. L'homme n'avait pas su si bien dire. La guerre qu'ils avaient faite avait projeté une longue, longue ombre. Après vingt années, cette femme n'avait pas perdu un homme, elle en avait perdu trois.

Faraday releva la tête pour voir Yates à la porte de la cuisine. Lui aussi avait repéré les cendres.

« Scène de crime ? » dit-il tout bas.

Épilogue

Dix jours plus tard, Faraday reprit la route du Sud-Ouest. Par précaution, il avait téléphoné pour s'assurer que Beattie serait chez lui, et quand l'ancien capitaine d'armes lui avait demandé la raison de cette nouvelle visite, Faraday lui avait dit de ne pas s'inquiéter. Il y avait seulement un détail ou deux qu'il tenait à régler. Beattie en ferait autant, lui assura-t-il.

Après Dorchester, Faraday rencontra une pluie torrentielle. Se traînant derrière un camion, il pensa à Willard à Kingston Crescent, supervisant les derniers préparatifs de l'opération *Merriott*, avant de soumettre l'affaire au procureur de la Couronne. Warren et son fils s'étaient rendus à la police des Midlands, après une quinzaine de jours de misère à l'arrière d'un fourgon Transit. On ne savait pas vraiment si la décision de Warren de se livrer avec son fils avait été motivée par une conversation téléphonique avec son épouse, mais de toute manière cela ne faisait pas de différence. Tous deux avaient agressé Coughlin. Ils n'avaient jamais eu l'intention de le tuer mais, maintenant qu'il était mort, ils n'avaient pas de regrets. L'expertise des cendres dans le jardin s'était avérée décevante mais, compte tenu des circonstances, avec deux dépositions sous serment dans le dossier, Willard avait célébré l'événement dans la modestie.

Faraday s'était défilé, prétextant un rendez-vous important. Sa première enquête criminelle en solo avait été une expérience troublante. Du point de vue de la procédure, il n'avait pas commis une seule erreur. Il avait exploré toutes les pistes, placé tous les pions sur les bonnes cases. En l'absence de Willard, il avait suivi à la lettre le cahier des charges. Eu égard au caractère particulier de la mort de Coughlin et aux aveux des deux inculpés, il était peu probable que le procureur de la Couronne retienne contre eux la charge d'homicide volontaire mais, quoi qu'il en soit, les intérêts de la justice avaient été servis. Mais était-ce la fin de l'histoire ? Faraday ne le pensait pas.

Le vice-amiral avait finalement eu raison. La paix était une chose précieuse, surtout pour une famille aussi touchée et vulnérable que les Warren. En faisant son travail et en le faisant bien, Faraday avait détruit les deux. Certes, si c'était à refaire, il ne voyait pas une seule décision qu'il ne reprendrait pas de la même façon, mais cette certitude ne lui apportait pas pour autant du réconfort. Une mort comme celle du jeune Warren vous hantait toute la vie.

Il arriva à destination deux heures plus tard. Beattie était heureux de le revoir. Il fit du thé et sortit une assiette de scones maison. Le berger allemand arriva du jardin pour renifler leur visiteur.

Faraday raconta à Beattie l'histoire des Warren. L'ex-capitaine d'armes ne parut pas surpris.

« Voulez-vous dire que vous étiez au courant ? demanda Faraday, installé dans le fauteuil près de la cheminée.

— Je ne vous ai rien dit du tout.

— Hors micro ? »

Beattie eut un sourire et appela son chien. Le vieux berger allemand traversa la pièce dallée pour s'installer à côté de son maître sur le canapé. Beattie repassa la boîte de scones à Faraday. Nappés de confiture et de crème, ils étaient divins.

« Hors micro, il n'y a pas grand-chose à raconter, dit Beattie prudemment.

— Comment Gault a-t-il découvert l'adresse de Coughlin ? La chose n'est pas claire. Vous vous trouviez à l'hôtel. Coughlin est entré et reparti. Personne ne l'a suivi. Son numéro n'est pas dans l'annuaire, j'ai vérifié. Et Pritchard aurait été la dernière personne à donner l'adresse de son ami.

— Pritchard était presque aussi bourré que Gault, dit Beattie. Il a appelé Coughlin depuis le couloir, et il a laissé son portable derrière le comptoir du bar.

— Et Gault a réussi à consulter le répertoire de l'appareil ? Dans l'état où il était ?

— Non, dit Beattie en donnant un scone au chien. C'est moi.

— Vous ? Pourquoi ? »

Beattie ignora la question, et Faraday choisit un nouvel angle d'attaque. Le portable de Pritchard était derrière le comptoir. Beattie s'était donné la peine de relever le numéro de Coughlin. Que s'était-il passé ensuite ?

« J'ai noté l'adresse et je l'ai rapportée à la table.

— Et Gault l'a vue ?

— Probablement. »

Faraday, devinant du regret dans la voix de Beattie, se pencha en avant dans son fauteuil.

« Saviez-vous qu'il avait téléphoné aux parents du garçon ?

— Non.

— Il ne l'a pas fait depuis le bar ?

— Non. » Beattie secoua la tête. « Il est sorti une ou deux fois pour aller pisser. Et ça ne prend pas longtemps de passer ce genre de coup de fil.

— Vous vous en voulez d'avoir fait ça ? »

Beattie accorda à la question un moment de réflexion. Un pli barra son front, et son expression trahissait le remords aussi bien que l'agacement.

« Oui, je m'en veux. Gault n'avait plus sa tête, et la dernière personne à appeler était bien le père de Mattie. Vous comprenez ce que je veux dire ?

— Bien sûr, mais en ce qui concerne Coughlin, si Gault n'avait pas eu l'adresse, qu'est-ce que vous, vous auriez fait... ? »

Faraday laissa la question en suspens. La lettre de Warren, que personne n'avait lue pendant tant d'années, restait gravée dans sa mémoire. Penser qu'un gamin de dix-huit ans priait pour qu'un Exocet le frappe était insensé.

« Il y a autre chose que vous devriez savoir, dit Beattie.

— Au sujet de la nuit de lundi ?

— Non, au sujet de la guerre. Au sujet de l'*Accolade*. Le soir où on a été touchés, j'étais dans le mess Delta Deux. Le mess de Coughlin. Celui de Warren. On était en Alerte Zoulou, tous feux éteints, puis on a été avertis d'une attaque imminente. Les Skyhawks argentins étaient en vue, à quelques secondes de tir. Dans une situation pareille, la consigne est de s'aplatir au sol. » Il se tut un instant pour poser sa main sur le chien couché à côté de lui. « La première bombe nous a touchés à l'arrière. Vous pouviez sentir tout le navire se soulever sous l'impact, une drôle de sensation, je vous garantis. Puis les haut-parleurs ont annoncé un deuxième avion, ce qui n'était pas une surprise, vu que ces salauds allaient toujours par deux. »

Il tourna la tête vers la fenêtre, regardant la pluie, et Faraday se demanda combien de fois cet homme avait revécu les derniers instants de l'*Accolade*. Pouviez-vous partager une aventure pareille avec les autres ? Ou passiez-vous vingt années à la garder sous clé ?

« Nous avions des Seacat sur les 21. » Beattie ricana doucement. « Les Marines les appelaient Souris de mer. Ça décrit bien la chose. Ils en ont lâché une, on pouvait l'entendre partir, puis une âme courageuse s'est essayée à la mitrailleuse, une Oerliken, et boum ! on s'est pris la deuxième bombe. Vous pouvez pas vous imaginer ce qui se passe alors. Vous êtes là, collé au sol, à vous chier dessus et, l'instant d'après, vous êtes dans un film catastrophe. Il y a de la fumée partout. Le bateau gîte au point d'être presque couché sur l'eau. Là où il y avait la proue, ce n'est plus qu'un grand trou en flammes. C'est le chaos. »

Il regarda son assiette vide. À ce stade, reprit-il, le métier, les exercices d'alerte à l'incendie vous reviennent. Il savait que des gars étaient blessés, et il avait commencé de chercher. Un type avait complètement déjanté, il ne savait plus où il était. Beattie lui avait filé une ou deux baffes et l'avait poussé vers l'échelle d'écoutille. Un autre, un dénommé Taff, était mort. Puis il avait repéré un autre corps, de l'autre côté de ce qui restait de la cloison du mess. Le gars était très amoché mais encore en vie. Un mec costaud, lourd. Beattie avait en vain essayé de le soulever. Il fallait être deux. Au moins.

« Et vous étiez seul ?

– Non. Il y avait un autre type dans le mess. À peine blessé.

– Et ?

– Je l'ai appelé pour qu'il m'aide, j'ai gueulé, j'ai ordonné mais, non, il ne voulait rien savoir. En vérité, c'était pire que ça. Il voulait me rentrer dedans.

– Se battre ?

– Ouais. Le type que je voulais sauver ? C'était pas son affaire. Moi ? Que j'aille me faire foutre. Le type par terre ? Il était fichu, de toute façon.

– Que s'est-il passé alors ?

– J'ai fait tout ce que j'ai pu. » Il regarda Faraday dans les yeux. « Et j'ai échoué. Ce garçon s'appelait Rory. Un gars de Plymouth. Il était d'une grande famille. Et vous savez quoi ? Il ne passe pas une seule journée sans que j'aie une pensée pour lui. À nous deux, moi et l'autre type, on aurait pu le sortir de là, ça fait pas l'ombre d'un doute.

– Et l'autre homme, c'était qui ? »

Beattie renversa la tête en arrière, regardant le plafond et, pendant un instant, Faraday pensa le voir sourire. Puis la main de Beattie trouva de nouveau le chien.

« D'après vous ? » répondit-il d'une voix douce.

REMERCIEMENTS

Tous mes remerciements pour leur présence et leur patience à :

Jim Alloway, John Ashworth, Ralph Barber, Mark Davenport, Lee Dinnell, Roly Dumont, Alan Estcourt, Diana et Bob Franklin, Alistair Gregory, Barry Hornby, Bob Lamburne, Pete Langdown, Howard Lazenby, Steve McLinn, Clive Morgan, Mary et John Mortimer, Joe Morton, Laurie Mullen, John Roberts, Alfie Saye, Colin Smith, Ray Taylor, Mark Tinker, David Watts, Steve Watts, Tony West, Dave Wilson, Dave Wright et Charles Wylie.

Through Fire and Water, le remarquable ouvrage de Mark Higgitt, fut pour moi une source indispensable de référence et devrait être lu par quiconque s'intéresse à l'aspect naval de la guerre des Malouines. Comme toujours, j'ai une énorme dette envers mon éditeur, Simon Spanton ; tandis que Lin, mon épouse, a été une inépuisable source de réconfort et d'inspiration durant cette longue campagne.

DU MÊME AUTEUR

Aux Éditions du Masque

LES QUAIS DE LA BLANCHE, 2007.

LA NUIT DU NAUFRAGE, 2006, Folio Policier n° 485.

LES ANGES BRISÉS DE SOMERSTOWN, 2004, Folio Policier n° 431.

COUPS SUR COUPS, 2003, Folio Policier n° 389.

DISPARU EN MER, 2002, Folio Policier n° 344.

COLLECTION FOLIO POLICIER

Dernières parutions

291. Nicholas Blincoe	*Acid Queen*
292. Robin Cook	*Comment vivent les morts*
293. Ian Rankin	*L'ombre du tueur*
294. François Joly	*Be-bop à Lola*
295. Patrick Raynal	*Arrêt d'urgence*
296. Craig Smith	*Dame qui pique*
297. Bernhard Schlink	*Un hiver à Mannheim*
298. Francisco González Ledesma	*Le dossier Barcelone*
299. Didier Daeninckx	*12, rue Meckert*
300. Dashiell Hammett	*Le grand braquage*
301. Dan Simmons	*Vengeance*
302. Michel Steiner	*Mainmorte*
303. Charles Williams	*Une femme là-dessous*
304. Marvin Albert	*Un démon au paradis*
305. Fredric Brown	*La belle et la bête*
306. Charles Williams	*Calme blanc*
307. Thierry Crifo	*La ballade de Kouski*
308. José Giovanni	*Le deuxième souffle*
309. Jean Amila	*La lune d'Omaha*
310. Kem Nunn	*Surf City*
311. Matti Y. Joensuu	*Harjunpäa et l'homme-oiseau*
312. Charles Williams	*Fantasia chez les ploucs*
313. Larry Beinhart	*Reality show*
315. Michel Steiner	*Petites morts dans un hôpital psychiatrique de campagne*
316. P.J. Wolfson	*À nos amours*
317. Charles Williams	*L'ange du foyer*
318. Pierre Rey	*L'ombre du paradis*
320. Carlene Thompson	*Ne ferme pas les yeux*
321. Georges Simenon	*Les suicidés*
322. Alexandre Dumal	*En deux temps, trois mouvements*
323. Henry Porter	*Une vie d'espion*

324. Dan Simmons *L'épée de Darwin*
325. Colin Thibert *Noël au balcon*
326. Russel Greenan *La reine d'Amérique*
327. Chuck Palahniuk *Survivant*
328. Jean-Bernard Pouy *Les roubignoles du destin*
329. Otto Friedrich *Le concasseur*
330. François Muratet *Le Pied-Rouge*
331. Ridley Pearson *Meurtres à grande vitesse*
332. Gunnar Staalesen *Le loup dans la bergerie*
333. James Crumley *La contrée finale*
334. Matti Y. Joensuu *Harjunpää et les lois de l'amour*
335. Sophie Loubière *Dernier parking avant la plage*
336. Alessandro Perissinotto *La chanson de Colombano*
337. Christian Roux *Braquages*
338. Gunnar Staalesen *Pour le meilleur et pour le pire*
339. Georges Simenon *Le fils Cardinaud*
340. Tonino Benacquista *Quatre romans noirs*
341. Richard Matheson *Les seins de glace*
342. Daniel Berkowicz *La dernière peut-être*
343. Georges Simenon *Le blanc à lunettes*
344. Graham Hurley *Disparu en mer*
345. Bernard Mathieu *Zé*
346. Ian Rankin *Le jardin des pendus*
347. John Farris *Furie*
348. Carlene Thompson *Depuis que tu es partie*
349. Luna Satie *À la recherche de Rita Kemper*
350. Kem Nunn *La reine de Pomona*
351. Chester Himes *Dare-dare*
352. Joe R. Lansdale *L'arbre à bouteilles*
353. Peppe Ferrandino *Le respect*
354. Davis Grubb *La nuit du chasseur*
355. Georges Simenon *Les Pitard*
356. Donald Goines *L'accro*
357. Colin Bateman *La bicyclette de la violence*
358. Staffan Westerlund *L'institut de recherches*
359. Matilde Asensi *Iacobus*
360. Henry Porter *Nom de code : Axiom Day*
361. Colin Thibert *Royal Cambouis*
362. Gunnar Staalesen *La Belle dormit cent ans*
363. Don Winslow *À contre-courant du Grand Toboggan*

364. Joe R. Lansdale *Bad Chili*
365. Christopher Moore *Un blues de coyote*
366. Jo Nesbø *L'homme chauve-souris*
367. Jean-Bernard Pouy *H4Blues*
368. Arkadi et Gueorgui Vaïner *L'Évangile du bourreau*
369. Staffan Westerlund *Chant pour Jenny*
370. Chuck Palahniuk *Choke*
371. Dan Simmons *Revanche*
372. Charles Williams *La mare aux diams*
373. Don Winslow *Au plus bas des Hautes Solitudes*
374. Lalie Walker *Pour toutes les fois*
375. Didier Daeninckx *La route du Rom*
376. Yasmina Khadra *La part du mort*
377. Boston Teran *Satan dans le désert*
378. Giorgio Todde *L'état des âmes*
379. Patrick Pécherot *Tiuraï*
380. Henri Joseph *Le paradis des dinosaures*
381. Jean-Bernard Pouy *La chasse au tatou dans la pampa argentine*
382. Jean-Patrick Manchette *La Princesse du sang*
383. Dashiell Hammett *L'introuvable*
384. Georges Simenon *Touriste de bananes*
385. Georges Simenon *Les noces de Poitiers*
386. Carlene Thompson *Présumée coupable*
387. John Farris *Terreur*
388. Manchette-Bastid *Laissez bronzer les cadavres !*
389. Graham Hurley *Coups sur coups*
390. Thierry Jonquet *Comedia*
391. George P. Pelecanos *Le chien qui vendait des chaussures*
392. Ian Rankin *La mort dans l'âme*
393. Ken Bruen *R&B. Le gros coup*
394. Philip McLaren *Tueur d'aborigènes*
395. Eddie Little *Encore un jour au paradis*
396. Jean Amila *Jusqu'à plus soif*
397. Georges Simenon *L'évadé*
398. Georges Simenon *Les sept minutes*
399. Leif Davidsen *La femme de Bratislava*
400. Batya Gour *Meurtre sur la route de Bethléem*
401. Lamaison-Sophocle *Œdipe roi*

402. Chantal Pelletier — *Éros et Thalasso*
403. Didier Daeninckx — *Je tue il...*
404. Thierry Jonquet — *Du passé faisons table rase*
405. Patrick Pécherot — *Les brouillards de la Butte*
406. Romain Slocombe — *Un été japonais*
407. Joe R. Lansdale — *Les marécages*
408. William Lashner — *Vice de forme*
409. Gunnar Staalesen — *La femme dans le frigo*
410. Franz-Olivier Giesbert — *L'abatteur*
411. James Crumley — *Le dernier baiser*
412. Chuck Palahniuk — *Berceuse*
413. Christine Adamo — *Requiem pour un poisson*
414. James Crumley — *Fausse piste*
415. Cesare Battisti — *Les habits d'ombre*
416. Cesare Battisti — *Buena onda*
417. Ken Bruen — *Delirium tremens*
418. Jo Nesbø — *Les cafards*
419. Batya Gour — *Meurtre au Kibboutz*
420. Jean-Claude Izzo — *La trilogie Fabio Montale*
421. Douglas Kennedy — *Cul-de-sac*
422. Franco Mimmi — *Notre agent en Judée*
423. Caryl Férey — *Plutôt crever*
424. Carlene Thompson — *Si elle devait mourir*
425. Laurent Martin — *L'ivresse des dieux*
426. Georges Simenon — *Quartier nègre*
427. Jean Vautrin — *À bulletins rouges*
428. René Fregni — *Lettre à mes tueurs*
429. Lalie Walker — *Portées disparues*
430. John Farris — *Pouvoir*
431. Graham Hurley — *Les anges brisés de Somerstown*
432. Christopher Moore — *Le lézard lubrique de Melancholy Cove*
433. Dan Simmons — *Une balle dans la tête*
434. Franz Bartelt — *Le jardin du Bossu*
435. Reiner Sowa — *L'ombre de la Napola*
436. Giorgio Todde — *La peur et la chair*
437. Boston Teran — *Discovery Bay*
438. Bernhard Schlink — *Le nœud gordien*
439. Joseph Bialot — *Route Story*
440. Martina Cole — *Sans visage*
441. Thomas Sanchez — *American Zazou*

442. Georges Simenon	*Les clients d'Avrenos*
443. Georges Simenon	*La maison des sept jeunes filles*
444. J.-P. Manchette & B.-J. Sussman	*L'homme au boulet rouge*
445. Gerald Petievich	*La sentinelle*
446. Didier Daeninckx	*Nazis dans le métro*
447. Batya Gour	*Le meurtre du samedi matin*
448. Gunnar Staalesen	*La nuit, tous les loups sont gris*
449. Matilde Asensi	*Le salon d'ambre*
450. Jo Nesbø	*Rouge-gorge*
451. Olen Steinhauer	*Cher camarade*
452. Pete Dexter	*Deadwood*
454. Keith Ablow	*Psychopathe*
455. Batya Gour	*Meurtre à l'université*
456. Adrian McKinty	*À l'automne, je serai peut-être mort*
457. Chuck Palahniuk	*Monstres invisibles*
458. Bernard Mathieu	*Otelo*
459. James Crumley	*Folie douce*
460. Henry Porter	*Empire State*
461. James Hadley Chase	*Pas d'orchidées pour Miss Blandish*
462. James Hadley Chase	*La chair de l'orchidée*
463. James Hadley Chase	*Eva*
464. Arkadi et Gueorgui Vaïner	*38, rue Petrovka*
465. Ken Bruen	*Toxic Blues*
466. Larry Beinhart	*Le bibliothécaire*
467. Caryl Férey	*La jambe gauche de Joe Strummer*
468. Jim Thompson	*Deuil dans le coton*
469. Jim Thompson	*Monsieur Zéro*
470. Jim Thompson	*Éliminatoires*
471. Jim Thompson	*Un chouette petit lot*
472. Lalie Walker	*N'oublie pas*
473. Joe R. Lansdale	*Juillet de sang*
474. Batya Gour	*Meurtre au Philharmonique*
475. Carlene Thompson	*Les secrets sont éternels*
476. Harry Crews	*Le Roi du K.O.*
477. Georges Simenon	*Malempin*
478. Georges Simenon	*Les rescapés du Télémaque*

Composition Nord Compo
Impression Novoprint
le 13 septembre 2007
Dépôt légal : septembre 2007

ISBN 978-2-07-033927-3/Imprimé en Espagne

144490